美人記

1

目次

壹之章
何家有女小機靈

「看咱們大姑娘，十里八鄉沒這樣標致的孩子。」

「有什麼用？賠錢貨一個！」

賠錢貨！

這就是李深深此生聽到的第一句話，此時，她被一個年過四旬的婦人抱在懷裡，婦人強笑，細聲勸道：「俗話說的好，先開花後結果，一女一子正湊個好字，這才是福氣呢！」

「行了，滿月酒吃得亂哄哄，鬧得我頭疼，抱她去大奶奶屋裡消停些吧！」

天地良心，她一個剛滿月的奶娃子，沒哭沒鬧，乖巧至極，哪裡說得上不消停？

李深深轉動眼珠，想看清說話之人的刁鑽模樣，無奈眼前矇矓竟看不清楚，不禁心中一沉，暗道：難不成我這是瞎了嗎？

過了幾日，她方心驚肉跳地弄明白現在的處境。她不知自己是屬於重新投胎還是什麼，反正她就這樣了，每天吃飽睡睡飽吃，清醒的時間並不長，除了那天說她是「賠錢貨」的刁婆子，她醒著的時候幾乎都是在母親沈氏那裡。

沈氏對她很不錯，從沒說過她是「賠錢貨」的話，而且，對於「賠錢貨」的稱呼，沈氏大概是不滿的。譬如，沈氏與丈夫何恭商量：「咱們大姊兒已經滿月了，相公不如給大姊兒取個大名，上戶籍方便不說，親戚朋友的也有個正經稱呼，總不好大姊兒大姊兒的叫。」

何恭年方弱冠，樣貌不好不壞，身量不高不矮，簡而言之，這就是個路人甲相貌的路人甲。路人甲踱步過去逗了小嬰孩一回，小嬰孩賞臉地咧咧沒牙的嘴，露出個笑模樣，何恭便笑得像朵花一樣，對妻子道：「還是咱們丫頭生得好，前兒我去前頭三堂叔家，見著慎堂哥家的丫頭，長得那般黑，竟似塊黑炭。看咱們丫頭，多白淨啊！」

沈氏笑嗔：「少說這些埋汰話，小孩子家哪有醜俊！」

「我就是看咱們丫頭好。」

「那是，老話都說，莊稼是別人的好，孩子是自家的好。」相比於何恭路人甲的相貌，沈氏生得黛眉朱唇，杏眸瓊鼻，清麗不俗，那眉眼一彎，水色盈然，看得何恭眼神微深。

何恭問起沈氏在家可好，絮絮叨叨的連午飯都問了個細緻。沈氏耐心回應，服侍著何恭換了身新衫，兩人抱著女兒一起去何老娘院裡請安。

何老娘見了兒子自是滿面笑意，那笑在沈氏身上淡了些，及至小襁褓，臉色就更淡了。

看到何老娘這般模樣，沈氏微微垂下頭，哄著女兒，並不多話，只是聆聽著何老娘與何恭細說家常。何恭還在念書準備考功名，白天出去請教文章，中午在先生家用飯。何老娘擔心兒子吃用不好，道：「前天買了活魚，放在水裡養了三天，晚上燒了，你來我屋裡吃。」

何恭應好，然後說了為長女取名的事：「大姊兒是長女，這過了滿月，也該有個名字了，趕明兒有空我去衙門把大姊兒的戶籍報上，族譜上也得添上名字。」

何老娘沒啥興致，隨口道：「一個丫頭片子叫什麼不行，哪裡用得著這般慎重？」

何恭笑，「這怎麼一樣？大姊兒可是長女。」

「有什麼不一樣？」何老娘還是很給兒子面子的，腦子一動，又道：「咱們何家，你祖父就你爹一個，你爹就你一個，三代單傳，最缺的就是兒子。有了兒子，你才算有了後，才算對祖宗有了交代。」

何老娘兩隻眼角下垂的三角眼往沈氏身上一掃，唇角帶了三分冷意，「媳婦別嫌我說話實在，有了兒子，妳才算是有一輩子的依靠。就是這丫頭，有了兄弟，娘家才有撐腰的人。

你們非要我取名，不如就叫長孫吧，我就盼著媳婦給我生個長孫。」

隨著慢慢長大，李深深的視力比先前強多了，她便明白約莫是剛出生時太小，眼睛方看不清楚，倒不是她生成了個瞎子。

此時此刻，她卻被「長孫」這個名字震驚了，她努力地想直起小身子瞧一瞧這位能給她這個「賠錢貨」取「長孫」這個名字的奇葩婆子是個什麼奇葩模樣。

小嬰孩在沈氏的懷裡要造反，沈氏換了個姿勢，讓女兒躺得更舒服些，這才瞟了丈夫一眼。何恭也覺得這名字不雅，許多沈氏不好說的話，他這個親兒子是沒顧忌的。

何恭道：「娘，大姊兒是女孩兒，怎麼能叫長孫？」

何老娘早瞧見沈氏對兒子使眼色，心中不悅，對兒子也冷了臉，「你們不是叫我取嗎？我就取這名字，你們愛叫不叫，不喜歡就自己去想！」以為她樂意給賠錢貨取名字呢！

何恭笑，「好好說著話，娘，您惱什麼？」

沈氏輕聲細語地道：「這就快用晚飯的時辰了，相公中午想是沒用好，還是用了飯再說。大姊兒年紀小，不著急取名字。」

何恭道：「還真是餓了，娘，魚是怎麼燒的？晚上吃，還是清蒸好。」

何老娘聽著兒子與媳婦一唱一和的，覺得很不痛快，連兒子一塊教訓起來：「行了，讓你去跟先生請教功課，你心裡就惦記著吃，這怎麼能有出息？」

何恭好脾氣地笑說：「兒子這不是餓了嗎？」

何老娘沒好氣地瞪兒子，到底心疼，喚了個小丫鬟去廚下傳飯，對沈氏道：「天晚了，丫頭也餓了，妳帶她回房吧。」

沈氏福身一禮，抱著女兒回屋。

沈氏年紀還輕，自己懷胎十月辛辛苦苦生下的女兒被這般嫌棄，忍不住氣了一回。看她冷著臉，小丫鬟翠兒不敢多話，輕手輕腳地自廚下取了飯擺上。沈氏氣一回，也沒拿自己的身子糟蹋，冷哼一聲，開始用飯，又對翠兒道：「這些菜我吃不完，妳坐下一道吃吧。」

翠兒是沈氏出嫁時娘家買給她的小丫鬟，沈氏對翠兒不壞，翠兒很是忠心，道：「大奶奶先用，我看著姐兒。」

沈氏嘆口氣，「也好。」

翠兒勸道：「奶奶還年輕，咱們姐兒生得這般俊俏，誰見了不喜歡呢？」

沈氏冷笑，「我自己的孩子，原也用不著別人喜歡。」

何恭回房時，天已全黑。

沈氏臉上看不出半分氣過的顏色，一派溫柔，含笑相迎，「吃飯怎生這般久？大姊兒找了你半日，你不回來，我哄她許久她才睡下。」

「是嗎？」這話一聽就是沈氏在哄何恭，傻爸爸何恭卻是深信不疑，先去瞧了回捏著小肉拳頭熟睡的閨女，小聲對沈氏道：「剛剛我不是說娘給咱們閨女取的名字不大好聽嗎？娘瞧著不歡喜，吃過飯我就多陪娘說了會兒話。」

沈氏頗是善解人意，輕聲道：「我知道娘盼孫子，可閨女一樣是咱們的骨肉，就是將來有了兒子，我也一樣疼她，而且，大姊兒畢竟是閨女，還是咱們頭一個孩子，再怎麼也不能叫那個名字，不然孩子長大會怎麼想，得以為爹娘不疼她了。」

何恭握住妻子的手，「咱們給閨女取個名字就是。」

沈氏道：「那可得想個好聽的。」

何恭笑，「自然。」他還年輕，沒有迫切生兒子的欲望，對第一個孩子的感情更是不同，何況女兒生得玉雪可愛，他自是非常喜歡。

沈氏問：「你心裡可是有主意了？」

何恭道：「哪有這般快？」春宵一夜值千金，他輕輕一捏妻子的手，「夜深了，咱們還是早些歇了吧。」

沈氏輕輕將手抽出來，嗔道：「你快點把閨女的名字取好是正經。」

何恭拉著沈氏坐下，連聲說：「這就想這就想。」

沈氏是決心要快些定下閨女的名字，省得婆婆弄些不靠譜的名字出來。婆婆不嫌丟人，她還替女兒不平呢，名字可是一輩子的大事。

何恭鋪開素白宣紙，沈氏挽袖，親自研磨。

何恭的視線在沈氏雪般的臂上掠過，提筆落下兩行字：青青子衿，悠悠我心。

何恭挽住妻子的手，柔聲道：「我們的女兒就叫子衿吧。」

「子衿……子衿……」沈氏低聲吟誦兩遍，不覺雙頰微熱。

何恭一笑，問：「娘子說，這名字可好？」

沈氏笑嗔丈夫一眼，「明知故問！」她的閨名正是青青二字，沈青青。

李深深第二日才知道自己的新名字，從這個名字與親娘歡快的語氣可以判斷出父母的感情很不錯，而從現在開始，她要改名了。

何子衿……暗暗念叨兩遍，這名字果然比起那啥「何長孫」高尚一千倍不止。

經過這些日子的觀察，何子衿逐漸明白何家的境況。

何家現在當家的不是她爹也不是她媽，而是曾給她起了個奇葩名字，盼孫子盼得兩眼冒綠光的祖母何老娘，雅致些叫何家太太，恭敬些叫一聲祖母大人也是沒錯。

何老娘年不過四旬，模樣卻彷彿六十，不要說與何子衿的美人娘比，便是與她的路人甲爹比，何老娘委實不似她爹的親娘，那種種老態，倒彷彿她爹的太奶奶。自從看清了何老娘的相貌，何子衿就明白為啥何老娘對她媽那般不待見了，這絕對是赤裸裸的羨慕嫉妒恨啊！

看她媽沈氏那芙蓉如面柳如眉，再看看何老娘那張菊花臉，不嫉妒是不可能的。

當然，婆媳不合，還有諸如她爹娘感情太好，她奶看不過眼……或者，還有可能是她外婆家境比起何家略有不如吧。

何老娘有些勢利眼，何子衿不止一次從何老娘那裡看到對她及她娘的鄙視……

所幸她娘不是吃素的，何老娘不喜歡，她娘也沒被虐狂似的死命要討好婆婆，熱臉貼冷屁股啥的。讓何子衿說，她娘才是奇人，不論何老娘是啥態度，她娘都悠哉悠哉的，完全不受何老娘態度的影響。

於是，在她娘這種態度的影響下，何老娘似乎……更不喜歡她們母女了。

不論何子衿如何想，在抱著何子衿幾次親近未果後，沈氏便不再去屈就，直接對何老娘視而不見，權當這人是個死的。照沈氏的意思便是：愛怎麼著怎麼著唄，反正何恭對她足夠好，她又不是要跟何老娘過一輩子。

至於婆婆搓磨兒媳婦的事，何老娘不是沒幹過，奈何沈氏生得天生一副弱不禁風的嬌弱模樣，何老娘每次刻薄沈氏，不知為啥，總是被何恭瞧個正著。何恭對沈氏的感情嘛，這麼說吧，當初何恭偶然見了沈氏一面，從此傾心，哪怕沈氏出身尋常鄉村小讀書人家，也沒能斷了何恭的念想，硬是要死要活地央了母親求娶了沈氏。

這也是何老娘對沈氏心有不滿的原因之一，何老娘一直懷疑，老實巴交的兒子是受了狐媚子沈氏的勾引，才這般鬼迷心竅。何老娘不喜沈氏，偏生兒子著了魔，若不允婚……丈夫前幾年過世，就這麼個兒子，何老娘真不敢強拒，只得咬牙切齒地允了。

何恭如願以償，夫妻感情也好，可這親事是如何來的，何老娘每每想起便如同吞了蒼蠅一般。不好遷怒親兒子，如何能看沈氏順眼？

何老娘看沈氏不順眼，沈氏也不是那等逆來順受的。

不得婆婆喜歡，初時沈氏不是沒想伏低做小地討婆婆開心，可這人一旦對誰有了意見，那真不是低聲下氣能改變的。沈氏碰了壁，再加上生了女兒之後倍受奚落，便死了討好婆婆的心，面子上過得去就好。婆媳幾次交鋒，何老娘占著天時地利，卻是沒討到半點便宜。

於是，何老娘看沈氏更不順眼。

何子衿正坐在抓周的小桌子上，外家人都來了，何老娘也沒大方地賞給何子衿好臉色。

遷怒啊，這絕對是遷怒！

何子衿心中感慨，當然，她不否認自己對這個重男輕女，時時叫她賠錢貨，曾給她取了個丟臉名字，還要給她臉色看的祖母沒啥好感。

穿著櫻桃紅衣裙的沈氏，面若桃花，溫婉淺笑著。她生得極美，手也巧，何家只是尋常富裕人家，攏共服侍的不過三四人，何子衿今日這一身小衣裳小裙子，都是沈氏親手做的，非但滾了邊，還繡了花，精細極了。

沈母抱起外孫女，一邊拿撥浪鼓逗何子衿，一邊對女兒笑道：「虧得妳有這樣的耐心，子衿還小，長得快，一天一個模樣，衣裳再細緻，也只穿一年罷了。」

何老娘笑，「可不是嗎？我也是這樣說。會打扮的打扮十七八，不會打扮的打扮奶娃娃。小孩子一眨眼就大了，哪裡用得著這樣細緻的活計？」

沈母不過是笑女兒精細，這話親母女說說倒罷，由何老娘這個做婆婆的嘴裡說出來便有些不中聽。何況何老娘嫌棄沈氏沒能生下兒子，這事沈母不是不知道，只是沈母性子溫和，又非口齒伶俐之人，便抿嘴不言，到底心中不樂。

沈氏還沒說話，她的弟弟沈素已道：「娘，子衿可是姊姊、姊夫的長女，何況是抓周禮，穿身新衣裳是應有之意，不然知道的說姊夫家風儉樸，不知道的得說姊夫怠慢咱家外甥女，這樣的大日子，連身新衣裳也不給穿。」

沈素相貌生得，怎麼說呢，一看就是沈氏的親兄弟。據何子衿目測，沈素身高絕對超過一百八，雖然現在像根竹竿，但不似沈氏那般纖弱婀娜，簡單說，就是天生的發光體，舉手投足間自有一種獨特的魅力。

厭屋及烏，便是沈素貌如天仙，何老娘因著沈氏也不能看他順眼，沈素偏又這樣話多，越令何老娘不喜。只是，何氏宗族自詡書香人家，對著親家，何老娘總要有幾分客氣。

沈素只當沒瞧出何老娘的臉色，笑著去逗何子衿。何子衿奶聲奶氣地喊舅舅，反逗得沈素直樂，轉頭同何恭說：「子衿當真會長，眉眼像姊姊，鼻子似姊夫。姊夫的鼻子高挺，比姊姊生得更好。」

何恭得意且自豪，很大方地誇讚女兒：「子衿也聰明，我教她念詩，她還能記得幾句，說話口齒也清楚。人家都說，才一歲的孩子，少有這般嘴巧的。」接著讓閨女展示了一番。

沈家人都很歡喜，尤其沈家姊弟的父親沈老秀才拈鬚笑道：「阿素和阿青念書平平，倒是子衿瞧著有些靈性。」誰不喜歡漂亮可愛的孩子，何況是自己的外孫女。

兩家人說著話，何恭的姑母帶著兒女來了。

何恭的姑母嫁的是本縣陳家，陳家是商戶，說起來不若沈家這種秀才人家體面，不過沈家貧寒，陳家富庶，論及實惠，倒不好說哪個更好些。

陳姑母年長何老娘幾歲，卻比何老娘顯著年輕。陳姑母一身綢緞錦衣，金銀滿頭，很是配得起富商太太的身分。沈父卻是暗暗皺眉，這年頭商人是不能穿綢的，見到陳姑媽如此張揚，頗有世風日下，人心不古之感。

陳姑母是帶著小兒子陳五郎和次女陳芳來的，陳芳衣裙精美，模樣也當得起清秀佳人，但與沈氏完全不是一個檔次。這年頭沒微型整容，頂多是有錢的用好一些的胭脂水粉，穿好一些的綾羅綢緞，其他就看爹媽怎麼生了。如沈氏，便是荊釵布衣，也是清麗出塵；又如陳芳，便是金玉滿身，撐死就一清秀佳人。

事實上，陳芳與沈氏差的何止是樣貌。

就憑陳芳進門便對著何恭投去委屈的眼神，何子衿就險些被她酸死：我的娘啊，這屋裡可沒瞎子，陳芳表姑媽妳那是啥眼神啊？妳對俺爹沒啥意思吧？

何子衿使勁兒仰望她爹那路人甲的面龐，實沒想到她爹這樣的臉還有人傾慕。

陳芳表姑媽，妳得有多想不開啊！

陳芳投去一個幽怨的眼神之後，轉為低眸黯然，如同被薄情郎辜負的苦情女，做足了滿腔哀怨，只是那哀怨的眼神轉到沈素身上時，瞬間驚豔，不覺紅霞染上雙頰，羞羞怯怯如同受驚的小白兔似的別開視線，又下意識撫一撫鬢間的鮮花。

何子衿：舅舅的顏是挺正的！

何老娘笑對大姑子一家介紹了沈家人，陳芳方知那俊美過人的男子竟是沈氏的兄弟，微燙的心不由冷了下來。

何子衿是女孩兒，不受重男輕女的何老娘喜歡，故此，抓周禮只請了陳姑母與沈家兩家人。人既到齊，說了會兒話，抓周禮便開始了。

何家不過小富，何子衿不被何老娘重視，沈氏卻拿閨女當心肝，所以抓周禮的物件備的頗是齊全。方桌上什麼都有，別人抓周禮有的桌上有，別人沒有的，這桌上也有。印章、儒、釋、道三教的經書，筆、墨、紙、硯、算盤、銅錢、帳冊、首飾、絹花、胭脂、吃食、玩具、酒具等，各種各樣皆有。因何子衿是女孩兒，便又加擺了鏟子、勺子、剪子、尺子、繡線、花樣子，甚至還有一張小琴、一副棋子，連作畫的顏料都放了一盒。

陳姑母笑道：「妹妹預備得好生齊全。」

何老娘扯扯面皮，因沈家人在場，並不多說，只道：「是妳侄媳婦預備的。」

陳姑母打趣沈氏：「一個丫頭就這般費心，來日生了兒子，還不知怎樣精細呢！」

沈氏笑笑，「在當娘的心裡，兒女都一樣，難道在姑姑心裡，表妹不如表弟貴重？」

陳姑母仗著輩分說話，不料竟被沈氏噎了回來，心中實是不悅。

沈母岔開話題，將何子衿遞給閨女，「時辰差不多了，抱子衿過去吧。」

沈氏抱了何子衿放在桌上，讓她去抓東西。何子衿要是抓不好，簡直對不起重新投這一回胎，當下刷刷兩爪子，一手印章，一手酒杯，便不撒手了。

沈母喜笑顏開，道：「大富大貴，必是做夫人的命！」

這年頭，非二品以上誥命不能稱之為「夫人」。

其實抓周抓到什麼都是吉利的意思，何況何子衿確實抓得極好，一時讚聲如潮。何恭與沈氏自不必提，亦是歡喜。沈氏把女兒抱在懷裡，笑道：「只盼她一世平安如意。」

沈母笑彎了眼，「看子衿就是個有福的，妳這話必中的。」

陳芳道：「子衿是不是渴了？這是酒杯，可不是水杯啊！」心下暗恨，抓個印章就是夫人命，抓酒杯是啥意思啊，怎麼沒人提了，說不得以後是個酒鬼。

何子衿搖頭，奶聲奶氣道：「不渴。」

陳芳只是一說，未料到小小孩童竟聽得懂，微微一驚，強笑著說：「子衿，抓周抓完了，把東西放下吧。」

何子衿把東西往懷裡一摟，大聲道：「我的！」

沈氏聽她小小人兒說話，忍俊不禁道：「先讓妳爹爹替妳收起來，好不好？」

何子衿點頭。

中午用過飯，沈家人便起身告辭。何老娘虛留兩遭，命何恭與沈氏送沈家人。沈父還問了何恭兩句舉業文章的事，沈母則拉著沈氏說了些好生過日子的話，沈素含笑聽著。

沈氏問弟弟的婚期可定了，沈母道：「我請朝雲觀的道長給算了好日子，臘月初十，還早著呢。跟親家商量好了，親家也樂意。」

沈父道：「可惜這孽障不爭氣，沒能中個秀才，不然婚事上也能好看些。」

沈父人情世故不甚通達，何子衿方知這不是謙虛。須知，她舅論年紀比她爹還小幾歲，她爹的秀才也沒影兒。沈外祖父啊，您這話是在罵兒子，還是在影射女婿啊？

所幸何恭天生好性子，並不放在心上，反是勸了岳父幾句。

沈素嘻嘻笑道：「這事急不來，爹，您三十上中了秀才，我再念十來年也差不多了。」

沈父上火，罵說：「你就不能爭點氣嗎？」

沈素敷衍道：「爭爭爭，回頭我就去爭。」

沈父大為頭疼，沈素趕緊道：「天色不早了，還得早些出城門呢。姊、姊夫，你們回吧，有空我再過來。」

沈氏叮嚀：「別急著趕路，鄉間路不好走，寧可慢些。」爹娘有了年紀，怕路顛簸。

沈家這趟出來，還是借了沈素岳家的馬車，甭看沈素考不中秀才，趕車啥的無師自通。幾人上了馬車，沈母探出頭悄聲叮囑閨女一句：「平日裡別給子衿吃酒。」

抓周大家都是挑吉利的話說，沈母對於何子衿抓個酒杯的事兒也挺無語，生怕外孫女長大後是貪杯之人。閨女啊，誰家抓周禮上會擺酒杯，妳是怎麼備東西的啊？

沈氏笑，「娘，您想哪兒去了？子衿才多大，如何會給她吃酒？不過鬧著玩罷了，誰還拿這個當真。」抓周多有提前將孩子訓練好的，專令孩子揀著吉祥富貴的東西抓。沈氏沒這個想法，只圖一樂。若抓周禮真的這樣靈，人啥都不用幹，只小時候抓周抓個吉利便是。

沈母一笑，「也是。」

沈素道：「說不定子衿這是『醒掌天下權，醉臥美人膝』的好兆頭。」

何子衿：原來俺的知音竟是舅舅啊！

沈素腦袋挨了沈父一下，沈沈父恨恨地罵道：「我看你是想美人了，快趕車！」

想他一輩子穩重自持，竟養出這般跳脫的兒子來，真真生平一大恨事！

沈素哈哈大笑，對姊姊、姊夫一抱拳，揚鞭趕車回家去也。

望著家人走遠，沈氏幾不可聞地嘆了一口氣。

何恭一手接過女兒，一手挽住妻子的手，安慰道：「咱們與岳父家離得不遠，妳什麼時候想回去，我送妳去看望岳父岳母是一樣的。」

沈氏回握住丈夫的手，道：「回吧，姑媽難得過來，你也陪姑媽好生說說話。」

陳姑媽與過世的何父是同胞姊弟，情分素來好，不管對她這個侄媳婦如何，陳姑媽對何恭這個娘家侄子是相當看重的。往昔有許以愛女的心思，不料何恭對沈氏生情，陳姑媽多是恨沈氏狐媚，並不怨怪何恭。

一家三口去何老娘的房裡，沒說幾句話，何老娘便打發了兒子與沈氏，「熱鬧這大半日，大姊兒也睏了，往日都要午睡的，今兒也別耽擱了。沈氏去看著大姊兒午睡，恭兒帶你表弟去書房玩，你姑媽難得來，容我們老姑嫂說些體己話。」

沈氏行過禮就帶著女兒回房，何老娘對余嬤嬤道：「妳帶著芳姐兒去我屋裡歇一歇。」

清場後，何老娘方輕輕嘆了口氣。陳姑媽與她做了一輩子的姑嫂，彼此脾氣都清楚，看何老娘這樣子，陳姑媽道：「子衿都一歲了，妹妹好生過日子就是，福氣在後頭呢！」

何老娘咬牙低聲道：「哪裡來的福氣，晦氣還差不多。妳看看今天，一句都不讓人，眼裡就沒個尊長，我真是……」

陳姑媽火上澆油，話間暗藏機鋒，「年輕人脾氣衝些也是難免。以前侄媳婦瞧著倒柔順，難得恭兒喜歡，就看在恭兒的面子上，咱們這些老東西誰還與她個小輩媳婦計較不成。」

看何老娘臉色更沉，陳姑媽再接再厲地拱火：「我又不是外人，不會放在心上，妳也別這樣。要我說，這些小事不打緊，倒是姐兒一歲了，咱們家可是三代單傳，妹妹還是操心大事吧，趕緊讓侄媳婦生個兒子給咱們家傳宗接代才好。恭哥兒這轉年就二十的人了，膝下只這一個丫頭也不像話，多子多孫才是福氣。」

何老娘無奈，「姊姊以為我不急嗎？可她不見動靜，又有什麼法子？」

陳姑媽道：「平安堂裡的張大夫醫術誰不知道，請張大夫來給侄媳婦診診，調理一二。正年輕的小夫妻，還怕沒孩子？」

「藥不知吃了多少，就是沒動靜，我這心裡焦得跟什麼似的，可妳看人家，成天一門心思地吃喝打扮，是半點不操心的。」

何老娘就是看沈氏不順眼，如今更是後悔當初拗不過兒子的性子應了這門親事。若是娶了小陳氏，別的不說，自己這大姑子便生了五兒二女，陳芳只要有大姑子一半的本事，起碼能旺一旺何家子嗣。

陳姑媽又勸了何老娘一番，無非是車軲轆話，非但沒將何老娘勸好，反而令何老娘覺得沈氏除了會迷惑男人，其餘事上一無是處，心下嫌惡更甚。

沈氏根本不關心老姑嫂二人說什麼，反正不會是什麼好話，瞧著何子衿睡了，便對著天光做些針線，及至陳姑媽帶著兒女告辭，她方出門一道相送，並不失禮數。

人皆有私心，陳姑媽與何老娘姑嫂關係不錯，何恭與陳芳表兄妹一起長大，陳芳對何恭又有些個心思，姑嫂二人是樂見其成的。陳姑媽覺得何恭是娘家侄子，知根知底，性子也好，閨女嫁回娘家，日子不會難過。何老娘瞧著陳芳長大，也沒什麼不放心，而且這年頭姑舅做親再尋常不過，未料兩家尚未提親事，何恭就被沈氏勾去三魂七魄。陳芳心傷，至今未想開，陳姑媽這做親娘的，心疼閨女，雖知怪不得何老娘，但如今瞧著何老娘和沈氏婆媳不睦，也是難得暢快。

回家的路上，陳姑媽心情很是不錯，對女兒道：「妳年歲也大了，該說婆家了。」

陳芳難掩羞澀，擰著帕子道：「表嫂好似不大和氣。」

「我跟妳說什麼，妳提那狐媚子做什麼？」陳姑媽冷笑，「管她和不和氣，妳也給我爭氣些，嫁個比她好八百倍的婆家才成！」娘家侄子勝在可靠，可條件好於何恭的不是沒有。

陳芳擰著帕子不語，陳姑媽心中自有盤算。

送走陳姑媽一家人，回房見翠兒給何子衿穿好衣裳在院裡玩，沈氏笑，「子衿醒了。」

翠兒答道：「奶奶剛去太太房裡，大姑娘就醒了，不哭不鬧的，就是要穿衣裳，奴婢便服侍著大姑娘起了。」

何恭俯身抱起何子衿，沈氏摸摸女兒的小臉，問：「子衿可吃蛋羹了？」

何子衿半歲起，沈氏便不再讓她一味吃奶，間或餵些輔食。何家家境一般，但雞魚蛋肉都不缺，什麼蛋羹、果糊、肉湯，何子衿午睡醒後會吃一些。

翠兒道：「我說去拿來餵大姑娘，大姑娘要等奶奶回來一起吃。」

沈氏溫柔一笑，對翠兒道：「去廚下取了來。若有白粥端一碗，有清淡小菜也配些來，若沒有，把去歲醃的醬菜配些來。」廚下只一個廚娘高婆子，採買燒菜都是她，周全上不敢與大戶人家相比，好在沈氏沒什麼高要求。

沈氏又與何恭道：「相公中午沒吃多少，淨是鬧酒了，好歹墊補些，莫傷了脾胃。」

何恭亦是體貼，「娘子何嘗不是，既要服侍長輩們，還要照看子衿，就是今天的周歲宴，也是娘子提前預備了幾日方如此周全。」

夫妻兩個輕聲細語，有說有笑，你抬我敬，那眉眼之間的情誼就甭提了，唯何子衿略無精打采：身為一個小電燈泡，被無視到這個地步，真是電燈泡界的恥辱啊！

過了周歲，何子衿深覺自己從嬰幼兒時期煎熬出來了，起碼她拒絕吃奶沈氏沒什麼意見了。乳牙出了三四顆，酥軟的魚啊肉的能吃些，她自覺長大了，更兼多多吃飯身體倍兒棒，沈氏出門也喜歡帶著她。周歲前何子衿沒出過何家大門，沈氏養孩子精心，頂多抱著何子衿在院子裡曬曬太陽，外頭人多，沈氏不放心帶閨女出去。

現在閨女略大些，沈氏會帶著何子衿去相熟穩妥的人家串門，讓閨女多見些人，以免養成了膽小怕生的性子。

沈氏不是碧水縣人，她家是離碧水縣幾十里的長水村，因緣際會嫁到何家，故此在碧水縣認識的人有限，還是嫁進來的這一兩年，才與本家的幾房女眷熟悉了些。如眼前這位本家堂嫂李氏，就與沈氏聊得來。

李氏的丈夫何忻與何恭是同族兄弟，何忻年過四旬，頗有些家資。李氏是填房，年紀與沈氏相仿。這不算什麼，只是到底不是元配，又因李氏生得俊，便常在人們的話裡話外。

李氏抱著何子衿，喜歡得不得了，命人拿了奶糕來，問沈氏：「子衿會吃這個不？」

沈氏笑，「她什麼都吃，昨兒趁我不注意，塞了個焦溜丸子到嘴裡，嚇得我趕緊給摳了出來。牙還沒長出三顆半，也不怕噎著。嫂子放心，糕點是無妨的。」

何子衿強調：「四顆啦！」什麼叫三顆半，她已經長出四顆牙了！

何子衿天天照鏡子，自信絕不會數錯。

沈氏臉一板，「就知道強嘴。」

李氏樂得不成，「妳看，她似聽懂一般。」

沈氏板不住臉，也笑了，「磨牙得很。」

丫鬟捧來奶糕，李氏拿了一塊遞給何子衿，何子衿奶聲奶氣地道謝，小口小口吃起來。

李氏摸著何子衿的羊角辮，笑嘆：「這孩子妳教得好，真是招人喜歡。」

「嫂子沒見她淘氣的時候。」沈氏謙笑兩句，其實心裡也覺得閨女懂事可愛。

李氏羨慕得很，「要是給我這麼個孩子，不要說淘氣，折我十年壽我都願意。」

李氏這填房，尷尬的地方多了。元配嫡子已經成親，因丈夫待她不錯，繼子與媳婦在她面前也恭敬，只是到底沒自己的孩子，心中難免不安。

沈氏勸道：「嫂子同我認識並非一日，那些勸人的車軲轆話我就不說了，但有一件，咱們女人不比男人，女人在世格外艱難些，就是子衿，嫂子瞧著她好，我與她爹爹也疼她，奈何她再好，因投了個女胎，便有千般好也都不好了。我如今在家的光景瞞不過嫂子，我要認真生氣，恐怕早氣死了。我若氣死，難道有誰來心疼我？嫂子聽我的，咱們本就活得不易，若自己不疼惜自己，誰還疼惜咱們呢？」

家家有本難念的經，沈氏與何恭情分雖佳，無奈同何老娘不對盤。如李氏，上頭沒有婆婆壓著，自己還做了婆婆，可惜卻是填房，年紀與繼子相仿，便是做了婆婆，在繼子與繼子媳婦面前也略有尷尬。

李氏一嘆，「是啊，咱們女人就得自己疼惜自己。」沉默片刻又笑了，「看，好不容易妳捨得把寶貝丫頭抱出來給我瞧，又說這些掃興的話。」

沈氏笑笑，「那就罰我多吃幾塊嫂子這兒的好點心吧。」

李氏指著她笑，「妳也是做娘的人了，小心子衿笑話妳。」

沈氏與李氏交好，何老娘有許多意見，私下同兒子道：「你媳婦三不五時去你忻堂兄家串門，那個李氏，你看平日裡誰去她那裡說話，就你媳婦總去，也不嫌人家笑話。」

何恭倒是很理解妻子，為妻子圓話道：「媳婦相熟的人也沒幾個，平日裡便同忻大嫂子說得來。忻大嫂子無非是年輕些，也是同族女眷，縱有些來往也沒啥。子衿滿周歲時，忻大嫂子還託人送了一副項圈手腳鐲過來，很是喜歡子衿。」

何老娘撇嘴不屑，「一副項圈手腳鐲就收買了你，你這眼皮子也忒淺了些。」

何恭面上有些過不去，道：「娘這是說的哪裡話，我豈是這樣的人？我是覺得，忻大嫂子因是填房，人們方有偏見，她其實為人不差。娘想一想，忻大嫂子嫁進這一兩年，可有什麼不好的事？只要人品可靠，走動些沒啥，何況是女眷來往，娘就放心吧，不打緊的。」

何老娘聽兒子這一套話，心中更是不樂，冷了臉道：「隨你們去，反正我給你提了醒兒。你媳婦年輕，性子活泛，不樂意陪我這老東西在家悶著，我心裡清楚。只是，要我說，縱來往，閒了往你賢姑母那裡坐坐，學些個貞烈賢淑倒還罷了。」

見母親不悅，何恭諾諾虛應。

何恭領了母親的訓誡回房，喝過茶，便一長一短地與沈氏說了。

沈氏淺笑，自有應對，「母親最是心疼咱們，母親的話再不會錯的。我一直想去賢姑太太那兒說說話，咱們闔族女子，哪個不以賢姑太太為榮？只是你也知道，賢姑太太最是個愛清靜的，不好總是過去。我聽說賢姑太太篤信佛事，母親的壽辰又快到了，我抽空抄了平安經，想著明兒就去賢姑太太那裡，求賢姑太太鎮在菩薩面前，為母親祈福，你說可好？」

這位賢姑太太是何氏宗族裡有名的一位姑太太，年輕時便守了望門寡，自此終身未嫁，很有些貞烈的美名。

何恭哪裡會說不好，只覺得自娶了沈氏簡直事事如意，再無半點不順心，渾不知婆媳已無形中交鋒一次。沈氏又取了新衫給何恭試穿，一邊道：「母親做壽時的衣裳，我已託人去做了。按理母親的衣裳該我做才是，只是子衿這淘氣丫頭　時半刻離不得我。姊姊讓人給母親捎來的衣料多是綢子緞子，我以前沒做過，倘若做得不好倒糟踐了東西，何況還是姊姊著人送來的上等料子，更得仔細。我想了想，便尋了妙手坊的裁縫幫忙，精精細細做上一身，到了大壽時穿，既體面也是咱們的孝心。」

何恭相貌雖平庸些，不過年紀正好，身量亦佳，一襲天青色長衫穿身上，有幾分斯文模樣。沈氏看著點頭，兩指撫在何恭新衫袖口的鑲邊上，道：「如今家中事忙，鑲邊兒還成，可惜沒空繡些繡紋，不然才好看呢！」

何恭柔聲道：「這就很好了。妳既要帶子衿，又要服侍母親，還要做些針線，料理家事，也別太辛苦了。」

「咱們正是上有老下有小的時候，只要母親身體康泰，子衿平安健壯，相公事事順心，我辛苦些怕什麼？」沈氏抿嘴一笑，與丈夫四目相對，不禁紅了臉，螓首微低，露出一段潔白的頸項。何恭情不自禁上前一步，兩指捏住沈氏細膩的耳珠。沈氏輕推丈夫，問道：「衣裳可覺得哪裡不合身？」

何恭自幼念聖賢書長大，到底還記得聖人教誨，並非白日輕狂的性子，輕咳一聲，「妳的針線素來最合身的。」又問：「咱們子衿呢？回來還沒見她。」

「她不知犯了什麼牛心左性，非說長大了，以後要自己住一間屋子，不睡隔間了。我不應，她賭氣睡覺去了。」

沈氏實在發愁何子衿，種種怪癖頗叫人哭笑不得。譬如，早早便不喜歡吃奶，這年頭富裕人家有奶媽子，孩子吃奶吃到六七歲也不稀奇。何家無此條件，沈氏年輕，奶水也充足，倒願意寶貝女兒多吃兩年再斷奶，結果何子衿長了牙就不樂意再吃奶。

沈氏以往聽村裡的人說孩子斷奶如何麻煩，到她閨女這裡，竟不費半分力氣。再譬如，別人家的閨女要十來歲才有自己的屋子，子衿這丫頭還乳臭未乾呢，就起了分屋子的念頭。沈氏頭疼得很，抱怨道：「別人家養十個也沒咱們這一個費心，每天想起一齣是一齣。」

何恭渾未當一回事，笑道：「叫了閨女來，我勸勸她就好了。她年紀還小，自己在一間屋裡，晚上會害怕的。」

沈氏命翠兒去叫何子衿來，「晌午睡了午覺，這會兒別讓她睡了，不然晚上該鬧了。」

其實何子衿沒有在睡覺，她是在為爭取獨立的臥室而奮鬥，可不論她怎麼說，她娘就是不同意。何子衿琢磨著，這事還得落在她爹身上。無他，她爹耳根夠軟。

何恭回來的時候，何子衿在隔間早聽到動靜了，她硬是沒動，就是拿喬等人來叫。翠兒一來，她也沒再擺臭架子，乾脆俐落地起身去找她爹說話了。

何恭滿意地瞧了白白嫩嫩的閨女一回，見閨女噘著嘴，忍笑道：「還生氣呢？」

「哼！」何子衿哼一聲。

何恭把女兒抱在懷裡，耐心講道理：「妳年紀還小，晚上那樣黑，妳娘不放心妳。」

何子衿道：「我不怕黑。」

何恭又說：「妳看，咱們屋子都住滿了，沒空房給妳睡啊！」

何子衿早想好了，直接道：「西間！」

沈氏道：「妳少胡說，西間是妳爹的書房，難不成妳打算睡書房？」

何子衿伸出兩根肉肉的手指，「爹爹，兩間，書房！我，睡一間！」倒不是她有意說話簡練，實在是小孩子口水多，說話多了容易被口水嗆著，她只得暫時言簡意賅，想話嘮一回都不成，天知道她有一肚子的道理想跟她娘掰一掰哩。

何恭好脾性地與妻子商量：「不如就給丫頭收拾出一間做臥室，讓她睡兩宿，要是她睡不慣再回隔間也是一樣的。」

「你就慣著她吧。」沈氏原本是想讓丈夫把閨女這奇怪的念頭掐掉的，不想這人忒好說話，倒被這丫頭三兩句給說動了。

何子衿得意地再哼哼兩聲，湊在何恭耳邊嘀咕兩句，逗得何恭哈哈直笑。

沈氏好氣又好笑，「這是說我壞話了？」

「沒有！」何子衿響亮否認。天地良心，她只是為了獲得獨立的臥室開心罷了，而且，終於不用半夜醒來聽到奇怪的聲音啦，她娘真是不識好人心啊！

何子衿爭取到了獨立的小臥室，只是一時半會兒想去住也不容易，沈氏是個精細人，總要給閨女安排妥當才肯讓她搬遷。

何家不富裕，一家人用的多是細棉布，家具擺設也只是一般，就這樣，沈氏還是重為閨女做了新帳幔。以前在隔間睡的是小榻，搬到新屋子就是家用的床了。

沈氏拿出許多花樣子來教閨女挑，何子衿道：「娘，繡花，麻煩！」

何子衿的意思是，隨便用用就行，新的舊的她都不挑。

「我都不怕麻煩，妳怕什麼？」沈氏耐心地說：「慢慢做就是，咱們家雖沒那些綢子緞子使，可但凡自己用的東西，能做好還是要做好。這不僅是為了好看，也是不虧待自己，別忘了，這可是自己要用的，做好了難不成有什麼虧吃？」

不管何子衿聽不聽得懂，沈氏仍是念叨了一回。

何子衿歪著小腦袋，搖著兩隻小肉腳，羊角辮上掛著的兩個小銀鈴鐺跟著晃了晃，奶聲奶氣地說：「怕娘累。」何家雖有三四個下人，沈氏的生活也不輕鬆，除了應付刁鑽婆婆，還得負責一家三口的衣裳鞋襪，偶爾還下廚做幾個小菜。

沈氏摸摸閨女的頭，「妳乖乖的，娘就不覺得累了。」

對於這種明顯哄小孩子的話，何子衿頗為感動，「娘，我自己住，一樣愛妳。」

沈氏噗哧樂了，「也不知跟誰學的這些花言巧語，嘴上抹蜜了，就會天天哄人。」

何子衿倚在沈氏身畔，強調道：「是真的。」

沈氏笑，「早上買了些櫻桃，我叫翠兒洗了拿來給妳吃。」

沈氏抱著閨女一起選了個草蟲的花樣子，道：「現在先掛個桃粉的帳子，等年下這帳子也能得了，到時再換新的。」

何子衿捏個櫻桃送到沈氏唇邊，沈氏張嘴含了，說何子衿：「妳還小，別多吃，吃十顆就好，想吃等下午再吃十顆。」

何子衿點頭，「嗯，這叫十全十美。」

沈氏樂了，「不知妳從哪兒學的這些話。下個月是妳祖母的壽辰，會不會說吉祥話？」

何子衿張嘴就來：「福如東海，壽比南山。」

「那記牢了，等妳祖母過壽時就這樣說。」沈氏道：「到時妳姑媽也會來，還有妳姑丈、表兄都會過來。妳是咱們家的大姑娘，可得拿出主人家的氣派來招待客人才行。」

「姑媽？姑媽什麼樣子啊？」自何子衿有記憶起，就沒見過何姑媽，不過，她現在脖子上掛的銀鎖，手腳戴的鐲子就是何姑媽送的，聽她娘的口氣，似乎同何姑媽的關係不錯。

沈氏傍晚也與丈夫說了一遭，一邊服侍丈夫換衣裳，一邊道：「今天同子衿說起姊姊來，我跟母親商量過了，母親過壽，姊姊和姊夫應是會來的，該提前將姊姊他們住的屋子收拾起來。姊姊他們難得來一回，可得留姊姊和姊夫多住些時日。」

何恭道：「很是。」

沈氏只是知會何恭知曉，繼續道：「你只管放心，我心裡有數。新被褥是現成的，提前曬一曬就好，還有姊姊以前愛吃的菜，我都跟余嬤嬤打聽了，她最清楚不過。」

何恭聽得直點頭，沈氏又道：「只是，母親這次做壽到底請多少親戚朋友，你可得早些與母親商議，擬出單子來，我好先預備起來。別臨頭忙亂，怠慢親戚不說，也掃了興致。」

何恭皆應了，問：「子衿的屋子收拾出來沒？」

「哪裡有這麼快，得慢慢來。她小孩子住不比大人，又才這麼丁點兒大，個頭還沒椅子高，趕明兒得縫些小棉墊，把桌椅凳角容易磕碰的地方裹上，免得她路沒走結實，撞一下可不是玩兒的。」沈氏是個周全人，何況對方是親閨女，自然想的更多，「我想著，讓翠兒跟子衿一道睡，夜裡也好照看，不然真讓子衿自己住一個屋子，我是再不能放心的。」

何恭點頭，「是這個理。」

何子衿正從外頭回來，聽到父母的話，插了句嘴：「我自己睡就成。」

沈氏板起臉，「那妳就別搬了。」

何子衿剛想跟耳根軟的老爹念叨念叨，看可有商量的餘地，沈氏已皺眉問她：「妳這是去哪兒了？看看沾了這一身土。」

何子衿拍拍裙子，只是有一點髒，沈氏太誇張了。

何子衿道：「涵哥哥帶我盪鞦韆啦！」小孩子的生活多悶啊，她只能自己找樂子。何氏宗族都住一個街區，隔壁同族小孩兒何涵比她大四歲，雖然也是小屁孩的年紀，但何子衿說的話，何涵基本上是聽得懂的。

沈氏吩咐翠兒去拿乾淨衣裳來給何子衿換，說了何子衿一句：「出去也不跟我說一聲，要是哪天妳丟了，找都找不回來。」

何子衿道：「又不遠，還有翠姊姊跟著我。放心吧，丟不了。」她天生話嘮，而且，隨著話說的多，口齒越發清晰，也不大容易被口水嗆著了。

沈氏氣笑，「就知道強嘴！」

待何子衿換了衣裳，一家三口便去何老娘那裡請安。

何老娘見著兒子是真高興，見著何子衿時，那笑便淡了幾分，再看到旁邊的沈氏，瞬間恢復成婆婆的莊嚴相。

沈氏只當不知，面帶淺笑，做出何恭最喜歡的溫柔賢淑模樣。

何老娘一見沈氏這樣就心裡不痛快，等聽到何恭說起做壽的事，何老娘淡淡地道：「我這把年紀了，活一天少一天，做不做壽也不打緊，只是在我閉眼前，非得看你有了後，不然到了地下也沒法子跟你爹交代。」

何恭笑，「娘就放心吧。」

何老娘老眼往上一吊，瞅向沈氏的肚子，「妳媳婦有了？」

沈氏面上含羞，嗔何恭一眼。

何恭握住沈氏的手，對母親笑道：「早晚而已，娘，您別急啊！」

何老娘那臉色刷地便落下來了，冷冷地道：「你們抓緊些，咱們家可是三代單傳。」

何恭笑嘻嘻地哄老娘，「娘，您就放心吧，一準兒沒問題。」

何恭原是想哄老娘開心，結果何老娘看他拉著沈氏的手，笑得一副春光燦爛的樣子，立刻氣不打一處來，臉變得更黑了。

何恭一瞧，連忙尋個由頭帶著老婆孩子回屋。

見丈夫頗有些牽掛的模樣，沈氏順勢一嘆，「你去太太那邊瞧瞧，哄一哄太太。太太年紀大了，老小孩兒的，你去說幾句好聽的，別真叫太太心裡存了氣，那就不好了。」

何恭見沈氏有些為難有些委屈又有些無奈，著實不忍，輕輕捏妻子手心一下，道：「妳先帶著子衿用晚飯，別等我了。」一夾心板的滋味，何恭並不陌生，好在不論老娘還是媳婦，兩個女人都真心疼他，哄老娘並不費什麼事，只是委屈妻子這般善解人意，老娘卻總是不喜，想到這裡，何恭也添了幾分愁。

何恭依依不捨地轉回老娘院裡，沈氏待丈夫走了，便命翠兒去廚下取了晚飯來。

沈氏出身普通，卻有個秀才爹，家境雖一般，但受秀才爹的影響，知道些養生的事，晚上素來不肯多食，尤其天氣漸熱，沈氏沒什麼胃口，故此，桌上僅一盤素炒青菜、一碟青瓜條，另有一碗綠豆湯。何子衿則是標準的兒童餐，一碗蒸得嫩嫩的水蒸蛋，拌上秋油，點兩滴香噴噴的小磨油，聞著就令人食指大動。

沈氏幫何子衿將水蒸蛋拌勻，圍好圍兜，讓她自己握著小勺子吃飯。

何子衿吃兩口水蒸蛋，瞅一眼她娘的臉色，旁敲側擊：「娘，祖母不喜歡我。」

沈氏眉毛未動一下，「妳又不是銀子，難不成天下人都要喜歡妳？」

何子衿被她娘噎得半死，兩隻大眼睛盯著她娘淡然的神色，很有衝動地想要問一句：娘啊，您也是穿越來的嗎？

沈氏當然不是。

沈氏又叮囑閨女一句：「妳若是覺得誰不喜歡妳，就少往那人面前湊，只當那人不存在就是，自己開心就行了。」

屋裡沒旁人，沈氏將心得悉數傳授給閨女：「妳過得開心了，那不喜歡妳的人瞧著，自然就不開心了，所以，過好自己的日子就成，其餘的不必多理會。」

沈氏說完，方後知後覺地告誡閨女：「這話可別說給妳爹聽。」

何子衿眨眨眼睛，沈氏摸摸她的小腦袋，「妳才多大，想來妳也聽不懂。」

何子衿剛想說「俺聽得懂啦」，沈氏已眉眼彎彎道：「行啦，乖乖吃飯。」

何子衿還是想發表對她娘的崇敬之情，「娘……」

「食不言，寢不語，閉嘴吃飯。」沈氏塞一根青瓜條到何子衿嘴裡。

何子衿鬱悶地瞅著她娘，沈氏笑咪咪的，大有妳再開口說話老娘還要堵嘴的架勢。

晚上，何恭一臉疲憊地自何老娘的院子回屋，何子衿心中感嘆：果然，這世上最難纏的女人，非她家老娘莫屬啊！

何子衿的日子過得悠悠哉哉的，她現在一個小孩子，除了吃喝玩樂，沒別的事可幹。何子衿很寂寞地浮想聯翩，她要不要剽竊後世一些華章美文來展示一下自己的「與眾不同」，弄個才女的名聲來過過癮。

不過，她也只是想一想。哪怕是穿越的，只要腦子正常，都不該幹那種剽竊的事。因為即使是國學大師穿越而來的，腦袋裡的東西仍是有限。一輩子長得很，圖一時名聲，這會兒瞎顯擺，等肚子裡的存貨用光，難免要「江郎才盡」。再者說，她如今大字不識一個，若張嘴吐出文章來，她娘得以為她瘋了。

不過，如果不能展現自己的與眾不同，難免讓人有種寂寞如雪的感慨啊……

何子衿正坐在院中的藤蘿架下寂寞如雪，沈氏招呼她：「過來換衣裳。」

何子衿立刻來了精神，「娘，咱們這是要去哪兒？」

沈氏道：「去妳賢祖母那裡。」

何子衿瞬間沒了精神，蔫了吧唧地嘟囔：「我又不念佛，去做啥？娘，您自己去吧，一會兒我找涵哥哥玩兒。」

別看沈氏在何恭面前總是溫柔婀娜的模樣，何子衿十分懷疑她娘有暴力基因，這不，一句話不解釋直接把她拎回屋就幫她換衣裳。至於何子衿的反對意見，沈氏直接當沒聽到。待把何子衿打扮得圓潤可愛，就帶著她去那位賢姑太太家裡說話。

何子衿不樂意去，她自來對廟啊觀的地方沒興趣。那位賢姑太太是何氏宗族有名的貞烈人物，自年輕時守了望門寡就沒再嫁過，先帝還給賢姑太太頒發了貞潔牌坊以示嘉獎。何子衿雖沒見過這位貞烈的族中長輩，可只要想一想就能明白，這得是個啥人啊。與其去賢姑太太那裡，她寧可去廟裡燒香，至少廟裡擺的菩薩是泥塑，而賢姑太太這個菩薩是活生生的。

一想到要去見活菩薩，何子衿就提不起精神，跟在沈氏身邊嘀咕：「娘，您要去跟賢祖母學念經啊？」賢姑太太的年紀委實不輕，只比何老娘小個一兩歲，論輩分，沈氏要叫一聲姑媽，何子衿就要叫祖母了。

沈氏不理何子衿的話，邊走邊訓不聽話的丫頭：「妳這是什麼樣子？噘著嘴做什麼？」

「娘，我睏。」何子衿隨口給自己找理由。

「我看妳是皮癢想挨揍。」沈氏根本不吃這套，一眼看穿她，問何子衿：「妳是直接去，還是挨頓揍再去？」

何子衿無語一陣，無奈投降，「我去，我去還不成嗎？」

沈氏知道閨女人小腿短，故而走得很慢，為的是遷就何子衿的小步子。

何子衿是個樂天派，走一會兒，自己就煩惱全消地樂呵了，還揚著小腦袋，大著膽子問她娘：「娘，您知道我不想去賢祖母那裡啊？」

沈氏美眸一橫，不客氣地打擊閨女：「妳想去的地方，一出門就恨不得插翅膀飛去。不樂意去的地方，就會是剛剛那副死磨硬蹭的德行。」

這要看不出來，除非是瞎子。沈氏在心裡補了一句。

何子衿生就厚臉皮，笑嘻嘻地道：「真是生我者老娘，知我者老娘啊！」

沈氏不留神被她逗得一樂，又叮囑這厚臉皮的閨女：「在別人家可得老實些，別嘴沒個把門兒的，讓人笑話了。」

何子衿哼哼兩聲算是應了，沈氏嘆，「我看別人家的孩子，沒哪個似妳這般貧嘴。」

何子衿道：「我這是聰明，不是貧嘴。」娘誒，您這般英明神武，難道就沒發現閨女我的非同凡響之處嗎？娘啊，您究竟看出來沒有啊……

沈氏學何子衿剛剛的樣子哼哼兩聲，不再理會這人來瘋。

何子衿：娘，您幼稚了啊！

母女倆說著話，遛遛達達就到了賢姑太太住的地方。何子衿年幼，再加上六月天熱，這一段路雖不遠，卻也走得額角冒汗，臉蛋泛紅。

進了賢姑太太家的大門，繞過影壁，入眼一片翠綠，原來是一片絲瓜架遮出的蔭涼。那位據說素喜佛事的賢姑太太並沒有在屋裡念佛，而是坐在絲瓜架下的搖椅上，正搖著芭蕉葉的大扇子消暑。

賢姑太太是認得沈氏的，停住搖扇，有些驚訝，和氣地笑道：「妳怎麼來了？」

「正是梅子熟的時節，家裡種了幾棵，我挑了上好的送些來給姑媽嘗嘗。再者，我是無事不登三寶殿，有事求姑媽。」沈氏將竹籃奉上，「下個月是我家太太的壽辰，我抄了些平安經想供在佛前。我家裡沒供菩薩，倒是太太常跟我說姑媽深諳佛理，我就來求姑媽了。」

不過一點小事，沈氏帶的東西也只是吃食，賢姑太太笑道：「難得妳一片孝心。」說完，吩咐丫鬟接了沈氏帶來的新鮮梅子。

沈氏很是歡喜，又讓閨女與長輩見禮。

賢姑太太對沈氏並不算熟悉，她素喜清靜，不愛跟外人多來往，沈氏成親都兩年了，同賢姑太太打交道的次數五根手指頭數得過來。沈氏早有心與賢姑太太來往，不為別的，賢姑太太在整個鎮子都是極有名聲的，因賢姑太太得了朝廷嘉獎的貞潔牌坊，何氏宗族的閨女向來好嫁。與賢姑太太打好關係，起碼在輿論上絕對沒壞處。只是，賢姑太太不善交際，沈氏也一直沒有機會跟賢姑太太親近，如今既有個好由頭，沈氏便帶著閨女來了。

沈氏當然不是無緣無故帶閨女過來的，她是經過深思熟慮的。沈氏想得很清楚，她與賢姑太太早就見過，只是沒啥交情，若她真得賢姑太太青眼，早就得了，但直到現在，她與賢姑太太僅是尋常的關係，可見賢姑太太對她眼緣一般。何子衿不一樣，何子衿還是個娃娃，賢姑太太年紀與何老娘不相上下，守寡許多年，雖不愁吃喝，到底寂寞。

寂寞的女人，多是喜歡孩子的。

故此，沈氏就帶著何子衿來刷好感了。

她家閨女別的不說，光看臉，十個有八個得說好。剩下兩個不說好的，肯定是瞎子。

沈氏對自家閨女的可愛度就有這樣的信心。

果然，賢姑太太一見何子衿就笑了，伸手摸摸何子衿的頭，對沈氏笑道：「去歲阿恭來送喜蛋，只知道妳生了閨女，這一轉眼，孩子都這般大了，長得可真俊俏，叫子衿嗎？」

沈氏笑，「是，相公取的名字。」

賢姑太太道：「青青子衿，悠悠我心。縱我不往，子寧不嗣音？好名字！」

沈氏睜眼說瞎話，「淘氣得很，在家沒一刻閒著，非要跟我來。」

賢姑太太笑，「小孩子家，多是這樣。」又命丫鬟去洗些時令水果，問沈氏：「子衿愛吃什麼？我這裡早上做了些紅豆糕。」

沈氏道：「她什麼都吃，現在在長牙，恨不得桌子椅子都啃兩口。」

何子衿頗有怨念地看向她娘，「是我牙床總是癢。」再說，她可沒啃過桌子椅子。

賢姑太太直笑，柔聲道：「等牙長出來就好了。癢也不要舔，會把牙舔歪的。到時一嘴歪歪牙，就不漂亮了。」

何子衿的臉刷開了她娘交際的大門，沈氏是個有分寸的人，並不說別的，只是說些何子衿的日常趣事，姑太太聽得津津有味。

何子衿負責吃點心吃水果，別看賢姑太太是有貞潔牌坊的人，賢姑太太過的日子可是與何子衿想像中的那些淒淒慘慘的寡婦不同。賢姑太太衣著素樸，一身青色衣裙，卻不是枯草青，而是玉色水青。那衣裳瞧著是棉布，卻不是尋常的棉布，何子衿趁著親近人家時摸了兩把，其光滑柔軟比綢緞還要舒服。並非新衣裙，帶著水洗過的微舊，但有一種別樣雅致的色澤。就是賢姑太太坐的搖椅，興許是用得久了，扶手處有著時光沉澱下來的圓潤包漿。

這樣的一個人，不論是什麼樣的身分，絕對是個極懂生活的人。在這種人身邊，絕對能吃到不錯的點心。何子衿也沒客氣，而且，看她吃得香甜，賢姑太太滿眼是笑。

臨近中午，沈氏便起身告辭。賢姑太太也不多留，命僕婦送了她們母女出門。

沈氏回家這樣與何老娘解釋：「我想著，闔族中誰不仰慕賢姑媽的賢良貞烈，非但我們做晚輩的要學賢姑媽的貞靜，子衿若能受些熏陶也是她的福氣。」

何老娘慣會拿賢姑太太說事的人，聽沈氏此言，也說不出別的，只好念叨了一陣孫子的話試圖給沈氏添些堵。見沈氏八風不動的模樣，何老娘累了，揮揮手讓母女二人自便去。

何子衿悄悄跟她娘說：「我真怕祖母盼孫子盼瘋了。」

沈氏瞪她，「閉嘴！」

自從將手抄佛經送到賢姑太太面前，沈氏就隔三差五帶何子衿過去，與人說起便是：「姑媽熟諳佛理，慈祥和善，且不嫌我愚鈍，我有不懂的，正好請教姑媽。」

事實上，沈氏對佛理沒半點興趣，賢姑媽則是看何子衿順眼，沈氏又是個聰明人，極會討人喜歡，與這樣的人來往，並無不愉之處。

轉眼便是何老娘的壽辰，何子衿也第一次見到了姑媽何氏。

何氏的眉眼與何老娘有五分相似，不算什麼美人，論相貌只是尋常，但何氏的智商絕對甩何老娘三條街。何氏待沈氏非常親近，對何子衿也好，一見何子衿就抱著不撒手了，「看這小模樣可真俊兒。唉，我做夢都想生這麼個閨女，閨女貼心。」又問兒子：「翼兒，妹妹好不好看？」何氏嫁到芙蓉縣的馮家，因離得遠，嫁了五六年，回娘家的次數寥寥可數。

馮翼年僅四歲，單名一個翼字。何子衿見馮表兄身材圓滾滾的，想著這小胖子即使長了翅膀，也飛不起來。馮翼生得圓胖，眉眼卻不差，只是皮膚有些黑，此時被何老娘摟在懷裡親香著。聽到母親問話，黑胖小表兄伸長脖子去瞧母親抱著的小女孩，點頭道：「好看！」

遂發散思維，想了個恰當的比喻。

「妹妹像牛乳糖。」白白的，還軟軟的。

何子衿：你才像牛乳糖，你們一家子都像牛乳糖！

閨女回家，何老娘心情大好，「一個丫頭片子，什麼好看難看，還是奶娃子呢！」

何氏不同意老娘的話，道：「娘，看您說的，丫頭就沒好看難看了？要是小時候像醜八怪似的，長大能好看到哪兒去？您看子衿，眉眼多俊俏。不是我讚自家侄女，我見過不少孩子，像子衿這樣好看的，一百個裡頭也沒一個。」

沈氏笑，「孩子都是自家的好，姊姊也太讚她了。」

何氏道：「本就是實話。」命丫鬟取出漆紅的匣子來，與沈氏道：「子衿周歲，我沒能回來。我心裡就喜歡小閨女，如今一見子衿，恨不得她是我生的才好。這是我早先就讓人打好的，給子衿戴吧。」

沈氏是做舅媽的人，自然也有見面禮給馮翼。

何氏又誇讚道：「我聽說，為著母親過壽，弟妹早早操持不說，還特意抄了經書供在賢姑媽那邊。弟妹孝順，也教得子衿懂事。」

沈氏笑，「都是我們該做的。相公常說，母親辛苦這些年不容易。」

沈氏素來會說話，知道姊弟感情好，自己不居功，便將丈夫抬出來。

何氏果然笑意更深，「賢姑媽等閒人都不見的，這也是弟妹投了賢姑媽的眼緣。」

沈氏道：「拜佛時都說『心誠則靈』，我想著這約莫是緣分。就是子衿，我也時常帶她過去。她雖懵懂，受些熏陶也是好的。」

「哎喲，這可是好，是咱們子衿的福氣！」

何氏是個明白人，何子衿常去賢姑太太那裡，若能堅持下來，以後名聲就格外好。何氏只在弟弟何恭與沈氏成親時見過沈氏一面，當時覺得沈氏是個機靈人，如今看來，沈氏不光是機靈，聰明也是有的，於婆婆面前亦是禮數周全。再看弟弟，從頭到腳的齊整，便是何子衿，也教得有禮貌。這樣的媳婦，哪怕娘家略差一分，也是無妨的。

何氏既喜沈氏，說起話來自然更加投機。

第二天是正日子，親戚朋友來了大半，沈氏忙著招呼客人，請了個本家嫂子幫忙照看廚房，才堪堪周旋開來。倒是陳姑媽也回來給何老娘賀壽，何老娘問陳芳怎麼沒來，陳姑媽唇角不自禁往上一翹，又抿了抿唇，撫著腕上的翡翠鐲子，故作淡定模樣，彷彿很隨意地說了一句：「剛說定了人家，不好再到處走動。」

何老娘連忙問定了哪家，陳姑媽道：「州府寧家。」

何老娘不大清楚州府寧家是哪家，何氏卻是個懂眼的，問道：「姑媽說的，可是族中出過首輔的寧家？」

陳姑媽極力想低調，卻發現自己怎麼都低調不起來，下巴不自覺抬高，「可不是嗎？就是那個寧家。本家嫡系排行第六的公子，有秀才功名。唉，可圖什麼呢，就圖孩子上進。」

一聽說陳芳定了寧氏嫡支的公子，周圍知不知道的人都奉承起陳姑媽來。何氏也跟著眾人說了幾句表妹有福之類的話，又問：「是誰給表妹說的親事？這可真是一門好親。」

陳姑媽笑，「倒不是外人。妳姑丈在州府做生意，他與寧三爺相熟，因是實在交情，寧三爺對咱們也知根知底，方託媒人定了親事。」

何氏道：「表妹好福氣。」

先前母親的心思，何氏不是不知，只是弟弟相中了沈氏，何況那時只是兩家長輩有意，親事卻是未定。後來弟弟與沈氏成親，聽說陳芳傷心了一場，何氏也嘆了幾回氣。如今聽說陳芳有了好姻緣，何氏也為陳芳高興。

沈氏早半個月前就開始準備何老娘的壽宴，雞魚肘肉、鮮果茶點一應俱全，還請了交好的親戚族人過來，很是熱鬧了一日。

何氏難得回娘家一趟，讓丈夫帶著兒子住，她自與老娘一屋，也是有些自己的心思。熱鬧了一整天，何老娘有兒女逢迎，極是開懷，只是到底有了年紀，晚上便有些倦了。母女倆靠著涼榻說私房話，何氏道：「我在婆家，有時遇著族人過去，便會打聽家裡的事。常聽人說弟媳賢良，我沒親眼見到，到底不信，如今見了，才算是信了真。」

何老娘將嘴一撇，「妳也就看個面兒罷了，知道什麼？」

何氏之所以提起沈氏，就是見老娘對沈氏似是不喜，才出言試探，也是想著勸一勸老娘的意思。聽老娘這樣說，何氏道：「娘，您這又是想左了。看個面兒怎麼了，能看個面兒的媳婦便是百裡挑一了。不說別人，就是我在婆家，難不成能將婆婆似娘那樣對待嗎？我在婆婆面前，也就是弟妹這樣了。」

許多話，何老娘是沒法跟兒子說的，卻是想同女兒念叨一二。

何老娘道：「妳不知道，她仗著那狐媚子模樣，把妳弟弟迷得昏頭轉向。妳弟弟，哼，我就不樂意說他，真是有了媳婦忘了娘，只拿著那狐媚子當心肝寶貝，他眼裡還有誰？」

何氏笑勸：「娘這是哪裡的話啊？弟弟和弟妹感情好，難不成是壞事？就是誰家成親，那大門口對聯上還得寫一句『百年好合』呢！」

何老娘仍是憤憤不平，「當初我都跟妳姑媽說好了妳表妹的，妳表妹多老實，又是我看著長大的。咱們家艱難的時候，妳姑媽沒少幫咱家，可妳弟弟不爭氣，偏叫狐狸精給迷住。

我一想起這事，便覺得對不住妳姑媽，也對不住芳姐兒。」

何氏嘆口氣，「人家都說，十年修得同船渡，百年修得共枕眠。要我說，這也不怪弟妹，怪只能怪弟弟跟芳表妹沒緣分。娘，聽我一句，人都得往前看，弟妹既嫁進來，就是咱們家的人了。她品行如何，不在人說，要看她怎麼做。娘只看弟弟身上多麼周全妥貼，便明白弟妹是用心服侍弟弟的。只要她把弟弟服侍好了，咱們就不用挑剔她別的。」

「再者，娘總是想著姑媽如何，可之前到底沒把事定下來。如今弟弟都成親兩年多了，娘還說那些陳穀子爛芝麻做什麼？您沒見姑媽說芳表妹的親事也定了嗎？還是州府有名望的人家，這也不算委屈芳表妹了。」何氏苦口婆心，「芳表妹有了好前程，娘也略寬一寬心。只看著子衿，也該給弟妹一些面子。」

何老娘嘀咕：「丫頭片子罷了，咱們家可是三代單傳。」

何氏立刻拉下臉來，「娘說這話當真沒良心，我也是丫頭片子！」

何老娘對閨女卻是要低頭的，軟了口氣道：「我就隨便一說，瞧妳這丫頭，還生氣不成？妳娘我待妳如何，妳心裡沒數還是咋地？今天可是我的大壽，不說奉承妳老娘幾句，倒跟我擺起臉子來。」

何氏嗔道：「誰叫娘您當著丫頭的面兒就瞧不起丫頭呢？娘怎麼這樣？子衿可是姓何，咱們何家的骨肉，娘您倒歪著眼睛看她。瞧子衿長得多俊啊，我都恨不得帶回家去。」

何老娘又嘀咕：「就像她那個娘。」

「像她娘怎麼了？要我說，像她娘才生得俊呢。要是像她祖母，那可就慘了。」何氏剛說完就被老娘拍了一記，何氏笑道：「我這是實話，我就是像了您，才長成這樣。」

何老娘罵：「像我怎麼了？妳就是像我，方有這樣的福氣！」她家女婿可是舉人出身。

何氏笑出聲來，母女倆自說自樂。

沈氏看著下人將桌上的殘羹剩飯收拾完，並將借來的桌椅全都擦乾淨還回去。直至收拾停當，沈氏方拖著疲憊的身子去休息。

何恭幫沈氏揉捏肩膀，「累了吧？快躺躺。」

沈氏斜靠著床頭，道：「就是腿有些痠。我命翠兒送的醒酒湯，你喝了沒？」這種場合，何恭沒有不應酬的。

何恭抬起沈氏的一條腿放在自己腿上，沈氏想抽回來，卻被何恭按住，一邊輕輕揉著，一邊回答道：「喝了。」

沈氏問：「丫頭呢？」

「跟翼兒玩去了，沒事，有余嬤嬤瞧著。」何恭道：「這些天，勞累妳了。」

沈氏笑，「母親一年只過一次壽，老人家年紀大了，看重這個，咱們縱使累些，只要老人家心裡高興，便也值得了。倒是你，該去姊夫那邊瞧瞧，姊姊和姊夫難得回來一次。」

妻子這般賢良孝順，何恭眼神越發柔和，「這還用妳說？我看姊夫有了酒，方辭出來。素弟也喝的不少，讓人送了醒酒湯，他喝完就睡了。」

沈素生了個俊美聰明相，念書上卻不如何恭，更不必說與馮姊夫相比。沈父一輩子只是個秀才，為了科舉，家業填進去大半，也沒考出個一二三來。沈氏想得明白，這世上如馮姊夫這樣青年中舉的百裡無一，這得是家裡祖墳風水好，命裡應了文曲星的貴人，世間卻大部分人是尋常人。沈素念書沒天分，倒是喜與人交際，故此，但有機會，沈氏都叫了弟弟來，不說別的，多認識幾個人沒壞處。

「阿素就是這樣，說他有酒量嘛，每次喝了酒必然要睡覺。說他沒酒量嘛，他倒是還能喝一點。」沈氏笑，「這也是我的私心，我想著姊夫難得來一趟，又有舉人功名，科舉上的門道肯定更熟些。阿素念書不及你，你帶著他好好跟姊夫請教一二才是。」

沈氏又問：「聽說姊夫為了下科春闈，想早些去帝都準備，這可是真的？」

何恭道：「自然是真的。許多人都是一中了舉便去帝都的，帝都裡有學問的先生很多，就是請教文章也更方便。」

當然，這得是家裡有錢的，不然似他們這離帝都遠的，路費便是不小的開銷。

「姊姊是不是也跟著去？」沈氏端起几上的茶盞喝了幾口茶。

「自是一道去，不然誰照顧姊夫？」何恭道：「就是翼兒，姊姊也想帶去長些見識。」

沈氏點頭，「這是應當的。不論夫妻父子，終要守在一處才是親。」

何恭笑，「很是。」

夫妻倆又說了幾句話，沈氏委實太累，不知不覺便沉沉入睡。

何恭握住妻子的手，低頭落下一吻。

何氏在娘家幾日，沒少替沈氏說好話，意圖緩和何老娘同沈氏的婆媳關係。

沈氏知何氏的情，與何氏道：「上次見姊姊還是成親的時候，那會兒臉嫩，也沒與姊姊多說幾句話。若是早與姊姊相熟，這幾年我能少走許多彎路。」

可惜何氏嫁得遠，若嫁得近，有這樣的大姑子，何愁婆婆刁鑽。

何氏笑，「妳這樣聰明，怎麼都能把日子過好。」

沈氏謙道：「也就是母親和相公不嫌我愚鈍，肯教我。」姑嫂兩個說話投機，何氏與丈夫道：「以前總擔心弟弟性子太好，如今瞧著，真是各人有各人的福氣，看來不必咱們再操心了。」

馮姊夫笑說：「弟弟性子好便有性子好的好處。」

何氏道：「好不容易回來一趟，你的學問比弟弟好，他考秀才兩年了，總是運道不大好，你幫阿恭瞧一瞧文章，可好？」

馮姊夫道：「這有什麼難的，哪裡還用妳特意說一回。這兩天阿恭忙些，待他閒了吧，咱們也不是明兒就走。還有弟弟的小舅子，叫阿素的，阿素文章雖是平平，卻是個妙人。」

何氏自知沈氏的心思，抿嘴一笑，「反正不是外人。」都是親戚，沈氏娘家家境尋常，其父卻是正經秀才，勉強也算讀書人家。因著這個，沈氏自幼讀過幾本書，認得幾個字，算帳理事也更明白。沈家好了，對自家沒壞處。

大人聯絡大人之間的感情，孩子也有自己的交際，譬如，何子衿就在陪馮翼玩。當然，在別人眼裡，是馮翼這個大表哥帶著何子衿這個小表妹玩。

馮翼騎著竹馬滿院子亂跑，跑累了便把當馬騎的竹竿遞給何子衿，裝模作樣地說：「子衿妹妹，把馬兒牽去馬槽繫好，多多飲水，馬兒累了。」

何子衿直翻白眼，「你自己又不是沒長腳，幹嘛總叫我去？沒辛苦錢，我才不去。」

馮翼從兜裡摸出一塊梅子糖遞過去，「給妳，辛苦錢。去吧。」

何子衿伸出一隻肉肉的小巴掌，「給我五塊梅子糖，我就去。」

馮翼故意長吁短嘆，「唯女子與小人難養也。」又數出四塊梅子糖給何表妹，軟了語氣哄她：「趕緊去吧。」

何子衿一手接糖，一手接竹竿，轉身把竹竿放在一旁，剝了糖含嘴裡，看馮翼一腦門子汗，問他：「你累不累啊？看你熱得，臉都花了。」拿小帕子給馮翼擦汗。

在旁邊伺候馮翼的丫鬟叫綠檀的，連忙端了溫開水過來，服侍著馮翼喝了，道：「天漸熱了，大爺不如在屋子裡歇歇。表姑娘年紀小，怕曬呢。」

馮翼看何子衿小小嫩嫩白白的樣子，雖然很想在院子裡玩，卻覺得綠檀說的有理，便拉著何子衿的手進屋裡，又有新鮮主意，「子衿妹妹，妳做學生，我做夫子，我教妳念書吧。」

何子衿故意鄙視，「你才認得幾個字，就能教我念書了？」

馮翼不服，「我何止認得幾個字，妹妹名字的出處，我便知道。」不待何子衿追問，馮翼便顯擺起來，「妹妹的名字出自春秋《詩經》裡的一首詩，青青子衿，悠悠我心。縱我不往，子寧不嗣音？妹妹說，是不是？」

何子衿裝出驚奇的樣子來，「哎喲，你還真知道啊？那你知道是什麼意思嗎？」

熊孩子，你安安分分在屋裡坐一會兒吧！

果然，何子衿這樣一問，馮翼便迫不及待當起了小先生。

中午馮翼硬拉了何子衿坐在一起吃午飯。自何氏歸寧，女眷都是帶著孩子在何老娘這裡用飯，馮翼與何子衿年紀都小，自然是跟各自的媽坐，方便人家親娘照看。現在馮翼堅持要何子衿坐自己身邊，還捏著小筷子夾菜給何子衿，反客為主地招呼「子衿妹妹，妳吃這個魚，妳吃這個蝦」啥的。

何氏道：「你妹妹年紀小，還不能吃魚，小心卡著刺。」兒子吃魚她都要把刺擇淨，不然再不能放心的，又道：「讓你妹妹去你舅母身邊坐，吃過飯你們再一起玩。」

馮翼捨不得跟子衿妹妹分開，沈氏笑，「無妨，沒外人在，我挪過去跟子衿坐就是。」

何家人少，沒什麼瑣碎規矩，原是何老娘坐主位，沈氏和何氏各自帶著孩子分別坐在何老娘左右下首。如今馮翼非要何子衿坐自己旁邊，沈氏便跟著坐了過去，方便照看何子衿。何子衿滿周歲後就要求自己用勺子吃飯，待勺子用熟練了，就用起小筷子。吃飯什麼的，熟練得很，而且什麼都會吃一點，尤其是吃魚的時候，她自己也知道要小心。

何氏留心觀察，深覺娘家侄女實在能幹，這才多大，就吃得這般熟練，而且不似別的孩子，飯菜灑滿身的邋遢樣。

吃過午飯，馮翼又叫著何子衿一塊午睡。

何子衿道：「我得睡自己的床才能睡得著。」

馮翼說：「那我去跟妳做伴，好不好？」

憑良心講，馮翼雖是個小胖子，卻長得不賴，年紀也不大，何子衿畢竟嫩殼老心，想了想便道：「那你可得老實點兒，你要是不老實，我就不讓你睡我的床。」

何老娘板起臉，訓斥何子衿：「這死丫頭，哪有跟妳表哥這般講話的？沒禮貌！」又說沈氏：「妳也不管管她！」

何氏連忙抱起何子衿，對老娘道：「孩子的玩笑話，娘您倒當真了。子衿要是不好，我看這世上就沒好閨女了。」又託沈氏，「在家裡，我們長房三房都有姊妹，也沒見翼兒這麼稀罕誰，可見是跟子衿投了緣，中午就麻煩弟妹了。」

沈氏的臉早在何老娘訓斥她閨女時沉了下來，見何氏打圓場也只是勉強一笑，自何氏懷裡接過閨女，對何氏道：「這有什麼，姊姊也太客氣了。」便帶著兩個孩子去午睡了。

沈氏對付何老娘的辦法便是視而不見，不拿這人當回事，縱使一時不悅，也不會與這等渾人生氣。她將兩個孩子安排在隔間何子衿常睡的小床上，自己正好偷空歇息。為了方便照看閨女，何子衿睡的隔間僅與沈氏和何恭的臥室隔了一道紗簾，有點動靜沈氏就能聽到。

兩個小的正嘀嘀咕咕說著話，馮翼拿了糖給何子衿，哄她道：「吃糖不？」

何子衿道：「我才不吃，吃了糖睡覺會蛀牙的。」

馮表兄彆彆扭扭地硬塞給何表妹，「吃吧吃吧，妳吃了糖，就別生氣了。」

何表妹道：「我沒生氣。」

「還說沒氣，看妳嘴都噘起來了，臉蛋還鼓鼓的，像青蛙似的。」馮翼說著，伸手戳了小表妹的蘋果臉一下。

何子衿拍掉馮翼的胖手指，「你才像青蛙！」

馮翼呱呱兩聲，努力逗何子衿開心。

何子衿唇角一翹，不想為難這孩子，道：「我不是生你的氣。」

「那妳生誰的氣？妳是不是生氣外祖母罵妳啊？」

何子衿可不是沈氏，她有自己的脾氣，聞言立刻道：「就是！在她眼裡，我好像就該低你一等似的，真是好笑！」

馮翼年紀小，不大明白何子衿的意思，不過，他是知道何子衿在氣外祖母訓她的事。思量片刻，馮翼道：「外祖母那麼大年紀了，子衿妹妹，妳就別跟她生氣了吧。」

「我才不理她。」何子衿道：「我想睡覺了，你睏不睏？」

「嗯，那我拍拍妳吧。」馮翼學他娘哄他睡覺的模樣，小手拍拍何子衿的脊背。

何子衿：……

何氏難免又跟何老娘念叨了一回家和萬事興的道理，何老娘堅持道：「妳哪裡知道那丫頭的德行？一個丫頭片子，不說教她些禮法規矩，讓她學些個穩重，反是變著法兒慣著。前兒給那丫頭收拾屋子，我都懶得理。」

「妳看看今天，翼兒比她大好幾歲，又是她表兄，她難道不該敬著些？」何老娘又抱怨閨女：「妳倒還說我的不是。」

何氏道：「小孩子家，隨便說兩句玩笑話，哪能就認真了？子衿才多大，別的孩子在子衿這麼大時飯都不會自己吃呢，還什麼禮義孝悌，那是以後大了的事，誰家會跟小孩子較真？我本就嫁得遠，兄弟姊妹間想走動不容易，兩個孩子投緣，喜歡一處玩兒就一處玩兒。便是小孩子說話玩耍，也得想一想他們的年紀，什麼叫童言無忌呢？」

何老娘被閨女說得來了氣，「妳不是回家給我賀壽，妳是嫌我命長，專門來氣我的。」

何氏說得口乾，「我氣您？世上恐怕也只有我跟您這樣說幾句明白話了。」

不論閨女說多麼直接的話，何老娘都不會放在心上，非但不會放心上，還滿腹冤屈，「我外孫子好幾年才來一回，我偏心點怎麼了？也就妳這當娘的，真個裡外不分。」

何氏無奈，「我怎能不知娘偏著我偏著翼兒，可到底是一家人，子衿又是閨女，原該多疼些的。倒是翼兒，他是做哥哥的，讓著妹妹本是應該。娘，您別心裡存偏見就看不上子衿，要我說，那孩子年紀雖小，卻比尋常小人兒家都能幹，說不得您以後得享了孫女的福。」

何氏不似沈氏這般自來守著何子衿，要沈氏說，她閨女是比同齡的小朋友能幹些，學說話學走路早些，卻沒有何氏看得更清楚。何氏是拿兒子跟侄女對比的，在兒子像侄女這般大時，哪方面都不及侄女做得更好，故此，何氏堅信是弟妹把侄女教得好。

當然，侄女自個兒也聰明。何氏是個明白人，她是遠嫁的，回娘家的次數有限，以後這家還得弟弟和弟媳來當，一家人何必非要爭個你高我下，消消停停地過日子不好嗎？何況，沈氏不是不講理或難相處的人，跟弟媳打好關係，對於一個遠嫁的大姑子來說，有什麼壞處呢？再者，母親年紀越來越大，弟弟又要念書考功名，家裡的事早晚得落在弟媳手裡。一個能為婆婆盡心的媳婦，和一個只大面上過得去的媳婦，對婆婆來說絕對是天差地別。

何氏不喜母親為難弟媳，也是為了母親著想。

奈何老娘天生一根筋，「我享也是享兒女的福。眼珠子都指望不上，還指望眼眶子。」

何氏嘆，「您就嘴硬吧。」

何老娘又道：「妳剛沒瞧見那臉色，我不過說子衿幾句，還不是為了教她懂事，結果呢，母女兩個便給我擺死人臉，明擺著沒把我放在眼裡。」

何氏不為所動，「要是有誰敢那樣罵我兒子，我臉色得更難看。」

何老娘深覺閨女亦受了狐媚子迷惑，一時沒好法子讓閨女認清狐媚子的真面目，不由長嘆一聲，「妳這孩子自來心眼兒好，只將人往好裡想，可別人難不成就都與妳一樣？」

何氏瞧老娘油鹽不進的樣子，當真是無語了。

何氏在娘家住了十天，要走的時候，何老娘眼淚都下來了，儘管知道閨女如今過得好，可於內心深處仍十分後悔將閨女遠嫁，以致於不能時時守在眼前。

沈素一直住在何家向馮姊夫請教功課並打關係，眼下馮家要走，沈素昨兒回家弄了兩袋土產給馮家做儀程。何老娘向來看不上沈家，抹眼淚道：「哪裡帶得這些東西？阿素的好意，你馮家姊夫是知道的，只是車都滿了，裝不下了。」

沈家闔家家業也只三五十畝水田，能有什麼好東西不成？送些不像樣的東西，倒叫馮家人笑話，閨女臉上也不好看。

沈素笑，「不用伯母操心，我給馮家姊夫放車上了，包管帶得走。」又對馮姊夫道：「不是值錢的東西，就是家裡的一些土物，禮輕情意重，姊夫可別跟我客氣。」

馮姊夫覺得沈素不錯，「我哪裡會跟你客氣，若是覺得好，少不得再開口的。」

何老娘拉著閨女絮叨良久，因路途頗遠，何恭便勸著老娘：「讓姊姊、姊夫早些動身，別誤了中間投宿的時辰。」

馮翼想把何子衿帶回家一起玩，得知不能帶走妹妹，傷心了一陣，把自己最喜歡的紅木雕的小木馬送給何子衿當作念想，並留了許多「課業」給何子衿，說明年來了要檢查。

何子衿覺得馮翼是扮小夫子上了癮，得了「小夫子綜合症」。

馮氏夫婦離開後，何老娘萎靡不振，沈氏卻是輕鬆不少。家裡人多，僕傭有限，何老娘只管挑剔不管事，家事都落到沈氏頭上，沈氏可是狠狠歇了幾日才算解乏。

沈素也告辭回家了，他家比不得何家，日子卻也過得。

待梨子成熟時，沈素特意帶了兩筐梨桃過來看望姊姊。

沈氏有些吃驚，「怎麼說來就來，也沒事先讓人帶個信兒？」

沈素笑道：「我來自己姊姊的家，哪裡還需要讓人帶信兒？姊姊在家時最愛吃梨子，這都是樹上熟了的，這會兒吃正甜。有岳父家的車，來往也方便，就送些來給姊姊。」

何子衿原在隔間腆著小肚子午睡，聽到動靜便醒了，爬起來穿上鞋就出來，見著沈素非常高興，喊道：「舅舅，你來啦！」

是人便有以貌取人的毛病，沈素生得俊，性子也活潑，很對何子衿的胃口。

沈素打趣何子衿：「喲，看這雞窩頭！」說著伸手將何子衿抱到膝上，幫她順順頭上的飛毛，「這是剛醒？」

何子衿道：「嗯，舅舅，你吃飯沒？」何子衿現在話說得很流利了。她時常說些大人話，沈氏是聽慣了的，聞言只笑著，遞了盞涼茶給弟弟。

沈素接了茶，卻露出可憐相，「我一心想來看我家子衿，哪裡顧得上吃飯？」

長水村離碧水縣有些路程，何況自村裡到縣裡，進縣城門時得有憑證，可不是隨便就能進的。似沈素這樣駕車來的，一大早出家門，卻也過了晌午才到縣城，這也是沈素不常來的原因。如今沈素似是改了性子，剛送走馮氏夫婦沒幾日便又來了。沈氏當他是有什麼事，聽說弟弟還沒用午飯，一時顧不得問，忙叫翠兒去廚下看看，若有涼麵拌一碗來。

沈氏道：「眼下天熱，我們中午吃涼麵，正消一消暑。大熱的天趕路，我這裡有給你姊夫做的衣裳還沒上過身，你先洗一洗，去去暑氣再吃飯吧。」

沈素並不客氣，簡單洗了個澡，換了衣裳，等吃過涼麵，打聽著何老娘午睡醒了，方過去說話。沈素同何恭關係不錯，原也樂意來何家，只是何老娘每次都是那副勢利模樣。沈素年輕，心裡有些傲氣，嘴上不說，卻是不願意多來。

不過，這想法有了變化，便又來得勤了。

何老娘同沈素是相看兩相厭，每每見到沈素那張俊美得過分的臉，便覺得此人必是花花公子無疑，天生不可靠。再加上沈素是沈氏的弟弟，何老娘更看他不順眼了。

沈素對何老娘同樣只是面子情，寒暄兩句，何老娘謝過沈素帶來的瓜果梨桃，便讓他們姊弟回屋自去說話了，其間何老娘還不忘點一句：「小舅爺也沒讓人提前捎個信兒，你姊夫不在家，可是怠慢你了。」什麼叫惡客？這就叫惡客！不請自來，哼！

沈素笑咪咪地道：「要是去別人家，斷不敢這樣不請自到的，只是這裡不是外處。姊姊和姊夫不必說，就是伯母，看我也似自家子侄，我便來了。」那口氣親熱得，直噁心得何老娘一抖，內心嘀咕：誰把你當自家子侄了，也不去照照鏡子，哼，老娘跟你可不熟！

應付完何老娘，沈家姊弟自去說話。沈氏問弟弟來縣城可是有事，沈素嘻笑道：「看姊姊說得，沒事我就不能來？我就不能特意來看看姊姊？」

沈氏道：「我樂得你來呢。我是擔心你有事不說，自己藏在心裡。」

沈素無所謂地道：「能有什麼事？前兒馮姊夫指點了我文章，回家爹爹就逼我苦讀，簡直不給人活路。我正好趁這個空出來走動走動，也鬆散一二。」

沈氏這才放了心，又道：「爹爹也是為你好，考中了秀才，出去走動名聲也好聽。」她娘家就這一個兄弟，自是盼著兄弟能有出息。

沈素自果碟中拿個梨給何子衿吃，何子衿剛伸手要接，沈素便轉手塞到自己嘴裡面咬一口，看著何子衿鬱悶的模樣直樂。

沈氏無奈道：「眼瞅著年底就成親了，還跟個孩子似的。」

沈素另拿了個梨子，俐落地削了皮，切成小塊插上竹籤讓何子衿自己拿著吃。

沈素接過沈氏遞的帕子擦擦手，方道：「我也盼著早些成親。」

沈氏笑，「看你這臉皮，說到娶媳婦便顧不得了。」

沈素瞅著何子衿，後者正吧嗒著小嘴吃梨子。沈素頗是憐愛地笑一笑，啥也沒說。以往他是不喜來何家的，省得看何老娘那張勢利老臉，還是上次馮氏夫婦來給何老娘賀壽，沈氏叫了沈素過來，原是想著沈素與馮姊夫請教功課啥的，正趕上何老娘那偏心眼兒惹惱了何子衿，何子衿一肚子火，便氣鼓鼓地向她舅告狀：「天天念叨孫子，總是看我和我娘不順眼。舅舅你也不常來，叫我有苦沒地兒說。」

沈素當時就想過去給何老娘好看，不過，他畢竟不是衝動人，這個時候真鬧翻了臉，於姊姊也沒好處，畢竟姊姊是嫁給了姓何的。沈素想了想，又問何子衿是不是在何家受了很多苦。何子衿捏著小拳頭，繼續告狀道：「娘叫我不要理她，當沒這個人就是，可要是一隻蒼蠅總在你耳邊飛，你能當看不到啊？我就是生氣，快氣死了！舅舅，您可得替我出頭！」

沈素想，這也不能衝過去揍那老刁婆子一頓啊……

就聽何子衿狀似天真無邪地問：「舅舅，您怎麼總是不來啊？是不是也討厭祖母啊？您要是討厭她，才該多來呢。您一來，正好噁心了她，我就痛快了。我覺得祖母也不喜歡您，像不喜歡我和我娘一樣。」

何外甥女給沈舅舅提了醒，沈舅舅這才醒過味來，觀念就此改變。是啊，我為什麼不去啊？我去看自己的姊姊，又不是去看那刁婆子。姊姊總被那刁婆子為難，說不得就是那刁婆子看他總不去的緣故。娘家有了人，婆家才不敢欺負媳婦。

沈素想通了這個理，便時常尋個由頭來看姊姊，順帶噁心何老娘，沈素甚至覺得，他外甥女說的不錯，瞧著何老娘被噁心不輕的樣子，確實挺解氣的。

沈素更覺得他家外甥女不愧是遺傳了他沈家的血脈，這樣的能幹，小小年紀就知道怎樣不動聲色地噁心人，而且還遺傳了他們沈家人的美貌。

哎呀，這樣能幹漂亮的丫頭，以後我生個兒子給兒子娶回家做媳婦才好！

沈素胡思亂想著，總之是越看何子衿越順眼。

沈素來了，何恭也很高興，還道：「素弟來得正好，明兒子衿搬新屋子，你多留一日，也賀一賀咱們子衿的喬遷之喜。」

何恭是個老好人，沈素縱使與何老娘看不對眼，對這個姊夫卻是挑不出毛病。

沈素道：「子衿還小呢，怎麼這麼早就要自己住一屋了？」

何恭解釋說：「早三四個月前，她就跟我和你姊姊嘟囔，非說自己大了，要自己睡。我們哪裡拗得過她，只得隨她了。好在她不大尿床了，讓翠兒跟她一道，夜裡也好照看。」

翠兒是沈家買給沈氏的陪嫁丫頭，也是知根知底的孩子。

沈素道：「很是，翠兒是個老實的，素來可靠。」

郎舅二人說了回閒話，何恭便拉著沈素說起文章來。沈素於念書一道不及何恭，晚間何恭同妻子說：「素弟本是極聰明的人，在學館中沒有不與他好的，只是文章上不大用心。」

「他現下已是好多了，小時候為他這念書不專心，我爹不知打折過多少根戒尺。」沈氏也發愁，「只是，我看他於科舉上沒什麼太大的進取心。」

何恭悄聲道：「妳可別同岳父說，聽素弟的意思，似是喜商賈事。」

商賈賤業，當然，商人有錢，有錢的人怎麼也與「賤」字搭不上邊，而且，陳姑媽也是嫁商戶，何恭倒不至於瞧不起商人。不過，士農工商，商排最末。從律法上講，商人再有錢也穿不得綢緞，只是這種限制如今不大嚴苛，尋常官府不會去管。可是，一個商字，不要說己身前程是定了的，就是兒孫，若入了商籍，也是不能參加科舉的。

沈家的家境比何家差了些，但吃穿也不愁，尤其沈素精明，善理家事，沈家種出的糧食瓜蔬，總能賣得比村裡其他人家好，故此，村裡許多人家都託沈素售賣東西。沈素雖要抽頭，卻也比他們自己更賣得上價。一來一往，沈素在村裡掙了不錯的人緣，於縣城裡那些買賣的商販也有些面子情。若非如此，憑沈家幾十畝的家業，如何能給沈氏陪嫁得起小丫鬟。

只是，這些都是小打小鬧，一個村子能有多大，便是沈素，也不是那等賺黑心錢的人，不過是使沈家日子稍稍寬裕，就是沈素提出買個丫鬟分擔家事，沈母都沒同意。

何恭說的商賈事，絕不是指當中人幫鄉親們賣一賣田裡出產這樣簡單。

沈氏皺眉，「這如何是好，可千萬不能叫爹爹知道，不然還不打死阿素。」

何恭道：「阿素並未直說，這也只是我的猜測，當不得真。咱們也別提，若他在妳面前露出這個意思，妳要勸一勸他才好。」

何老娘嫌棄沈家貧寒，何恭卻沒半點嫌棄沈家的意思。要何恭說，沈父是正經的秀才出身，在長水村也是體面人。便是沈素，雖無念書天分，但郎舅二人素來親近，何恭是不希望內弟真的走了商賈的路。

何恭說沈素如今沒這個意思，沈氏卻是不信的，追問丈夫：「是不是阿素在你面前提做生意的事了？」沈氏與沈素是同胞姊弟，沈氏最了解弟弟。當初沈父執意考功名，家業都被折騰得差不多了，沈素就常說，秀才空有功名，不若商賈有錢來得實惠。

何恭道：「沒有，他要說了，我早勸了他。素弟是說起今秋水果的行情，說得頭頭是道。不是我說，他若能把這心思用在文章上，秀才早考出來了。」

沈氏稍微放心，道：「這話都是白說，我爹不知念叨多少回了。」

沈素不是念書的料，卻是交際的好材料。他這次進城，除了送些當季的水果給姊姊吃，以前在縣城裡念書的先生家、交好的同窗家，也都走了一遭。

沈氏則開始準備給陳芳訂親的添妝禮。陳芳說了個好人家，陳姑媽是一刻都不想等的，恨不得閨女立刻嫁到寧家，好坐穩寧氏少奶奶的寶座。

沈氏對外頭的事知道的不多，同弟弟念叨起來：「聽說寧家十分有名。」

沈素長眉一挑，「那是自然。寧家還有人在帝都做翰林，我以前聽同窗說過，便是府尹大人也要對他家客氣幾分。不過，要我說，這門親事，陳家還是仔細打聽比較好。」

後面這幾句，沈素刻意壓低了聲音。

沈氏不解，「這是為何？寧家既是體面，也是陳家表妹的福氣。」

嫁過來之後，她也聽說了以往陳芳似是中意丈夫的事，就是她嫁進何家門，見了陳芳幾回，每次陳芳那渾身的哀怨氣，簡直能酸倒沈氏的牙。沈氏絕對是盼著陳芳嫁得如意的，陳芳如意了，就不會時不時哀怨一二。

沈素冷笑，「大家只瞧見這樁親事的好處，姊姊細想，憑寧家的家世，不說一等的大家閨秀，起碼書香門第裡的小家碧玉娶一個都不難，又怎會尋親到商賈家去？那陳家說是有幾兩銀子，也不過是在碧水縣，到了州府，誰又知道他家是哪根蔥？那位寧六公子還是嫡支嫡子出身，等閒怎麼會尋親尋到碧水縣來？天上哪裡會掉餡餅，可別燙了嘴才好。」

沈氏生於小村長於小戶，人雖聰明，於外頭的事卻知之甚少，陳芳未定下這樁親事時，她連寧家是何等樣人家也不大清楚。弟弟這樣一說，沈氏警醒道：「先時我也存了疑問，只是姑媽說親事是姑丈應的，再說陳姑媽極珍愛表妹，怎能不打聽清楚便叫表妹嫁人？」

陳家事與自家無干，沈素剝個葡萄給何子衿吃，問：「子衿，妳說呢？」

何子衿嘴裡含著葡萄，口齒不清地答道：「舅舅對。」

沈素笑，「果然還是我家子衿最有眼光。」反常既為妖，哪裡平白有這樣的好事？小陳表妹沈素是見過的，那模樣撐死就是個清粥小菜級別的，讓人一見鍾情的機率太低。

沈氏道：「那我給你姊夫提個醒。」

沈素一笑，「陳家姑媽不是常尋姊姊的不是，何苦多這嘴，反叫人說姊姊不安好心。」

沈氏嗔道：「怎地這般碎嘴？若沒這疑慮還罷了，既是知道，怎能不說一聲？女子不比男人，真嫁錯了人，一輩子就完了，小心無大錯。」

沈素聳肩，「隨姊姊吧，只盼陳家別狗咬呂洞賓。」

「你這張嘴啊……」沈氏搖頭，問何子衿：「怎麼又不吐葡萄籽？」

何子衿又是一樁怪癖，吃葡萄不嚼，去了皮一吞便進了肚，更不必說吐籽了，沈氏經常擔心她閨女啥時候會被葡萄給噎著。

何子衿脆聲道：「不浪費啊！」

沈氏發愁，同沈素抱怨：「這個貧嘴病真不知要怎麼才治得過來。」

沈素笑著安慰姊姊：「孩子這樣才有趣，我看子衿極好，誰也比不上。」

何子衿學舌：「我也瞧著舅舅極好，誰都比不上。」

沈素哈哈大笑。

沈氏好意地將沈素的猜測轉告丈夫，細細地道：「陳家表妹得了好親事，我只有為表妹高興的，並沒有別的意思，不然我也不會在這當口說這般掃興的話，可是我想著，阿素的話也在理，女子嫁人不比別的，以後大半輩子都指望著男人。將心比心，咱們也是有閨女的人，小心些總沒大錯。」

何恭有些為難，「這是姑丈應的親事，想來姑媽家也是打聽過的。」

沈氏嘆口氣，「我這話可能不大中聽，以前我也不知寧家是什麼樣的人家，相公常在外走動，定是知道的。咱們又是什麼樣的人家，怎會同寧家這樣的大家族知根知底。」

「眼瞅著要訂親了，這話委實不好說。姑媽如今瞧我都極冷淡，我一張嘴，姑媽只會想偏的。」又安慰妻子：「約莫是素弟想多了，便是同大戶人家結親，沒有不打聽的。不說別人，以後咱們子衿到了說人家的時候，我不把人家祖宗三代打聽清楚，斷不能許婚的。」

沈氏輕捶他，「這又是哪裡的話？」

何恭握住妻子的粉拳，「我是說，做父母的心都是一樣的。不論娶媳婦還是嫁閨女，哪裡有不打聽清楚就許親的？妳就放寬心吧，興許這是表妹命中的福氣。」

沈氏想了想，陳姑媽的性子實在不好相與，亦不願丈夫為難，便不再說什麼。

何恭素來心軟，與妻子說此事不好開口，卻還是在老娘跟前提了一句：「表妹這親事，真是寧三爺跟姑丈提的嗎？」

何恭不是傻瓜，先前陳芳對他頗有些個意思，他隱隱察覺出來。他對陳芳說不上好，也說不上壞，總歸就是尋常表兄妹的樣子。何恭原也以為未來妻子就是陳芳了，只是有一次去沈家，遇著沈氏，那驚鴻一瞥，何恭自此念念不忘，後來得知沈氏原來定的那戶人家的公子得病過世，沈氏親事很有些艱難，何恭卻是不介意，死活硬要母親去提親。

聽兒子打聽陳芳的親事，何老娘卻是想左了，冷笑道：「怎麼，現在後悔了？這世上再沒有後悔藥可吃的！」

何恭面上一窘，硬著頭皮把擔憂的說了出來：「娘說哪裡的話，我是擔心來著。表妹一輩子能嫁幾回，還是仔細打聽了才好。別只看人家高門貴第，說到底，表妹嫁的又不是寧家的門第，而是寧家的公子。要兒子說，到底要打聽了人品方更妥當。」

何老娘只當兒子小心思作祟，冷哼道：「你怎麼知道你姑媽沒打聽？你如何知道寧家的好處？那可是州府裡第一等的好人家，你姑媽早幫你表妹算過了，人家朝雲觀的仙長都說你表妹是一等一的富貴命。行了，有空多念書，別瞎操心。早幹什麼去了，如今又來我這裡放馬後炮，叫我哪隻眼睛看得上！」

何恭受不了他娘的奇葩思維，只得無奈作罷。

貳之章

招貓逗狗鬧族親

陳姑媽有意顯擺閨女得了好親事，寧家也著實是體面人家，故而訂親禮辦得頗為盛大，唯一可惜的是，新郎官因事未能親至，寧家來人說得客氣：「六公子在帝都服侍老爺，原說要回來的，偏生路上不巧，耽擱了時候，我們太太特叫奴婢帶話過來，說委屈姑娘了。」

陳姑媽瞧著寧家的訂親禮厚實，又聽寧家來人說得懇切，心中的不滿早沒了，含著笑與寧家來人說話：「這本就怪不得六公子，親家太太客氣了。」

既然陳家不計較，來觀禮的親戚更是只有說好話的，譬如沈氏，還跟著開了回眼界，瞧著寧家將聘禮一抬抬如流水般抬進陳家，還樣樣合乎古禮，沈氏暗暗咋舌，想著世間人人願與高門貴第結親，果然不是沒道理的。

待吃酒席時，更是碧水縣難得一見的好席面，何子衿尤其吃得滿足，她早就開始自己吃飯，不論勺子還是筷子都抓得牢用得巧，只是筷子對她而言有些大，她在家都是用自己的小筷子，許多人誇她「這孩子吃相真好」、「這麼小就會自己用筷子」之類的話。

沈氏很不低調地謙虛道：「她自來就是這個脾氣，要是餵她，她反倒不高興。」帶閨女出去吃酒席有一個好處，只要把閨女喜歡的菜夾到她的小碗裡，閨女就會自己吃，不用沈氏費什麼心，沈氏自個兒也能填飽肚子，唯獨何老娘嫌棄何子衿埋頭吃飯不雅，悄悄瞪了沈氏好幾回。沈氏想著，沒聽說出來吃席餓著肚子回去的，再者，哪怕大人要臉面得克制，難道也叫孩子眼巴巴瞧著飯菜不動筷子，何苦來哉？

沈氏不理會婆婆的臉色，見閨女吃得香甜，又舀了個魚圓給她，接著不時摸摸閨女的小肚皮，等鼓起來就不讓她吃了，怕她撐著。

何老娘回家難免說道幾句：「子衿一日大似一日，妳得多教她些規矩。咱們是去赴席，不能像八百輩子沒吃過飯，埋頭一直吃。那麼多長輩在，就她這樣，真個丟臉。」

沈氏沒說話，何恭接過老娘的話頭，笑道：「娘，子衿才多大，這麼小的孩子，都是憨吃憨玩兒的，哪裡就知道應酬了？」又抱了閨女問：「可吃飽了？沒吃飽做個蒸蛋給妳。」

何子衿響亮地應一聲：「飽啦！」

何恭哈哈一笑，摸一把閨女圓潤潤的小臉，一副傻爸爸的模樣道：「娘，不知怎地，我一見子衿就開心，覺得哪家的孩子都不如咱們子衿好。」

滿肚子火氣的何老娘，險些被兒子這話噎死，還是沈氏道：「表妹這訂親禮可真氣派。」引得何老娘又來了勁兒，不過何老娘到底上了年歲，熱鬧一日，倦意上頭，只念叨兩句「這有福氣的人，兜兜轉轉總是有福氣的」便歇了精神。

沈氏哭笑不得，要是按婆婆說的，她嫁到何家是有福還是無福呢？

第二日，何老娘養足勁頭，叫沈氏拿出給陳芳添妝的東西來看，絮叨著說簡薄了。

沈氏知道何老娘的心思，無非是看寧家富貴，聘禮豐厚，且陳家在外頭有幾處鋪子，給閨女的陪嫁肯定也不會太薄，何老娘是嫡親的舅媽，便想著往上添些。沈氏想說什麼，顧及何老娘的脾氣，又把話嚥了回去。現在還是何老娘當家，莊戶的出息都是何老娘親點了收起來，要添東西也不是她出錢，何苦說些逆耳的話，倒叫婆婆生厭。

沈氏瞧著陳芳訂親，自己亦生出些心思，她也是有閨女的人，何子衿雖然還小，可小孩子長大也就是眨眼間的事，婆婆待她刻薄，也不喜歡她閨女。婆婆將家裡的產業都攥在手裡，防她如同防賊，她手頭無非是自己的嫁妝和丈夫平日的零用，沒有多餘的銀子。看這勢頭，若日後婆婆依舊如此，這個家輪不到自己當，能給閨女多少陪嫁呢？

只是沈氏自己倒無所謂，總歸她年輕，難道熬不過何老娘？說句不孝的話，三十年後何老娘也該歸西了，這個家還是自己的，可是閨女過個十五六年便要出嫁。看了小陳表妹的訂親禮，沈氏難免生出慈母心思來。做親娘的，哪個不願意多給兒女掙下多點家業？

再從他處想，若多存些銀子，自己寬裕，也省得一湯一飯得看婆婆臉色。

沈氏思量幾日，把自己的嫁妝清點了一下。沈家只是尋常人家，沈氏的嫁妝尋常，家具衣料都是家常用的普通東西，無法賣了換銀子。當初出嫁時，沈母給了沈氏五十兩銀子壓箱底。五十兩銀子雖是不多，但對沈家而言，幾乎是一半家資了。這年頭再沒人家肯這樣捨了一半家產嫁閨女的，沈氏知道，母親是心疼她先前姻緣不順，。

除開五十兩壓箱底的銀子，還有這兩年間攢下的二十兩。

沈氏數了一回銀子，尋思著要做點什麼事才好，哪怕買上十幾畝田地，每年也有些許出息。旁邊忽然有顆小腦袋悄悄探出來，何子衿神祕兮兮地問：「娘，您在數銀子啊？」

沈氏將銀子裹起來鎖回箱底，「幹嘛？進來一點動靜都沒有，倒嚇我一跳。」

「是您數銀子數得太入神啦，這才沒聽到我進來。」何子衿一屁股坐到沈氏身邊，「娘，您數銀子做什麼？難不成要給陳家小表姑隨禮？」

這話說出來，何子衿自己都不信。沈氏是個精細人，不然這兩年也攢不下二十兩銀子。當初沈氏與何恭成親時，親戚們隨的禮都被何老娘收走，根本沒給沈氏，沈氏也沒開口要，但自此家中的人情往來，沈氏一個大子不出，逕自去跟何老娘要。何老娘要裝傻，沈氏更加無辜，何老娘裝不過沈氏，無奈又是掌家人，只得咬牙出錢。沈氏手裡的錢，除了算計著給何恭出門帶些，就是買東西給何子衿，她自己用的少。

沈氏瞪閨女一眼，「家裡的禮早備好了，妳小孩子家，知道什麼？行了，去玩兒吧。」

何子衿是嫩殼老心，同齡人都是小屁孩，她不愛跟小屁孩玩，可年長的又不樂意理她，故此她的生活著實寂寞如雪。可能是寂寞如雪太久，何子衿養出了個愛打聽的毛病，啥事都喜歡聽一嘴。沈氏不說，何子衿自己猜：「那是不是要給舅舅買成親的禮物？」何素年底娶媳婦，憑沈氏同沈素的感情，除了何家的一份子，沈氏再節儉也會另外備禮給弟弟。

沈氏琢磨著錢生錢的主意，偏生一時沒頭緒，何子衿繼續歪頭猜測：「是不是舅舅成親，外祖母家的銀錢短了些？」

沈氏曲指敲閨女額角一記，「閉嘴！休要胡說八道，我得仔細想一想！」

何子衿拽著沈氏的裙子問：「到底啥啊，您別讓我著急了，說出來，我給您分憂。」

沈氏覺得好笑，「妳成天吃涼不管酸的，還知道什麼叫分憂？」

何子衿挺著小胸脯，很認真地說：「娘，您可別太小看我。您到底要幹嘛，您要是不說，我就去問爹爹。」

沈氏訓她：「真真是個小告狀精，我是想著要不要置幾畝田地。」

何子衿道：「就這麼點兒銀子，能置幾畝地？我聽舅舅說，好田一畝都要五六兩呢！」

她們這裡是小地方，奈何離州府近，田地自然貴。

沈氏嘆口氣，「好歹是個營生，一年也能收入幾兩，過個十來年，總能存下一筆。」

何子衿不同意，置地雖長久，可若零散買個十來畝，讓誰照管呢？何家倒是有個三五百畝的小莊子，到時何老娘一句話「讓莊頭順便照管吧」，這地就得易主。何子衿不能直接說，只得裝天真，奶聲奶氣地道：「可咱們家沒人會種田啊！爹爹不會，我也不會！」

沈氏便是置地，也會防著何老娘，想著讓娘家幫著照管，就聽閨女嘴裡蹦出一句：「我聽祖母說，陳姑祖母家可有錢了，外頭有鋪子。娘，什麼叫鋪子，就是買東西的地方嗎？」

沈氏聞言，心中微動。是啊，聽說陳家以前很窮，陳家姑丈自小在外當學徒，二十出頭便支起自己的鋪子，南來北往做生意，如今陳家在碧水縣也是有名的富戶了。而自家，三十年前三百畝水田，如今增到五百畝水田，何老娘便是有名的會過日子的女人了。

若是想多賺些銀子，還是鋪子來錢快些。沈氏腦筋轉得快，她若是弄些個小生意，不必買鋪面，租一個即是。碧水縣租金便宜，中檔的鋪面，一年也就十幾兩銀子。沈氏平日雖節儉，但若要置鋪子，這點銀子還是捨得拿出來的。

只是，要做什麼營生呢？

沈氏思索數日，都沒個好主意，倒是何子衿在何素中秋節前送月餅瓜果來時跟他說：「我娘想置鋪子做生意，不知道做什麼賺錢。」剛說完就挨一彈指，沈氏訓道：「怎麼哪裡都有妳的事？」她也想問問弟弟的主意，又擔心引歪了弟弟的心性。

何子衿道：「娘，您天天嘆氣，我飯吃不香。」又問：「舅，您看我是不是瘦了？」

沈素掂了掂，正色道：「可不是瘦了，瘦得我都要抱不動了。」

何子衿對她舅做鬼臉，跟她舅商量：「舅，您帶我回去吧，我跟外祖母住些日子去。」

沈氏聽何子衿又來事，斥道：「妳別人來瘋。」

「我想跟舅舅去田裡捉黃鱔。」何子衿十分嚮往田間生活，她上輩子天天面對霧霾，這輩子倒是碧水青天，無奈何家乃小富之家，又住在縣裡，何子衿時常聽沈素說什麼夏天黏知了，秋天剝蓮蓬，稻田裡捉黃鱔，小溪裡釣蝦米的事，簡直快饞死了。可沈氏看她看得緊，也沒有出嫁閨女總回娘家的道理，以致於何子衿還沒去過外祖母家。

沈素揶揄她：「非但田裡有黃鱔，山上還有野雞兔子，這會兒許多野果也熟了，每次去山上都能摘回來許多哩！」

何子衿瞬間閃亮的星星眼逗得沈素哈哈大笑。

逗了外甥女一遭，沈素心情大好，問沈氏：「姊姊怎麼想起要做生意了？」

沈氏伸手指著何子衿，道：「先前我也沒想過這個，家裡現在也過得，你姊夫又不是大手大腳的性子，短不到銀錢上。是自打有了子衿，但凡別人家娶媳婦嫁閨女的，我便不由自主地走心。」說著，她壓低了聲音道：「我家裡的事，我不說你也知道，家當都在太太手裡，我手裡攏共就是些私房。若子衿得太太喜歡，我也不會憂心至此。只是，因我的緣故，太太素來待子衿冷淡。子衿眼下還小，可過個十來年再籌畫就晚了。別人看不上她，我卻拿她當眼珠子的，不想她受委屈，難道將來為個三五百兩銀子，去跟太太磨牙？別說我不是這脾氣，我也不願意去低這個頭。現在或是置幾畝地，或是做些什麼營生，不求大富大貴，起碼有個安穩進項，十幾年攢下來，便能給子衿備一份厚厚實實的嫁妝。」

沈氏的慈母心思著實令何子衿感動。

沈素按下對何老娘的不滿，問道：「姊夫知不知道此事？」

沈氏笑，「這個你別擔心，就是置鋪子，也是我拿私房出來置辦，而且，這是我的私房，於你姊夫名聲上是無關的。他是要考功名的人，不能背個商賈的名兒。我看族長家在外頭也有幾個鋪子，只要安排得當，於名聲上並無妨礙。」

沈素點點頭，「姊夫是念書的人，於外頭行市不大清楚，要我說，姊姊手裡的銀錢有限，置地置不了多少，一年田裡出產有限不說，想回本也得好幾年，不如租個合適的鋪面做些營生，便是不好，也只損失幾個月租金罷了。」

沈氏道：「我也是這樣想，就是不曉得做什麼好。」

沈素笑，「我且想一想，待有了主意再跟姊姊說。」

沈氏叮囑弟弟：「這事不急，你現在要準備成親，還得預備明年的秀才試，萬不能耽擱。我也是忽然有了這麼個主意，你要是因這個耽誤了功課，我寧可不做生意了。」

「瞧姊姊說得，不至於此。」沈素道：「再說，如今我確實顧不上姊姊的事。今年瓜果豐收，價錢較往年便宜許多，賣都賣不上價，鄉親們正發愁呢！」

沈氏隨口道：「往年家裡吃不了的菜蔬都是做成醃醬菜，碧水縣地方小，要是這兒賣不上價，去州府打聽一二。別處我不知道，醬菜館一年卻不知要收多少菜蔬。」

這麼一說，沈氏又有了主意，「我們族中有一位堂兄，常去州府做買賣，我與他家太太是相熟的，你正好住兩日，趕明兒我過去說話，幫你問個信兒，看他可有門路。」

時令瓜蔬不比別的，若是耽擱了時日，就是耽擱一季的收成，沈素也沒與姊姊客氣，一口應承道：「也好。」

沈氏並不耽擱，當晚從弟弟帶來的瓜果中挑了一份上好的，仔細裝筐裡，命翠兒去何忻家問了信兒，李氏叫翠兒帶話給沈氏，讓她只管去說話。

李氏是繼室，繼子都娶了媳婦，除了李氏院裡的瑣事，家事都是繼子媳婦在打理，李氏平日裡清閒得很。她與沈氏脾氣相投，自然樂得沈氏過去說話。

沈氏帶了瓜果過去，李氏還說沈氏客氣，沈氏笑，「我知妳這裡必不缺這個。這若是外頭買的，我便不送過來了。昨兒我娘家兄弟過來，帶了幾筐，都是自家田裡產的，新鮮不說，還是熟透了才摘下來的，現吃正好，不是尋常商家那裡捂熟的。」

李氏笑著打趣：「妳家兄弟可真是心疼妳，我看他時常來的。」

沈氏道：「他是熱心腸，我們村裡有什麼事，族人多是央了他，他也樂得幫忙。這回真是犯了難，又闗著我娘家族人一季收成，我想著跟嫂子打聽，看看族兄可有什麼門路。」

李氏問什麼事，沈氏解釋道：「我知族兄做的都是絲綢錦緞的生意，與賣瓜果的不相干。若是往常，我也不能跟嫂子開這個口，只是瓜蔬不比別的，我娘家一村子人都是種田的，再耽擱些日子，一季收成便沒了，這才厚著臉皮跟嫂子打聽。」

李氏會嫁給長她二十餘歲的何忻做繼室，也只是尋常出身，一聽便知道沈氏的難處，立刻就應了，「這有什麼？我不敢說大話保證能幫上忙，不過，問一問我們老爺不費什麼事。妳來得也巧，我們老爺原定明兒去州府，待他晚上回來我問他，明兒必給妳個准信兒。」

結果，李氏當晚就著下人送了消息到何家。小妻子特意相求，沈家也算是何家拐著八道彎的親戚，何忻沒有收菜蔬的門路，卻是著人請沈素過去具體詳說，看能否幫上忙。

何恭跟著何素一道過去。

沈素很快就決定第二日跟著何忻到州府去碰運氣，沈氏私下拿了十兩銀子給弟弟。沈素是頭一遭去州府，雖是隨著何忻一路，沈氏到底不放心。窮家富路，有銀子總是方便些。

沈氏又託人帶了口信給娘家，不令娘家惦記。

到第四天下晌，沈素方滿面疲憊地回碧水縣。沈氏看他累得狠了，便先著下人預備洗澡水，讓沈素好好泡了個熱水澡。待沈素換好衣裳，廚下已煮出一碗牛肉麵，配著醃青瓜。

沈素一句話沒說，捧起碗來狼吞虎嚥吃完，又要了第二碗。沈素這時才道：「不成，咱們這大老遠找去，人家把價錢都壓得很低，算上路費，還不如就近賣給碧水縣的掌櫃。」

沈氏亦無他法，「既如此，就近賣了吧。今年價低些，興許明年就高了。」

沈素微微一笑，「姊姊不是說想不到要做什麼買賣嗎？回來的路上，我倒有了主意，咱們不如就做醬菜生意。」

「這回我去州府，也不是白去的。我打聽了許多家醬菜館，人家不是有專門的田地種瓜蔬，就是要壓我的價。我後來方想轉過來，找著最有名的醬菜館買了幾罈醬菜。要我說，還不如姊姊妳做的味兒好。」沈素毫無餒色，夾起醃青瓜咯吱咯吱咬著，吃得津津有味。

沈氏不信，「你又說大話。我這不過是村裡的手藝，哪裡能跟人家店裡做的比？」

「我說這大話做什麼？我買了好些醬菜回來，姊姊嘗嘗，我是真覺得姊姊做的醃菜味道更好。」沈素正色道：「姊姊不想做大生意，不如就做這醬菜生意。一則成本小，二則東西耐放，一時賣不出也不打緊，何況衣食住行，人人都離不開吃。」

沈氏眨眨眼，「賣醬菜？」

沈素跟著眨眼，兩雙美眸互視許久，沈氏定下心道：「等我嘗了人家州府醬菜館裡醬菜的味道再說。」弟弟小事喜歡開玩笑，這樣的事，還不至於跟她說笑。

沈素道：「那我回家收些瓜蔬預備著。」

沈氏道：「先別急。」

沈素到底是男人，行事乾脆，「既下了決心就別猶豫，姊姊放心，我心裡有數。」

沈氏仍是記掛弟弟的前程，囑咐道：「你可不許耽擱功課。」

沈素笑，「念書念得腦袋都方了。」

「你聽我的，念書是正道。」沈氏道：「你只見商賈富庶，可商賈不能穿綢，再有錢的商人見了秀才也得行禮。現在沒人管這些，但禮法上就是這樣。女人開鋪子，人家說是賺脂粉錢，男人若行商賈事，就是生意做得大，讀書人依舊瞧不起你。唯有功名，才是大道。」

要是承受能力差的，聽這一席話定得反省一二，奈何沈素自幼聽這話長大的，他懶懶地應一聲，「放心放心，我才不會做生意，爹爹也不許呀！」

「你知道就好。」翠兒端來一碗牛肉麵，沈氏道：「吃慢些，暴飲暴食傷脾胃。」

剛剛那是餓狠了才不顧吃相，現下沈素又恢復了斯文模樣。他生得俊俏，天生占便宜，不論什麼樣子都好看。他一邊慢調斯理挑著麵，一邊問：「子衿呢？怎麼不見？」

沈氏道：「她去賢姑媽那裡玩兒了，說是有好吃的月餅，叫子衿去吃。」

沈素感嘆，「子衿的模樣好，也懂事，沒人不喜歡她。」

沈氏往何老娘住的主院一撇嘴，那位就不待見她閨女的。何老娘不喜歡她倒罷了，婆媳間少有融洽和睦似母女的，但何老娘總是對何子衿冷淡，沈氏有滿肚子的意見。

沈素笑笑，「理那婆子做什麼，子衿也不缺她那一份。」

填飽肚子，沈素道：「我明兒就回家，出來這幾日，爹娘肯定惦記著。」

何子衿傍晚回來，見著沈素不免又是一番親近，她拉著沈素的手，裝出天真樣子，童言稚語地跟沈素打聽州府的境況。

何恭看到沈素也高興，又勸他不要急，還是要以課業為重。

何老娘卻是私下同兒子嘀咕幾句何素不務正業的話，何恭笑道：「素弟也是為族人的收成著急，再者，他還年輕，有些不定性也不足為奇，過兩年就好了。」

沈素是正經的小舅子，何老娘也不能叫兒子同沈素絕交，只是再三叮嚀：「你可得把心擱在秀才試上。離明年也沒多久了，沉下心來狠狠念幾個月書，一次中了才好。」

何恭確實打算專心苦讀以備來年的秀才試，偏生今年事多，陳家表妹出嫁不說，沈素亦要在年底成親。夫妻倆早商量好了，沈素成親的時候，要去岳家住幾日。

何老娘對此非常不滿，直接對沈氏道：「妳男人考功名還不是為了妳，將來他為官作宰，誥命也是在妳身上。妳娘家又不遠，什麼時候回去不行，偏要趕在這時？」

沈氏柔聲道：「阿素成親，我們離得又不遠，做姊姊和姊夫的要是不露面，不知家裡人會怎麼說，就是相公臉面也不好看。」

「平日裡也常見，哪裡就差這一日？」

沈氏聲音雖軟，卻是分毫不讓，「平日雖是常見，阿素成親一輩子卻只這一回。」

何老娘拉長臉，硬邦邦地道：「去一日倒也罷了。」

沈氏道：「當天來回怕是趕不及，夜裡趕路不安生不說，城門也早關了。」

事關兒子，何老娘只肯小退一步，道：「那兩日也差不離了。」

沈氏道：「我跟相公說吧。」

何老娘哼一聲，「還是快些給我生個孫子，也好傳承咱們何家的香火，總不能叫阿恭膝下空虛。有空多想想正事，弄那些醬菜，得吃到幾輩子？」

沈氏笑笑，「母親前兒還教導過媳婦，說相公要專心準備科考，讓媳婦好生服侍相公。母親的話，媳婦怎敢不聽從呢？」

何老娘被沈氏噎得險些翻白眼，不耐煩地打發她下去，同余嬤嬤抱怨：「妳總勸我要寬和些，可妳看看這個狐媚子，我說一句，她有八百句等著我，嫌我不早死呢！」

余嬤嬤是受了何氏私下叮囑過的，就是余嬤嬤自己也覺得，何家就這麼幾口人，何不消消停停過日子呢？這兩年她冷眼看下來，大奶奶可不是好相與的，何老娘終有老的那一日，這個家到底是大爺和大奶奶的。何況，大奶奶對她很不錯，余嬤嬤樂得為沈氏說兩句好話，勸道：「大奶奶才幾歲，經的少，說話不留神也是有的，太太何必計較？奴婢想著，只要把大爺服侍好，大爺順順當當考了秀才，縱使大奶奶有些不足，太太您耐心教她一二便好。」

何老娘沉著臉，「要不是阿恭……哼！」

要不是兒子固執，她根本不會允許這等狐媚子進何家大門。

何老娘暫時熄火，沈氏樂得鬆快，正好帶著翠兒醃醬菜。何子衿個子沒醬缸高，卻也喜歡跟在沈氏身邊跑跑顛顛，間或問她娘是不是有祕方，她娘醃的醬菜確實滋味不賴。

沈氏笑，「這能有什麼祕方，做得仔細些就是了。別的不敢誇口，廚下這些事，一個用心一個不用心，便是天差地別。」

看著閨女黑白分明的大眼睛，沈氏不厭其煩地說道：「拿這醃醬菜來說，用的是秋油、大料、桂皮、薑、蒜幾樣東西，除了用量外，用好的秋油和差的秋油，醃出來就是兩種味兒。旁的都能唬人，唯獨吃食是唬不了人的。有沒有用心做，一嘗就分明。」

何子衿聽得直點頭，沈氏笑，「看妳這樣，好像真聽懂似的。行了，拘妳半日了，叫翠兒跟著妳，妳去找涵哥兒玩吧。涵哥兒明年就要進學，以後再一起玩可不容易了。」

何子衿道：「我知道。大伯娘天天看著涵哥哥寫字念書，也不讓涵哥哥跟我玩兒。」

沈氏笑，「那就別去了。」

何子衿問：「娘，我以後能去上學嗎？」

沈氏驚訝，「妳也想上學？」

「我可不願意當睜眼瞎。」何子衿裝模作樣的，「聽涵哥哥說，學裡能學好些東西。」

沈氏笑，「等妳大些，我教妳先認些字。」

何子衿迫不及待地道：「今天晚上就教我！」

沈氏逗她：「那妳得聽話。」

沈氏的醬菜才醃了一半，就到了陳芳出嫁的日子。

陳家的排場擺得很大，即便是嫁閨女，也不輸娶媳婦的氣派。陳姑媽穿得喜氣，親友們全都提前到來，只是等了半日，直到吉時都快過了，才見寧家的喜隊匆匆趕來，迎親的管事臉色極是難看，與陳姑丈道：「六爺不慎跌了馬，已送回家去了……」

陳姑丈眉毛一擰，陳姑媽大驚失色，連忙問：「女婿如何了？」

這……迎親路上出了這樣的意外，多麼不吉利啊！

寧家管事道：「今兒是大日子，三爺讓五爺過來代六爺迎親。三爺說，再怎麼著，也不能委屈六奶奶。」新郎在迎親路上墜馬……來陳家的人當中，已有人想著，是不是陳芳命硬剋夫什麼的。若今日不迎娶了陳芳進門，他日還不知要傳成什麼樣。

陳姑媽六神無主，倒沒想著閨女命硬剋夫，她想的是，寧六郎到底摔得怎麼樣了。若不打緊，閨女嫁過去無妨；若摔狠了，事關閨女的一輩子。只是，如果寧六郎真的無礙，如何要兄弟代為迎親……陳姑媽一時心亂如麻，拿眼望著丈夫，盼丈夫能拿個主意。陳姑丈未多說，立刻便允了。寧五爺對陳家夫婦略施一禮，代替弟弟將陳芳迎進花轎，往州府而去。

寧六公子在路上出事，賓客們都沒吃酒的心了。陳姑媽的臉色蒼白，親戚朋友俱上前安慰，說些「吉人自有天相」的話。

陳姑媽幾日不得安穩，三天後接到寧家報信，寧六公子墜馬傷重，不幸過世。陳姑媽聽到這消息，當場暈了過去。

何老娘聽到此事，也是哭了一場，為外甥女傷心，同兒子道：「你表妹怎生這般命苦？這以後日子可要如何過啊？」陳芳這算不得望門寡，而真是守活寡了。

何恭能有什麼法子，嘆道：「娘，打起精神來，您都這樣了，姑媽還指不定什麼樣了。娘先定了神，也好過去勸一勸姑媽。姑媽心裡的苦，能跟誰說呢？」

何老娘抹一把淚，又心疼大姑子，「我這心都跟刀割一般，你姑媽不知要如何傷心。你姑媽養了五男二女，你表妹是小女兒，也最疼她，這苦命的丫頭啊……」說著又是一通哭。

沈氏瞧著何老娘傷痛的模樣，心道：何老娘並非無情之人，只是對她無情罷了。

沈氏轉移話題道：「母親，我這話不中聽，不過，還是要先想想表妹以後要怎麼辦。」

何老娘淚眼模糊，看沈氏一眼，見沈氏亦是傷感模樣，對她的惡感倒是去了些，卻一時沒明白沈氏的話，問：「什麼怎麼辦？」

沈氏正色道：「眼下雖不當提這個，可咱們畢竟得為表妹考慮。表妹進了寧家大門，畢竟沒有圓房。表妹正當青春，哪怕要守著，寧家卻是個什麼章程？別的不論，表妹既要守節，寧家六公子難道能沒人打幡摔瓦，好歹表妹膝下得有個孩子，才是一輩子的盼頭。」

事關陳芳，沈氏不好將話說得太明白，要是按沈氏的想頭，好端端的大閨女，雖過了門到底沒圓房，待寧六公子的喪禮一過，將陳芳接回來，待事冷上兩年，另尋一門親事，才是上策。不然，有幾多寡婦能活到賢姑太太那樣？不是沈氏看不中陳芳，實在是現階段看不出陳芳能有賢姑太太的能耐。

何況，賢姑太太是在娘家守寡，還服侍著父母歸了西，有這樣的名聲，娘家的兄弟子侄絕不敢虧待她半分的。

陳芳行嗎？寧家那樣的大戶人家，陳芳即便守寡也必然要守在寧家的，何況寧六公子是接親路上出了意外。知禮的說與陳芳無干，可不知有多少小人暗地裡嚼舌根說陳芳命硬呢？哪怕寧家通情理，可這樣年輕守寡的小媳婦，一進門死了男人，就是寧氏主家知禮憐惜，但天長地久，身邊沒個男人撐腰，陳芳在婆家的日子得怎麼過？

沈氏的話給何老娘提了個醒，何老娘只顧傷心，暫時沒想到，聞言道：「是這個理，可不能叫芳姐兒一輩子就這樣耽擱了。」何老娘平日裡喜拿賢姑太太說話，可說到底，有幾個女人願意過賢姑太太的日子？

何老娘難得誇了沈氏一句：「還是你們年輕人腦子轉得快。」

沈氏謙道：「母親只是一時沒想到罷了。還是讓相公服侍著母親去姑媽家走一趟，一家人有個章程，後頭的事才好辦。」

何老娘連連點頭，顧不得吃午飯，連忙叫兒子去街上找車馬，母子兩個匆匆去了陳家。

直到下晌，母子二人方回來。兩人在陳家並未用飯，好在沈氏早命廚下預備著，便命擺飯，何恭也在母親屋裡用了。

等到夫妻倆回房，沈氏倒了盞溫茶給丈夫，方問：「如何了？」

何恭嘆口氣，「怕是不大好說。」

沈氏挑眉，何恭啜口茶，低聲道：「我聽表弟悄悄同我說，姑丈得了州府的鹽引。」

「鹽引？」這年頭誰都知道販鹽是大利，只是若非與官府相熟，等閒商人哪能做鹽課生意。沈氏問：「沒聽說姑丈販鹽，難不成是寧家幫忙？」

「不好說。聽姑丈的意思，既已過門，就是寧家的人。為夫守節，是應有之義。」何恭眉心微皺，「姑丈若不肯出頭，還有什麼好說的？」

沈氏腦子轉得快，立刻將事情想得七八成，眼中露出幾分冷意，小聲道：「你別嫌我把事往壞處想，我嫁你這兩年，也算長了些見識。聽忻大嫂子說，忻族兄那樣的本領，想開個賣鹽的鋪子，也只是在咱們縣一年賣個三五百斤罷了，姑丈一下子得了州府的鹽引，可不是三五百斤的事兒。何況，這樣的事，斷不是一時半刻能辦下來的。好端端的，表妹是怎麼得的這樁親事？是先有鹽引後有親事，還是先有親事後有鹽引，這裡頭肯定有事兒。」

何恭遲疑道：「不會吧？姑丈不似那樣的人。」

沈氏道：「你別忒心實了，只是可惜了表妹，若父兄不肯為她出頭，誰還能說什麼？」

何恭又是嘆氣，他對陳芳雖只有兄妹情分，卻是自小一道長大的，如今陳芳遇著這樣的事，他難免為其惋惜。

沈氏嘆，「或許，這就是表妹的命吧。」父母情分上差一些，真就將個閨女給賣了。

寧六公子的喪事過後，陳芳終究是為這位只在喪禮上見了一面的丈夫守節。寧家深宅大院，陳芳的消息自此無人得知，倒是陳姑媽大病一場，何老娘幾番探視，每次回家都要長噓短嘆，對大姑子的身體很是擔心。

沈氏去找李氏說話，覺得自己猜測的沒錯，李氏私下同沈氏說：「我們老爺說，陳家怕是要發達了。陳家搭上寧家，得了鹽引，三五年下來，銀子得賺得海了去。」

沈氏便道：「我也聽相公說陳家似是得了鹽引，只是，這鹽引不是很難弄到嗎？大家都說官場上沒人，連鹽引的邊兒都甭想摸著。」

李氏知道沈氏同陳姑媽關係尋常，唇角一扯，「這話我只同妳說，原本我也沒想到這兒，還是我家老爺說的，妳以為陳家姑娘為何會嫁到寧家去？」

沈氏皺眉，「或許是因小陳表妹給寧六公子守寡，寧家人感激她？」

李氏覷著沈氏，道：「別傻了，這話妳自己信嗎？自這親事定了，陳家那位六公子可是從未露過臉的，再說，寧家是什麼樣的人家，若不是六公子真有些什麼不好的地方，怎麼能娶這麼個小地方的商家女進門？反正，這事兒透著蹊蹺。」

沈氏嘆氣，「我也常在心裡琢磨，事已至此，若換了我，我再捨不得閨女去守活寡的。青春妙齡的，一輩子豈不就這麼完了？」

「妳素來心軟，須知這世上賣兒賣女的多了去。」李氏語氣淡然，「咱們身邊服侍的，哪個不是買賣來的？貧寒人家是沒辦法，一家人走投無路了，只得賣兒賣女。也有的是人家，端看價碼，只要價碼夠了，什麼賣不得。」

李氏年紀輕輕就嫁與李忻做繼室，繼子年紀都有她大了，這其間是不是有不足為外人道的事，沈氏不好打聽，只得將話題轉開：「別管這個了，反正我是信因果報應的。我也沒偌大野心想大富大貴，只要平平安安過小日子便是。這世間，做好事總比做壞事要好。眼瞅著要冬至了，咱們收拾些東西，去瞧瞧賢姑媽如何？」

李氏道：「這敢情好，要不是託妳的福，我是進不得賢姑媽的大門的。」

沈氏笑，「這是哪裡話？妳覺得我在賢姑媽面前能有什麼面子？還是賢姑媽看妳好。」

這麼忙忙亂亂的，終於到了沈素成親的時節。

沈家是小戶人家，成親的事又繁瑣，沈父一輩子就念書算是靠譜，還有私塾的事要忙，家裡有沈母張羅，外頭的事便要沈素親自來了。不論是請客酬賓的名單，或是各項肉蔬吃食之類，沈素都早一年就算計好了。

豬羊是自家養的，一年養下來也有百十來斤，殺了四五頭總該夠，至於果蔬，寒冬臘月的，無非是些冬瓜蘿蔔、大白菜，外加些蘋果、梨子。菜是自家種的，蘋果和梨子，趁著秋熟的時節，沈素提前買了藏在窖裡，拿出來現成就能吃。更有桌椅板凳、盆盤鍋碗，自家不夠的，沈素早跟鄉親們打招呼借好了。

有沈素這樣的兒子，即便秀才一時半會兒考不出來，沈家的日子也一年比一年好過。村裡的江地主就是看沈素精明能幹，相貌也很不錯，才同意閨女嫁給沈素。

其實，江家的田也就百來畝，尚不如何家富庶。鄉親們給面子，稱一聲地主罷了。

沈素忙著成親的事，還得抽空去親戚朋友家送帖子。

沈氏展開大紅的喜帖瞧了一遭，笑道：「字還是爹爹親手寫的，可見爹爹有多重視。」

「就我這一個兒子，能不重視嗎？」沈素道：「嫌我字寫得難看，還說我白糟蹋了那些紅紙。要是早知道爹爹要寫，我就不寫了。」

沈氏道：「爹爹就是愛板著臉，心裡什麼都有數，你早該請爹爹寫，他肯定樂意。」

沈素拈個紅果蜜餞擱嘴裡，他與姊姊的性子好似是反著來，他是兒子，偏喜歡吃零嘴，姊姊卻從不吃這個。沈素笑著抱怨：「妳怎麼知道我沒請？我還問爹爹要不要寫，他說不要，我才寫的，結果我寫了他又看不上。」

想到父親的脾氣，沈氏也是一笑，「你多求兩次，爹爹不就允了？」

沈素鬱悶，「咱爹對誰都好說話，獨對我，那叫一個會擺譜，說出去都沒人信。」

沈氏笑笑，又問弟弟準備得如何了。

「早頭年就慢慢預備了，肉菜都有了，桌椅板凳也借了。去歲的糧食沒賣，我己自釀了幾十罈的酒，酒水錢都省下了。」沈素問：「倒是姊姊，你們什麼時候回家去，咱娘念叨好幾回了。還做了新的小被褥給子衿。」

「哪裡需要單給子衿預備，怪麻煩的。你成親，新被褥可都妥當了？」沈氏道：「我跟相公商量了，臘月初回去，待弟妹三朝回門，我們再回來，那時也就快過年了。」

沈氏早盤算好了，管何老娘怎麼想，她好不容易回一趟娘家，寧可先叫何恭回來讀書，她是要帶著閨女在娘家多住幾日的。

沈素應下，他家祖上也是讀書人家，只是早年敗落了，但三進的宅子足夠寬敞，有的是姊姊一家住的屋子。不過，要提前把炭盆備起來，免得屋子潮冷，子衿還小，可凍不得。

沈素又跟沈氏打聽陳家的事，沈氏難免再感嘆一回，「陳家在咱們碧水縣也是數得著的人家，家裡又不缺銀錢，何必拿閨女作價？著實叫人寒心。」

沈素倒不以為奇，「姊姊沒去過州府，只當碧水縣就是大地方了。上次我跟著忻大哥去了州府一遭，當真是開了眼界。跟州府一比，碧水縣就小了，便是陳家這樣的，在州府裡連三流人家都排不進去。陳老爺得了鹽引，幾年幹下來，重孫輩都不必愁。」

沈氏道：「吃喝不愁足夠了，似咱們這般，比上不足，比下有餘，日子過得也挺好。好端端的一個閨女，不說別人，換成子衿，不要說一張鹽引，就是有人給我金山銀山，我也斷不能捨得閨女的。」

沈素笑，「百人百脾性，世上有陳老爺這樣的人，自然有姊姊這樣的人。」

沈素成親是大事，沈氏提前與何老娘打過招呼，何老娘儘管不願，仍是收拾了一份賀禮祝賀沈氏大婚之喜。沈氏又添了幾件，便帶著丈夫和閨女回了娘家。

時已入臘月，天冷得很，看到沈氏一家回來，沈父和沈母都高興得不得了，尤其何子衿嘴甜，一口一個外公、外婆，把沈父及沈母哄得眉開眼笑。

沈素打趣：「哎喲，子衿這一來，妳外公把一年的笑就都用完了，明年肯定會板著臉過日子了。」這是笑話沈父平日太過威嚴。

沈父瞪兒子一眼，「眼瞅著要成親的人了，半點也不穩重，真是看到你就來火。」

沈素厚著臉皮，用手肘頂父親一下，笑咪咪地道：「咱們兩個上輩子是冤家。」

沈父今日見了閨女一家，而且馬上是兒子娶媳婦的好日子，心情極好，一時沒撐住，笑了出來，斥兒子：「越發沒個大人樣了，小心叫子衿笑話你。」

何子衿脆生生地說：「新郎官兒，不笑話！」又逗得人一樂。

沈父難得這般歡喜，抱起何子衿問她：「小小個人兒，妳還知道什麼是新郎官兒？」

何子衿做出思考的模樣，認真道：「跟放羊倌兒差不多吧。」

這童言童語又逗得滿屋人大笑起來。

何子衿為什麼沒能展露神童的風采呢？俱因她時不時天外飛來一筆。再會嘰嘰喳喳地說話，人家也只當她小孩子嘴巧些，未往他處想，以致於何子衿甚是遺憾，竟沒能過一把神童癮。時人的眼睛是怎麼長的啊，怎麼沒看出她的與眾不同呢？

何子衿咬著熱呼呼的紅豆包，頗是鬱悶。

沈素成親的場面很熱鬧，整個村的鄉親都是熟人，早在正日子前的三四天，便有相熟的族人過來幫著張羅。殺豬宰羊，殺雞宰魚，熱鬧至極。

何子衿嘴甜，叔叔伯伯嬸子大娘的叫個沒完。族人知道沈氏嫁到縣城的大戶人家，見何子衿生得漂亮又懂禮貌，直誇沈氏有福氣，還將何恭讚了又讚，而對著何子衿說的最多的一句話便是：「不愧是縣城裡的姑娘，這樣大方懂事。」於是，引得更多人來圍觀她。

當天，何子衿的小嫩臉就被摸腫了，其實是捏的。她自來營養到位，誰見她都喜歡捏兩下臉蛋，熱鬧日子人多了去。何子衿嘛著嘴照鏡子，跟她娘抱怨：「萬一破相怎麼辦？」

沈氏也心疼閨女，拿藥給她擦，哄道：「明兒不讓人碰了，疼不疼？」輕輕吹她的臉。

何子衿惆悵，「這就是萬人迷的苦惱啊！」

沈氏：……

沈素在外面喊：「小芋頭烤好了！」

何子衿歡呼一聲，丟開小鏡子跑出去吃烤芋頭。沈氏望著被閨女撞開的晃來盪去的大紅色棉簾子，憋悶地心想：養這麼個人來瘋的閨女才是苦惱啊！

秋天的小芋頭，吃不完曬乾收到甕裡，到冬天在熱草灰裡煨熟，香甜軟糯，味道有些像栗子。何子衿瞇起大眼睛，讚嘆道：「真好吃！」

沈素一邊剝皮一邊笑，「好吃讓妳吃三個。留著點兒肚子，一會兒還有更好吃的。」

何子衿問：「什麼好吃的？」

「先不告訴妳。」沈素買過竹蜻蜓、撥浪鼓之類的小玩意兒給外甥女，卻不見她有多喜歡。外甥女最大的愛好就是聽他講些鄉間小趣事，什麼捉魚撈蝦、上山採藥打獵，每逢他說到吃食時，何子衿就會嚥口水，讓沈素懷疑外甥女是不是餓鬼投胎的。反正，外甥女的愛好就是吃美食，沈素也樂得看小傢伙吃得鼓了肚皮的模樣。

於是，吃完三顆小芋頭，何子衿又吃了一盅燉得鮮嫩的豆腐，裡面澆了雞湯料。何子衿順便吃了兩塊雞肉，吃完意猶未盡，跟他舅打聽：「這是誰家做的豆腐啊，好嫩好嫩啊！」

沈素一副神祕兮兮的模樣，何子衿問半天都問不出來，便知道她舅是有意要賣關子，只得問道：「舅，明天還有沒有得吃啊？」

沈素笑，「妳聽話就有。」

然後，何子衿連吃三天，第四天就沒有了。何子衿很遺憾地跟沈氏念叨：「舅舅叫人做的豆腐盅，可好吃可好吃了。豆腐蒸得嫩嫩的，淋了雞湯，拌在一起，好吃得不得了。」

沈氏還當什麼稀罕東西，淡淡地道：「不就是豆腐嗎?晚上再蒸一盅就是。」

沈氏是知道閨女好吃的，她並不禁何子衿吃東西，在她看來，閨女身子壯實，很少打噴嚏，就是口壯的緣故。何子衿不挑食，瓜果蔬菜、雞魚蛋肉都喜歡吃。小孩子家，健壯就是福氣。見閨女喜歡豆腐盅，沈氏晚上就親自蒸了一盅給閨女當夜宵。

何子衿一嘗就發現不是同樣的味兒，「不是這個豆腐，舅舅給我做的豆腐可嫩了，水嫩水嫩的，還沒有豆子味兒。」

沈氏驚奇，「世上還有沒豆腐味兒的豆腐？」

「舅舅做的就好吃。」何子衿嘆氣，「娘，您的手藝不行啊！」看她舅，長得帥不說，還會搗鼓美食，簡直就是男神級的人物。

沈氏跟弟弟打聽，沈素噗噗直笑，樂了半日方道：「家裡不是殺了三頭豬嗎？人家都說豬腦大補，子衿年紀小，正好補一補。」

沈氏氣得直擰沈素的耳朵，罵道：「要是子衿吃壞了肚子，小心我揭了你的皮！」

沈素笑著討饒，「哪裡會吃壞，我自小吃到大。」

沈父的功名止步於秀才，成為大半輩子的憾事，家裡沒啥滋補的東西，他便常去買豬腦給兒子補補。吃了十來年的豬腦，沈素吃怕了，那日沈母端上來，沈素澆上兩勺燉好的雞湯就轉給何子衿吃了。看何子衿愛吃，乾脆一天一副，三副豬腦都給何子衿補腦了。

何子衿倒沒覺得如何，前世也有許多人愛吃這個，她沒吃過，不料口感著實不賴，吧嗒吧嗒著嘴道：「怪道那麼嫩，原來是豬腦啊！」

沈氏是不吃豬肉的，抱起何子衿就走，一邊走一邊念叨：「別理妳舅舅了，他竟然給妳吃豬腦，萬一吃笨怎麼辦？」

沈素不服氣，喊他姊：「妳覺得我笨還是怎麼著？」他自認智商不低。

沈氏心說，吃十幾年豬腦還沒把秀才考出來，不是笨是什麼？

到了成親當天，沈素那大紅喜袍一上身，幾乎晃瞎了半村子女娘的眼，更甭提沈氏和沈母這樣的至親，滿眼的驕傲。又譬如何子衿這小沒出息的，望著她舅舅那春風得意的俊俏容顏，口水險些滴下來。

沈素的丈母娘，江地主的妻子江太太，據說一見身著喜服的沈素，臉差點笑歪了，還是請了縣城裡的神醫張大夫來扎針才將臉給扎正，這事兒一時傳為笑談。
不管怎樣，沈素這親事辦得熱鬧，哪怕排場有些土氣，但人氣絕對足夠。
何子衿還跟著她娘一道去新房看了新娘子，何子衿有些許失望，新娘子江氏不難看，自有一種溫婉柔美，但比起她舅便有些不足了。何子衿不禁暗嘆，果然好漢無好妻啊！似她舅這樣的容貌，想娶個顏值相仿的，委實不是容易的事。
何子衿存不住話，晚上悄悄同沈氏嘀咕：「舅媽不如舅舅好看。」
沈氏訓她：「看人哪能只看外貌，性子好才是真的。書上都說，以貌取人，失之子羽。妳年紀不大，毛病不少，還知道以貌取人了，真個膚淺！」
江氏相貌不差，只是跟沈素比才顯得平庸，但是人是真的好。沈氏與江氏同村，早便相熟，且沈氏觀察江氏的方式，與何氏觀察她的方式是一樣的。弟弟的親事早就定了，節下的針線江氏從沒少過，一樣樣做得仔細。由小見大，只要江氏人好，做沈家媳婦便夠了。
何子衿也知自己幼稚了，嘟囔道：「我就是一說。」
「以後這種話，說也不要說。」沈氏拍拍她的背，安撫道：「睡吧。」
往時在家，這時辰何子衿早睡了，因今天人多熱鬧，又要去看新娘子，方耽擱了時候。
何子衿早就眼睛餳澀，聞言立刻閉上眼睛，沒兩分鐘便睡熟了。
何恭小聲笑，「這麼個小小人兒，還知道醜俊了。」
「人小鬼大。」沈氏無奈，「也不知道肚子裡在想什麼。」
何恭道：「咱們閨女這是聰明。」
「你別總誇她，哪有自家人誇個不停的？」沈氏對丈夫也是無語。

何恭笑，「這是我親閨女，我當然覺得自己的閨女好。」

沈氏簡直跟這父女倆沒法交流，「反正別總當著ㄚ頭的面兒誇她。」

何恭敷衍道：「知道了知道了。」

沈氏對丈夫的態度略有不滿，「別人家都是嚴父慈母，你別總叫我唱黑臉行不？」

「我哪兒叫妳唱黑臉了，我是覺得閨女還小，不用太嚴厲。」何恭好聲好氣，「再說，閨女也不是不懂事，小孩子喜歡漂亮的人，是人之常情。」

「你以後不能這樣，覺得是小事便不放在心上，孩子得教導才能長好。」沈氏道：「甭看ㄚ頭還小，她啥都明白。孩子得從小教，你覺得她小就不教她，等她大了再教就晚了。」沈氏素來慮事長遠，這以貌取人的毛病，著實是慣不得。

沈氏認為自己有必要跟丈夫統一一下女兒的教育方式，便道：「以後你不能被那ㄚ頭兩句好話就哄得哈哈笑，然後什麼事都沒了。做對了，當然要鼓勵。有不對的地方，也不能心軟就不訓她。時常說著，她慢慢就明白是非了。」

何恭覺得自家閨女聰明，絕不會是不明是非之人，但妻子說的也有理，遂一口應下。

沈氏知道自己出身普通，也沒啥見識，卻不認為自己蠢。她識得字念過書，沒有因為識了字念了書便自命不凡。很大程度上，沈氏是個腳踏實地的人，但她同時也非常好強。

這種好強沒有體現她一定要丈夫考什麼了不起的功名，而是表現在對女兒的教養上，尤其是婆婆一直嫌棄她閨女，沈氏越發想把閨女教好。她就是這麼個脾氣，別人越瞧不起她，她越要把日子過好。別人越瞧不上她閨女，她越要把閨女教好。

何子衿一夜好睡，完全不知道她爹娘為她的教育討論了一番，即便知道，她也不會放在心上。沈氏是親娘，希望她好才會這樣費心費力琢磨她的教養問題。依何子衿來說，這不是教育，這是滿滿的母愛啊！

早上起床後，何子衿穿著一身喜慶的小棉襖小裙子去院子裡蹦躂。在旁人眼裡，何子衿是瞎蹦躂，事實上，何子衿是在健身。雖然沈氏糾正她多次，要她老實安靜些，但何子衿認為這是她娘不了解她。在這個一場感冒就可能要人命的年代，健康比任何事都重要。因為何子衿在蹦躂後總能多吃半碗飯，沈氏也就由著她做這些不淑女的動作。以前何子衿還叫她娘跟她一起健身，誰知她娘不懂得欣賞她的好習慣，只得作罷。

何子衿伸展兩隻小肉手，又是插腰又是踢腿，忽然聽到沈素笑著叫她：「喲，子衿，妳又在練武功啦！」沈素知道外甥女有晨練的習慣，還打趣為練武功。

何子衿回頭就見她舅與她舅媽攜手而來，兩人均是一身大紅，雙雙站在院子的門口，喜慶得很。何子衿故意讚嘆：「這就是傳說中的璧人吧！」

江氏面上一紅，連忙將手自丈夫的掌中抽了出來。

沈素上前幾步，抱起外甥女，笑道：「妳還知道什麼叫璧人？」擺脫童子雞身分的沈素，心情不是一般的好，笑得像朵牡丹花似的，頗令何子衿酸酸的看不上，暗哼一聲，想著他舅雖生得不俗，到底還是個俗人哩。

何子衿暗地裡瞎尋思，嘴巴機靈得很，回答道：「像舅舅和舅母這樣，就是璧人唄！」

何子衿昨晚口無遮攔說舅媽不好看，現在想想，很為自己幼稚的話不好意思，故此對江氏頗為熱情，一個勁兒說江氏的好話。

江氏是新娘子不假，不過，她本就是長水村人，早與沈素相識，不然也不能訂了親事，就是同沈父和沈母也是相熟的，故此只是微有羞意。聽到何子衿小大人一樣地說話，輕輕摸摸何子衿的小臉，笑說：「子衿這麼小，就會說這樣長的句子了。我娘家侄兒比子衿大，說話還只會三個字三個字的。」

沈素道：「仁哥兒以後是念書的好材料，自來就會念《三字經》。」

江氏嗔怪，「你以後少逗阿仁。」她娘家侄兒嘴笨些，四個字連起來就說不利索，丈夫先前去她家就逗人家孩子念《三字經》，偏生江仁還學會了大半，頗是令人哭笑不得。

兩人說著話，抱著何子衿去父母屋裡請安。

新婦江氏與公婆及何恭一家見禮，奉上自己做的針線，還不忘單給何子衿一份見面禮，長輩們亦各有饋贈，只是礙於沈家家境，不算什麼貴重物罷了。接著江氏去拜了沈家祖宗牌位，族譜添上江氏的名字，江氏才算正式進了沈家門。

何子衿瞧著沈素喜笑顏開到不加掩飾的程度，故作天真地來一句：「娘，您看我舅的嘴，一整天都咧得跟個瓢兒似的。」

沈素咳兩聲，捏捏外甥女的小臉，問道：「世上還有我這般俊美的瓢兒？」

何子衿咬著手指，想了想，說道：「比瓢兒更俊美的，那就是葫蘆了吧。」

這年頭，尋常人家都是剖開葫蘆來做水瓢的，她覺得這樣很環保。

一屋子人被何子衿逗得前仰後合，連沈父這般嚴肅的人都險些噴了茶。

沈母笑道：「以往家裡只有阿素逗趣，要我說，子衿這性子倒像阿素。」

沈氏哭笑不得地戳閨女腦門一記，「這些話不知跟誰學的。」

江氏笑得最含蓄，她對沈家不陌生，但嫁進來做江家媳婦的感覺是不一樣的，尤其她是新婦，擔心翁姑有意立規矩，未曾想婆家家風活潑，對於新嫁娘而言，著實是意外之喜了。

沈氏抓緊時間跟弟媳聯絡感情，當然，先前她們的感情也不錯，如今自然只有更好。待沈氏告辭回家時，江氏頗是難捨，三朝回門後回到婆家，還不忘給沈氏預備了許多禮物，「姊姊知道我娘家有些山地，這是山上產的野物兒，不值什麼，給子衿當零嘴吧。」

沈氏不捨娘家，何子衿提議：「不如我再住幾天，替爹爹跟娘親孝順外公外婆……」她挺想留下的，外祖母家裡人人疼她，她舅也有趣，肯定會帶她一起玩。無奈，不等她把話說完，就被她娘拎到車上塞進車廂裡。

沈母倒是對閨女道：「就讓子衿多住幾日吧，年前我讓阿素送她回去。」

沈氏不放心，「娘，您哪管得住她，等我把她收拾乖巧了再送來陪您住些日子。」

何子衿掀開車廂的布簾朝外扮鬼臉，眾人直發笑，離別愁緒被鬧沒了，沈母說沈氏：「妳別總是板著臉凶她，小孩子就得活潑些才招人疼。」又道：「替我問妳婆婆一聲好。」

沈母擔心自己囉嗦耽擱了趕路的時辰，便催著閨女和女婿走，直到馬車走遠，沈母猶是駐足遠望，眼角微潤。沈素勸道：「娘，回屋吧，過幾日我要去縣裡，正好去瞧瞧姊姊。」

沈父恰巧聽到，直接問：「去縣裡做什麼？」親也成了，正該專心念書。

沈素隨口扯道：「這不是明年要秀才試嗎？以前學裡的許夫子叫我去說說文章。」

沈父欣然點頭，「那就去吧。」

沈素矇他爹是一矇一個準，正心下得意，不期然聽老父來了一句：「你先作出個兩篇文章來，晚上拿來給我瞧瞧。」

新婚燕爾的，一天哪裡作得出兩篇文章，沈素眼珠一轉，正欲想個託詞，哪知沈父與兒子多年鬥智鬥勇，長了些經驗，立刻道：「作不出來就是扯謊！」

依沈父的執拗性子，是最恨兒子撒謊的，每次沈素撒謊被發現，必要重罰。

沈素忙道：「作得出來作得出來，我哪裡敢跟爹您扯謊啊！」

沈父滿意地拈拈鬍鬚，與老妻說一聲，抬腳去蒙學教書了。

何恭和沈氏一家子下晌方回到家，何老娘對於兒子媳婦去這麼久還是頗有微辭的，只是沒說太難聽的話。陳芳的事情過後，何老娘對沈氏有些改觀，覺得沈氏雖不大合她的心，也不是沒有可取之處。簡單地問過沈素的婚禮，就讓一家三口休息去了。廚下還留著飯食，當然，這主要是為了兒子，沈氏和何子衿母女順便沾光罷了。

何老娘能做個大面，沈氏已是謝天謝地。歇了一晚，她也要開始操持過年的事了。結果就在年前，何子衿出了一件不大不小，令人哭笑不得的事。

何家是聚族而居，要走禮的人家多，雖沒什麼貴重禮物，親近的人家也要預備一份。這些事，自從沈氏過門，便都是沈氏來做的。

沈氏事忙，顧不上閨女，便打發何子衿去找隔壁的何涵一起玩。何涵大何子衿四歲，今年已經進學，平日倒也喜歡帶著何子衿玩。

何子衿回家時跑得上氣不接下氣，臉上紅撲撲的，問：「娘，涵哥哥來找過我嗎？」

沈氏看她跑得出了一頭的汗，便拿帕子給閨女擦了擦，方問道：「怎麼跑得這樣喘？先過來喝口水。」說著，餵閨女喝了半盞白水。

何子衿喝了水喘勻了氣，捏著小拳頭道：「我去找涵哥哥了！」就又跑了。沒過片刻，何子衿回了家，跟她娘道：「涵哥哥可沒勁兒了。」

沈氏正與佘嬤嬤在清點年貨，打發閨女：「這兒灰大，妳自個兒去屋裡玩兒去，桌子上有點心，一會兒娘再陪妳說話，好不好？」

何子衿見她娘在忙，她又不是真的小孩子，便聽話地回屋了。

沈氏忙了大半日，晚飯都沒顧得吃，就有人找上門來。來人還有些身分，是族長家的大管家何忠。當然，何氏宗族不大，何大管家也沒多大，只是看在族長家的分上，大家都會給這位大管家一些面子。

何恭見著何管家，笑問：「忠叔可是稀客，怎麼有空過來？」

何忠行一禮，客氣地道：「是家裡小少爺的事。今天小少爺被族中幾個淘氣的孩子打破了頭，聽說也有您府上的大姑娘，大奶奶著我來問問，請恭五爺帶大姑娘過去說個清楚。」

何恭回頭去瞧閨女，何子衿做出害怕的模樣，奶聲奶氣地道：「爹爹，我沒打架。」

沈氏抱起閨女，問道：「忠叔，你說的小少爺是不是洛少爺？」

何忠回答是，瞧著何子衿，微微皺眉。

沈氏誠意十足地說：「聽說洛少爺會念書，是咱們何家百年才出一個的讀書種子。只是，忠叔瞧瞧，我這丫頭過年才滿兩歲，走起路來還跌跌撞撞的不大結實，可像是會打破洛少爺頭的人？」其實何子衿撒腿就能跑，結實得不得了，沈氏常說閨女是野人投的胎。

何子衿擺出很無辜很純潔的小白兔般懵懵懂懂的表情望著何忠，何忠也覺得這樣的小女娃不像有打架的能力，何況他家少爺都六歲了，要說少爺被兩歲的孩子打了，何忠自己臉上都火辣辣的，奈何家中大奶奶有嚴令……

沈氏瞧出何忠的顧慮，轉頭對丈夫道：「想是其中有什麼誤會，咱們也別令忠叔為難，不如跟著忠叔過去走一趟，解了這誤會。」

何忠忙再施一禮，「有勞五爺、五奶奶了。」心說，這一家人倒是難得的和氣人。

沈氏道：「您稍等一二，我幫丫頭換身衣裳。要見長輩，這樣過去不合禮數。」

沈氏帶閨女回屋裡換衣裳，順便問她：「妳今兒去打架了？」

何子衿冤枉死了，「是涵哥哥說要帶我去看神童，我就去了，誰知他們把神童半道截住打了一頓。涵哥哥抱著我跑，半道上累得不行，還把我藏東頭五嬸家裡。我等他半天他也沒去找我，我還是自己回來的。」

沈氏倒吸一口涼氣，「妳從東頭五嬸家裡自己回來的？」

那老遠的路，沈氏都不知道她閨女是怎麼自己找路回來的。

「是啊，要不是我記得路，險些給丟了。」何子衿憤憤地道：「我再也不跟涵哥哥一起玩兒了。」她自認智商超群，沒想到竟當了一群小屁孩的炮灰。

沈氏咬咬牙，「是不能跟這群臭小子玩兒了。」這些孩子說是比何子衿大幾歲，卻也都還年紀小，沒輕沒重的，把她寶貝閨女丟了咋辦？又說何子衿：「妳以後也不許再亂跑。」

何子衿識時務地應一聲，沈氏又問：「妳沒上手打人家吧？」

「沒。我見神童被打倒，還去看他哩。」

沈氏很相信閨女的話，她閨女平日雖話多活潑些，卻從來不打架，跟其他孩子玩得也很好，再者，何洛都六歲了，叫她閨女打，她閨女能打得過？想到族長家的行事，沈氏露出幾分不屑之色。孩子間的打鬧，還要一家家叫過去三堂會審？

幫閨女換好衣裳，沈氏就抱閨女出去了。

何涵正好急巴巴地來找何子衿，見何子衿被沈氏抱著，才用袖子去抹臉上急出的汗，拍拍胸脯，鬆口氣地道：「衿妹妹，妳回來啦，可是嚇死我了！」

何子衿哼一聲，別開頭，不理會何涵。

何涵笑嘻嘻地哄何子衿：「我不小心把妳給忘了，正要去五嬸子家裡找妳呢。衿妹妹，給妳糖吃！」說著，拿糖塞到何子衿手裡。

何子衿哪裡會真的跟小屁孩計較，接了糖，意思意思地道：「你可不能再把我忘啦！」

「絕不會絕不會！」何涵伸手作起誓狀，「我忽然想起妳來，嚇出一身的冷汗。」

何子衿哼哼兩聲：不是被何忠找上門給嚇的吧？

何涵完全不覺得打架有什麼，男孩子誰沒打過架？再說，又不是他一個人打的。

何涵的父母何念和王氏跟在後頭進來，略微尷尬地同何恭及沈氏說話，話間頗有歉意。他們知道兒子把何子衿落在東頭五嬸子家裡時也嚇一跳，幸而何子衿自己回來了，若真出點什麼事，哪家都擔不起。所幸沈氏和何恭俱是明理之人，便道：「這有什麼？就是涵哥兒可別再把妹妹給忘了，妹妹年紀小，還不大會認路。」

何涵有些羞意地應了，拉拉何子衿的手。何子衿對他眨眨眼，何涵就笑了。

兩家人住得近，一道去了族長家，路上還遇到了其他三家人。

這五家人雖沒說什麼，心裡的想法卻是一樣的。孩子打架的一丁點小事，哪用得著這樣大張旗鼓，族長家也忒……何氏家族不大，族長家的權威也就那樣了。

到了族長家，眾人紛紛表達了歉意，把人家孩子的頭打破，委實過了些，何況，族長家這位洛少爺還是嫡長孫。嫡長孫倒沒啥，何氏宗族這種小氏族，對嫡長孫的態度也就那樣，關鍵是，嫡長孫的媽的爹，也就是嫡長孫的外公，是一位進士老爺。

進士老爺知道吧？整個何家不要說進士老爺，舉人老爺也沒出過一個。不過，嫡長孫的進士老爺外公在外地做官，但嫡長孫的親媽不大好惹。

果然，叫他們來的人就是嫡長孫的親媽孫氏。

孫氏的臉拉得老長，說起話有幾分不客氣，「我們阿洛好端端地出門，迎頭遇著這幾個小子，他們二話不說，連書僮都打得鼻青臉腫，阿洛的頭也被打破了，大夫還在家裡看著。這要怎麼辦，堂兄堂嫂們，給我拿個主意吧。」

因為險些丟了何子衿，何涵頗為內疚，連忙道：「人是我們打的，跟衿妹妹沒關係！」

孫氏的視線立刻落到被沈氏抱著的何子衿身上，何子衿裝模作樣的本領一流，把何涵剛剛給的糖又遞給何涵，奶聲奶氣地展現她的小天真，「涵哥哥，吃糖！」

孫氏瞧著何子衿的模樣，不能說這麼小的孩子打破她兒子的頭，只得道：「恭弟妹也是，好好的丫頭，怎麼總跟這些淘小子們廝混？」

沈氏聞言，火就來了。她爹不是進士，只是個秀才，但她也說不出這樣的話。

沈氏冷聲道：「都是同族的兄弟姊妹，比常人略親近些，也是族人融洽的意思。」

孫氏將唇一掩，狀似無辜，「啊，弟妹可別誤會，我並無他意，就是覺得男女畢竟有別，女孩子還是跟女孩子在一處玩耍比較好。」

沈氏眼睛微瞇，淡淡地笑道：「是啊，嫂子說的有理，只是族人又怎麼一樣呢？大家都是一個老祖宗，原也不必在意什麼男女有別的，不然，嫂子還不是經常跟咱們大伯子小叔子大嫂子小嬸子在一處說笑嗎？」

孫氏當即氣了個仰倒。

沈氏正色道：「這事原不與我家子衿相干，因府上總管去請，我們不想令何總管為難，方過來跟嫂子說分明。既然嫂子都明白，我便帶閨女回去了。」

管她有個進士爹還是怎地，遇到這等人，再低三下四，日子也不必過了！

何恭也很生氣，出了族長家的大門便自沈氏懷裡接過閨女抱著，忍不住道：「咱們再也不與他家來往了！」他閨女才多大，就拿什麼男女有別來影射他閨女，可惡的婆娘！

沈氏反是緩了脾氣，「是這婦人可惡，族長家的大堂兄沒惹你，不用遷怒大堂兄。」

何恭低聲道：「妳說，今天把咱們幾家都叫去，難道不是大堂兄的意思？」在小小的何氏宗族裡，何恭家也算相當不錯的人家了，故而，沈氏才有底氣噎孫氏幾句。

沈氏道：「若是大堂兄的意思，大堂兄不會叫孫氏一個婦人來應付你們這些族兄弟，這於規矩不合。興許是孫氏自己的意思，不然小孩子打架，事兒又不大，哪怕要說道說道，也不必叫孫氏這樣出來得罪人。」

何恭一琢磨，也是這個理，不由感慨：「我跟大堂兄差不了幾歲，少時也一起玩耍的，先時只知他娶了進士家的閨秀，還替他高興來著，怎知他這般命苦，娶了這樣一個無知婦人，委實糟蹋了大堂兄這個人。」

何子衿一直當他爹是個老實人，不想老實人說起話來更加毒辣，一時忍不住，噗哧便樂了。沈氏瞪她，「妳還有臉笑？都是因著妳，才有這糟心事。」

何子衿見父母怒氣漸消，嘴快道：「是涵哥哥說要帶我去看神童我才去的，以後我再不去了。神童有啥好看的，我自己就是神童。」

沈氏好氣又好笑，用指尖戳閨女額角，「我看妳是個神經。」

何子衿：我娘笑我太瘋癲，我笑我娘看不穿……

一家三口回家，將事情跟何老娘報備。

何老娘嚇一跳，兩隻老眼一瞪，厲聲問何子衿：「死丫頭，妳是不是出去打架了？」

何子衿還未從演技的餘韻中恢復，伸手拽住何恭的衣角，怯怯地道：「爹爹，怕……」

何恭連忙拍拍閨女的小身子，哄她：「別怕別怕。」

何子衿根本不想理這死老太婆，衝她爹撒嬌道：「爹爹，我餓了！」

何老娘火冒三丈，恨不得生啃了何子衿，「就知道在外頭惹事生非，妳還有臉吃飯？」

沈氏被何老娘氣得渾身發抖，忍無可忍，不打算再忍。

何恭眼疾手快，及時握住妻子的手，柔聲道：「妳先帶著子衿去用飯，我跟娘慢慢說。」一真撕破臉吵起來，不知會多傷情分。

沈氏抱起閨女轉身就走，何老娘氣得不得了，拍著身前几案，對兒子喝道：「你就知道慣著她們！你就慣著吧，哪天捅出大簍子來，你就不慣著了！」

何恭滿腹無奈，「娘，您這是怎麼了？問都不問一聲緣由，就認定是子衿不對。她這麼丁點兒大，哪裡會打架？何況，阿洛都進學了，子衿也得打得過他。」

何老娘可不這樣想，「無風不起浪，要沒影兒誰去說她？不然怎麼單找到咱們家來？」

何恭道：「是阿涵帶著子衿出去玩兒，趕個巧罷了，跟子衿半點關係也沒有，子衿根本碰都沒碰過阿洛一下，更說不上打他了。」

何老娘一噎，轉而道：「一個丫頭片子，怎麼總是跟一群淘小子玩兒？」

何老娘的腦回路簡直跟孫氏是同一個級別的。

何恭剛因這事生了一回氣，他娘又提，何恭也沒了好脾氣，道：「過年事情多，媳婦得忙年下的禮，丫頭婆子本就不夠用，您又不肯看著子衿，只得叫她出去玩兒。」

何老娘險些跳腳，怒道：「我辛辛苦苦拉扯你長大，你那死鬼爹去得早，我又給你操持著娶媳婦立家業，如今你有媳婦，還要搓磨你娘不成？誰家的孩子不是自己帶，偏你媳婦帶不來！帶不來就不要生，生這麼個丫頭片子，根本是個賠錢貨，成天惹事生非，還不夠丟臉？要我帶也行，生出孫子來我就帶！」

何恭真心覺得無法跟他娘交流了，他本是家中唯一的兒子，姊姊大他幾歲，自來也是讓著他。別看何恭性子好，那是沒犯倔的時候，他一旦犯了倔，比尋常人更難說動。

何恭也來了火，怒氣沖沖地道：「從子衿一出生，娘您就百般嫌棄，當初爹爹嫌棄過姊姊嗎？娘也別怨我媳婦生不出孫子，這都是像了娘，咱們老何家的傳統，先開花後結果！我是做爹的人，別人嫌棄我閨女，我心裡半點不歡喜，也無法認同娘的話！子衿是我的掌珠，不是什麼賠錢貨！我們能生就能自己帶，原也不必麻煩您老人家！」

何恭轉身要走，何老娘張嘴嚎啕一聲，拍著大腿，涕淚四濺地泣道：「你這殺千刀的死老頭子啊，你怎麼就死在我前頭啦！你趕緊來把我帶走吧，兒子嫌我啊，我不活啦！」

何恭當即氣得腦袋嗡一聲，腳步踉蹌，險些摔倒。

何老娘的嚎啕戛然而止，嗖地自榻上跳下來，飛撲過去一把將兒子扶住，臉上鼻涕眼淚猶在，焦切地連聲問：「恭兒，你這是怎麼了？」

何恭揉揉眉心，虛弱地任由老娘扶著坐下，「興許是沒用晚飯，頭有些暈。」

何老娘顧不得哭嚎了，抱怨道：「怎麼到現在還沒吃飯？」忙又叫余嬤嬤去廚下拿飯菜，念叨沈氏一句：「就知道顧著自己和死丫頭片子！」自己跑去吃飯，半點不知心疼男人。何老娘對沈氏積攢出來的星點兒改觀，又因此事打落低谷，依舊認為沈氏是個狐媚子，而且還把那小賠錢貨也教導成了小狐媚子，母女倆一塊哄騙了她這個老實兒子。

何恭臉色又要不好，何老娘到底心疼兒子，嘴裡仍忍不住譏誚道：「行行，我多嘴，不說了，成吧？那是你的心肝兒肉，老娘知道，再不多嘴捅你肺葉子了，成吧？」

何恭閉著眼，輕擰眉心。

何老娘倒了盞茶餵兒子喝，然後跑到上了鎖的黑漆老榆木小櫃子裡掏出個油紙包來，拿出點心給兒子吃，「這是我今兒買的栗子糕，你先吃兩塊墊補墊補，一會兒飯菜就好了。」

何恭望著母親關切的眼神，想到母親多年不易，情不自禁喚了一聲：「娘……」

這一聲喚，把何老娘的眼淚喊了出來，何老娘抹淚道：「養兒女有什麼用，養個閨女，一嫁幾百里遠，經年見不著，讓我牽腸掛肚。養個兒子，娶了媳婦只知跟媳婦一條心，眼中哪裡還有娘，我也是白心疼。」

何恭握住老娘的手臂，認真道：「娘知道我不是那樣不孝的人。娘總這樣，我每天都要擔心娘會不會跟媳婦生氣，家裡又有什麼事，書也念不清靜。如今上有高堂，下有妻女，我也是想像姊夫那樣搏個功名，想讓娘您堂堂正正穿上綢衣。」

何老娘的心，在沈氏面前是石頭做的，在兒子面前簡直比新磨的水豆腐還軟三分。聽著兒子這話，何老娘感動得淚水落了下來，抱著兒子哭將起來，「我的兒啊……」

何子衿跟她娘在自個兒屋裡吃飯，一時翠兒打聽回來，悄聲道：「太太先是跟大爺嚷了一回，如今正哭著，一邊哭一邊喊『我的兒』……」

翠兒是個老實人，幾句話學得磕磕巴巴，學完臉都紅了。

何子衿一拍小肉手，對她娘道：「爹爹已經把祖母搞定啦！」

沈氏用筷子敲閨女一記，「吃妳的飯。」又道：「翠兒也去吃飯，太太沒事就好。」

何恭回屋時，衣裳被老娘的眼淚打濕大半，沈氏柔聲道：「太太的脾氣略急些，心裡都是為咱們好。許多話我做媳婦的不好說，你做兒子的哄一哄太太，老人家就開心了。」

何恭嘆了口氣，身心俱疲，「以後就好了。」

沈氏不再多說，服侍著何恭換衣洗漱後，夫妻倆就歇下了。

第二日，何老娘的態度果然有所改變，雖然面部表情與聲音有些僵硬，「這年下也忙，我上了年歲，幫不上妳什麼，妳把子衿放我這裡吧。外頭人多，別讓她出去亂跑。」

沈氏順從地道：「麻煩母親了。」

何老娘「嗯」了一聲，懨懨地再無他話。

沈氏叮囑何子衿兩句，又叫翠兒把閨女的玩具拿過來，就去忙年下的事了。何子衿與何老娘實在沒啥共同語言，何老娘對何子衿也沒啥好印象，兩人共處半日，何老娘對何子衿愛惹事後，又添了「饞嘴」的印象。

何子衿跟她娘抱怨：「祖母放點心的櫃子都上了鎖，裡頭有兩包點心，一包香噴噴的，好聞極了，肯定是飄香居的栗子糕。祖母捨不得給我吃那個，另拿一包像石頭一樣硬的圓餅子給我吃，硌得我牙疼。我不吃，她還說我挑嘴。」

沈氏嘆，「妳就忍忍吧，飯吃飽了，原也不用吃點心。等我忙完，買些好點心給妳。」

何子衿哼哼著，「娘，我自己在咱們屋子玩兒不成嗎？」

「妳祖母好不容易對妳露個好臉，妳就當是對老人家盡孝，討老人家喜歡才好。」沈氏想著，閨女這樣招人疼，若能令何老娘改觀，於家裡也是好事。

何子衿很悲觀，「除非太陽打西邊出來。」

「沒出息！」沈氏也沒好法子，無奈道：「過年就好了，妳就再忍幾天。」

何恭反是覺得老娘果然慈愛，如今母慈妻賢女討喜，委實其樂融融。

何子衿感嘆：男人的眼睛果然都是瞎的！

年前，何恭去族長家走年禮，大堂兄何恆拉著何恭說了幾句道歉的話，還單獨備了一份小禮物給何子衿。何恭明白何恆的意思，直說何恆太過客氣。

此事就此揭過作罷。

過年的時候親戚家走動，何子衿還見著何洛了，額角有一道結了痂的傷，也難怪孫氏那般氣憤兒子被打之事，頭被打破，誰家孩子誰不心疼啊。

何洛是跟在祖母劉氏身邊的，這年頭人們做祖母早，劉氏年紀與何老娘彷彿，叫了何子衿到跟前，親暱地抱她到膝上，笑道：「這閨女生得可真俊。」

「伯娘過獎了。」沈氏答道：「小孩子家，只要收拾得乾淨些，都差不多。」

劉氏笑，「眉眼像妳。」

劉氏有了年紀，自然也有閱歷，眼界比孫氏開闊百倍不止。家族在碧水縣只是小家族，至今族中也沒出過半個舉人進士，為兒子娶孫氏，看的就是孫氏的爹，但孫氏這個脾性，劉氏實在不喜。他們是族長一支，在族中也是過得最好的，但做族長是要主持族中事務的，族人是一個老祖宗的兄弟，可不是你家的奴才。前些天，孫氏辦的事就令劉氏不喜。小孩子打架，何洛是吃了虧，畢竟沒什麼大事，孫氏鬧得太不像話了，反而得罪了許多族人。

劉氏叫了何洛過來，笑問：「洛兒，這個妹妹好不好看？」

何洛點頭，聲音不大，「好看。」

「帶著妹妹去玩吧。」劉氏摸摸孫子的頭，「過年呢，不用再讀書了，你也歇幾日。」

何洛眼睛微亮，領著何子衿去了隔間。

比起常跟何子衿在一起玩的何涵，何洛是個極斯文的性子，說是帶著何子衿玩，他也不知道玩什麼，想了半天，拿出《千字文》道：「妹妹，妳會不會念書，我教妳念吧？」

何子衿：你祖母不是叫你歇一歇嗎？真是個傻小子！

傻小子何洛教何子衿念了小半篇千字文，何洛是個很靠譜的人，自性格就看得出來，遞給何子衿糕點吃時會提醒她小口吃，不要噎著。丫鬟餵何子衿喝水時，何洛會叫丫鬟先試一試涼熱。總地來說，何洛是個很仔細的小孩兒。

何子衿問他：「我聽涵哥哥說，你是神童來著。」想她老人家為神童事業奮鬥好幾年，也沒人叫她一聲「神童」，竟被這小子搶走，她哪隻眼睛也看不出何洛有「神童」氣質來。

何洛搖搖頭，老實地說：「我從小爹爹就教我念書了，學裡教的我早學過一遍，再學自然就快了。何涵他們以前沒學過，這才顯得比我慢些，其實他們也不慢的。」

哎喲，何子衿還是頭一遭遇到這麼可愛的小朋友，好誠實啊！何子衿頓時覺得何洛小朋友可親可愛，她說：「涵哥哥說，學裡夫子常把你讚得跟神仙一樣，把他們罵得跟狗屎一般，他們氣不過，才跟你打架的。」

何洛摸摸額角，「我知道。」何涵那天都說過了。何涵是這樣表達自己心情的：「誰叫他學得那麼快，夫子總是誇他，總是罵我們，還要打手板！跟何洛在一起上學，顯得我們跟豬腦袋一樣，氣死人了！」非常氣憤，非常實誠，且叫人哭笑不得。

何子衿看何洛有些悶悶的，以為他還放不開被打的事，說他：「你怎麼那麼笨啊，那天也不知道還手，還好有你書僮護著你。」

何洛道：「我沒打過架，不知道怎麼打。」

何子衿渾然不覺自己在教壞小朋友，她道：「這有什麼不知道的，用牙咬用手撕用腳踢，反正別人打你，你也不能叫打你的人好過。不要傻站著讓人打，那樣也太傻了。」

「這樣啊，那打不過怎麼辦？」

「能跑就跑，跑不了就打唄，就是被打敗了，那也叫雖敗猶榮。哪兒能跟你上回似的，乾站著被人揍，太丟臉了。」何子衿跟人家小朋友掰著歪理，「男子漢就得這樣！」說完還重重點頭，以增加自己話中的可信度。

在何子衿無意識的鼓動下，何洛過年的時候就跟何涵打了一架，這次何洛把何涵打破頭不說，他還腆著小胸脯，十分有大俠氣質地說：「上回你叫了人打我，那不算，有本事單挑！你要不服，下次再打過就是，我等著你！」

孫氏這人嘛，兒子挨了打她不肯甘休，兒子打了人，她也不是不講理的，訓斥兒子：「外頭小混混才成天打架，天天教你念書，你念個什麼出來？」又去何涵家賠禮道歉，回家將兒子身邊的丫鬟審了足有兩個時辰，就是要追查出兒子突然變「壞」的原因，這一查，就查到了何子衿頭上。

孫氏簡直是新仇加舊恨，因上次兒子挨打的事她找幾家過來問個清楚，反遭了婆婆的訓斥，如今人證俱全，孫氏就一手拽著兒子，一面帶著小丫鬟找婆婆說理去了。孫氏自覺拿住了理，與婆婆道：「恭族弟家那丫頭，別瞧著年紀小，一肚子的壞水兒。咱們阿洛，以往多麼乖巧，跟那丫頭玩了半日，就學會了打架，真是豈有此理！」說著手裡還恨恨地擰著帕子。

劉氏靜靜地聽孫氏說完，又聽何洛身邊的丫鬟將那天何子衿說的話學了一遍，眉毛都沒皺一下，對孫氏道：「眼瞅著我大壽就要到了，聽說恭兒她媳婦去歲還給她婆婆抄了平安經，是闔族都知道的孝順媳婦，妳五嬸子就是很有福氣。可惜妳們妯娌三個，也只妳識得字通得書，要不就勞煩妳也給我抄幾篇。妳也知道，人老了，脾氣也怪，閒著沒事就愛攀比。」

孫氏顧不得多想婆婆怎麼突然扯到抄經的事情上，也不敢推辭，連忙道：「這原是我的本分，我已在抄了。想著抄好了放到姑媽的小佛堂裡供著，也是媳婦的心意。」

劉氏點點頭，「難為妳有心，這事我知道了，妳去吧，洛兒留下陪我說說話。」

瞧婆婆不痛不癢的樣子，孫氏回房就與丈夫抱怨：「我原想著同恭族弟他們說道說道，母親卻是不讓。」

劉氏則是私下同兒子道：「阿洛的性子太老實了。上次小孩子打架，原不是大事，你們兄弟小時候哪個沒打過架？你媳婦鬧得太過，原本自家有理，最後反得罪人。孩子念書要緊，但也不要拘得太厲害，我倒是寧可看孩子出去把人打了，也不想看孩子出去被人打。」

「以往我只擔心阿洛太軟，如今瞧著，還是有血性的孩子。」劉氏不似孫氏那般怨天怨地，反是面露喜色，「這世上沒有獨人，阿洛先前適齡的朋友少，就一味念書。如今他大了，有一些關係好的族兄族弟不是壞事。小孩子的情分就是打打鬧鬧中處出來的，一點小事，不必大驚小怪。你瞧著阿洛些，性子活潑些無妨，別在念書上分了心就行，不然若真念成個呆子，縱使考出功名來，也無大用。」

倒不是何恆偏心，只是母親和妻子的話，只要有腦子的都能分辨出哪個更明事理。

何恆笑，「母親放心，我原也沒放在心上。」

劉氏嘆口氣，「你還是勸勸你媳婦。我知道她就阿洛一個兒子，一顆心全放在阿洛身上，在她眼裡，一點小事也成了大事。都是做母親的人，我什麼都明白，只是，她呀，心還是有些窄，你以後是要做族長的人，一族事務都要你來管，一個好漢還得有三個幫才好，為人要精明，不然日子過不得。該計較的要計較，不然別人以為你好欺；有些不必計較的，也要適當寬厚些，心寬了，才有後福。」

「這話，我做婆婆的說，她難免多心，你們小倆口私下說吧。」劉氏簡直為長媳操碎了心，想著別人家媳婦那般精明伶俐，到了她家這個……扶了多年還是扶不上牆啊……

何恆應了，面有愧色，「兒子都是做父親的人了，還叫母親為兒子操心。」

劉氏擺擺手，「我不過是見了就說一說。這個家早晚是你們的，我做娘的人，自然盼著你們好。年下這幾日，多去瞧瞧你姑媽，她一個人也不容易。」這說的是賢姑太太，賢姑太太在族中地位超然，除了有貞烈之名外，她是族長嫡親的妹妹，這也是重要原因之一。

何恆道：「依兒子的意思，上元節還是請姑媽到家裡來團聚。」

賢姑太太是難得的明白人，她是守了寡，可並沒有住兄嫂的屋子，住的是自己的宅子。兩相清靜不說，起碼自己能做自己的主。

劉氏道：「是這個理。跟你姑媽說，她不來，我同你父親親自去請。」

何恆笑著，又同母親商量了些族中事。

……

何子衿也不知道啥原因，反正族長太太劉氏時不時就請她母親帶她去家裡做客，還常讓何洛跟她一塊玩，或是叫何洛去家裡找她。若不是同族不婚，何子衿得懷疑自己小小年紀貌美出眾，有人想訂娃娃親啥的了。

及至在賢姑太太那裡見到何洛，何子衿暗想，難不成是族長家肖想賢姑太太的產業？她常到賢姑太太家去，也知道賢姑太太是族長的親妹妹，一輩子守寡，無兒無女，不過，賢姑太太不像是沒錢的人，宅子是她自己的，平日裡只要何子衿去，就拿各式新鮮點心給她吃。再有，生活日常能看出一個人的經濟狀況。

何子衿愛腦補，很快腦補出一齣跌宕起伏、賺人眼淚、奪人家財的故事來。

想著想著，何子衿險些落淚。

何洛瞅著何子衿悶悶的，問：「子衿妹妹，妳不高興嗎？」

何子衿心道，看到你們一家子壞蛋，哪裡還高興得起來。

何子衿有意從何洛嘴裡套話，「以前我怎麼沒在賢祖母這裡見到過你啊？」

自從與何涵打過一架之後，何洛性子活潑不少，對何子衿尤其親密，「我得上學念書，聽母親說，姑祖母不喜人來，就是父親，也只允許一個月來一次。」

果然有問題。何子衿自認為腦補得很對，晚上回去同母親嘀咕：「娘，您說賢祖母怎麼只叫恆大伯一個月去一次，是不是她不喜歡恆大伯？」

沈氏道：「別胡說八道，妳賢祖母是個清靜人，難不成天天賓客滿門，這可不是守節。」就是她也保持著適當的頻率，太近亦是不美。

何子衿自認為掌握真理，「我覺得是。」

沈氏訓她：「這是娘家人，能不親近？只是有時候保持些距離，非但彼此清靜，也彼此客氣。賢姑太太並非蠢人，如何會同娘家不好？」

讓沈氏說，或是沒腦子，或是陳芳那等娘家，不然絕大部分的女人與娘家都是相當親近的。何況，賢姑太太在娘家過了一輩子。小摩擦或者有，大面上總是不差的。對賢姑太太而言，娘家有親兄弟，還有兄弟媳婦、侄兒、侄女、侄孫、侄孫女，說親近也親近，只是到底非自己骨血，保持距離有什麼不好？走得太近才會叫人當成唐僧肉，不論是誰都想上去啃一口。如今有哪個晚輩會對她不敬嗎？不僅不會，反是要想方設法贏得她老人家的青眼。

賢姑太太已經熬到這個年歲，熬到這個輩分，實是不必屈委自己。

沈氏怕閨女不明白，細細同她講了一遍其中的緣故，問：「明白了沒？」

何子衿點頭，「明白啦。」

沈氏鄙視地望著閨女的大頭，「小小年紀，明白個什麼？」嘆口氣，「人啊，就是難活個明白。算了，妳還小，等以後大些就明白了。」

何子衿真想說：我現在就明白啦！

鑒於對她娘智商的敬仰，何子衿試探地問：「娘，賢祖母是不是很有錢？」

沈氏是個極有耐心的母親，從來不會對閨女說「瞎打聽個啥」的話，一般都會仔細說給閨女聽。見閨女這樣問，沈氏還是第一次道：「妳問這個做什麼？」

何子衿道：「我覺得賢祖母那裡好吃的很多，沒錢怎麼能買那麼多好吃的東西？祖母都只給我吃硬得跟石頭一樣的點心，賢祖母肯定比祖母有錢吧？」

沈氏嘆，「老人家有一些錢財傍身，心裡也有個著落，不然無兒無女的，手中再無錢，日子可怎麼過？妳不許出去瞎說。」

何子衿小肉手一捂嘴巴，眨眨大眼睛，「我嘴巴最緊啦！」

何子衿再接再厲地問：「娘，您說，會不會有人盯著賢祖母的錢袋子？」

沈氏皺眉，何子衿立刻解釋：「我叫祖母買點心，祖母就說我總盯著她的錢袋子！」

沈氏下決心，以後就是忙死也不能把閨女給婆婆看著，瞧把閨女帶成啥樣了？當著小孩子的面，什麼話都說。須知孩子記性最好，你不留心說話，她能記許多天。

沈氏柔聲道：「妳以後想吃點心跟我說，我買給妳，別去叫妳祖母買。」

何子衿點頭，「我根本沒見過祖母的錢袋子。」

「我知道。」沈氏笑笑，「明兒帶妳去飄香居買點心吃，好不好？」

「嗯。」何子衿又拉著她娘的手絮絮叨叨說起別的話來，不打聽是不是有人想謀奪賢姑太太產業的事了。何子衿覺得，照她娘說的，賢姑太太不是個笨人，她並不大知曉族長家的事，賢姑太太對娘家人的了解肯定比外人深。既有所了解，賢姑太太就不會無所準備。這許多年，賢姑太太都過來了，至於何子衿所擔心的事，賢姑太太又怎會沒有主意呢？

想通了這一點，何子衿覺得，自己今天對何洛的態度不大好。不管怎麼說，何洛只是個小孩子，對自己是極好的，她對何洛也應該更好一些才行。

於是，在何洛來找她玩時，她便請何洛吃她的好點心，又問何洛課業上的事，聽何洛說自己的煩惱。還感嘆一回，原來小小少年也有這許多心事。

譬如，何洛說：「我娘總叫我念書，想出去玩兒都不成。妳現在多好啊，每天在家玩兒，除了吃就是玩兒。」何洛羨慕地嘆口氣，捏捏何子衿的小肉手，又捏捏何子衿的小肉臉，十分後悔，「我小時候怎麼沒好好玩兒一回呢？」

何子衿拍掉何洛的手，心道：少年，你如今也不大啊！說他：「你現在不是來玩嗎？」

何洛鬱悶，「還是祖母發話，我才能出來透透氣。」

何子衿就看不上孫氏那小心眼的勁兒，「你把每日功課學會就玩兒唄，難不成啥都聽你娘的？男子漢大丈夫，得自己有主意才成。」

「不成，我學完了今天的，還得學明天的。」

「那還不得累死？不是有句話說，勞逸結合嗎？就是說學一會兒也要玩一會兒，學裡還十天放一日假，就是讓你們玩的。」沒有玩耍過的童年，何其枯燥，何子衿都不忍心啦，於是同情地拍拍何洛的小腦袋。

何洛握住她的小軟手，「妳是妹妹，不能拍哥哥的頭啊！」

何洛有些不好意思，小小聲地說：「我要是不聽我娘的，得挨板子。」

何子衿挑起淡淡的小眉毛，拿出死豬不怕開水燙的道理來教導何洛：「她難不成還會打死你啊？熬過這一回，你就能自己做主啦！你又不是不學習，學會了先生教的玩一會兒而已，難不成玩這一時半刻就考不上狀元啦？」

何洛道：「我娘說玩耍浪費時間。」

何子衿歪理一堆，「吃飯睡覺也浪費時間，你還不要吃飯睡覺啦？」

何洛是個老實孩子，年紀又小，一時竟無法辯一辯這歪理。何子衿看他嘟著個嘴巴不說話，一拽他，「別瞎琢磨了，咱們去找涵哥哥玩吧。」

何子衿跟附近的大孩子都熟，她不喜歡跟話都沒說清楚，穿開襠褲的奶娃子們玩，便跟稍微有些邏輯的大孩子玩，不然就得在家悶著。

何洛深受何子衿影響，沒多少時日，兩人便忘了以前打架的事，成了不錯的朋友，何涵還給他們的關係取了個名字，叫「不打不相識」。天知道這句「名言」還是何子衿曾說過的，結果叫何涵出了風頭，何子衿鬱鬱的。

何子衿沒鬱悶幾天，何洛又跟著出了回風頭。何洛在家挨了她娘一頓打後離家出走了，也沒去別處，跑何子衿家裡來了，他自覺跟何子衿交情好。

何恭只得打發人去族長家送信兒，沈氏讓他吃些東西，何洛吃不下去，何子衿幫他腫腫的小掌心上藥，還給他吹吹。何洛傷心得很，抱怨：「她總叫我念書，就知道叫我念書！」抱著何子衿哭，「子衿妹妹，以後我在妳家過，給妳家當兒子吧，妳就是我的親妹妹！」

沈氏哭笑不得。

何恆來得很快，先跟何恭沈氏道謝，然後叫兒子回去。何洛死活不肯，還無師自通地談條件：「以後做完課業讓我玩我就回去，不讓我玩，我就不回啦！」

何恆哄他道：「你母親也是為你好。」

「我是男子漢大丈夫，不要聽女人的！」何洛也不知跟誰學的這話。

何恆又好氣又好笑，「我是男人，還是你爹，你聽我的不？」

何洛道：「那也得看爹您說的對不對！」

何恆眼珠子險些掉地上：這還是他老實巴交的兒子嗎？這都跟誰學的一身刁氣啊？反正連哄帶嚇地把何洛勸回家，後來何洛還在家裡說出過如此名言，譬如「男子漢大丈夫，得自己拿主意」，譬如「學習玩耍得勞逸結合」，譬如……

孫氏很是哭了一鼻子，深覺兒子被帶壞了，嚴禁兒子同何子衿來往，無奈兒子現在又學會了陽奉陰違，與那丫頭親近得很。倒是何子衿覺得，原來她最適合的職業是教育家啊！

只是，何子衿也覺得何洛越來越不可愛，還得了一種叫「男子漢大丈夫」的病，如今何洛的口頭禪就是「男子漢大丈夫，不與妳個小女子計較」。

原本何子衿是想教訓一下這小子，不過看在這小子時常帶好吃的給她的分上，她便大度地原諒了何洛。

何子衿教育家的夢想還沒影兒，何洛倒過了把當夫子的癮，甚至無師自通地開了個補習班。若有功課不好的族人，每天能免費去他家裡聽他補習功課，還有免費茶水喝。

何洛還來遊說何子衿去他那裡掃盲：「子衿妹妹，妳年紀也不小啦，我在妳這個時候，千字文都會背了？妳會嗎？除了上次我教妳的半篇，其他的不會吧？不會就來我家裡學吧，我單獨教妳，還有點心吃，怎麼樣？來吧，不來妳會後悔的。」

何子衿：你真不是傳銷附體嗎？

何子衿的經驗：非但古人的智商不能小覷，就是古代小孩子的智商也不能小覷啊！何子衿捂臉，成為何洛學前班中一員，關鍵是：她想脫離文盲的身分已經好久了啊！

於是，就這麼熱熱鬧鬧地迎來了何子衿的生日。她生在龍抬頭這一日，難得的好日子。沈素特意帶著江氏來給何子衿過生日，送了何子衿一方自己篆刻的香梨木小印做禮物。

江氏正是喜歡孩子的年紀，摟著何子衿道：「這才幾天，我就覺得子衿長高了。」

沈氏笑，「小孩子家，一天一個模樣，我只盼著明兒一睜眼她就長大，能少操些心。」

江氏道：「有子衿這樣的閨女，叫我操心我也樂意。」

沈氏道：「這急什麼，我懷子衿也是成親半年後的事了。你們才成親幾天，就是有了，這會兒也查不出來。」

江氏微羞，「姊姊說什麼呢？」

人心裡想什麼，總能瞧出一二的，沈氏笑，「咱們又不是頭一天認識，這沒什麼不好意思的，我較妳成親早，當初也是一樣。」

江氏輕輕點頭，「也不知這心裡是怎麼了，我總是瞧見孩子就打心裡喜歡。」

沈氏安慰弟媳：「孩子是天意，天意到了，自然就來。」

何子衿天生就是個愛呼朋引伴的脾氣，她生在節下，打聽何涵他們要放假，便有模有樣地自製了小帖子送給小夥伴們。到了中午，何家來了一群人，都是何子衿叫來的。這群小東西還學大人樣兒地送了生辰禮給何子衿，有送果子的（家裡吃剩下包來的），有送鮮花的（路上採的），還有送石頭的（路上撿的，泥都沒洗乾淨）……何洛最沒新意，送了何子衿一本自己用過的書，叫何子衿好好跟著他念書，早日擺脫文盲身分。

沈素瞧得直樂，悄悄同姊夫道：「子衿的朋友怪多的。」

何恭看著閨女似模似樣地招呼小夥伴，舉止都是學自妻子，只是閨女年紀小，又胖嘟嘟的，叫人看了就想笑。何恭道：「都是平日裡常一塊玩的族兄弟。」

小孩子們在何家吃過何子衿的壽麵，下午就出去玩了。

何子衿傍晚才回家，沈氏看她裙子上掛著草屑，問：「去哪兒玩了？」

何子衿道：「在洛哥哥家的園子裡捉迷藏來著。」

沈氏命翠兒端水進來，幫何子衿洗臉換衣裳，一面念叨：「妳就出去野吧。」

何子衿問：「我舅呢？」

「找妳舅幹啥？」

「陪我舅說話唄。」

沈氏道：「再過兩年可不許總出去瘋跑了，叫人家笑話。」

何子衿道：「過兩年我就做淑女。」

沈氏訓她：「就沒一次大人說話妳知道閉嘴的。」

何子衿肚子裡回一句：又不是啞巴。

沈氏睩起眼睛，「肚子裡說我什麼壞話呢？」

何子衿冤死，「娘叫我閉嘴，這會兒又嫌我不說話，當個孝女怎麼這麼難啊！」

沈氏氣樂了，拍了她一下屁股，「去叫妳舅媽過來吃飯。」

「我舅呢？」

「跟妳爹爹去了許先生家，今天不回來吃。」

何子衿晚上睡覺時也沒等到她舅回來，就先睡了。第二天一大早，甥舅兩個一起晨練，沈素是跟村裡獵戶學過幾式拳腳的人，一面逗著何子衿玩，一面教何子衿健身。

兩人玩累了，沈素坐在梧桐樹下的籐椅上問：「子衿，聽說妳會背千字文了？」

何子衿一身大紅衣褲，中間還紮著黑邊的腰帶，俐落又可愛，脖子上掛著她舅送她的小印，微微歪頭，道：「洛哥哥教我的，我早會背了，我還認識了許多字。」

何子衿已擺脫了文盲的身分，正式進入到半文盲的行列。

「喲，那可真了不起。來，背給舅舅聽聽。」甥舅兩個天然合拍，沈素成親後就跟妻子說過，以後一定要生個閨女，鬧得人家江氏壓力極大。

何子衿喝口水就開始背千字文展示學問，江氏聽到何子衿背書，深覺稀奇，「子衿這麼小就會背千字文，可真不一般。」

沈氏不以為然，「阿素像子衿這麼大時，也會背千字文。」

江氏微感驚訝，沈氏笑，「小孩子記性好，教個什麼都記得住。」

何子衿扯著小嫩嗓子背完，問她舅：「舅，您看，我像神童不？」

沈素一口茶噴地上，險些被外甥女的話嗆死。

何恭呵呵直樂，沈氏笑斥：「又胡說八道，誰教妳這樣自大狂妄的？」她這是自信好不好？何子衿哼哼兩聲，翹著下巴美得很。她上輩子也沒背過千字文啊，這輩子算是重新補習國學課啦。

沈氏生怕閨女自信過頭，養成目中無人的毛病，道：「妳這叫什麼稀奇，妳舅舅小時候會說話就會念書了，在妳這麼大時，不要說千字文，千家詩也能背個三五十首。」

何子衿道：「我才不信，外公常說舅舅笨來著。」她舅生得是俊，智商也不低，可是據說作文章還不如她爹哩。

沈素輕咳一聲，「其實舅舅以前很聰明的，也有許多人說舅舅是神童啊！子衿，妳知道舅舅是怎麼變笨的嗎？」

何子衿直覺她舅要使壞，就是不接下言，她舅便瞅江氏一眼，自說自話地嘆口氣，「唉，後來訂了個姓江的媳婦，就給江郎才盡了，所以啊，子衿，妳以後可千萬不能嫁姓江的小女婿，不然，神童之名不保啊！」

江氏啐丈夫一口，沈氏直接笑罵：「成天胡說八道，我看子衿這口無遮攔的毛病就是叫你給傳上的。」

何子衿朝她舅做個鬼臉，「舅，你可真貧嘴！」

「喲，妳還知道什麼叫貧嘴啊？」

「舅舅這樣就是。」

沈素聽著何子衿絮絮叨叨的，自豪地同江氏沈氏道：「子衿這麼會說，就是像我。」

沈氏道：「可不是嗎？神神叨叨的勁兒，跟你一樣。」

沈素拉拉外甥女的羊角辮，故作悲痛狀，「子衿，這些凡人是不會理解我們的。」

何子衿打開他舅的手，詠嘆調一般的感嘆：「舅，這就是天才的悲哀啊！」

沈氏、江氏：好想吐啊，怎麼辦？

參之章

男子納妾婦人苦

沈素這次進城，除了給何子衿過生日，也要帶著江氏逛逛縣城的集市。何子衿覺得，她舅真是個聰明又浪漫的人，還知道帶著媳婦出來約會。只要一看江氏那白裡透紅的臉色，就知道江氏的新婚生活有多麼甜蜜了。

沈素原也想邀姊姊、姊夫一起出去踏青，沈氏卻道：「陳姑媽家的新鹽鋪子開業，叫你姊夫去吃酒，我們家太太也要過去，我得陪著，你們小夫妻好好去玩一日。」

沈素將嘴一撇，有些不屑，「難得閨女賣了大價錢，是要開鋪子擺酒慶祝。」

江氏不明就理，沈氏嘆口氣，沈素道：「我們帶子衿出去玩兒吧，省得去那些烏糟地方，壞了孩子的心智。」沈素對陳家沒半點好感，先時陳姑媽常為難他姊就不說了，不想陳姑丈人品更是堪憂，這種連親閨女都能作價賣了的人，如何敢打交道。

沈氏道：「也好。」

沈素抱了何子衿在懷裡，與江氏邊走邊說話，江氏問：「相公似是不喜陳家。」

沈素簡單將陳芳的事告訴妻子，淡淡道：「男子漢大丈夫，沒人不想富貴的。想富貴是為了什麼，難道不是為了妻兒，為了家裡？若實不得已則罷了，如今這般蓄意用骨肉謀富貴，真不知這種富貴享用起來是什麼滋味兒了。」

江氏驚訝，「世間竟有這樣的人？」她一直以為賣兒賣女的都是活不下去的人呢！

「不說這些掃興的事兒，難得來趟縣城，妳瞧中什麼跟我說，我買給妳。」沈素的口氣很像暴發戶。

江氏微羞，「逛逛就行了。」

剛成親，江氏怎好主動跟沈素要東西？送禮物，肯定要男人親自挑才浪漫啊。哪怕沈素是個絕頂聰明人，在這上頭依舊是青澀的。何子衿在她舅耳邊嘀嘀咕咕，沈素聽得直點頭，呵呵直樂，摸摸外甥女明顯比常人高的後腦杓，「年紀不大，心眼兒不少。」

何子衿道：「這都是像舅舅啊！」

沈素被何子衿的馬屁拍得舒坦，轉頭就買了串糖米糕給外甥女吃，當然不忘也買一串給江氏。江氏來縣城的次數有限，稍有拘謹，道：「給子衿吃吧，我不吃。」

沈素笑咪咪地道：「妳不吃我還吃呢。我得抱子衿，沒手拿，妳幫我拿。」然後，他一會兒就要吃一口，一會兒就要吃一口，偏生糖米糕在江氏手裡，於是，江氏只得頻頻餵他吃。瞧著沈素一臉得意的模樣，哪怕這張臉俊到令人一望便不禁臉紅的地步，江氏都想一串糖米糕糊這男人臉上。

沈素還時不時感慨一句：「怪道人人都想娶媳婦，這有媳婦的滋味兒就是不一樣啊！」

江氏羞得臉通紅，很不客氣得請教他：「相公，你從小到大就不知道什麼叫臉紅嗎？」真是丟臉，大庭廣眾下，這樣羞人的話怎麼說得出口啊？偏生她相公就說得跟沒事人一樣，臉皮是什麼做的啊？

沈素嘿嘿壞笑，附在江氏耳畔道：「我不知道什麼叫臉紅，想來娘子定是知道的，看妳臉紅得喲！」還嘖嘖兩聲。

江氏既羞且惱，於是，臉更紅了。

沈素笑得止不住，何子衿掐住她舅的耳朵尖，這叫什麼惡趣味啊！

沈素就是逗逗媳婦，馬上又說好話把江氏哄得回轉過來。逛了大半日的集市，沈素買了根銀簪給江氏，還道：「等以後有了錢，打根金的給妳。」

江氏滿心甜蜜，輕聲道：「我不稀罕金的，這就很好。」出來一趟，江氏給公婆買了些東西，給沈氏挑了塊料子，當然，何子衿也收穫了一堆好吃的。

沈素新婚燕爾的，光顧著跟江氏蜜裡調油了，秀才落第是意料之中，倒是何恭，考前十分用功卻也沒中。何老娘難免有些失望，沈氏安慰丈夫：「我爹三十上才中秀才，相公這才到哪兒？這功名啊，若真是唾手可得，也顯不出秀才公的不同了。」

這年頭落榜是尋常事，何恭雖科舉失利，好在也不是第一次失利，且有賢妻嬌兒做伴，何恭鬱悶兩天便也放開了。倒是沈素，隔幾日來縣城，路還走得不大俐落，沈氏一見就知道這是挨打了，忙問：「好些沒？」

沈素道：「原沒什麼大礙了，趕這半日車又有些疼。」他椅子都不想坐了。沈氏拿個墊子給他墊，抱怨父親兩句：「秀才也不是說中就能中的，何必生這麼大的氣？」

「本來就是。他自己還不是熬到三十才中秀才的，難不成以前祖父也這樣待他？自己做不到的事兒，天天逼我，我又不是神仙。」沈素小心翼翼地坐下，一張俊臉怨氣沸騰，「以前權當給老頭子打著玩兒，如今我這都娶媳婦的人了，還要挨揍，面子都沒了。」

沈氏倒盞溫水給他喝，「都這樣了，不在家裡養著，又出來做什麼？」

沈素笑，「姊姊不是要開醬菜鋪子嗎？我打聽了有個合適的鋪面，過來看看。」

沈氏道：「這早兩天遲兩天有什麼要緊，該先養好身子。」

沈素小聲道：「在家看著咱爹那張老臉，更好不了，還不如出來透透氣。」

沈氏嗔他，「你多因這張嘴才挨打。爹這把年紀了，你哄他一哄，事情便過去了。你平日裡能把天說下來，關鍵時候一點用都沒有，這不是白挨一頓。」

沈素拈個蜜餞放嘴裡，眉眼間一派灑脫，「我也是有脾氣的人。」

沈氏半點都不同情弟弟了，「那就別嫌皮肉受苦。」

沈素哼一聲，跟沈氏說幾句話，略歇一歇就去瞧鋪子了。

其實沈素打年前就開始看鋪面，一直沒有太合適的，這一個想是難得，不然也不能傷未養好便急著進城，當天便讓沈氏訂了下來。沈素同沈氏道：「是以前學裡的同窗，他爹在縣裡的衙門做了許多年書吏，消息快些。這鋪子就是瞧著有些舊，地段不錯。等我從家裡找些人來刷個大白，外頭門窗換換，立刻就嶄新了。姊姊去瞧個好日子，半個月就能開張。」

沈氏道：「門窗也不用換新的，瞧著賣舊家具的地方有沒有合適的，換個半新的就成，全套新的，又得不少銀子。」

「我也是這個意思，明兒我去淘換淘換，索性連帶鋪子裡的桌椅板櫃，姊姊看差多少，給我個數目，我一次辦好，省事。」沈家的事，自沈素稍大就是沈素在管，他又是個心裡有成算的，沈氏一說，他立刻就盤算好了。

何子衿道：「我跟舅舅一道去。」

「妳去做什麼，哪裡都有妳！」沈氏道：「明天跟我在家，買鮮果給妳吃。」

「娘，您買了鮮果先放著，等我跟舅舅回來時吃啊！」何子衿權當她娘應了，問：「舅，明天什麼時候去，我早些起床。」

沈素跟他姊道：「讓子衿跟我去玩吧，總在家裡悶著，多機靈的孩子也得悶傻了。」

「就是就是！」何子衿幫腔。

沈氏道：「她肯在家悶著，我得念佛。」已是允了。

何子衿高興地轉個圈，小裙子揚起來，又拉著她舅去看她種的太陽花了。這花好養活，院子裡種一片，不用打理，自然便開得一片燦爛。何子衿道：「我屋裡還有兩盆茉莉，已經開花，香極了。舅，等您走時我送您一盆。放在屋裡，屋子都不用熏了。」

沈素忍笑，「那就謝謝子衿啦！」

何子衿擺擺小肉手，「不用謝。」

沈素險些笑翻。

沈素看過何子衿的茉莉花，幫她將開敗的頂梢剪了去，教她道：「花開過了，就把頂梢剪了，這樣才容易重新長出花來。茉莉不能總放在屋裡，太陽好時拿出去曬曬。就是放屋裡，也放在窗下，容易照著陽光的地方。」

「水不能多，也不能少。」沈素指著其中一盆，「這葉子發黃，就是澆太多水了。」

何子衿對她舅深為敬仰，「舅，您很會養花啊！」

「茉莉有什麼難養的？隨便栽栽就能活。當初我養過一盆蘭花，那才叫精心，睡覺都得睜一隻眼睛。」沈素瞧了外甥女的小閨房一眼，見裡面有床有榻有桌有椅有花有草，這才點點頭道：「還算整齊。」

沈素指點過外甥女養花，跟姊姊閒話：「這回秀才試，咱村裡就中了一個。」

沈氏忙問：「誰？」長水村雖小，念書的人倒也有幾個，這可是一個村的榮光。

沈素淡淡一笑，「徐幀。」

沈氏暗嘆，沒說什麼。沈素倒是欣慰，道：「蘭妹妹也算熬出頭了。」

「理別人家那些事做什麼？」沈氏聽到徐氏夫妻的名字便要皺眉的，她道：「我想過了，醬菜鋪子開張，也得有人在鋪子裡打理，你看咱們村裡有沒有合適的人？」

沈素亦不再提其他，只順著姊姊的話道：「姊姊若想在村裡尋人，我回去問問，合適的人怎麼沒有？能來縣裡長些見識，無人不願，只是得尋個機靈且可靠的才好。」

沈氏笑，「是這個意思。」

下午同沈素看過鋪面，何子衿就去何洛的學前班掃盲了。縣裡蒙學都是只念半日，故而何洛的掃盲班開在下午。何子衿傍晚回家時，身邊跟著族長太太劉氏的丫鬟叫紅花。紅花提著個大食盒，同沈氏見禮，笑道：「太太聽說五奶奶娘家兄弟來了，正趕巧家裡莊子上送了些野味兒來。這裡一樣炸鵪鶉，一樣野雞崽子燉的湯，用來佐酒是極好的。太太說家裡不是外處，有空還請沈舅爺過去說話。」

沈氏連忙道：「伯娘實在客氣，妳回去跟伯娘說，多謝伯娘賜下酒菜，明日我就叫阿素過去請安。」又叫沈素出來致謝，沈素亦說了幾句感謝的話。他人生得俊，紅花猛然一望，不覺頰上一紅，再行一禮，放下東西便告辭了。

沈氏轉頭問何子衿：「妳不是跟阿洛學識字，今兒是見著阿洛祖母了？」不然劉氏也不能知道沈素來家的事。

何子衿道：「今天洛哥哥說他家有好吃的，要留我吃飯，我想回來陪舅舅吃，就跟洛哥說了。族長太太聽到，就把菜送了一份給咱們家。」

沈氏笑問：「有沒有謝謝族長太太？」

「謝過了。」何子衿歡快地說：「我去洗手，一會兒陪舅舅喝兩盅。」

沈素絕倒，「不愧是抓周時抓到酒具的人。」又讚嘆，「這麼小就知道品嘗美酒了。」

「她現在還小，不能喝。上次我給丫頭喝一小盅果子酒，你姊姊足抱怨我三日。」何恭一副歡悅喜樂的傻爸爸模樣，也不知瞎高興個啥。

沈素笑，「以前我喝酒，姊姊三天不進我房間，嫌臭來著，她沒把姊夫趕到書房歇？」

何恭苦道：「倒是不會被攆，只是每次必灌我三大碗醒酒湯，酸倒牙。」

沈素哈哈大笑。何子衿也學她舅的樣子捧腹哈哈笑，何恭亦笑。

沈氏頭疼：怎麼就跟一群半瘋子做了一家呢？

第二日，沈素專程去何族長家向劉氏問安，以謝劉氏昨日贈菜之意。

劉氏見他生得俊美，笑讚一句：「你們姊弟倆都是鍾靈毓秀之人。」

沈素自謙一二，說了幾句話，又見過何恆。他與何恆早便認得，只是不熟罷了，今次難免多聊幾句。待沈素告辭，何恆親送出門去。沈素本善交際，何況這般形容，何恆早有相交之心，今日彼此都對了心意，何恆難捨道：「素弟要回村裡，我知路遠，不忍多留，倘若耽擱了時辰，家裡長輩擔憂。待得下次素弟來縣裡，定要尋我吃酒才好。」

沈素道：「不必大哥說，我也要上門的。」

何恆又叮囑了些路上小心的話，方讓沈素走了。

何子衿不忘送他舅舅一盆茉莉花。

沈素來來去去，何子衿並無離愁別緒之感，主要是她舅隔三差五的來，想見太容易。沈氏親下廚烙了幾張蔥油餅，又切了醬肉，給弟弟路上吃用。

待沈素走了，何子衿在家裡瞎轉悠兩圈，在轉暈自己前，去他爹書房裡尋書看了。翻了兩頁，何子衿就丟開了手。這種文言文，哪怕是遊記之類的書也沒啥趣味，反正何子衿上輩子讀《醉翁亭記》就完全讀不出什麼樂趣來。哪怕當下最流行的話本，何子衿經過書鋪子時翻幾頁，也覺乏味。哦，對了，她家不是啥世家大族，沒有那些大家規矩，話本啥的，沒人管妳看不看。憑何子衿的受寵程度，若她真要買兩本，她娘多半也不會管。

沈氏瞧閨女丟開了書本，便與何恭笑道：「就這三天半的新鮮，我把書給你收回來了，免得那丫頭亂丟亂放。」

何恭笑，「小孩子家，難免的。」

余嬤嬤過來了，低聲稟道：「姑太太來了，太太叫大爺和大奶奶過去說話。」

何恭忙起身，沈氏拉住丈夫，「這衣裳是屋裡穿的，怎能去見姑媽？」親為何恭另取了一件長衫換了，一邊問余嬤嬤：「姑媽難得過來，前兒聽說姑媽身上不好，我還說過去探望。嬤嬤瞧著，姑媽如今可是大安了？」

沈家人天生就有這樣的機靈，沈氏瞧出余嬤嬤的臉色有些不對，方出言相問。

何家原也不是規矩嚴謹的人家，哪怕何老娘對沈氏總是挑剔，余嬤嬤也不敢輕視這位未來的女主人。余嬤嬤道：「奴婢瞧著，姑太太臉色不大好，眼睛都是腫的，似是哭過。」

何恭問：「難不成姑媽是有什麼事？」

「咱們趕緊過去就知道了。」打理好丈夫，沈氏對鏡攏一攏髮絲，周身瞧過，並未有不當之處，便同丈夫去了何老娘的屋子。

余嬤嬤的話相當委婉，陳姑媽不是哭過，陳姑媽簡直是把兩隻眼睛哭成了核桃，一見沈氏，連忙掩住淚，「侄媳婦也來了。」剛剛只顧著傷心，沒聽到何老娘連沈氏也叫過來。

何老娘拍拍大姑子的手，道：「都不是外人。」何老娘雖不喜沈氏，心偏眼也偏，可畢竟不是瞎子。兒子孝順，為人也老實，絕對是何老娘心肝肉的不二人選，但這世上光老實是不成的。何老娘挑剔沈氏這三四年，也得承認，沈氏是個厲害能幹的。這不，前幾天拿私房錢開了醬菜鋪，生意如何不知，起碼是個要強的人，何況，沈氏還是有幾分機靈的。大姑子這事兒，即使現在不叫沈氏聽，兒子也不會瞞著沈氏。與其如此，還不如叫沈氏聽一聽，說不得有什麼好主意。

何老娘沉聲道：「你姑媽受了委屈，咱們是你姑媽的娘家人，得給你姑媽出頭！」

何恭問：「是誰給姑媽委屈受了？姑媽同我說，咱們定不能這樣算了的。」

娘家就這麼一個侄子，陳姑媽自來很疼何恭，哪怕後來兩家親事未成，陳姑媽有怨氣，也沒撒到侄子身上。聽到侄子這樣說，陳姑媽再忍不住，嗚咽一聲，眼淚便淌了下來。

何老娘道：「還不是你姑丈那個老不羞，這把年紀竟然要納小！」話間頗是咬牙切齒。

何恭和沈氏都嚇了一跳。世上雖有納妾的事，可在這小縣城，畢竟是不多見的。陳家雖然有錢，但陳姑媽嫁到陳家時，陳家日子還窘迫得很。陳姑丈支起第一個鋪子是陳姑媽典當了部分嫁妝才支起來的，後來陳家漸漸富裕，陳姑丈待陳姑媽仍是一心一意。兩人成親幾十年，生了五男二女，如今老了，陳姑丈竟要納小，也難怪陳姑媽這般傷心。

何恭驚道：「姑丈怎麼會……」

陳姑媽哭道：「這世上哪裡有不偷腥的貓？虧我給他生兒育女操勞一輩子！那沒心肝的，想當初我典當嫁妝就為他開鋪子，他就是這樣回報我的！」陳姑媽捶心摧肝，淚如雨下。

何恭是正經的娘家侄子，定要出頭的，張嘴便應承下來，道：「姑媽暫在家裡住下，我這就去問問姑丈。」

沈氏攔了丈夫道：「先別急，這不是著急的事，先請姑媽住下。今天姑媽不回去，哪怕姑丈不來，表兄表弟肯定要來的，屆時大家商量個妥當法子，快刀斬亂麻把事情俐落解決了才好，不然拖拉起來，傳得沸沸揚揚，反傷臉面。」

沈氏又勸陳姑媽：「姑媽想一想表哥表弟們，也得打起精神來。」捎帶給何老娘使了個眼色，她同陳姑媽交情尋常，許多話還是何老娘這做兄弟媳婦的勸起來更有效。

婆媳兩個罕見的心有靈犀了，何老娘接了沈氏的話，道：「是啊，大郎他們個個孝順，孫子孫女也都出息，大姊看在孩子們的面子上，也得保重身體。真氣壞了，還不是便宜了外頭的狐狸精。妳要有個好歹，難不成叫孩子們管狐狸精叫娘，孫子孫女認狐狸精做祖母？」

姑嫂兩個果然不愧多年交情，何老娘這話戳到了陳姑媽的肺葉子，陳姑媽眉毛一豎，幾乎咬碎銀牙，聲音中都帶著凜凜殺氣，「她休想！」

「所以說，姊姊可得好好活著，好好過日子。若不然，妳不好了，才真是叫狐狸精看了笑話。」何老娘恨恨地道：「待他姑丈來了，我定要好生與他說道說道！」

何老娘又道：「恭哥兒媳婦去廚下看看，燒幾個妳姑媽愛吃的菜。恭兒去找你大表哥問清原由，阿余找出新被褥來，姊姊同我一道休息。」將人打發走，何老娘又勸了大姑子半天。

何子衿感嘆道：「男人有錢就變壞啊！」

沈氏低聲叮囑：「可不許在妳祖母和姑祖母面前這麼說。」

「我又不傻。」何子衿無趣地踢踏著腳，「娘，我去賢祖母那裡玩兒行不行？」

「在家待著吧，一會兒就吃晚飯了。」

「剛吃了午飯，離晚飯還早。」何子衿道：「家裡亂糟糟的，讓翠兒送我過去就行。」

沈氏想想，一會兒幾個表兄弟定要過來的，怕是會顧不上閨女，沈氏道：「那也好，賢姑媽那裡清靜些。」

賢姑太太的日子是真清靜，等閒根本沒人打擾到她老人家，她老人家種種花養養草喝喝茶看看書，實在閒了，再念幾段佛家經典，過著神仙一般的日子。

何子衿屋裡的茉莉花就是賢姑太太送的，見何子衿過來，賢姑太太笑，「怎麼來了？」

何子衿嘆口氣，先把翠兒打發回家給沈氏幫忙，就在賢姑太太這裡一邊吃點心，一邊將陳姑媽的事說了。何子衿道：「家裡亂糟糟的，我就過來了。」

賢姑太太早習慣何子衿小大人般的說話，何子衿咬著點心，看著賢姑太太打理花草，覺得許多人成了親嫁了人，其實日子不一定比賢姑太太這守寡的過得更好。當然，守寡也要看運氣得。賢姑太太是守寡了，可她運氣不差。她在娘家守寡，服侍著父母歸了西。父母憐惜這個女兒命苦，臨終前留了產業給她，而且賢姑太太畢竟是給婆家守寡，哪怕她住在娘家，婆家也不能對有貞潔牌坊的媳婦不聞不問。當年未過禮，賢姑太太就成了寡婦，賢姑太太立志守節不嫁，婆家收拾了一些產業當作聘禮送來給媳婦傍身，每年婆家那邊還會來往。

賢姑太太得了兩份產業，又住在娘家這頭，兄弟們都在，她自己名聲也好，日子過得舒坦是不必提的。再者，賢姑太太是明白人中的明白人，一輩子無兒無女，手裡無非是些傍身的東西。她活著時，東西自然是她的，不過，賢姑太太早就請了兩家人來說明白立過字據，若有朝一日她過身，東西依舊是各家歸各家，並不相干。

因著這樣，婆家和娘家都沒了芥蒂，待她也只有更尊重。

所以說，守寡聽著辛苦，也得看誰來守這個寡。

賢姑太太留何子衿吃了晚飯，方命侍女送她回家。

陳姑媽已經搬回娘家住著，何恭和沈氏，一個要跟表兄表弟商量如何解決陳姑丈納小之事，一個要負責一家數口人的吃食，到晚上休息時都難掩疲憊。問過何子衿在賢姑太太家吃了什麼，又說了幾句話，便叫翠兒服侍著何子衿去睡了。

沈氏與何恭還有事商量，何恭道：「妳沒見大表哥的臉上腫得跟什麼似的，幸而沒讓姑媽瞧著，不然還不知道怎麼樣呢！」

沈氏問：「難不成姑丈還打大表哥了不成？」

何恭擰眉，「聽二表哥說，姑丈就跟鬼迷了心竅一般，大表哥不過略說了幾句，姑丈頓時翻臉，將大表哥打個好歹。」

沈氏唏噓，「以前只聽說姑媽姑丈恩愛多年，生了這許多兒女，情分不同尋常。真不知外頭那女人何等手段，把姑丈迷惑到這步田地。」

何恭不屑，「還能是什麼良家女子？但凡是個好的，就不能離間人家妻子兒女！」

沈氏問：「那此事要怎麼辦呢？」說句老實話，陳姑丈要納小，畢竟是陳家的事。何家能發表一下自己的意見，但要說去管陳姑丈，就不大現實了。

何恭道：「還是得先見一見姑丈再說。」

沈氏思量半日，柔聲道：「姑丈這把年紀，在外行走許多年，按理說，也見識過不少了。這許多年，他與姑媽情分也好。若非等閒人，姑丈再不會起了納妾的心思。如今姑丈既說出口，這事兒他是定然要辦的，你心裡要先有個底。」

「我愁也就愁在這兒。」何恭嘆，「明白了一輩子，怎麼臨老倒糊塗起來？」

等見著陳姑丈時，何恭方明白，說陳姑丈糊塗絕對是客氣的說法，那簡直失心瘋。

陳姑丈到了何家，問都不問老妻一句，當頭一句就是：「阿恭，你什麼都不必說，二房我是納定了的。」

何恭險些被陳姑丈噎死，他這樣好脾氣的老實人，都按捺不住心裡的火氣，冷臉問：「姑丈就不擔心姑母嗎？」

陳姑丈分毫不放在心上，道：「你姑母就是耍耍性子，她又不是去外處，是住回娘家。她同你母親是極好的，老姑嫂兩個在一處說說話也好。讓你母親勸勸她，她也該賢良些了，我為這個家操勞一輩子，都這把年紀了，為兒孫掙下了萬世基業，享受一二是怎地？」

瞧陳姑丈一副理所當然的模樣，何恭暗想，這人真是瘋了不成？

何恭不是什麼能說會道之人，看著陳姑丈這般無恥模樣，心裡又竄火，正不知說什麼，陳姑媽踹門而入，一把推到陳姑丈身上便撕打起來。陳姑媽邊哭邊打：「當初你是怎麼跟我說的，這輩子絕不會看第二個女人一眼！你沒錢置鋪子，是我典當了嫁妝！你沒錢做生意，是我回娘家找哥哥借錢！我給你生兒育女操持家事，你這個沒良心的短命鬼！」

陳姑媽一怒之下，下手絕對不輕，陳姑丈挨了好幾下，臉也給抓破了。他畢竟是男人，一把箝制住老妻，怒道：「我看妳是瘋了！」

何恭生怕陳姑丈傷了姑媽，連忙去將兩人拉開。陳姑媽嚎啕大哭，陳姑丈一摸臉上，好一把血。陳姑丈最看重臉面，如今被老妻傷了臉，頓時火冒三丈，若不是何恭在前攔著，陳姑丈就要動手了。

饒是這樣，陳姑丈依舊怒不可遏，指著陳姑媽一夜之間便顯老態的臉道：「是，我以前是用過妳的錢，可我難道沒有報答妳？這大家大業是誰給妳置下的？妳身上的綾羅綢緞是誰給妳買的？頭上的金銀首飾是誰給妳打的？妳以為這些都是天下掉下來的嗎？生兒育女又怎麼了，哪個女人不生兒育女，哪個女人不操持家事？我不過要納妾，又不是叫妳讓賢，妳就這般哭鬧不休！妳這等歹毒婦人，我就是休了妳，外人也說不出個『不』字！」

何恭剛要說話，陳姑媽已受不住這話，嚎啕著又要撕打，「陳進寶，我跟你拚了！」

陳姑丈實在怵了老妻的潑辣，暗道世間竟有這等彪悍婦人，而他竟然與這等凶悍婦人生活了大半輩子。陳姑丈將袖子一甩，「妳就等著喝李氏的進門茶吧！」抬腳走了。

陳姑媽抱著侄子哭得天昏地暗。

待勸得陳姑媽喝過安神湯藥，何恭有空與沈氏說一說陳姑丈的鬼迷心竅時，時已入夜。小夫妻的枕邊話，也沒什麼不好說的，何恭道：「真被妳說著了，姑丈如今像得了失心瘋，是定要那個狐狸精進門的。」

沈氏嘆口氣，「我瞧著姑媽十分可憐。」陳姑媽以前是神采飛揚的人，如今因著這事，整個人老了二十歲不止，每天眼睛都是腫的，沈氏並非鐵石心腸，看著都覺可憐。

何恭嘆氣，「要不請朝雲觀的仙長給姑丈算算是不是鬼上身，還是怎麼了？以前姑丈可不是這樣。」何家著緊的親戚少，陳家絕對算得上至親，不然先時也論不到親事上……想到這裡，何恭思及陳芳，又是一嘆，「叫表妹知道了家裡這些事，還不知怎樣糟心。」

何恭這一嘆，倒是給沈氏提了個醒，沈氏微微支起身子，燭光映得她雙眸柔亮，「興許這事兒就得指望表妹了。」

何恭將妻子按下攬在懷裡，把被子壓好，「小心凍著。」

沈氏道：「你聽我說，不如叫姑媽去州府尋表妹去。」

「表妹就是在家，看姑丈今天的樣子，她也管不了，何況表妹都嫁人了，如今在寧家守寡，還不知是個什麼光景，怎好因這事叫她煩惱？」何恭對這個表妹的性子很了解，陳表妹比他還綿軟，他可不覺得陳表妹有什麼主意。

沈氏另有看法，她細細說與丈夫聽：「咱們私下說這話，你可不許說出去。陳姑丈如今是發了大財，咱們碧水縣的頭一份兒，可他這財是怎麼說的，咱們沒把話說明白過，是給他留著臉面。要我說，發這種財，到底不大光彩。」

「這世間斷沒有他賣了閨女得了鹽引發了財成了勢倒作踐起閨女她娘的道理。」沈氏腦子動得極快，這片刻已理清頭緒，「表妹嫁是嫁了，如今也是守的寧家的寡，難不成就說不上話了？我看先前的事姑媽是不知情的，她是被姑丈給糊弄了，只以為是門難得的好親事，不知姑丈的算計，才誤了表妹的終身，不然，看姑媽的脾氣，不像這樣的狠心人。家裡又不是缺衣少食，哪裡就忍心把表妹給葬送了？」

「只要表妹肯說句話，姑丈怎麼也要顧忌些。」沈氏問：「你覺得這法子如何？」

何恭思量一二，覺得妻子說的有理，「明天我問一問母親。」

「也好。一人計短，兩人計長。」沈氏對陳姑丈很是看不上，眸光一冷，「若不能給姑媽討個公道，以後姑丈眼裡更沒人了！」

沈氏不為陳姑媽，她是因陳姑丈的話生氣，什麼叫「我就是休了妳，外人也說不出個『不』字」，實在目中無人，難不成這姓陳的真以為何家沒人了？一個鹽販子，剛有幾個臭錢，就狂得不知天有多高地有多厚。

這事兒，為著何家的顏面，沈氏也不能叫他辦成。

何恭悄悄同老娘商量，何老娘低頭思量半日，先恨恨地罵兩句：「沒心肝的王八蛋！他是缺吃還是少穿，生生把芳丫頭給葬送了！」說著又流下淚來。

其實哪怕先時沒察覺，後頭陳姑丈發了大財，何老娘心裡也有疑惑，只是她年紀大了，消息不比年輕人，有些事更不願多想。何恭怕母親傷心，故而未將小陳表妹婚姻的實情告知老娘，今日將事一說，何老娘哪裡有不明白的呢？

何恭勸了一回老娘，道：「娘要是覺得這事能成，我就去跟姑媽商量，總不能真叫那個禍害進門。」因陳姑丈六親不認，那未進門的小妾在何恭心中已由狐狸精升格為禍害。

何老娘哼道：「你姑丈如今眼裡也就是那個禍害了，沒進門就能叫唆著你姑丈這樣作踐你姑媽，若真進了門，哪裡還有你姑媽的活路？」陳姑丈這把年紀，哪怕真要納小，也該叫陳姑媽給尋幾個老實巴交的女子才好。如今弄這麼個狐狸精，將家攪得天翻地覆，倘一朝進門，陳姑媽日子怎麼過？

何老娘又問：「我不是叫你去你姑丈伯父叔叔家走一走，他們兩家怎麼說？」陳姑丈的父母已經過世，但家裡也有別的長輩親戚。這個時候，若有同族長輩能站出來為陳姑媽說話，於陳姑丈也是一種威懾。

「因只是納小的事，兩家都推脫，說不好管。」讓何恭說，那兩家定是得了陳姑丈的好處。聽老娘說，當年姑丈家貧，不然也不會去外頭做學徒。只是憑著一股機靈，家裡方漸漸好過起來。祖父也是看姑丈能幹，方許之以女。到了姑丈想支鋪子自己幹時，銀錢不湊手，去叔伯家借錢都借不出來，還是姑媽典當了嫁妝才支起鋪子。這都是老黃曆了，可事兒是不錯的。這些年陳姑丈日子越過越好，與叔伯家面子上也過得去，卻遠不如同何家親近。不論陳姑丈有沒有事先打點叔伯，這種事兩家怕是不會出頭的。

何老娘聽了直罵：「若有好處的事，就跟蒼蠅見了蜜似的，恨不得見天地扒上來。若沒好處的事，一推六二五，什麼東西！」

尋思一回，何老娘到底閱歷深些，道：「把你大表哥二表哥找來，一道商量商量，外頭狐狸精的底細得先摸清楚了。」

狐狸精其實也沒啥難查的底細，陳家表兄早就在打理陳家在碧水縣的生意，還是有些人脈的，何況陳姑丈又不是什麼了不得的人物，無非就一富商。會做陳姑丈外室的女人，縱使真是狐狸精，道行也有限，無非是糊弄陳姑丈這等沒見過啥世面的中老年。

沈氏道：「姑丈有外室的事，姑媽不知我是信的，可要說表兄不知，我是再不能信。」

何恭微有尷尬，「為人子者，怎好說父母的不是？」

「愚孝！」沈氏眼睛微瞇，未再評說沈家之事，與丈夫商量：「還想著今年好生給母親賀壽，姑媽這樣，倒不好大辦了。」

何恭道：「暫別提這事，母親也沒這心思。」

「我想著，酒宴不擺，總要做身新衣裳，這是咱們做兒女的孝心。」陳家的事，只要幫陳姑媽找回臉面，何家便不會輸。沈氏的心思，還是更多的放在家裡面。

何恭這些日子忙陳姑媽的事忙得頭昏腦脹，哪裡有心思想這個，沈氏一提，何恭果然十分歡喜，連聲道：「就這麼辦！」他是個老實人，直道：「虧得娘子想著，不然到母親壽日時無所準備，母親定要生氣的。」

沈氏聽得一樂，原來丈夫也知老娘性情。

何恭訕訕，小聲道：「母親就是這樣的脾氣，哄著些吧。」

沈氏眉眼彎彎地瞧著丈夫樂，她生得極美，那盈盈眼波極是媚惑，何恭要是沒反應就是死人了。何恭情不自禁地握住妻子的手，剛摩挲了兩下，余嬤嬤便過來請何恭去何老娘屋裡說話，道是陳家表兄們來了。

至晚間，何恭與表兄表弟、母親姑媽商議事情回來，有些為難地同妻子道：「姑媽說妳想的法子好，只是想要麻煩妳陪她去州府走一趟，看一看表妹。」

沈氏的主意不壞，可以說，這還是個蛇打七寸的好主意。

陳姑丈再有錢又怎麼樣，他心裡明白他的錢是如何來的，他是如何得到鹽引的。陳芳是個軟糯的性子，沈氏早就瞧出來了，但再軟糯的人，若知道她這親事的原委，只要不是個死人，都不會沒有反應。

陳芳如今的地位，是可以為母親撐一撐腰的。

當然，前提是陳姑媽真的對丈夫的所做所為一無所知。

正因為是沈氏出的主意，這個關頭，陳姑媽也顧不得與沈氏的宿怨，倒覺得沈氏極有智謀，故此，厚著臉皮跟侄兒提出請沈氏同行之意。

「我？」沈氏頗是驚訝，「三個表兄一個表弟都成家了，還有幾位表嫂弟妹在，怎麼會輪得到我？」她不過是看不慣陳姑丈目中無人，又不忍丈夫為陳姑媽的事犯難，方給丈夫出了個主意，到底行不行，沈氏心裡也沒底。

「是啊！」何恭道：「大表哥傷得有些厲害，大表嫂是出不去的。餘者幾個表嫂，都有些不大合適的地方。」

何恭低聲解釋：「我看姑媽的意思，姑媽畢竟是做婆婆的人了，有些事怕在兒媳婦面前抹不開臉，就想要妳伴她一道去。再者，姑媽說妳還機靈些。雖是去州府看望表妹，也不能一去就說這個，總得伺機而動，看形勢再說話。」

沈氏猶是不解，「那要怎麼著？要我說，這種事，姑媽不樂意媳婦知道的太多也是正常，可我也是侄媳婦，比起表嫂們來，豈不更遠一層？」

何恭道：「咱倆一塊陪著姑媽去。」

沈氏放下心來，「那行。」

見妻子聽到他去方痛快應允，何恭不禁一笑，沈氏亦笑，「要是沒你，就讓我陪姑媽去，我不是不願意，就是覺得心裡沒底。」

何恭安慰妻子：「不止妳我，還有三表兄也是要去的。我們男人粗心，妳勸著姑媽些，見了表妹也勸一勸她，事已至此，也只得看開了。想一想賢姑媽，也是闔族敬重的人。」

沈氏這輩子還是頭一遭去州府，當然，這不是什麼沒面子的事情，許多人一輩子怕也去不了州府一次。只是，要去州府這樣的大地方，又聽說寧家是極顯赫的大家族，沈氏還是有些緊張的，這從她不停拉扯衣裙就能瞧出來。

因小夫妻兩個要陪陳姑媽去州府，何子衿只得託給何老娘來帶。其實何子衿更希望去外婆家小住幾日，誰曉得她爹竟不同意，還讓翠兒把她的小被褥小枕頭暫時搬到何老娘的屋裡去，她爹還用一副哄小孩子的口吻說道：「爹爹跟妳娘出去幾天，子衿要好好照顧祖母，好不好？等回來買牛乳糖給妳吃。」

何子衿：……

沈氏私下叮囑閨女：「我們四五天就能回來，給妳一百錢自己拿著，不要說與人知道。要吃什麼，叫翠兒去買給妳吃。」

何子衿鬱悶的心情方稍稍有所改善，她心下感嘆：果然不論什麼時候，錢都是最治癒的東西啊！感嘆一回，何子衿很為自己的第一筆私房錢高興。她過年也是有壓歲錢的，按理，這些都該是她的私房錢，誰曉得第一天收到壓歲錢，第二日肯定要被迫上繳給她娘，她娘還美其名曰：「幫妳存著，什麼時候妳要用再還給妳。」

何子衿若是被這種流傳多年的經典「謊言」給騙了，簡直可以去投第二次胎，於是，何子衿堅定地表示：「我要自己存。」

她娘直接道：「妳自己存？三天就得去買了點心。」於是，理也不再跟閨女講，強勢地將閨女的壓歲錢收走。

故此，何子衿虛長三歲，仍是一文錢沒有的窮鬼。如今收到一百錢的零用錢，何子衿便把不能去外婆家的事拋開，很懂事地道：「娘，您就放心吧，我肯定好好跟祖母相處。」

沈氏瞧著她閨女那財迷兮兮的小模樣，不禁反省了自己的教育方式，她明明沒刻薄過閨女啊。她就這麼一個女兒，雖然偶爾會用訓斥的方式糾正閨女的言行舉止，但天地良心，她真沒刻薄過閨女。說句良心話，依何家的家境，如沈氏這樣寵愛女兒的都不多見。這個年代，人們總是更看重兒子。許多人家條件有限，絕大部分好的東西會先供給兒子。沈氏沒兒子，可是哪怕她有兒子，教育兒子也就這樣了。於物質上，她自己捨不得添件新衣，閨女一季總有一件是新的。至於點心吃食，何子衿就沒在這上頭短少過。

把閨女養得圓潤白嫩，是件容易的事嗎？沈氏像養育珍貴的蘭花草般養育著何子衿，吃的穿的不敢跟有錢人家比，卻也不缺，那到底是怎麼養出閨女這財迷的毛病呢？

瞧著閨女眉開眼笑數銅錢的模樣，沈氏覺得她的教育肯定是出了偏差。待從州府回來，她要為女兒樹立正確的金錢價值觀才行。

帶著對寶貝閨女的牽掛，小夫妻兩個連同陳三郎陪陳姑媽一塊去往州府。第一夜在客棧投宿時，沈氏便忍不住同丈夫道：「不知道子衿睡了沒？」

何恭也有些牽掛閨女和老娘，他畢竟是個男人，對妻子笑道：「都這時候了，肯定睡了。有娘看著她，不用擔心。」

沈氏點點頭，「母親也上了年歲，一老一小，應該叫阿素來家裡住幾日的。」

「放心吧，族人都住一起，能有什麼事？」這也是何恭放心出門的原因，族人之間總能相互幫襯，何況去州府的時間不會太長，若順利的話，四五天應該能回來。

有丈夫的安慰，沈氏漸漸安下心來，她自小到大，從未出過這樣的遠門，何況又有閨女在家，再加上那樣的婆婆，沈氏難免掛念。

在這樣的掛念中，州府撲面而來的繁華氣息似乎也失去了吸引力。沈氏一行先在州府的客棧裡安頓好，才由僕人去寧家送帖子，待寧家回了信，方於第二日上午過去拜訪。

沈氏打出娘胎第一次見到這樣氣派的府邸，那樣寬闊的大門，訓練有素的僕從，處處精緻的庭院，以及許多她連名字都叫不上來花木，更甭提寧老太太屋裡那一室的無可形容的典雅，沈氏覺得眼睛都有些不夠用，卻又不想顯得太沒見過世面的小家子氣，怕被人笑話。好在沈氏雖然內心深處同第一次去大觀園的劉姥姥差不多，但沈氏不是來寧家打秋風的，她這人又十分板得住，哪怕沈氏的道行在寧太太看來尚淺，她也安安穩穩坐在陳姑媽下首。

倒是陳姑媽，平日裡飛揚精明的人，眼下一是受了丈夫納妾的打擊，二是她一想到苦命的女兒，眼睛便泛酸，精神上頗有些萎靡。好在陳姑媽已是這把年紀，又過了幾十年的富裕日子，哪怕陳家的富裕同寧府比不值一提，仍挺直腰板，打起精神同寧太太問好，「一直想著過來看看，只是我們住在鄉下地方，出門不大方便，這才耽擱到這時候才來。我們帶了些鄉下野玩意兒，您不要嫌棄。」

寧太太在這樣富貴氣派的府邸內，卻並不以富貴驕人，相反的，她十分客氣，笑道：「多謝親家太太想著。」又問：「親家太太是什麼時候到的？不知現在安置在哪兒？」

得知陳姑媽一行在客棧落腳，寧太太連忙道：「咱們既結了姻親便不是外處，如何能讓親家太太住客棧？實在太失禮了。」接著吩咐侍女：「讓管家去取了親家太太的東西來。」又對陳姑媽道：「我這兒不是外處，斷沒有來了州府去住客棧的理，您必要依我的。再者，親家太太住過來，與我那媳婦說說話也方便不是？」

陳姑媽起身謝過，一時，有丫鬟回稟：「三爺在書房，請三舅爺、何大爺過去說話。」

寧太太解釋：「是我家老三，都是同齡人，又不是外處，多親近也是好的。」

寧太太這樣說，陳三郎、何恭便去書房見寧三爺了。

一身素衣的陳芳也到了，陳芳的樣子不大好，人消瘦得厲害，寧太太喚她坐到自己的身畔，親切地握住陳芳的手，憐惜無比道：「妳母親來看妳了，跟妳母親說說話吧。」

陳芳眼睛一酸，掉下淚來。

寧太太一嘆，「好孩子，我知道妳心裡的苦，與妳母親去妳的院裡說些體己話吧。」

陳芳帶著陳姑媽與沈氏去了自己住的院落。

說句良心話，陳芳住的院子頗寬敞，雖不能跟寧太太的主院相比，卻也不差，絕對比她在陳家時更講究更精緻，只是透著一股說不出的冷清。

沈氏識趣地坐在外間，不一時就聽到裡屋傳來細細的哭聲。陳芳的哭聲比較委婉，陳姑媽可就忍不住了，簡直是聲嘶力竭，肝腸寸斷。沈氏輕輕地嘆口氣，望向窗外的暖陽。母女兩個痛痛快快地哭了一回，待中午有寧太太身邊的侍女親自送來上等席面，說晚上寧太太宴請陳姑媽。陳姑媽腫著眼睛說了幾句客氣話，又勸閨女吃東西。

陳芳哪裡吃得下，沈氏道：「表妹暫且用些，也叫姑媽放心。」

陳芳此時方輕聲問一句：「表嫂還好嗎？舅母在家還好嗎？」

沈氏道：「家裡都惦記妳，母親時常流淚。」

陳芳的眼淚更是止不住，掩面泣訴道：「這都是我命苦！」

陳芳哭個不停，沈氏也沒了用飯的心情，等打發了丫鬟下去，沈氏道：「路上我與姑媽商量過了，表妹有沒有想過以後的事？」

「以後？」陳芳一臉悽楚，「大約就是念佛吧。」一句話又將陳姑媽的眼淚引了下來。

「念佛也分怎麼念？」沈氏拿著帕子幫陳芳拭淚，「高門大戶的人家規矩多，興許我有什麼不周到之處，表妹聽一聽就是。我想著，天下道理大都相仿的。表妹為表妹夫守節，在寧家六房，表妹夫也是成丁的人，雖不幸早亡，有表妹在，寧家六房就是在的。表妹既為表妹夫守節，怎不多為表妹夫想一步，將來也好有個焚香祭祀綿延香火之人呢？」

守寡的人，沈氏也見過幾個，最敬重的就是賢姑太太了。這一位守寡守出了境界，把守寡的日子過得比等閒人都滋潤。

如今看陳芳，是怎麼看都看不出有賢姑太太的道行。

只是，陳芳這樣年輕，若真就這樣孤孤單單過一輩子，怕她熬不了幾年。沈氏對陳芳的感覺有些怪，第一次見何恭時，她並不知道何家有意陳芳為媳的。後來她知道了，但她也沒有放棄何恭。那時她的處境太艱難，先前訂親的男人病亡，她背上命硬的帽子，不要說想找一門好親事，哪怕想嫁一個門當戶對的都難。何恭是當時她能選擇的最好的男人了，所以，不論如何，她都嫁到了何家。

沈氏覺得，陳家既是碧水縣有名的富戶，陳芳嫁妝且豐，以後肯定還有更好的姻緣。沒想到，陳芳如今卻是……

沈氏就有這樣一種複雜的感覺，說內疚嘛，不對，畢竟當時陳家與何家並未定下親事，她算不得奪人丈夫，可是，她又一直希望陳芳能有一段好姻緣。

或許，這就是天意弄人吧。

不論如何，沈氏還是希望陳芳能過得好一些。

所以，沈氏提醒陳芳：給陳六郎過繼一個孩子吧，也給自己找個後半輩子的依靠。

陳芳顯然不是有主見的人，沈氏的話讓她猶豫地看向母親。陳姑媽自然明白這是個再好不過的主意，寧家還沒有分家，如果閨女能有一個嗣子，那麼將來分家時就要有寧家六房一份的。哪怕不為家財，如沈氏說的，將來總有個焚香祭祀之人。

陳姑媽道：「就是不知寧家願不願意。」

沈氏道：「若表妹有意，暫把事擱心裡，這不是一句話能定的，還需表妹自己籌畫。」

「籌畫？」陳芳眼中淚水未乾，一片茫然，「怎麼籌畫？」

沈氏哪怕沒見過什麼世面，且不論相貌，便是性格也比陳芳強出三條街。

沈氏道：「表妹將心比心，就能知道怎麼辦了。」

陳芳的眼淚又下來了。將心比心？她要如何將心比心？若將心比心，她真是不明白為何父親這般狠心將她嫁入寧家守寡。

陳姑媽也不明白沈氏的意思，「妳表妹年輕，侄媳婦就同妳表妹說個明白吧。」

沈氏實在受不住陳芳這樣的淚人兒，她微微一嘆，「表妹別怪我說話直接，若我是一個母親，哪怕要為兒子綿延香火選嗣子，也不會找個只會終日哭泣的媳婦來撫育這個孩子。」

陳姑媽的臉當即就變了，目光兇狠地望著沈氏。

沈氏面不改色，握住陳芳的手，「表妹過得好，如姑媽如我家太太，哪怕只是知道妳過得好的消息，都會高興許久，逢人便念叨妳日子過得好。表妹過不好，也是這些人為妳牽掛為妳煩惱。這些人，不論妳好還是差，天生就關心妳，那麼別的人呢？妳過得好，別人會說，這人有能為。妳過得不好，別人哪怕嘴裡不說，心裡已是輕視於妳，可是，這也是無可厚非的事，這世道原就是這般勢利。我是盼著表妹把日子過好的，一輩子這麼長，誰說得準以後如何？姑媽這般年歲，為表妹遮風擋雨這些年，以後就要靠表妹照顧了。表妹若是自己不立起來，姑媽能靠誰？表妹能靠誰？」都這時候了還一味哭，莫不是一輩子就這般哭過去？

陳芳聞言又是一通哭。

沈氏對著一個淚人兒沒有太多的同情心，倒是陳芳哭完後道：「以往我對表嫂總是冷淡，表嫂還能這般為我著想。」有那樣賣女求財的父親做比較，沈氏的品格瞬間提升不少。

沈氏拍拍陳芳的手，沒再說什麼。

晚間寧太太設宴，沈氏感覺寧太太的眼神幾次落在自己身上，遂抬頭大大方方地朝寧太太一笑。寧太太微頷首，道：「州府的菜可還合口？」

沈氏笑，「我初來州府，許多菜都還是頭一遭見，多謝伯母款待。」如今她倒不似上午那般緊張了，想這寧家人亦是一個鼻子兩個眼，無非是更富貴些。她家裡雖窮，卻不缺吃穿，來寧家又不是為沾他家多大的光。沈氏是個聰明人，且她身上雖已是最好穿戴，顯然還不如寧太太身邊的大丫鬟體面。可是，這有什麼呢，她並不是寧家的奴婢。

沈氏坦然了，寧太太更不缺涵養，「那就多住幾日，我就盼著親戚們多來走動。」

沈氏笑道：「今次能隨姑媽來瞧瞧表妹，能見到太太，已是難得的運道。太太這樣客氣，我心嚮往之，只是家裡我們太太也有了年歲，孩子也小，一老一少，著實記掛。」

寧家是富貴人家，女眷頭上插戴著精緻的首飾，身上穿著漂亮的綾羅，就是陳芳這等守寡的，身上衣裙也只是顏色素，料子並不差。這樣的珠光寶氣，富貴景象，沈氏瞧著都有些眼暈。

好在宴會時間不長，陳姑媽自然是歇在女兒陳芳的院子裡，沈氏與何恭則住客院，陳三郎由寧三爺帶去安置。

晚上小夫妻說起話來，難免感慨一回寧家富貴，沈氏問：「相公見著寧三爺了？」

「寧三哥好風儀。」何恭這話大出沈氏意料，寧六爺之事可是這位寧三爺一手操辦，就聽何恭嘆道：「表妹之事，也不能全怪寧三哥。」

沈氏眉毛挑起，何恭低語道：「不瞞妳，這次寧三哥都與我們說了實情。當初確有沖喜之意，只是，此親事並非寧家求來，是陳姑丈攀附寧家，悄悄寫了表妹的八字，令寧家合了。確是大吉之象，寧家方允婚下聘。」

沈氏皺眉，「那為何在訂親時還要百般託辭？」

「寧家這樣的門第，不好傳出沖喜之事來，便尋了託辭。」何恭這樣一說，沈氏倒是信了，錢財動人心，若是拿閨女能換來鹽引，不知多少人家樂意。只要寧家稍透口風，說不得陳姑丈還是競爭上位。想到這裡，沈氏又對陳姑丈添了一層不屑，沈氏道：「既然此事不好傳出，怎麼寧三爺又直言相告？」

何恭道：「寧三哥是不想咱們誤會吧。」

沈氏低頭琢磨，寧三爺的意思大約是提醒陳家，寧家可不是騙婚，寧家是正正當當地買婚，你陳家得了好處，也要知道買賣已清，再擺親家的譜兒就過了。

這話沈氏只放在心裡，並未與丈夫說。天色已晚，夫妻兩個說會兒話便歇了。

見過了陳芳，事情也說了，陳芳親自寫了封信給父親。陳姑媽再留一日，便向寧太太告辭。寧太太苦留不住，命寧三爺好生將人送出去。

陳姑媽和陳三郎母子瞧著寧三爺總有些個不自在，家裡把閨女賣了，如今又來寧府擺親家臉孔，陳姑媽及陳三郎都是有臉皮的人，頗是心虛沒底氣。倒是何恭，天生好性子，遇人遇事多往好裡想，初見時已將寧三郎認定為坦蕩之人，此時親熱地同寧三郎說著離別的話。

寧三郎心下甚是好笑，暗道，世間竟有這樣的呆人。

好在寧家子弟最不缺涵養，耐著性子聽何恭絮叨一頓，寧三郎自然地應付何恭：「待有閒暇，我必去碧水縣尋賢弟吃酒。」

何恭拱手告辭，「那我就在家等著寧三哥了。」

寧三郎一副惜別模樣將何恭送走。

沈氏於車內忍俊不禁，想這大戶人家也可笑，倒要時時裝出這般溫文儒雅的禮數來，真是憋也要憋死了，倒不若他們小戶人家人情世故簡單，喜怒隨心。

陳姑媽見沈氏微笑，拍拍沈氏的手，「想子衿了吧？」

沈氏道：「說不想是假的，不過家裡有母親照看她，也不是很擔心。」

陳姑媽嘆，「做娘的，都是一樣。」想到女兒，難免酸澀。

沈氏道：「姑媽放心，會慢慢好起來的。」

沈氏的話裡自有篤定，聽得陳姑媽一愣，繼而微微點頭，「是，會好起來的。」又滿面愧色道：「以往我對侄媳婦多有誤解，侄媳婦毫無芥蒂跟我跑這一趟，倒叫我心裡愧得慌。」女兒福薄，遇到這樣狼心狗肺的父親。相較之下，她先前從未給過沈氏好臉，不論沈氏是看在何恭的面子上還是怎地，肯隨她來州府幫襯，且盡心盡力，諸多難得。

陳姑媽肯知她情，這一趟就算沒白跑。沈氏安慰道：「姑媽何必說這樣外道的話？一家人過日子難免磕磕碰碰，說到底還是一家子。」

陳姑媽低喃：「是啊，還是一家子。」

回程無須細表，沈氏面上不顯，卻是歸心似箭。以前在家嫌閨女成日嘰嘰喳喳，這離開不過四五日，便已是牽腸掛肚，不知閨女在家可好，有沒有受委屈？

沈氏慈母心腸，想的便多，其實何子衿的性子，她不給別人委屈受已是極好。何老娘念叨何子衿：「妳別總在族長家吃飯，家裡又不是沒妳的飯，天天在人家家裡吃很丟臉。」

何子衿根本不怕說，她滿肚子的道理，道：「家裡又沒肉吃，我想吃肉！」

何老娘的脾性，何子衿簡直難以形容，她爹在家吃飯，那是有魚有肉，倘哪日他爹不在家吃飯，何老娘便叫廚下清粥小菜的應付。何老娘倒不是有意刻薄沈氏和何子衿，何老娘自己也這樣吃，後來還是何恭說過幾次才有改好。如今何恭沈氏都不在家，何老娘便又犯了老毛病，何子衿要求吃肉，被何老娘罵了一回「敗家」，何子衿就自己出去找飯吃了。她或是在何洛家吃，或是去賢姑太太那裡，反正是不著家，何老娘有時找她都找不到，頗是火大。

此刻又聽何子衿嘟囔著要吃肉，何老娘怒了，「妳個死饞丫頭，不吃肉會饞死啊？等妳爹回來再吃肉！」

任憑何老娘怎樣說，沒肉何子衿就是不在家吃飯。何老娘氣得半死，余嬤嬤笑勸：「孩子家，有哪個不愛吃肉的？想大爺小時候也愛吃肉，太太還真動氣不成？要奴婢說，倘大爺回來見著大姊兒瘦了，該心疼了。」

見余嬤嬤提起兒子，何老娘冷哼一聲，「還不知道姊姊怎樣了呢！」

余嬤嬤倒了盞溫茶奉上，繼續道：「大爺走前，悄悄吩咐了奴婢要仔細服侍太太，尤其一日三餐，萬不能叫太太過於節儉。大爺回來，知太太飲食不下，定要怪奴婢無能的。」

何老娘聽到兒子這般孝順，立刻緩和了臉色，喝了半盞茶，笑道：「恭兒這孩子……我在家吃得飽睡得香，倒是他出門在外，唉，不知道吃不吃得慣州府的飯菜？」

余嬤嬤笑，「太太只管放心，大爺一日較一日出息，又有大奶奶在，總能服侍周全。」

想到沈氏，何老娘習慣性想挑毛病，一時又挑不出，將嘴一撇，只得作罷。

余嬤嬤接著說起何恭來，直哄得何老娘眉開眼笑，答應第二日買些魚肉來吃。

余嬤嬤將這事告訴何子衿，何子衿小肉手合十，直念道：「阿彌陀佛！嬤嬤，妳功德無量啊！」想也知道是余嬤嬤勸得何老娘割肉。

余嬤嬤瞧著何子衿小模小樣地故作大人狀，忍不住笑彎了眼，摸摸她的頭，道：「姐兒是不是想去拜佛了？」

「拜佛無用，拜嬤嬤才有用。」

余嬤嬤笑不攏嘴，「姐兒這麼小，就會說趣了。」她是何老娘的陪嫁，一輩子沒嫁人，看著何恭長大，如今瞧著何子衿，打從心底喜歡，只是沈氏與何老娘婆媳不睦，何子衿來何老娘這裡的時候少。聽她說話有趣，余嬤嬤笑問：「姐兒想吃什麼菜，明兒我叫周婆子做。」

何子衿比劃道：「去歲這會兒集市上就有這樣一寸大小的小銀魚，回來收拾了醃一醃，用雞蛋糊裹了炸了吃，好吃。」

余嬤嬤深以為異，驚嘆道：「姐兒連怎麼做都知道？」才這麼小的孩子。余嬤嬤是幫著何老娘將何恭帶大的人，知道尋常的小孩子是什麼樣。

何子衿並不掩飾自己的聰慧，「嬤嬤，我知道怎麼炸小魚，妳說，我像神童不？」

余嬤嬤心中驚嘆盡去，「姐兒的確聰明！」神童什麼的，還是不要讓小孩子太驕傲。

何子衿：穿越什麼的，哪裡需要掩飾智商啊？問一句「我是神童不」，立刻沒人覺得你是神童。世道啊，就是這般殘酷！人類啊，永遠不能相信眼前的真實！

默默感慨了一回，何子衿跟余嬤嬤點了好幾個好菜。相較於何老娘，余嬤嬤的慈愛反更像一個祖母，晚上怕她睡不慣床鋪，余嬤嬤還哄她睡覺哩。

待小夫妻二人歸來，拜見了何老娘，並將寧家之事細細說了，何老娘方稍稍放心，「廚下燉著羊肉，你們先回房梳洗吧，一會兒過來吃飯。」

這半日沒見著閨女，何恭問：「娘，子衿呢，怎地沒見？」

這幾日與何子衿獨處，何老娘早煩得腦門兒疼，沒好氣道：「出去野了！」

何恭：……

沈氏心中不悅，猶是溫言細語：「這個時辰，去阿洛家讀書了吧？」

余嬤嬤笑，「是，大爺大奶奶去了州府，大姊兒仍是每日去族長家同洛少爺念書，沒一日落下的。我去叫姐兒回來吧，姐兒念叨大爺大奶奶有幾日了。」

沈氏道：「勞嬤嬤照看她，等子衿念完書自會回來了，別耽誤了她念書。」

雖不是正經念書，沈氏也盼著閨女多認幾個字。

余嬤嬤笑，「姐兒極懂事，在太太這裡幾日，太太精神都較往常好了。」

何老娘聽這話，強忍著沒發表意見。

夫妻二人知道閨女挺好，便告退回房洗漱。

何子衿傍晚知道父母回來了，一路小跑回家，見何恭在院裡，張著小手飛奔過去，「爹，您回來啦！」何子衿是個熱情的人，兩輩子都是，她打算跑過去給她爹一個大大的擁抱。

何恭見著閨女更歡喜，先一步俯身去抱，沒想到何子衿天天在外瘋跑，運動神經太好，竄得太高，直接竄過了她爹的懷抱，啪一聲，五體投地摔到了地上。

吃飯的時候，兩個棉球還塞在何子衿的鼻孔裡，得何老娘罵一通：「一個丫頭片子，就不知道老實些！妳是不是猴子投生的，沒片刻安寧？」

何老娘這樣訓斥何子衿，沈氏第一個不樂意，當然，她也經常訓閨女，可她訓是她訓，何老娘這般，她就是不樂意。何子衿權當何老娘在放屁，天真無邪地請教她爹道：「我娘說我屬麻雀的，祖母說我是猴子投的胎，爹，我到底是怎麼來的？」

何恭噎住，轉頭給老娘提個醒兒：「娘，您別對著丫頭亂講，她哪裡知道這個？」孩子漸漸懂事，說話得注意些了，轉而對何子衿道：「乖女，吃飯吧，鼻子還疼不疼？」

何子衿摸一摸，「有點兒酸。爹，我鼻子不會撞矮吧？」

「不會，妳的鼻樑像我，高高的。」何恭哄女兒，夾一筷子涼拌黃瓜給閨女。

何子衿一副放心的樣子，跟他爹道：「我就怕萬一撞扁了，成了祖母那樣，到時可怎麼辦呀？」何老娘是天生的塌塌鼻。

沈氏險些笑出來，搶在婆婆之前先訓閨女：「怎麼能這樣說妳祖母，不懂事！」

何老娘氣得不得了，指著何子衿問：「我這樣怎麼了？我這樣怎麼了？」

何子衿歪著小臉，老實地說：「沒怎麼，就是沒我好看。」不待何老娘過來捉她，她自己跳下椅子撒腿跑了。

何老娘氣歪鼻子。

沈氏忍笑，何恭可忍不住，他一邊笑著一邊勸老娘：「丫頭的孩子話，娘您要跟她生氣，那可是沒完沒了。」

何老娘轉頭對兒子開炮：「都是你慣的！明兒我非打她一頓，叫她明白規矩！」

何恭道：「娘，您還是打我一頓算了，女不教，父之過。」

何老娘聽了這話，沒忍住地啐兒子一口，「就是你這樣才慣得死丫頭沒大沒小！」

何恭點頭，敷衍道：「我慣的我慣的！」

沈氏指向桌間的紅燜羊肉，扯開話題：「相公嘗嘗家裡的羊肉。」又對何老娘道：「母親不知，州府飯食倒是精緻，相公卻說還是家裡的對口。住在寧家，我也不好親自去做。這回了家來，可要多吃些。」最後一句是跟丈夫說的。

何老娘心疼地顧不得說教，忙為兒子夾菜，「嘗嘗這羊肉，原是那死丫頭饞嘴要吃，還刁鑽地說要烤來吃，我叫周婆子燉的。今天死丫頭沒個大小，不叫她吃了，你趕緊吃。」

沈氏頗是驚奇，想著依婆婆的摳門，竟捨得買羊肉來給閨女吃，真是奇也怪哉！

用過晚飯，何恭留下來陪老娘說話，沈氏藉故去廚下蒸了個水蛋給閨女吃。回屋裡時，何子衿正在榻上枕著個小蕎皮枕，翹著兩條小短腿躺著，大紅的褲腳露出一截圓潤白嫩的小腿肚。沈氏道：「妳那是個什麼樣子，把腿放下來！」

何子衿摸著肚皮站起來，「我正算著娘您什麼時候送飯來給我呢！」

沈氏輕斥：「妳嘴裡再沒個把門，以後都別吃飯了！」將水蛋放閨女跟前，還有一碗簡簡單單的青菜湯。

何子衿不服，接過勺子道：「祖母竟然說我像猴子！」

沈氏道：「妳要是不像猴子，怎麼竄出去摔地上的？」虧得沒破相。

何子衿嘆，「一見爹爹，興奮過頭啊！」又問：「娘，您去州府這麼久，想我不？怎麼一回來就訓我啊？您是不是不愛我了？」

沈氏摸摸閨女的頭，「趕緊吃飯吧。」

晚上何恭回房，又同閨女說了許多話，答應閨女明日就弄一副燒烤的家什來給她。父女兩個說著話，何子衿畢竟年幼，不知不覺就睡著了。何恭把閨女放到自己房間的床上，在閨女的胖臉上親一口，對妻子道：「好幾天沒見咱閨女，真想得慌，今晚讓她跟咱們睡吧。」

沈氏摸摸閨女肉嘟嘟的小臉蛋，心中亦滿是憐愛，「也好。」

何恭感嘆，「還是家裡舒坦。」

沈氏笑，「寧家那般富貴，待客用的被子都是錦緞做的，難道不好？」

「不比家裡的棉被。」何恭資質一般，卻有自知之明，握著妻子的手道：「我不是有大本領的人，以前也曾欣羨過富貴，不說別家，姑媽家就較咱們家富庶許多。我不是爭強好勝，就是瞧著姑媽穿得好戴得好，有時也會想，若自己有錢，也叫娘出去風光風光。這回我是看透了，哪怕咱們家窮些，一家子安安穩穩的就是福氣。真似姑丈那般，可惜了表妹一輩子，這富貴到底無甚意趣，咱們啊，就這麼著吧。」

沈氏會心一笑，柔聲道：「我也覺得還是自家的日子好。」她去寧家不過兩三日，委實長了大見識。富貴人家那許多講究且不提，丫鬟婆子多些亦不算什麼，姨娘通房就跟在主母後面服服侍，真不知主母是啥滋味，妾室是啥滋味了。她自家日子雖尋常，可是夫妻一條心，過起日子方有奔頭。

沈氏不知道陳姑媽自州府回來如何同陳姑丈說的，反正陳姑丈彷彿被神明點化一般恢復了神智，親自帶著兒子們來何家將陳姑媽接了回去。

何老娘難免再說幾句，陳姑丈一副羞愧模樣，道：「年紀大了，一時糊塗，叫他舅母跟著操心。只得請他舅母看在咱們兩家多年情分上，別跟我這一把年紀的計較。」

何老娘能說什麼，嘆道：「他姑丈客氣了。你跟姊姊多少年的結髮夫妻，又有大郎他們兄弟姊妹，你們好了，孩子們才放心。」

「是啊是啊！」陳姑丈長年在外跑生意的人，能拉得下臉賠禮，自然更能活躍氣氛。待傍晚告辭後，何老娘同兒子道：「誰沒個糊塗的時候啊，知錯能改就好。」

沈氏則與丈夫道：「陳姑丈真是第一等無情無義之人。」事情是解決了，陳姑丈先時那般要死要活要納小，不知道表妹信裡同他說了什麼，陳姑丈對那女人是提都不提了。再想一想，當初陳姑丈不動聲色地將陳芳嫁到寧家守活寡，沈氏便不禁心下一冷，深覺陳姑丈不是可來往之人。

事情到這一步，不論陳姑丈如何長袖善舞、能言善辯、八面玲瓏，單看他做的事也知他是個什麼樣的人。何恭道：「有什麼法子，遇到這樣的人，面上能過得去便罷了，只當看著姑媽、表兄的面子吧。」

經此一事，陳姑媽時不時就過來同何老娘說話，姑嫂二人重新恢復了先時的親密。

陳姑媽心裡的苦，也只能跟何老娘說一說了。

陳姑媽掩淚道：「摸著自己的良心，雖然大郎他們不與我說，妹妹怕我傷心也瞞著我，但你們的心意我都知道，一個被窩睡了多少年的人，我能不知道他嗎？我只是心裡不願意承認而已。妹妹也知道我，一輩子養活了七個兒女，芳姐兒是小閨女，我心裡是盼她有個好婆家，過體面的日子，如今……這樣……又有什麼趣……」

何老娘少不得再勸大姑子一回。

經陳姑丈一事，何恭讀書上倒格外用心起來，用何恭的話說：「若考出功名，不為做官，以後也能給閨女撐腰。」

陳家不過是有錢，搭上州府的人脈就如此狂妄，還是欺何家無人。若何家真的是高官厚祿，陳姑丈巴結都來不及，如何敢這般對待陳姑媽呢？何恭素來好性子，鮮少與人爭執，還是頭一遭看清世人嘴臉，不必人催，自發奮進。沈氏便用心褒湯做點心弄吃食給丈夫滋補，可就這樣滋補，也沒見丈夫胖起來，反是瞧著瘦了。

何老娘心疼兒子，拿出體己去藥鋪裡買根參回來，叫沈氏配隻雞燉來給兒子補身子。沈氏小戶人家出身，這輩子頭一遭見著人參，很是仔細瞧了一回，順便拎出閨女來開眼界。沈氏琢磨道：「妳祖母叫我燉了雞湯給妳爹爹吃，這參可怎麼燉？是先下鍋，還是後下鍋？」挺貴個東西，沈氏生怕不小心糟蹋了。

何子衿忙道：「參是大補，好人不用總吃參，會補壞的。從沒聽說拿一根人參來燉雞的，娘還是去藥鋪裡打聽打聽。」

人參對於何家也是件貴重東西，沈氏道：「這也好。妳爹爹如今用功，我怕他身子委實吃不消，明兒請平安堂張大夫過來給摸摸脈，順便問問張大夫，他老人家肯定是知道的。」沈氏又道：「妳怎麼知道參是大補的？」

何子衿隨口扯道：「我聽賢祖母說的。」

沈氏欣慰，「看來妳跟著賢姑媽還是長了不少見識，比我都強了。」

何子衿眨眨眼，美滋滋的。

待沈氏弄明白人參的吃法，便請藥堂的人將參切片，燉湯時放兩片便罷。不用天天吃，半個月吃一回就夠了。倒是陳姑媽聽何老娘念叨兒子念書用功太過，直接送了二斤燕窩。

這東西何老娘只聽過沒見過，何家也吃不起，對陳姑媽道：「忒是貴重東西，姊姊怎麼拿這個來了？拿回去打點送禮用吧。」

陳姑媽唇角噙著笑，道：「幹嘛不用？不用白不用。以往我想不開，只知道節儉過日子，想著有幾件金銀首飾，穿得起綾羅綢緞，就是大福氣了。這些個東西，就是吃得起，我也捨不得吃，覺得咱們家不是吃這東西的人家。如今我是想開了，幹嘛不吃，我省了也是給填補了外頭的小狐狸精。行了，不提這掃興的事，恭兒這樣用功上進，別的幫不上，身子可得保養好了。年紀輕輕的，熬神太過怎麼成？妹妹聽我的，每天一兩燕窩，發好了用冰糖燉了叫恭兒吃了，滋補得很。等這個吃完，我再送來。恭兒上進，是咱們一家子的福分。」

陳姑媽看破了，只與陳姑丈彼此維持表面關係。餘者該吃吃該花花，就是娘家侄兒，她一萬個盼著何恭出息。有事就看出來了，還是娘家親，婆家那一干白眼狼，指望得上誰？

何老娘道：「前兒我去平安堂買了一枝參想燉給阿恭吃，險鬧出笑話。還是跟平安堂的張大夫打聽，才知道參不用天天吃。這燕窩聽說也很補，姊姊別笑我，這要幾日吃一回？」

陳姑媽道：「燕窩沒事，我聽說有錢人家都是按頓吃的。人參倒是不用多，這東西吃多了上火。我有一次拿參燉母雞給大郎吃，大郎半夜流起鼻血來，倒把我嚇一跳。倒是燕窩多吃，對身體只有好的。」但到底怎麼個好處，陳姑媽也說不上來。

聽到可每天補用，何老娘便收了。

何老娘心眼兒多，沒給沈氏，怕沈氏偷吃，她老人家自己也不吃，單單留給兒子，每晚叫兒子去她那裡吃冰糖燉燕窩。

何恭吃了兩次，苦不堪言，悄悄與妻子抱怨：「姑媽給了娘一點燕窩，娘天天叫我去吃。我的天啊，一吃一嘴燕毛，又甜又膩還噎嗓子。聽說有錢人家天天吃，這得多受罪啊！」

沈氏沒見過燕窩，同丈夫打聽：「燕窩只聽人說過，什麼樣來著？」

何恭道：「就這麼一小塊一小塊的，燕子築的巢，要發一發，用冰糖燉吧。」

沈氏不解，「鄉間燕子多了去，哪個燕子不築巢來著，也沒聽說能賣錢。」

何恭亦不明了，想了想道：「興許不大一樣吧。」

沈氏想著肯定是不一樣的，不過，沈氏道：「聽說燕窩是好東西，肯定是姑媽特意帶過來給你補身子的。要是裡頭有燕子毛，得提前擇乾淨才好，不然怎麼吃呢？」

何恭道：「妳去跟娘學學怎麼燉，還是妳來燉。娘眼睛花，有燕毛怕也擇不清。」

沈氏想到丈夫說的「一吃一嘴燕毛」，低低笑起來，問他：「燕子毛好吃不？」

何恭呵她癢，「敢笑話妳相公，今天要給妳立立規矩。」

兩人說笑玩鬧一回，沈氏眉眼彎彎地道：「你先跟母親說，心疼母親年紀大了，不忍母親再去廚下操持，讓母親教教我，母親定能樂意的。」

何恭笑，「咱們家子衿嘴巧，約莫是像妳的。」

沈氏頭疼，「我哪裡有她那麼多話，天天說不完的話。我都說她是屬麻雀的，醒來就要嘰嘰喳喳過一天。」

何恭聽得直樂。

何恭先把何老娘奉承了一番，何老娘才把燉燕窩的重任教給了沈氏，還叮囑沈氏：「子衿那丫頭嘴饞，什麼都想吃，這東西是妳姑媽送來的，東西有限，妳男人正讀書費神，給妳男人補一補倒罷了。我也是不吃的，要是那丫頭饞得緊，妳跟她說，我有飄香園的好點心。」為了防止何子衿偷吃她兒子的燕窩，何老娘大出血地買了飄香園的點心來堵她的嘴。

何子衿知道後，毫不客氣地去何老娘那裡敲詐了兩包好點心回去，還對沈氏道：「等以後我有了錢，天天拿燕窩漱口。」

沈氏：……

更讓沈氏發愁的事在後面，自此以後，何子衿隔三差五有好點心吃，她自覺是個孝女，還拿去孝順老娘老爹。何子衿是這麼說的：「祖母現在可好了，總是買點心給我吃，我說不用總買，祖母都不答應。」

何恭很高興，抱了閨女在懷裡道：「這是祖母疼妳呢！」

何子衿揚起漂亮的小臉蛋，「我也覺得是。」

對於何子衿的鬼話，沈氏簡直一個字都不信，沒人比她更了解何老娘。

事實上，何子衿通常是這樣跟何老娘商量買點心的事的，何老娘但凡不樂意，何子衿便會道：「一會兒我端燕窩去給爹爹吃吧。」要不就是：「爹爹昨天問我要不要吃燕窩，我可是沒吃啊！」總之各種花樣的威脅搞得何老娘求生不得求死不能。為了防範何子衿搶兒子的燕窩吃，何老娘咬著後槽牙，一次又一次買點心給何子衿吃。

何老娘心下感嘆，先時說這丫頭是賠錢貨真是抬舉她了，分明是個討債鬼，尤其何子衿還精通打一棍子給個甜棗的策略，每次敲到何老娘的點心後，何子衿都會先拿一塊給何老娘吃，還花言巧語哄何老娘：「爹爹叫我孝順祖母，有好吃的先給祖母吃，祖母，您吃吧。」

她有啥都是：「先給祖母吃。」

如此，外人見了都讚她：「這丫頭懂事又孝順。」

何子衿自己臭美就不用提了，何恭和沈氏也樂見女兒懂事，唯何老娘悄與余嬤嬤道：「死丫頭真是成精了。」隔三差五來敲老娘的銀錢。

何子衿也不白吃何老娘的點心，逢人便說：「我祖母可疼我了，天天買好吃的給我。」

何老娘實在想令世人看清何子衿奸詐的真面目，誰知竟不敵何子衿的無恥，終於落下個一見何子衿就頭疼的毛病。

夏去秋來，重陽節前，何子衿她舅帶來了一個好消息，她舅媽江氏有了身孕。

沈氏喜不自禁，連忙問：「幾個月了？弟妹在家可好？」

沈素眼中滿是歡喜，「已經三個月了。其實上個月就知道了，咱娘非要滿三個月再報喜，我就憋著沒說。」喝口溫茶，又笑說：「可是憋壞了我，好幾次憋不住想跟姊妳說呢！」

「滿三個月胎便坐牢了。」沈氏是過來人，自有經驗，「這可是天大的好消息，算著是明年三四月的日子。」

「三月底或四月初。」沈素道：「名字我跟爹想好了，兒子就叫沈玄，女兒叫沈丹。」

「這名字取得好。」沈氏又問：「弟妹身子可好？有了身孕，凡事都要小心些才是。」

「她呀，這會兒天天做針線，小衣裳都做兩三身了。」沈素一臉幸福的傻爸爸笑容，「我都說還不知是閨女或兒子，衣裳也難做。她就做一身閨女穿的，再做一身兒子穿的。」

沈氏道：「我這裡還有子衿小時候的衣裳，一會整理好，你帶回去。小孩子嬌嫩，剛生下來穿些舊衣裳好，軟乎。」

沈素不跟沈氏客氣，「媳婦前些天剛從娘家搜羅了一包袱回來，是阿仁小時候穿過的。」說一回即將出世的孩子，沈素問起沈氏的鋪子，找來的夥計可還好用。

沈氏笑，「阿山機靈得很，咱們雖是新開的鋪子，生意也還湊和。慢慢來吧，總不能一口吃成個胖子。」開鋪子就是為了手頭鬆快些，賣醬菜也發不了大財，只要能應付鋪子的日常開銷，沈氏便很知足。

何子衿聽說她舅要做爹了，也很替她舅高興。唯有何老娘，面兒上恭喜了沈素一番，轉頭卻跟兒子念叨起生孫子的事兒。

便是沈氏心中也有些焦慮，閨女都三歲了，她肚子還沒動靜。何恭安慰妻子道：「咱們夫妻恩愛，孩子早晚都會有。想是緣分未到，待緣分到了，自然便到。不必急，急也無用，妳看哪家孩子是急出來的？」

「我是怕母親著急。」何老娘可不是一般的急，自何子衿出生，這都急小三年了。

何恭笑，「娘是最不該急的，我與姊姊差五歲來著。」

聽丈夫這般說，沈氏這心暫且算是安了。

轉眼便是一年冬天，沈氏在炭盆旁算著鋪子裡一年的結餘。讓何子衿說，沈氏很聰明，以往在家也沒學過理帳算術，如今有了鋪子，沈氏都是現學的，上手極快。

沈氏學會了，也不忘教一教閨女。何子衿早便會認字了，沈氏教她對著帳本子念帳面出入，沈氏用算盤對帳。

母女兩個對帳對了一上午，何子衿問：「娘，賺著錢沒？」

古代的帳冊同前世可不一樣，要不是沈氏教她，她不一定能看得懂。

沈氏笑，「帳面上是沒有賠，只是暫時也見不到錢。鋪子的租金不說，還有換門窗裝修的錢，桌椅板凳，樣樣要錢。當初買的菜蔬，現在還在缸裡醃著，也是錢呢！」

何子衿安慰她娘：「做買賣就是這樣，看著是有錢，其實錢都在買賣上了。」

沈氏合上帳冊，「是這個理。」

何子衿瞧著烤在炭盆上的芋艿乾，這是她舅特意送來給她吃的，何子衿有空就在炭盆上烤幾個。這會兒聞著香噴噴的，何子衿問：「差不多熟了吧？」

沈氏拿火鉗戳一下，點點頭。

何子衿捧個木盒子，沈氏用火鉗夾起來給她擱盒子裡，說：「燙，一會兒再吃。」

何子衿道：「娘，分您一半，我拿幾個給祖母嘗嘗。」

沈氏道：「妳都拿去吧，我不愛吃這個。」

何子衿便都拿去了，她娘喜吃水果，她爹也不愛吃這個，嫌乾，倒是何老娘拿眼一瞥，擺出萬分看不上的模樣，「我當是啥好東西，唉，這有什麼好吃的。乾巴不說，還噎人。」一邊挑剔，一邊命余嬤嬤倒些溫水來，自己挑個烤芋艿拿到手裡剝了皮，不消片刻便吧嗒吧嗒吃個精光。吃完後抹嘴，繼續嫌棄：「以後有好的拿來給我，這些破爛東西就別拿來了。」

何子衿唇角一抽，揶揄道：「等哪天我發了財，就給您金磚蓋房，銀磚鋪地。」

何老娘一樂，「趕明兒給妳祖父上墳，我去瞧瞧咱們老何家祖墳冒青煙沒。」

「冒，怎麼能不冒？我聽人說，祖父當年娶您過門的時候，咱們老何家墳頭兒上的青煙呼呼地冒啊，跟著火似的。」何子衿張嘴就能鬼扯一段子虛烏有的事來，何老娘氣笑，「嘿！妳個死丫頭，又來這兒尋老娘開心！」伸手要打，何子衿多靈光，早跑到門口，回頭說：「我回去吃飯啦！」

何老娘拍拍大腿，抖一抖掉在衣襟上的芋艿渣，道：「叫妳爹妳娘過來吃吧，我叫廚下燒了羊肉鍋子，人多吃起來才香。」

何子衿眼睛一亮，「我把我屋裡的小青菜拔點兒來，正好燙著吃。」

何老娘「嘿」一聲，嘲笑說：「喲，今兒太陽打西邊出來，鐵公雞都拔毛啦！」

何子衿常去賢姑太太那裡，學了些侍弄花草的本事。家裡養花的事倒不值什麼，倒是何子衿嫌冬天沒青菜吃，弄了些瓦盆陶罐，在屋裡養了好些青菜。這東西夏天多的能拿去餵牛羊，到冬天則稀罕得不得了。碧水縣都沒賣的，如陳家那樣有錢，還得去州府才能買些綠葉子青菜回來。何子衿呢，她自己種得來。吃一冬天的蘿蔔白菜，何老娘也想嘗嘗青菜味，誰曉得何子衿這摳門的，倒不是不給何老娘吃，但每次都要何老娘拿東西換。何老娘吃何子衿的青菜都吃得肉疼，如今不必何老娘大出血，何子衿主動拿出來，何老娘好生驚嘆。

何子衿聽何老娘說她是鐵公雞，嘿嘿一笑，回一句：「這叫做有其祖必有其孫！」

何老娘罵一句「小兔崽子」，何子衿早跑遠了。

在何老娘這兒吃了一頓羊肉鍋子，何子衿吃飽就犯睏，何老娘說她：「別吃了睡，睡了吃的。看妳這圓滾滾的樣兒，以後可怎麼著才好。」

何子衿懶洋洋道：「以後就叫祖母養唄，還能怎麼著？」

何老娘揉眉，「可是愁死我了。」上輩子不修，修來這種討債鬼的孫女。

何子衿眉開眼笑，「可是爽死我了。」看何老娘發愁，她就打心裡樂。

何恭險些噴茶，「別耍寶了，剛吃完飯，睏也別睡，遛達遛達，消消飯食再睡。」

何子衿應了，何恭又與老娘說起常指點他文章的許先生的生辰快到的事，何老娘道：「是不是還預備往年的禮？」無非是衣裳料子或是筆墨，碧水縣是小地方，東西不講究。

何恭點頭，何子衿指了何老娘屋裡的一盆梅花道：「爹爹，好看不？」

「不錯，前兒我就瞧著要開花了，這是先孝敬妳祖母了。」何恭很是欣慰，閨女雖愛跟老娘拌嘴逗樂，其實什麼都會先想著老娘，孝順得很。

何子衿道：「我還有好幾盆，爹，您拿兩盆去給許先生賀壽吧。讀書人不都喜歡這個嗎？梅蘭竹菊啥的。」

何恭有些猶豫，想著閨女養花怪不容易的，「妳不是說要送妳外祖父兩盆嗎？」

沈氏笑，「我爹那裡送什麼花不成？只要是外孫女送的，心意都一樣，更何況她還有一屋子呢！」何家人就這麼幾口，宅子卻是三進，寬敞得很。何子衿要養花，先時只是在自己房間裡養，後來連沈氏和何恭的屋子都養滿了，沈氏便空出一間屋子給閨女做花房。

何老娘很滿意沈氏的態度，女人家凡事當然要以婆家為先。何老娘心中痛快，很罕見地同沈氏道：「前兒妳姑媽給我一塊料子，我覺得鮮亮了。我這把年紀，穿上也不像樣，倒是你們年輕人，穿什麼都好看。」命余嬤嬤取出來，「妳拿去做衣裳吧。」

沈氏忙道：「母親又不老，正是合穿的時候。母親留著用吧，衣裳我還有。」

何老娘道：「大過年的，也該鮮亮些。拿著吧，妳不用，給丫頭做衣裳也行。」

余嬤嬤捧出來，沈氏見還是綢緞料子，忙又謝了何老娘一回，暗想，太陽真是打西邊出來了。她嫁到何家五年，何老娘是頭一遭給她東西。

其實何老娘漸漸也認了。初時不喜沈氏是因她相中的媳婦是陳芳，後來兒子死活要娶沈氏，雖礙於兒子的堅持，何老娘點了頭，到底心中是不快的，便看沈氏一直不順眼。幾年過去，何老娘看開了。沈氏雖不是她相中的，這幾年瞧著，是個過日子的人，服侍兒子也很周全。瞧著兒子的面子，還有那不省心的丫頭片子……興許兒子命裡就應著了沈氏做媳婦。

這幾年又有余嬤嬤在身邊勸著，何老娘今日一開懷，就給了沈氏一塊衣裳料子。見沈氏感動的模樣，何老娘頗為滿意：嗯，知道感恩，這料子算是沒給錯人。

沈氏帶著衣料回房，打發何子衿去午睡後又瞧了許久。

何恭道：「妳喜歡這料子，明兒咱們再去買兩塊。」

撫摸著光潤柔軟的絲綢衣料，沈氏低語感嘆，「這是母親第一次給我東西呢！」

何恭頓覺心酸，將妻子攬在懷裡，滿是歉疚，「辛苦妳了。」

由於何老娘態度的轉變，這個年過得格外歡樂。

吃年夜飯時，何子衿還舉杯說了好些個吉利話的祝酒辭，何老娘聽得嘴都合不攏了，「真真個嘴上抹了蜜，怎地這般會說？」

何子衿嘴甜，「我這是像祖母唄！」又是逗得何老娘一樂。

待一大串吉祥話說完，一家子舉杯，何子衿被允許喝了一小杯果酒。何老娘道：「給丫頭換甜湯吧，酒這東西少碰為好。」她還記著何子衿抓周抓個酒杯的事呢，生怕何子衿以後做個酒鬼不好嫁，剩在家裡可就發大愁了。

何子衿還不知道何老娘已經發愁她嫁人的事，她在想，什麼時候等她娘發了財，自家釀些酒來才好。這年頭講究自給自足，有錢人家都會自家釀酒。她舅就會釀土酒，雖沒法跟酒鋪裡賣的酒比，也還有些酒味。何子衿不想釀土酒，她想釀果子酒，既養顏美容又好喝。

說到養顏美容，過了年，何子衿提醒了她娘一下，叫她娘買些好點的胭脂水粉來用。沈氏年輕，前幾年不大用胭脂水粉就眉目如畫，清麗過人。關鍵是，以前在村子裡，小地方用胭脂水粉的人少，沈氏也不大會用。後來嫁到碧水縣，沈氏成了城裡人，也買了些，仍是不大用。如今這一二年方漸漸用起來。

何子衿說：「這些胭脂水粉只能顧個面兒，娘，您該買些珍珠粉啥的來用。」

沈氏笑斥：「真是個小敗家！珍珠粉？妳知道珍珠粉得多少錢？」

何子衿道：「其實很多東西都可以用啊，用豆腐敷臉就能變白，皮膚也好，比用胭脂好多了。」事實上，她是想說貼黃瓜片，但這剛開春，哪裡來的黃瓜？而且，家裡這個條件，太貴重的也用不起，何子衿就挑了個最接地氣的說。

沈氏根本不信閨女的話，「胡說八道！豆腐是吃的，怎麼能敷臉？」

「豆腐能吃就能敷臉，胭脂能吃嗎？娘買的胭脂都不是好胭脂，肯定越用越醜。」因為說她娘醜，何子衿挨了一彈指。

何子衿是不管她娘了，她想著自己打小保養一下，於是，天天叫她娘買豆腐給她敷臉。她娘簡直要瘋，閨女那嫩皮子，一掐能掐出水來，也不知瞎敷個什麼，還天天糟蹋小半塊豆腐一勺子蜂蜜。為了不糟蹋東西，沈氏半信半疑地也跟著敷起來。

何子衿超會拍馬屁，每天都會真誠地對她娘說：「娘，我覺得您的臉好水好嫩啊！」

等到洗頭時，何子衿又攛掇著她娘用雞蛋來保養頭髮，這是有據可查的，紅樓夢裡的丫鬟就用這個。說句老實話，何家現在的生活不一定及得上賈府的丫鬟。

豆腐都敷臉了，沈氏覺得也不差雞蛋護髮了。當然，這都得偷偷摸摸地幹，要是叫何老娘知道，還不得罵這母女二人敗家。

何氏本身就年輕，只要稍稍有些美容意識，效果還是很明顯的，何況夫妻之間更有一種不可與外人道的微妙感覺。何氏自認不是個醜人，但現在看來，必要的保養還是需要的。

何氏有了保養意識，就不只是保養臉的事情，連著穿戴都精心起來，還大手筆地買了一盒潤膚膏給何子衿。這是碧水縣胭脂鋪子裡最好的潤膚膏脂，據說裡面就摻了珍珠粉，要兩百錢一盒。一盒只能用一個月，過期就會壞的。

何子衿很是感動了一回，後來才知道她這盒是她娘講價三百錢兩盒，捎帶著買的。

何氏自己也要用，閨女是順帶。不是何氏不疼閨女，實在閨女如今嫩得很，不用潤膚膏也沒啥，可既然三百錢兩盒，就給閨女一盒吧，讓閨女自小有愛美意識也不是壞事。

母女兩個朝美容的大道上狂飆而去，何恭今年運道不錯，秀才試下來，榜上有名，雖只是中等，也是正經的秀才相公了。

何老娘樂得險些厥過去，連聲吩咐兒子：「先去給你爹上香，告訴你爹你中秀才了，咱們老何家出秀才了！」最後一句高亢得都尖銳起來。

多年苦功天不負，何恭自己也高興，笑應：「是。」

沈氏抿著嘴笑，「鞭炮早就備下了，咱們門前拉一掛，也添些喜氣。」

何老娘頭一遭看沈氏這般順眼，「這個備得好。」

沈氏是悄悄備下的，丈夫失利好幾年，若叫丈夫知道提早買了鞭炮，難免心思重，索性悄悄備著，若中了就拿出來放，中不了就擱年下用，也糟蹋不了。

何恭去給祖宗上香，沈氏命人拉鞭放炮，又跟何老娘商量著去相近的親戚朋友家報喜。

何老娘心情大好，忽就想起沈素，問一句：「小舅爺不是也考秀才了，中了沒？」

沈氏笑，「阿素念書一向沒相公用心。」

何老娘道：「小舅爺年紀小幾歲，也不用急。功名多是天意，天意到了，自然能中。」

難得婆婆說出這樣中聽的話來，沈氏笑，「您說的是。」

婆媳兩個商量著是擺酒還是如何慶祝，還有給先生的禮物。就是族譜那裡，何恭有了功名，也要額外添上一筆的。

何老娘再三對沈氏道：「妳以後啊，比我有福氣。」

沈氏笑，「相公有了功名，是咱們一家子的福氣。」

「是是是。」何老娘臉上笑意不斷，眼神都特別明亮，嗓門亮堂得很，「趕明兒咱們一人做一身綢衣來穿！」雖說現在有錢就能穿綢，到底不比如今穿著有底氣，兒子都是秀才相公啦，別人見了她，客氣的也要稱一聲老安人。

沈氏自然不會掃婆婆的興致。

不一時，陳姑媽就帶著小兒子過來了，進門便笑，「我早命人打聽著秀才榜來著，知道阿恭中了，我簡直一刻都坐不住！妹妹，妳可是咱們老何家的功臣啊！」

整個何氏家族都沒一個舉人，何恭這秀才考出來，起碼在家族裡算是出人頭地了。再從何恭這支論，何恭也算開天闢地頭一份，所以，陳姑媽才會說何老娘是何家的功臣，因為何老娘培養出了一個秀才兒子啊！

何子衿是頭一遭意識到，原來在這個年代，能考中秀才已是相當了不起的一件事。

何家的熱鬧自不必提，族長都親自過來一趟，表達對何恭的讚賞。族長想著，何恭這才二十出頭便中了秀才，再熬二十年，就能熬出個舉人，何氏家族在碧水縣的地位頓時不同。族長還特意帶了孫子何洛過來，託何恭有空指點何洛的功課。

何恭哭笑不得地應了，何洛則重新瞻仰了一回他經常見的恭五叔，就去找何子衿玩了。

何家擺了一日酒慶賀，第二日沈素也來了，自然恭喜了何恭一番。沈素是個心胸寬闊之人，他落榜也非一日了，姊夫有出息，沈素是替姊姊高興，總算在何家熬出頭了。

不過，沈素也受了些影響，回家同妻子道：「姊姊、子衿都穿上綢了。妳莫急，我今年必要苦讀，待明年定也叫妳和孩子穿上綢。」

江氏產期就在眼前，她習慣性地將手放在腹前，柔聲寬慰丈夫道：「你有這個心，我穿不穿綢都高興。」

沈素道：「有這個心，也得能辦成這事兒才行。」

很快，沈素落榜的失落便被長子的誕生驅散了。其實頭一個孩子，不論兒女都一樣，當然，兒子的話自是更好。

沈素第二日就駕車到何家報喜，沈氏喜不自禁，便是何老娘，這會兒正在高興兒子中秀才的事，聽到沈素得了兒子，亦是滿面笑意，道：「大喜大喜！明兒個洗三吧？」

沈素笑，「是，就是不知道姊姊、姊夫有沒有空？有空的話，過去熱鬧一日，也是我那小子的福氣。」他素知何老娘刁鑽，故此當面問出來，省得姊姊為難。

「哪裡的話，便是沒空也要去湊湊熱鬧的。」兒子是秀才啦，何老娘非但好說話，還很有往外顯擺的意思。何老娘笑說：「要是小舅爺不嫌麻煩，明兒我也跟著去沾沾喜氣。」

沈素連忙道：「您喚我名字就是，您老人家若肯去，我求之不得。」

何老娘大笑，「這就說定了。」又問孩子什麼時辰生的，可取名字之類的話，及至晌午，大手筆拿銀子出來讓廚下置辦好菜，對何恭道：「今日阿素必要趕路回家的，咱們不是外人，不必虛留。你好生陪他用飯，只是酒不可用，不然他駕車再不能放心的。」又吩咐沈氏：「現在讓周婆子做燒餅怕來不及，著她去外頭買一些，再配些上醬肉，給阿素路上帶了吃。」

沈氏真覺得太陽打西邊出來了，婆婆這般開明，沈氏自然笑應。沈素直道破費，何老娘客氣地道：「家常的東西，哪裡說得上破費？這路途遠，你帶著，我也放心。」

沈素笑著道謝。他姊都嫁何家五年了，何老娘頭一遭待他這般親近，心說這老太太反常得厲害，若不親眼所見，他都不能信。

沈素是個玲瓏人物，哪怕心裡生疑，面上都不會顯出什麼，倒是何老娘待他親近，他待何老娘也恭敬許多。唯何子衿挑個沒人的時候，在她舅耳邊嘀咕：「自從我爹中了秀才，祖母就這樣了，一連給我買了五天果子吃啦！」

沈素不禁一樂，拉拉外甥女的羊角小辮兒，想著，下回讓媳婦生個閨女才好。

明日就要去長水村參加沈素長子的洗三禮，待沈素告辭，何老娘喚住沈氏問可備了什麼東西。沈氏道：「打了副銀鎖，還有我先前抽空做的兩身小衣裳。」鄉下洗三禮，如沈氏這般就是大手筆了，非得至親才會送這樣的厚禮。

何老娘想到兒子如今身分不同，罕見地道：「簡薄了些。我這裡有先前妳姑媽給我的桂圓紅棗，這東西產婦吃了也滋補，一併帶去吧。」

沈氏忙道：「那是姑媽給母親的，母親放著吃吧。」

何老娘眼皮一翻，瞪何子衿，「擱我這裡也是全進這饞嘴丫頭的肚子。」她這裡有啥好吃的，討債鬼丫頭比她老人家都清楚，何老娘幾次騙何子衿說東西吃光或是換地方藏了，都能被何子衿一一識破，鬧得何老娘怪沒面子的，以致於何老娘現在自暴自棄，好吃的也不鎖著放了，隨何子衿吃好了。

沈氏心道，怪不得如今閨女都不鬧著叫她去買點心了……想到閨女的難纏，沈氏有些歉疚，「母親都把子衿寵壞了。她再淘氣，您跟我說，我教訓她。」她雖與婆婆不睦，卻不是不明事理一味慣孩子的脾氣。

怎知何老娘根本不領沈氏的情，再一翻眼皮，轉而教導沈氏：「咱們可是秀才家，哪能跟那些粗野人家一樣。小孩子家懂什麼？無非是饞嘴罷了。為吃個東西，也不至於如此，倒像吃不起似的。」對何子衿道：「再去抓一把拿去吃吧，剩下的明兒帶去給妳外祖母。」

沈氏不再同情何老娘：妳這樣的，活該被我閨女虐！

沈玄的洗三禮非常熱鬧，沈父是村裡孩子的啟蒙先生，沈素人緣好，他岳家江財主也是長水村的富戶，體面人家。如今沈素得了兒子，洗三禮自然辦得熱熱鬧鬧，尤其何老娘帶著一家子都去了，村裡人見了何家人，淨是恭維讚美之聲，很是滿足了何老娘的虛榮心。

何子衿還特意帶了兩樣她的小玩具送給表弟，人們都讚她大方懂事。

何老娘笑呵呵地道：「這孩子就是這樣，像她爹。」

何子衿她娘……

何子衿湊趣，「我覺得我是像祖母，祖母有什麼好東西都給我，我有好東西給弟弟。」

於是，不知情的親戚們表示：「都是老安人您教得好啊！」這年頭，安人不僅是誥命的職銜等級，也是對中老年婦女的一種尊稱，當然，你也得有相應的讓人尊敬的地位才行。

何老娘聽人讚她，虛榮心膨大了一倍，假假謙道：「哪裡，您太客氣了。」

沈母都不能信坐在屋裡含笑說話的人是她親家，真是蒼天開眼，非但女婿中了秀才，她閨女也終於熬出來了，趕明兒得去朝雲觀還願才行。

一時，沈母將沈玄抱出來洗三。何子衿一臉嚴肅的表情，細瞧著還在襁褓中的沈表弟。何老娘盼自家孫子盼不來，別人家的孫子她也稀罕，問何子衿：「妳表弟俊俏不？」

何子衿點頭，「就是太小了，還不能玩。」小孩子實在看不出醜俊來，尤其才三天的小孩子，說俊都違心，而且，沈玄眉眼間瞧著更像母親，似乎沒能繼承她舅的顏值基因。

沈母笑，「等弟弟長大，就能跟妳一起玩了。」

瞧了一回不大俊俏的小表弟，回家的路上，何子衿說：「我小時候肯定比表弟好看。」

沈氏笑，「是，妳最好看。」

何老娘睜眼說瞎話：「丫頭長得像她爹。」

何子衿：……

何老娘又補充一句：「女孩子長得像爹比較有福氣。」

何子衿問：「我不信。姑媽就長得跟祖母像，姑媽難道沒福氣？」

「沒一回大人說話妳知道閉嘴的。」何老娘訓孫女一句，自發為閨女做了解釋，「妳姑媽是命相好。」

想到閨女，何老娘露出思念的神色，「妳姑媽去帝都都快兩年了。」

「姑丈快春闈了吧？」

「得明年呢！」何老娘早在肚子裡算計著，絮叨道：「什麼時候有空咱們去廟裡給妳姑丈上兩炷香，叫菩薩保佑妳姑丈春闈得中才好。」

「母親哪天想去都好，我與相公陪母親一塊去，也為姊姊、姊夫祈福。」何老娘今日實在給沈氏作臉，沈氏也格外和氣，「前兒相公還說起母親大壽的事，叫我好生準備，咱們家裡好好擺一日酒，熱鬧熱鬧。」

這話原是為了想討何老娘開心，不想何老娘一擺手，「你們有這個孝心就成了，擺什麼酒啊？恭兒剛中了秀才，咱們省著些，今秋他還得去州府考舉人，又是一筆花銷。」

何子衿嘴快道：「我爹說了，今年不考舉人。」

「為啥不考？」何老娘眉毛都豎起來了，做舉人要穿的衣裳她都準備好了。

何子衿道：「我爹說，許先生讓他讀兩年書再去考。」

何老娘眉毛一挑，習慣性地將嘴一撇，「那許先生，左右也不過就是個舉人罷了，他就能看舉人文章了？」

「祖母，您小聲些，叫人聽到傳出去，別人不說您不懂眼，得說爹爹不尊師了。」聽何老娘口出狂言，何子衿似模似樣地嚇唬她。

事關兒子，何老娘撩開車簾往外看去，土道上就她家一輛車，「外頭哪裡有人？」

「您看不見，不見得就沒有。」何子衿翹著嘴巴道：「您哪回見了許先生不是客客氣氣問人家好，託人家多照顧我爹。這會兒我爹剛中秀才，您就說人家看不了我爹的文章了？祖母啊，您可真行！」

何子衿豎起大拇指表達對何老娘兩面派勢利眼的佩服，結果挨何老娘一記拍，「閉嘴！

妳個丫頭片子，話忒多！」被何子衿說破，難得何老娘臉上覺得有些過不去。

何子衿嘿嘿一笑，從小荷包裡抓出兩顆炒花生，給何老娘一顆。何老娘今日在沈家聽得無數奉承，雖然被何子衿噎了一下，心情還是不錯的，便接了何子衿的花生，剝開往嘴裡放了一粒花生豆，就聽何子衿笑嘻嘻地說：「話忒多，堵嘴堵嘴！」

何老娘險些叫何子衿噎死，沈氏訓閨女：「妳再這般沒大沒小，可要挨揍了！」

何子衿道：「昨天祖母還說咱們家是秀才門第，不能打小孩的。」

何老娘艱難地嚥下花生豆，感嘆道：「都說七八歲狗都嫌，妳這離七八歲還遠著呢，就這樣討人嫌了，以後可怎麼辦？」

何子衿兩隻小肉手一攤，「涼拌！」

何老娘硬被她逗樂。

何恭在外趕車，笑得險些將車趕到溝裡去。

何老娘被何子衿噎得倒是從兒子中秀才的熱度中冷靜了些，回家換過家常衣裳就叫兒子媳婦去歇著了，待得晚上，何老娘方問兒子舉人試的事情。

何老娘道：「既已中了秀才，今年又正趕上秋闈，試一試能怎地？咱家離州府近，也不過二三日的腳程，坐車更快些。去考一回，說不得撞個大運呢。」

何恭笑，「要按娘您說的，撞大運都能中舉，那就遍地舉人了。」

「還是去吧。去試試，哪怕不中，也長些秋闈經驗，起碼進過一次考場，下回去也熟門熟路的。」何老娘堅持，「再說，多認識幾個人也沒什麼不好。」

何恭新中了秀才，名次雖只是中等，也未必沒有進取之心，聽老娘這般說，笑道：

「成，我聽娘的！」

何老娘眉開眼笑，「過兩日我跟你媳婦去廟裡燒香，順便給你燒一燒，也旺一旺。」

何恭笑，「兒子倒成順帶的了。」

何老娘拍拍兒子寬闊的肩，「反正你是先走個過場，就順帶一回吧。」

她老人家摳門，愛聽好話，虛榮又勢利眼，總之，缺點多了去，不過，做為一個母親，何老娘是個十分細心的人。她琢磨了半日，許先生那話她雖不大喜歡，冷靜下來想想，說不得也有那麼一二分道理。真大張旗鼓折騰兒子秋闈的事，到時中了自是皆大歡喜，倘若不中呢？何老娘倒沒啥，她是怕兒子在外頭受些小人言語。

何恭將秋闈的事與妻子說了，沈氏問：「那相公今年就要秋闈嗎？」

何恭道：「娘叫我試試，我也想去瞧瞧秋舉的氣派。管他中不中，就當開開眼界。」

「也好，咱們離州府不算遠。」沈氏沒啥意見，丈夫能一舉得中自然好，就是中不了，他們夫妻恩愛，日子也能過得好。

夫妻兩個正說著話，何忻家送來帖子，沈氏問：「可是有什麼喜事？」

僕婦道：「是我們老爺納二房之喜，後兒個就是正日子，請五爺五奶奶過去吃酒。」

沈氏臉上的笑當即僵了一下，打開帖子瞧了瞧，不動聲色道：「恭喜你們老爺了，不知是哪家的閨秀有這樣的福氣？」

僕婦回道：「姨奶奶是外頭來的，到底如何，奴婢也不大清楚。」

沈氏與丈夫道：「我後兒個要去賢姑媽那裡抄經為母親祈福，怕是不巧，相公呢？」

何恭對僕婦道：「妳回去說一聲，我必到，只是內子因故不能前往。」打發僕婦去了。

沈氏皺眉，「忻族兄怎麼竟是這樣的人？」她與李氏交好，自然看何忻納妾不順眼。

何恭倒沒覺得如何，道：「以前忻大嫂子在時，忻大哥屋裡就好幾個，後來都打發了，這會兒再納一個也沒啥。」

「他是覺得沒啥。」沈氏輕哼一聲，「這有錢人的腦袋也不知怎麼想的，難不成有了幾個錢就必要三妻四妾方能顯出本領來？夫妻兩個消消停停地過日子不好嗎？要我說，有本事也不在這上頭顯擺，不說別人，上回姑媽傷心成什麼樣，咱們都是眼見的。我是有閨女的人，以後給咱子衿尋婆家，貧富暫且不論，單這等朝三暮四的人就不行。」

「別人家的事，說說就罷了。」何恭笑道：「我可不是那樣的人。」

沈氏明眸一嗔，「你要是那樣的人，當初我也不能嫁你。」

小夫妻說起話來，沈氏道：「反正我是不去吃納妾酒的，明兒我去瞧瞧嫂子。這些天忙忙叨叨的，好些天不去了，還不知她怎麼樣了呢。」

「也好。」

沈氏打發人去問李氏可有空閒，李氏回話讓沈氏帶何子衿去玩。

第二日用過早飯，沈氏同何老娘說了一聲。何老娘亦知何忻要納小的事，皺眉道：「都是有幾個錢就不知姓誰名誰的！這麼一把年紀了，娶個續弦就罷了，敲鑼打鼓地納小，成什麼樣子？一看就知道是不安分的狐狸精！」

何老娘的反應有些在何子衿的意料外，又在情理之中。何老娘也是非常厭惡人納妾的，還對沈氏道：「去了好生勸勸妳大嫂子，她雖是續弦，也是正兒八經娶進門的，族譜上記得清清楚楚。就是有狐狸精進門也不用怕，她仍是大房。」

因為何忻納小，何老娘以往對李氏的不喜倒轉為了同情。

沈氏正色應了，便帶著何子衿去找李氏說話。

肆之章　舊時破事擾清靜

沈氏本來擔心李氏，及至見李氏穿著一襲淺藕色羅裙，頭上挽了個鬆鬆的隨雲髻，插一支點翠金釵，氣色不錯，方放下心來。她是個細心人，並不先提何忻納小之事，反而是問李氏過得可好，接著說起何子衿的趣事來。

李氏極喜歡何子衿，將人攬在懷裡，拿提前備下的點心給她吃。李氏自然察覺沈氏的小心，心中頗多感念，笑道：「還有件喜事要跟妳說，我有身子了。」

沈氏先是一驚，繼而大樂，「這是好事，我竟不知道，也沒聽人說起過，幾個月了？」

李氏望向並不明顯的小腹，「四個月。先時有些懷疑，沒覺得不適，便沒驚動旁人。」

李氏有喜，這可是一輩子的依靠，有個孩子，比何忻這種男人要可靠一千倍，難怪李氏不為何忻納妾之事所擾。

沈氏道：「剛我沒好說，就是怕妳走心。忻大哥好端端的，怎麼要納小呢？」當初何忻娶了李氏做續弦，將屋裡人都打發了，就因這個，何老娘一直覺得李氏太有手段，且年紀輕輕的，模樣生得也標致，遂不喜李氏。當然，她喜不喜歡人家，對李氏半點影響也沒有。

李氏與沈氏交好，這話也只有沈氏能問了。李氏聞言，唇角一勾，露出一抹不屑，「我這不是有了嗎？那院兒裡怕是心裡不安，上趕著給老爺弄女人。男人還不都是這樣，納就納，就是納他十個八個的，於我又有什麼相干？」

沈氏實未想到這女人是這般來歷，不禁皺眉。李氏不過是初有身孕，怎麼倒叫繼子這般忌憚？再者，李氏哪怕年輕些，也是何忻三媒正聘娶進門的，哪裡有兒子上趕著給老子送女人的理，這家子也忒不講究了。

沈氏勸道：「妳這有了身子，凡事便往寬處想，有孩子還怕什麼？就是忻族兄那裡，我說句公道話，有人成心拿女人來勾引他，有幾個男人把持得住？妳跟忻族兄過了這幾年，情分總是有的。若無情分，成不了姻緣。就是妳有了身子，忻族兄難道不高興？日子在自己過，妳若自暴自棄，過得一塌糊塗，才是正對別人的心。」

李氏悵然道：「論年紀，我長妳兩歲，倒叫妳來勸我了。」

「勸不勸的，都是實話，嫂子自己想想還有什麼不明白的？」沈氏低聲道：「就是那邊，做出這樣的事來，誰又是傻子？大夥兒都心裡有數。只是那邊如此做派，妳得小心了。」

李氏也壓低聲音道：「沒什麼要小心的，我肚子裡是閨女。如今給老爺送女人，無非是怕我以後生出兒子罷了。」

沈氏輕哼，「真個不要臉的下流胚子，這便容不得了，這個家還不該他當呢！」

李氏道：「生閨女也好，要是像子衿這樣，我做夢都能笑醒。」

像我這樣是不大可能的，何子衿很有優越感地發表意見：「伯娘，我也覺得閨女好。」

沈氏嗔，「哪兒都有妳！」

李氏直樂，摸摸何子衿的小辮兒，「小小人兒倒像是聽懂似的。」

沈氏心想：也不知這丫頭是聽得懂還是聽不懂，說她聽明嘛，她立刻給你犯傻，說她傻嘛，她又嘰嘰喳喳挺伶俐的。

沈氏頭疼，對李氏道：「還是安靜乖巧的招人疼。」

何子衿哼哼兩聲，「娘，您知道多少人喜歡我不？」

「知道知道，妳是萬人迷。」她閨女自戀時常說這個詞來著，萬人迷什麼的……

何子衿假假道：「娘，您知道就行了，不要說出來嘛，要謙虛一點。」

此時此刻，沈氏與婆婆的看法空前一致，那就是：何子衿提前進入了狗都嫌的境界！

相對於沈氏為李氏抱不平，何子衿倒沒覺得什麼。不要說這個年代，就是在何子衿記憶中的年代，什麼小三、小四、小五的也不少，並不一定是男人有錢就變壞，哪怕是沒錢的男人，出去花點錢嫖一次的事也多了去。

所以，何子衿覺得，大約雄性的天性中就有淫蕩的一面，如草原中獅群裡多是一頭雄獅配多頭雌獅。只是人與畜牲的區別便在於，人是有靈智的，於是，人有自我約束力。不幸的是，人類將這種自我約束力多是放在女人頭上。男人對女人要求忠貞，對自己則毫無要求。更不幸的是，女人似乎也認同男人這種要求。

何子衿難得深沉了一回，感嘆男女關係之不對等。好在她不是女權主義者，她是隨遇而安，只消片刻她便將深沉丟開，高高興興地看李氏拿出來的衣裳料子。

李氏笑，「這是前兒老爺帶回來的，不是綢子，也不是錦緞，就是棉布。妳摸摸，我還是頭一遭見這樣細滑的棉布，說價錢倒不比絲綢便宜。我瞧著顏色不錯就留下了，這塊尤其鮮亮，給子衿做衣裳正好。妳別跟我外道，這是給子衿的，可別推辭。」

沈氏便不說客氣話了，「看嫂子說的，我就是覺得，這麼好的料子，哪裡捨得給她小孩子家裁衣裳呢？」

「有什麼捨不得的，妳是個精細人，尋常自己都捨不得做一件新的，子衿身上可沒斷了新衫。多好的東西，妳自己捨不得是真的，給子衿穿吧。」李氏撫摸著小腹，眼神柔和，「以往瞧著子衿我就眼饞，這回自己有了，才真正知道做母親的心。」

雖然一直知道她娘很愛她，可是這話從別人嘴裡說出來，心肝兒細膩的何子衿聽得淚眼汪汪：果然世上只有媽媽好啊！當然，她爹也很不錯，絕對不是何忻這種在老婆孕期內納小的渣男。於是，何子衿更加淚眼汪汪了。

沈氏見她抹眼睛，忙問：「怎麼了？」怎麼突然哭了？

何子衿響亮地抽一鼻子，大聲道：「被妳們感動的啦！」

沈氏、李氏：……

李氏是個有成算的人，看她形容氣色都好，且胎相穩固，沈氏便也放了心。帶著李氏送的料子回家，沈氏沒給何子衿做衣裳，她想著，這樣好的料子，閨女還小，這會兒用了倒可惜，不如放起來，待閨女大些再用。

何子衿對穿戴不大上心，也沒在意。

倒是沈氏稀罕這料子，拿出來瞧了幾次，何子衿很大方地跟她娘表孝心：「娘，您要喜歡您就做裙子穿吧，我還有衣裳呢！」

沈氏讓女兒學著鑒賞，「摸摸看，多光滑啊，怪道比綢都貴。」

何子衿摸了兩下，說：「我覺得跟賢祖母身上穿的差不多。」

沈氏點頭，「等妳大了再給妳做衣裳，現在妳長得快，穿一年就小了，怪可惜的。」

何子衿道：「這麼大的一塊料子，娘，您做一身剩下的我也夠用啊！」真的好大的一塊料子，李氏實在是個大方人。

沈氏摸摸這衣料，微不可聞地嘆口氣。

何子衿眨巴眨巴眼問：「娘，您嘆什麼氣啊？」

沈氏打發她，「沒什麼，去問問妳祖母晚上想吃什麼，再去跟周婆子說一聲，叫周婆子提前預備出來。」因何子衿喜歡跑跑顛顛的又愛說話，沈氏常叫她做些傳話的工作。

何子衿嘟了一下嘴巴，轉身去了。

沈氏自有愁事，李氏喜歡孩子，常給何子衿做件衣裳給塊料子，只是往常多是些尋常的物件，如今李氏突然給她這麼一塊又大又好的料子，要不是李氏先把話說死，她真的不敢收。沈氏是個有分寸的人，哪怕交情好也是一樣。禮尚往來，有來有往的才行，單方面收人家重禮，不是長久之道。

李氏給她這般貴重的料子，沈氏心有不安，琢磨著還是要尋個適當的時候還禮才行。沈氏拿定主意，便將事情擱置起來，倒是李氏，用過午飯後微覺倦意，剛要小睡片刻，何忻便過來了。

李氏起身相迎，「老爺怎麼來了？」

「有些惦記妳，原想著中午過來用飯，聽說妳這裡有客人，便沒過來。」何忻扶她坐下，笑道：「妳同恭弟妹倒是交好。」

「老爺沒見過子衿，生得玉雪可愛，我想著多瞧瞧子衿，以後生個像子衿那樣的小閨女才好。」說到孩子，李氏的臉上彷彿能放出光來，李忻也是滿眼笑意，「放心，咱們的孩子絕不會比恭五弟家的差。」

何忻其實心裡還是隱隱有些愧意的，李氏年紀較他年輕許多，這幾年，夫妻二人也算恩愛，他這突然要納小，李氏雖沒說什麼，何忻反覺得對不住李氏，故此過來同李氏說話，也是寬寬李氏的心。何忻道：「聽說恭弟妹在縣裡開了個醬菜鋪子。」

「她呀，素會過日子的，手藝也的確好。」李氏笑，「現在早上配粥的醬菜就是她送的，老爺不是還誇適口嗎？」

「女人在家無事，弄個鋪子打發打發時間也不錯。」何忻忽然道：「咱們家縣裡也有幾個鋪子，明兒給妳一個，妳也學著理理看，如何？」

李氏嚇一跳，連連擺手，「老爺別說笑了，我哪裡懂這個，我連帳本都不會看。」

何忻望著李氏不安的神色，眼神越發溫柔，握住李氏的手放於掌中，道：「聽我說，這也不是一時的念頭了，不是妳有了身子我才打算的。」輕輕嘆口氣，「我這個年紀，如今瞧著還好，只是，想與妳白頭攜老也難。當初我既然娶妳，必然要給妳一個安置的，這件事早些籌畫才好。眼下有了這個孩子，家業是老大他們的，這個妳別爭，也爭不來。我若能活到閨女成親，虧待不了她。若我先走一步，給太多，妳們能不能保住得看老大他們的良心。這世上，唯學些本事是真的。妳放心，我心裡有數，妳不懂的，以後可以慢慢學。」

儘管知道何忻要納小，李氏自覺早有心理準備，但聽了這話，仍是不覺滴下淚來，掩面泣道：「好端端的，老爺如何說這樣的話？我好怕。」

何忻笑，「有什麼好怕的，我又不是不在了。只是我這般三心二意，怪對不住妳的。」

李氏眼淚直流，哽咽道：「那你就不會一心一意嗎？」她即便是繼室，也不想看到丈夫東一個女人西一個女人的。

何忻頗為難，無辜地搓搓手指，「有時管不住自己。」

李氏氣得瞪著何忻，眼淚也不流了，怒道：「只盼下輩子你投個女胎試試！」

何忻撫摸著小妻子的脊背，溫聲道：「好，到時換妳投男胎，我嫁妳。」

李氏含淚輕捶丈夫一記，小聲哭泣起來。

何忻是個明白人，雖然兒子送他的女人挺合他意，他也並不打算委屈李氏，這畢竟是名媒正娶的續弦。妾是納了，何忻非但將話同李氏說了個明白，同兩個兒子也說清楚了。兒子們面上雖有些尷尬，到底心安。

納了妾，何忻待李氏格外尊重起來，家中妾室也要每日清晨去李氏房裡問安，便是幾個媳婦那裡，李氏素有自知之明，從不必她們前來立規矩的。不知何忻怎麼想的，忽然對兒子們道：「你們太太是我名媒正娶的，敬她也就是敬我了。」如此，媳婦們全部警醒起來，每日規矩不差分毫。李氏說了幾次，均不能免。

大兒媳杜氏私下同丈夫何湯道：「是不是父親對咱們不滿？」

何湯舒舒服服地燙著腳，「賢妻美妾，父親過的是神仙日子，有什麼不滿的？」

杜氏輕聲道：「我倒覺得父親對太太更好了。」

「父親就是這樣，要是被妳琢磨透了，也置不下這些買賣。」何湯閉眸思量，「父親還年輕，有父親在前頭擋著，咱們日子過得舒坦。太太是個賢良人，這是咱們兒女的福氣。」

或許父親是因為妾室的事不滿，人是他送的，父親也沒拒絕不是？這般行事，約莫是為了安李氏的心吧。

丈夫這樣說，杜氏笑，「我也就隨口一說，只是覺得，我跟弟妹這樣每日過去，我們是沒啥，無非就是去請個安，倒是太太瞧著些不安。」

何湯唇角一勾，暗道，果真是小家子氣上不得檯面。

何湯道：「父親怎麼說，咱們就怎麼做，太太不自在，妳越發恭敬些才好。聽說太太喜歡恭五叔家的妹妹，妳也帶咱們丫頭過去說話。太太有了身子，定是喜歡孩子的。」

父親的年紀，就是娶個繼弦，何湯也沒覺得如何，無非就是家裡多添張嘴。依他家的家業，不在乎這個。倒是李氏突然有孕令何湯警醒，他沒想到李氏能有身孕，虧得肚子裡是個丫頭，若是兒子，將來家業都得兩說。他給父親找女人也是為了這個，分一分李氏的寵，省得李氏真生出兒子來。至於那個妾，何湯自然早有準備。

何湯道：「眼瞅著就是太太的生辰，她有了身子，父親想必是要大辦的，妳提前備著些，別臨到頭慌手慌腳。」

李氏以往從不大辦生辰的，聽了丈夫這般交代，杜氏忍不住笑，「太太有了身子，果真是金貴人兒了。」

何湯臉一沉，「這話叫父親聽到，可沒有妳的好！」

杜氏掩嘴笑道：「我知道。」服侍著丈夫燙了腳，夫妻兩個說會兒話，方上床安歇。

如杜氏所言，往日李氏的生辰都只是自家院裡擺個小宴便罷，她不是鋪張的性子，亦不計較這些，而今何忻提出給李氏大辦，李氏低頭思量片刻，咬唇道：「我知道老爺是為了我，只要老爺心裡有我，也不在這一時半刻。我本就不擅長應付那些熱鬧場面，如今身子漸重，也容易勞累。再者說，我的生辰自來沒有大辦過的，這有了身子就大張旗鼓起來，怕叫人說嘴。我想著，等生下閨女來，老爺給咱們閨女大辦滿月禮才好。」

何忻沒想到李氏會拒絕，想一想，笑道：「那也好，是我想得不周。孩子月份大了，要是覺得累就多歇著，妳不是喜歡跟恭弟妹說話，多請她過來無妨的。」

李氏笑，「前兒才來過呢。」

「恭五弟為人實誠，這一家人不錯。」何忻想了想，道：「咱們常吃著他家的醬菜，是味兒不錯，難得恭弟妹有這樣的好手藝。過幾天我去州府辦事打點，金銀是少不了的，讓恭弟妹把她家的醬菜弄一些來，我當家鄉土物帶去，興許那些文謅謅的官兒喜歡。」

李氏不解，「哪裡有拿醬菜送人的，豈不寒磣？」

何忻笑，「妳不知外頭的事，有些當官兒的慣會裝腔作勢，他們這些人啥都講究，吃穿用度無一不精，金銀見的多了，書畫雅物更顯檔次，再者，各地土物也喜歡。金銀是得有，但若只送金銀，就顯得俗了。」

「怪道老爺每年都會買那些土產。」李氏眉目舒展，「看來送禮也是門大學問來著。」

「這是自然。送對了，事半功倍。送的不對，賠了銀錢不說，怕是還會惹上事端。」何忻道：「別忘了跟恭弟妹說一聲。」

「老爺放心吧，您這樣提攜她的生意，她再沒有不樂意的。」

「說不上提攜，是她家醬菜的味道好。」何忻道：「何況，都是族人，妳又與她交好，但有機會，順手而已，這也要看她的機緣。」

李氏當天就命僕婦去請了沈氏過來，將事情同沈氏說了。沈氏自是樂意的，感激道：「忻大哥這樣提攜我的小生意，定是嫂子在忻大哥面前沒少說我的好話。」

李氏笑，「難不成妳就不在別人面前說我好了？咱們脾氣合適，我並沒有特特在老爺跟前說什麼，還是老爺突然提起，讓我跟妳說一聲的。」

沈氏道：「那我也知嫂子的情。」又問：「嫂子生辰就在眼下了，想過怎樣慶賀沒？」

李氏撫摸著鼓起的腹部，柔聲道：「以前怎麼著，還是怎麼著。」

沈氏沉吟片刻，「有了孩子，怎能一樣？」李氏先時低調，連府裡的事俱交給兩個兒媳打理，她自己是不沾的。讓沈氏說，這是李氏自己明白，但現下怎一樣？何湯能做出給父親找女人的事，李氏眼瞅著又有自己的孩子，就是為著孩子，也該叫人知道她現在是這家裡的正房太太，不然妳知理地退一步，別人只當妳膽小呢！

李氏顯然更有耐心，「待孩子生下來，怎樣慶祝不成呢？」

沈氏是個聰明人，這話一點即通，「嫂子說的是，倒是我想得短了。如今妳這肚子月份大了，若大操大辦，熱鬧歸熱鬧，累也真累人，怕是吃不消。」

陪李氏說了一會兒話，沈氏便回家準備醬菜。

醬菜倒是現成的，只是裝醬菜的東西叫沈氏犯愁，她鋪子裡罈子罐子的不少，這些東西在碧水縣用用倒好，若是何忻拿出去做土物打點，就忒拿不出手了。

只是，何家的條件擺在這兒，統共三五百畝地的家底，貴重東西一樣沒有。

何子衿知道後也沒啥好主意，怎麼她穿越這好幾年，智慧也沒見長啊？

何子衿想破腦袋，跟她娘說：「咱們家沒錢，也沒貴重物。」有這樣的前提，就只得往那便宜又出人意料的東西上想。

沈氏如何不知這個理，只是想這大半日也想不出來，道：「大不了就用咱們鋪子裡的罈子裝好送去，其他的叫妳忻大伯去費心吧。」嘴上這般說，沈氏到底想將事做周全的。

還是鋪子裡的掌櫃兼夥計沈山想到了主意：「咱們小地方的人，不比外頭人精緻。叫小的說，弄個大瓢瓜，把醬菜塞裡面，用油簍裝了，乾乾淨淨地送去，瞧著也好看。」

沈氏有些猶豫，何子衿脆聲脆語地說好。

沈氏笑，「那就這麼辦。要是忻大哥不滿意，就讓他自家想法子去吧。」

何子衿同沈氏道：「山大哥還真是聰明。」

沈氏笑說：「妳舅舅的眼光再不會錯的。」非但聰明，人也能幹，她這鋪子開得不久，不說賺多少錢，卻是沒賠錢的。沈山也不過十八九歲的年紀，全靠他裡外張羅。

醬菜的事，不過就是一個機會。沈氏開鋪子之初，相熟的族人親戚家都送過醬菜，只是因與李氏有些交情，便一直有再送罷了。若指望著這個一夕揚名，那是癡人說夢。

將醬菜交給李氏，沈氏給李氏備了份厚厚的生辰禮，就開始準備丈夫去州府秋闈的事。

何恭的意思是讓沈氏一道去。陳家自從得了鹽引便在州府置辦了產業，陳姑媽聽說侄子要去秋闈，早命人將州府宅子的房間打掃出來了。何子衿這都快四歲了，小夫妻兩個還是好得蜜裡調油一般，何恭是這樣跟老娘說的：「人家都說州府的東西精緻好吃，我去了住姑媽家的宅子裡，僕婢自然用心服侍。只是我還是吃慣家中的味道，不如叫媳婦跟了一塊去，還有誰比子衿她娘更周到的呢？」

一切為了兒子！

在這個大前提下，何老娘是什麼都能應的，何況又是兒子親自提的，事關兒子秋闈，何老娘無有不應，道：「這也好。」對沈氏道：「就辛苦妳一趟吧。」

沈氏忙道：「能幫上相公的忙，我求之不得，哪裡說得上辛苦？」

為了兒子，何老娘還破天荒私下給了沈氏五兩銀子，道：「這次去州府，說是試一試，到底是要考好幾天的。尋常節儉是過日子的道理，窮家富路，這會兒再不能節儉的。只管把妳男人服侍好了，妳的福氣在後頭。」

沈氏皆柔順地應了，何老娘頗是滿意。

沈氏又託何老娘照看何子衿，何老娘想到要單獨跟何子衿相處就頭疼，「恭兒考完你們就趕緊回來，我可受不了那丫頭天天嘰嘰喳喳的在我身邊沒個消停。」

沈氏笑，「母親總是這樣寵愛她。」

何老娘扯扯嘴角，不好說自己從來沒喜歡過那討債鬼，「這都是家裡只她一個的緣故，要是再給她生個弟妹，她自然知道做姊姊的樣子，也能穩重些。」

自生了何子衿，沈氏再沒動靜，何老娘急得心裡竄火，這會兒也不一定要沈氏給她生孫子了，再生個孫女，何老娘也能忍，關鍵是，妳得生啊！

生怕沈氏聽不明白她的意思，何老娘又解釋了一遍：「這幾年恭兒一意讀書為功名，待自州府回來，你們也該抓緊了。」

沈氏滿面羞意地應了聲「是」。

這一兩年何子衿已經找到克制何老娘的法門，她也就不介意跟何老娘在家獨處了，她還很懂事地跟她爹說：「爹，您就放心吧，我會照顧好祖母的。」

何老娘聽得直翻白眼，何恭卻大為欣慰，抱了閨女在懷裡道：「我家子衿實在懂事。」

何子衿立刻道：「都是爹爹教的好唄！」

何恭眉開眼笑。

何老娘：兒子也忒容易被討好了吧？這耳根子軟得啊！

待送走父母，何子衿就要當家做主了。她先是跟余嬤嬤敲定一日三餐的飯食標準，還給何老娘定下去廟裡燒香的戶外活動。實際上是何子衿想出門逛逛了，話說碧水縣也有個小廟叫芙蓉寺來著，是碧水縣唯二景點之一。

何老娘罵：「妳倒來做老娘的主！」

何子衿半點不怵何老娘，「真是哪個廟裡沒冤死鬼哩，我熱氣騰騰的一片孝心，就這樣被祖母曲解了，明兒個我就找縣太爺擂鼓喊冤去。」

何老娘笑，「就會胡說八道，還熱氣騰騰，我看妳那不是孝心，是剛出鍋的炊餅吧？」

「哎喲，好幾天不吃炊餅了，祖母，明兒個早上咱們吃炊餅吧。」何老娘倒是給她提了醒。何老娘說何子衿，「饞得很，成天就知道要吃要喝的。」

「不吃不喝，豈不要餓死了？」

「妳這樣貧嘴，有也不給妳吃。」何老娘有心治一治何子衿這貧嘴病，當天任憑何子衿把天說下來，也不答應買炊餅給她吃。兩人逗趣半宿，直到夜深都睏了，方各自安寢。

待得第二日，何子衿還在被窩裡呼呼大睡，就被何老娘從被窩裡拎出來套上裙子。何老娘一邊幫她穿衣裳，一邊訓她：「小小年紀就一把懶骨頭，妳不是說要去吃炊餅嗎？怎麼又不起了？懶丫頭，又饞又懶，以後可怎麼辦？」何老娘又一次為何子衿若干年後的婚姻大事著急上火，這樣的小懶貨，哪裡有人肯娶？

何子衿揉揉眼睛，「咦，祖母，您又肯了？」昨兒個不是死活不同意嗎？

何老娘一副高高在上的臉孔，「妳以為我跟妳個小屎娃子一般見識！」又罵何子衿：「快起來洗臉梳頭，妳個懶東西！妳再磨蹭，飯就不用吃了，餓著吧！」

何子衿笑嘻嘻地起床，還啾地親了何老娘一口，把何老娘肉麻得直到何子衿梳洗好還在擦被何子衿親過的地方。

何子衿：……

鬱悶片刻，何子衿抱怨：「至於嗎？不就親一下？您老都這把年紀了，有人親該歡天喜地才是，擦什麼擦啊，我又沒病！」

何老娘拍她屁股一記，「沒病怎地這般癲狂？對外人切不能如此，知道不？」

「知道知道，我是喜歡您才親您的！」何子衿小聲打聽，「難不成祖父沒親過您？」

何老娘這把年紀，竟被何子衿問得臉紅，火辣辣地罵何子衿：「妳個死丫頭，嘴上就沒個把門兒的！再胡說八道，撕爛了妳的臭嘴！」

何子衿嘿嘿一樂，「我臭嘴我臭嘴！」

何老娘精神百倍地帶著何子衿去街上吃早點，待吃過早點回了家，何老娘實在憋不住，撈過何子衿擱自己跟前坐著，狀似無意地道：「想當年妳祖父活著時，可是族裡出了名的會辦事的人。咱們族人有事，多是找妳祖父的……」

接著何老娘便絮絮叨叨地懷念起前些年過世的丈夫來。

何子衿：……

啥叫口是心非啊，何子衿算是見識著了。

於是，何子衿聽了一肚子的「妳祖父的想當年」。

何子衿總結了一下，只要臉皮厚些，與何老娘還是相處得很愉快的。何子衿還把她的面膜事業推廣到何老娘這兒來，用蛋清做面膜時順便給何老娘抹了一回，難免被何老娘罵一回敗家。何子衿不怕罵，她十分心寬，挨兩句罵又不會少塊肉，而且，如何老娘這樣的脾氣，你認真計較，那分分鐘就是自己氣死自己的份，所以，不要當回事就好了。

祖孫兩個雞飛狗跳地過日子，就傳來李氏生產的好消息。何老娘雖不大喜歡李氏，還是琢磨著道：「這得備份禮呢。」李氏不招人待見，何忻可是族中出名交際廣會賺錢的人，家業也置得大。於內心深處，何老娘很有些羨慕人家的富貴。

何子衿道：「我娘走前早把李伯娘生產的洗三禮備好了，我叫翠兒拿給祖母看。」

「還算周到，拿來吧，我瞧瞧。」

待翠兒取來，何老娘見有銀鐲子銀鎖，還有衣裳料子，直說：「這也忒厚重了。」

「李伯娘也常給我東西，她可喜歡我了。」何子衿道，送東西不是這樣有來有去的嗎？反正這些都是沈氏預備的，何老娘便不再說什麼了，只嘀咕一句：「妳娘現在有鋪子，可是富戶啦！」這般大手筆，花的還不是他們老何家的銀子？哪怕是沈氏的私房，但何老娘覺得，連沈氏這個人都是他們老何家的，沈氏的私房自然也是老何家的。

何子衿無語，很實誠地對何老娘道：「祖母，您也忒摳兒了些。」

「妳個死丫頭！」訓何子衿一句，何老娘打算傳授何子衿一二理家之道，「我還不是為妳好，妳以為妳娘的東西以後傳給誰？她現在大手大腳地撒出去，留給妳的可不就少了？白長一張聰明臉，成天沒完沒了的說那麼些話有什麼用，沒心眼兒的傻蛋！」

何子衿內心深處頗受打擊：她是傻蛋？

及至何子衿想拿幾件自己的玩具送給李氏剛生的小閨女時，何老娘又說：「挑一兩件就算了，拿那些去做什麼？就知道大手大腳，難道這不是錢買的？」

何子衿道：「我又不玩了。」偶爾裝嫩倒罷，她從不玩這些玩具，許多還挺新的呢。

何老娘道：「妳不玩，以後妳兄弟難道不玩？」

兄弟？何子衿回神，笑咪咪地把玩具裝好，跟何老娘道：「我也給阿玄好幾件啦，這幾件給李伯娘生的小妹妹玩吧。」

何老娘簡直哀其不幸怒其不爭了，訓這傻孫女：「妳傻啊，別瞎打發了，妳娘以後難道就不生了？擱回去，自家存著使！」她老人家說的兄弟又不是沈玄，是她還未出世的孫子。

何子衿無語半日，很認真地跟何老娘請教：「我祖父活著時，您老就這麼摳門了嗎？」

何老娘滿院子追著何子衿罵足小半個時辰。

李氏產女，何忻大辦洗三禮，族人去了好些個不說，何忻交際廣，連縣太爺的太太都露了個臉，更別提縣裡其他有名望的人家了。

於是，何老娘回家又說：「妳娘備的禮有些薄了，早知會這樣，該再添幾樣的。就是送玩具，也該買幾樣新玩具給孩子送去，舊的多拿不出手啊！」

何子衿笑，「送都送了，祖母又說這個。」她家又不是大戶，何必與別家攀比？

何老娘喝口茶，不管何子衿聽不聽得懂，逕自絮叨：「等妳爹中舉就好了。」又道：「今兒個開始考試了，不知題目難不難，文章好不好寫？」

何子衿見何老娘魂不守舍地喃喃自語，感慨道：果然不論古今，考生家長都一個樣！

就在何老娘好些天的絮叨中，縣裡傳來桂榜的消息，何恭果然落榜。何老娘有些失望，也不大失望，秀才都是考了五六年才中的，這舉人老爺自然更不好考。何老娘是想兒子去撞個大運，大運沒撞著也沒啥，咱們以後拚實力就是，還叮囑何子衿：「妳爹回來不許說秋闈的事，知道不？別惹妳爹煩心。」

「知道啦！」何子衿大聲應下，她根本不覺得父親有什麼煩心的，不中才正常，她爹在念書上也就是個中等偏上的水準。

何老娘道：「去廚下叫周婆子明天買些羊肉來，妳爹愛吃羊肉。」

何子衿道：「我想吃牛肉。」

「牛？哪裡有牛？殺牛要坐牢的！」這年頭，牛是耕作牲畜，每頭牛在官府都有記錄，殺牛犯法。市面上極少見牛肉，偶爾有牛肉賣，都是出事故死的牛或是老死病死由官府驗明正身的牛才能賣牛肉。

何子衿笑咪咪地道：「早上周嬤嬤跟我說的啊，東邊集市上有牛肉賣，這牛是不小心跌死的，才是兩歲的牛，肉正好吃。」她從來不吃病死牛或是老死牛的肉。

何老娘略一盤算，心裡捨不得，黑臉道：「牛肉貴得很，有羊肉吃妳就知足吧。沒見鬧饑荒的時候，人們連觀音土都吃！行啦，吃羊肉！」死丫頭消息怎地這般靈通，以後得交代周婆子，不能什麼事都碎嘴地跟丫頭念叨！

不再理會何子衿，何老娘掰著手指算兒子歸家的日子。

何老娘心心念念盼著兒子回家，也好安慰一二，誰曉得一盼四五日都沒見兒子的影兒，不由心焦。倒是同去的一位姓劉的落榜秀才上門說話，對何老娘笑道：「阿恭託我給您老帶個信兒，讓您別急，他與弟妹腳程要慢些，估計得晚上那麼一兩天。」

何老娘忙問：「可是有事？」兒子不是那等貪玩的人，就是沈氏，也還算有分寸。知道家中有老母幼兒，怎會在外頭耽擱呢？

劉秀才笑，「好叫您老知道，可是大喜事，阿恭又要做父親了，您老要做祖母了。弟妹有了身孕，不敢走快，故此阿恭與弟妹慢慢趕路，託我回來跟您說一聲，就是怕您著急。」

何老娘立刻轉急為喜，臉上的笑簡直止不住，「阿彌陀佛！」老天保佑媳婦有了身孕，她馬上就要抱孫子了，老何家也要有後了！她連忙謝過劉秀才，請劉秀才吃茶，還安慰劉秀才幾句：「你們都年輕，這次不成，下次再去。恭兒考秀才也考了五六年呢，我想著，考功名文章要好，也得有運道。兩樣齊全了，保准能中。」再留劉秀才用飯。

劉秀才道了謝，委婉辭飯，「我這也是剛回來，家裡母親惦記著呢。怕您老著急，先來您老這邊說一聲。這就得回去，待您老閒了，我來給您請安。」

何老娘便令余嬤嬤送劉秀才出去，還送了劉秀才一籃香梨帶回家。

劉秀才一走，何老娘眉開眼笑地跟何子衿道：「丫頭，妳要有小兄弟了，高興不？」

何子衿很會給何老娘潑冷水，「興許是妹妹哩。」

「妳個死個頭片子，就不會說兩句好聽的？」何老娘斥何子衿一句，往地上「呸呸」兩口，雙手合十，面朝東，嘴裡念念有詞：「小孩子家，童言無忌童言無忌！菩薩保佑我得一男孫，綿延我何家香火……」

何子衿：……

何老娘對著菩薩念叨片刻，當機立斷，與剛送完劉秀才回來的余嬤嬤道：「明兒咱們去芙蓉寺裡燒香，好求菩薩保佑子衿她娘能給子衿添個弟弟。」又嚴厲叮囑何子衿：「以後不許提妹妹的話，知道不？」

何子衿嘟嘟嘴，何老娘道：「妳聽話，就買好果子給妳吃。」

何子衿剛想說，總是弟弟弟弟的，倒叫她娘壓力大。她話還沒開口，何老娘已道：「去跟周婆子說，買些牛肉來堵這饞丫頭的嘴。」

如此意外之喜，何子衿自然照單全收，她奉承何老娘兩句：「祖母真好，我給祖母捶捶肩吧。」殷勤地給何老娘敲背。何老娘得知沈氏有孕這等喜事，也不與何子衿計較，「以後有了弟弟，妳就是做姊姊的，可得疼他。」

「像姑媽那樣唄。」

何老娘聽得喜笑顏開，「對對對。」覺得沒白給何子衿買牛肉吃，又回憶起兒女少時的趣事，絮絮叨叨同何子衿說了半日。

何子衿同何老娘拜完菩薩，直待第三天，何恭方與沈氏到了家。

何恭是挽著沈氏的手進門的，甫進何老娘的屋，二人剛要見禮，何老娘已道：「不用這些禮數了，恭兒，還不扶你媳婦坐下，可不許站著，這一路車馬勞累，快歇歇。」轉頭又吩咐余嬤嬤：「給子衿她娘端杏仁茶來。」接著便是一通噓寒問暖，委實令沈氏受寵若驚。

何子衿偷笑，「祖母念叨小弟弟好幾天啦！」何老娘約莫是盼孫子盼得太久了，沈氏終於有孕，何老娘也顧不得再擺婆婆排場。

何老娘聽到「小弟弟」三個字就歡喜，覺得那二斤牛肉的錢沒白瞎，又抱怨沈氏：「妳素來是個細心人，怎麼這次倒大意起來？這麼遠的道，叫妳跟著去州府，幸而祖宗保佑，不然若有個萬一，可怎生是好呢？」

有了身孕，沈氏自也喜悅，「不瞞母親，這一兩年好幾回險些弄錯了。這回我也沒入心，不料竟真的是有了。」閨女都這樣大了，沈氏也盼著再生孩子，悄悄吃藥調理不說，也偷偷請大夫把過脈，好幾次險鬧烏龍，幸而沈氏沉得住氣。這些事，以前自不會叫何老娘知曉，如今有了身孕，再說說便無妨了。

何老娘笑，「還是州府的風水好，妳看，一去州府就有這樣的好消息。」又問：「幾個月了？胎相可還好？」

沈氏含笑望向丈夫，何恭笑道：「已快三個月了，大夫說胎相穩固，只要多休息，無甚大礙。」秋闈失利啥的，早被妻子的懷孕之喜所取代。

以往何老娘若是瞧見沈氏與兒子這般眉來眼去，定要心裡來火的，如今沈氏有了身孕，何老娘別有一番思量，暗道還是得小夫妻和睦，才能多生幾個孫子出來，給他們老何家旺一旺香火。這般想著，何老娘特別和顏悅色，「那就好，還是請平安堂張大夫過來給你媳婦把把脈，我也安心。我這裡還有些燕窩，恭兒考完了，不用再吃這個，妳拿去吃，補補身子。」

沈氏連忙道：「大夫說我身子挺好的，母親留著吃吧。我這又不老又不小的，哪裡需要吃這樣的貴重物。」

何老娘笑，「不為妳自己，也得為我孫子想一想。這也不是給妳，是給我孫子吃的。」

何子衿重重地咳嗽兩聲，頗為不滿地道：「孫女還在這兒啊！」

一屋子人俱是笑了，何老娘道：「我這裡有好果子，妳想吃什麼只管開口，就是不准去貪嘴吃燕窩。妳小孩子家，不能吃那些滋補的東西，當心流鼻血。」還小小地恐嚇何子衿：「上次妳姑祖母來不是說了嗎？妳大表叔就是吃燕窩，流了半宿的鼻血呢。」

真當她傻呢！何子衿翻白眼，「姑祖母說的是大表叔吃人參燉雞湯吃得流鼻血。」

何老娘板起臉，不打算再跟何子衿講理，「話忒多，再不聽話給妳縫上嘴巴。」

何子衿趴在何老娘耳畔，嘀嘀咕咕說了兩句。

何老娘拍她屁股一下，「知道了，忒個囉嗦！」

何恭笑，「娘同子衿真是投緣。」祖孫感情多麼好啊！

何老娘一聽兒子的話，心道：兒子啥都好，就是眼睛不好。

沈氏：真是一物降一物啊！

沈氏這有了身孕，立刻成了何家重點保護對象。

非但何老娘對沈氏芥蒂全消，只消沈氏保養好身子生下兒子，何老娘如今是什麼禮數都不講了。陳姑媽聽說沈氏有孕，也送來許多滋補的東西。沈氏去州府，還順道探望了陳芳一回，帶了些家鄉土物給陳芳，見著陳姑媽，又說了一回陳芳的境況。

陳姑媽嘆，「只要我的阿芳好，我情願吃長齋供奉佛祖。」

何老娘跟著發愁，「寧家還是不同意給阿芳過繼嗣子嗎？」

「過繼不是小事，阿芳說寧太太倒沒說什麼，可至今選不來孩子，還不是白說？」陳姑媽愁得跟什麼似的。

沈氏沉默片刻，道：「我倒有個想頭，不知當不當說。」

陳姑媽忙道：「這裡哪有外人，侄媳婦有話直說就是。」

沈氏道：「表妹年紀還不大，若是不能改嫁，如今也沒嗣子，不是常法。寧家那樣的大宅院，我總想著表妹得有個依靠，這日子才好過。」

「可不是這話嗎？」陳姑媽又是嘆氣，沈氏道：「既無嗣子，表妹能依靠的就是寧太太。要依我說，表妹如今也不要總是念佛，青燈古佛，日子不好過。表妹是做媳婦的，倒不如多孝順婆婆。人心肉長，天長地久，就是看表妹這份孝心，寧家也得對她另眼相待。」

陳姑媽道：「我聽阿芳說，寧太太規矩上並不嚴，待她也好，不令媳婦立規矩的。」做母親的，總擔心女兒在婆家受苦。知道寧太太對女兒寬厚，陳姑媽背地裡還念了好幾聲佛。

沈氏笑，「寧太太寬厚是寧太太寬厚，可我想著，咱們小戶人家尚講究個規矩，何況大家大族？聽說寧太太出身待人都好，寧家也是州府有名望的人家，越是這樣，讓表妹在寧太太跟前陪著說說話，也能學著一二。時間久了，非但寧太太這做婆婆的能看到表妹的孝心，就是表妹也能跟著寧太太長些見識。感情都是處出來的，有了情分，表妹的日子差不了。」

陳姑媽有些猶豫，做母親的人，捨不得女兒去立那些規矩，像丫頭一樣的服侍別人，可像沈氏說，與其過青燈古佛那些沒滋沒味的日子，還不如尋些事情做。服侍寧太太怎麼了，陳家為了鹽引都能把陳芳作價賣了，服侍寧太太並不丟人。就是從禮法輩分上論，陳芳是做媳婦的，服侍婆婆也是應當，尤其陳芳在寧家這樣的大家族裡，娘家這樣，陳芳沒有依靠，更無捷徑可走，唯有下些笨功夫才是上策。

何老娘素來疼惜陳芳，也有些捨不得，道：「那豈不是太辛苦了？」

沈氏細聲慢語道：「咱們族中，賢姑媽也是守寡的人，可一則賢姑媽是在娘家這頭守寡，她自己有宅子有地有產業，身邊有丫鬟婆子服侍，日子過得順心，這話我只在家裡說。二則賢姑媽是自己主動守寡的。表妹如今是不能跟賢姑媽相比，她離娘家人遠，凡事就得靠她自己。母親和姑媽都是做婆婆的人，我如今在母親姑媽面前說這話，咱們是親近些情分深，還是面上客客氣氣的情分深呢？」

陳姑媽道：「侄媳婦這話也有理。等我再去州府，給阿芳念叨念叨。」總之，若能討得寧太太歡心，過繼的事肯定容易些。

沈氏笑，「我也只這樣一說。我年紀才多大，見識也有限，姑媽想的定比我周全。若僥倖能幫到表妹一二，我就歡喜不盡了。」

沈氏這樣盡心，陳姑媽不知要說什麼好，良久方道：「妳是個好的，恭兒沒看錯人。」

沈氏連忙謙讓，在婆家人面前，即便想盡些心，也不能太心實了。

何子衿在一旁認真聽著，及至跟沈氏回屋，聽沈氏道：「這人啊，甭想一步登天什麼的，還是下些苦功的好。」

何子衿眨眨眼，沈氏以為她不懂，「不懂的話，先記在心裡，慢慢就懂了。」

沈氏胎相滿三個月，就託人給娘家捎了信兒。沈素第二日就來了，還帶著江氏和沈玄。一家人在何老娘屋裡說話，何老娘對沈氏道：「多抱抱妳外甥，沾一沾福氣。」自得知沈氏懷孕，何老娘帶著何子衿去芙蓉寺燒香後，大手筆買了六張大胖童子抱鯉魚的畫給沈氏貼在屋裡，讓沈氏天天看，據說能保佑沈氏生兒子。

何子衿笑話何老娘，說她提前把年畫買回來了，又惹何老娘啐了一回。

今日見著沈玄，何老娘再沒有不高興的，並在內心深處覺得，都說外甥不出舅家門。何子衿這丫頭片子相貌像沈家人多些，到了他寶貝孫子這裡，定也是個俊俏的小郎君，於是，何老娘瞧著沈素格外順眼起來，不僅親自張羅酒菜，還留他們一家三口住下。沈素也沒有客氣，除了探望姊姊，他原也要去同許先生請教文章。

用過午飯，哄得沈玄睡著後，沈氏與江氏在一起說些私房話，說到長水村徐姓秀才中舉的事，江氏道：「相公這大半年極是勤奮，我擔心若明年中不了，相公豈不失望？」

沈氏勸她道：「不看別人，就看子衿她爹，考了五六年方中秀才。阿素年輕，怕什麼呢？妳就是心裡擔憂，面上也不要顯出來，只管照顧好他的身子。日子長得很，若遇著一點不順心的事便自暴自棄，他也有限了。」

「退一萬步說，咱們本就是小戶人家，家裡雖不是富戶，也有房有地，有沒有功名，日子都過得。」沈氏笑，「有功名是錦上添花，沒功名就跟以前一樣。阿素心太活，前兩年他還年輕，於書本上不大用心。今年他將一些瑣事都交給阿山，這就很好。如今娶妻生子，知道上進，這本是好事，卻也不要拘泥在這上頭。人要看得遠些，世上比功名要緊的事多著。」

江氏聽沈氏勸了一回，情緒方略略好些，關鍵是沈氏拿何恭舉例，江氏又想自家公公也是三十上才中的秀才。丈夫這般年紀，的確是不必著急。

江氏道：「聽姊姊一番話，我這心裡就跟吃了定心丸似的。」

沈氏笑，「妳什麼都明白，只是太關心阿素，難免心思便重了。」

姑嫂兩個說著悄悄話，何子衿在床上玩小表弟。這是沈家長孫，江氏把兒子養得很好，白胖白胖的，此刻小白胖正躺在小枕頭上握著兩隻小手睡得香。何子衿悄悄戳一下人家的胖臉，既軟且嫩，又去摸人家的小胖手……雖然她現在也是小孩子，何子衿卻是喜歡孩子的，真可愛，尤其上次洗三時瞧著沈玄皺巴巴的樣子，這會兒眉眼長開，就顯出俊俏模樣來。

何子衿戳一下摸一下地玩人家，沈玄張張嘴就要哭，何子衿迅速拍拍他的小身子，沈玄便吧嗒吧嗒嘴繼續睡了，有趣得很。

何子衿還有一樣本事，就是特會哄小孩子。待下午沈玄醒了，何子衿自告奮勇要求照顧表弟，沈氏只當她貪新鮮，沒想到將沈玄放床上，何子衿在一旁逗他，結果除了大小便，沈玄平日都不帶鬧的。

連江氏都說：「阿玄同子衿投緣。」

沈氏笑，「也不知有什麼祕訣，族中忻大嫂子剛生了閨女，我回來去瞧她，那麼小的孩子可懂什麼，被這丫頭逗兩下就張嘴笑。」

何子衿得意，「我這是人緣好！」

沈氏笑說：「嗯，妳人緣好。」

何子衿要抱著沈玄去看她種的花，沈氏忙道：「妳小心些，別摔了弟弟！」

何子衿道：「我摔了自己也摔不了阿玄。」她平日裡飯吃的多一點，人生得壯，個子高，力氣大，抱沈玄抱得牢牢的，帶到自己屋裡去玩了。

沈氏吩咐翠兒跟過去瞧著，及至沈素夫妻告辭，何子衿還怪捨不得沈玄的。

沈素道：「子衿跟我回去住幾日吧。」

何子衿想去得要命，「我娘不讓，她要讓，我早飛去了。」

沈素哈哈大笑。

「別聽她胡說。」沈氏道：「如今家裡有阿玄要照看，娘哪裡看得住她？她天天瘋跑。這會兒家中事多，等閒了再叫她去。」

沈素替外甥女說情，「過年的時候讓子衿去吧，孩子這麼想去，姊姊別太拘了她。」

沈氏樂得閨女同娘家親近，「行，待過年時家裡閒了，讓她去玩。」

何子衿高興地轉了個圈，送出她舅老遠。

沈素與妻子道：「子衿是個有情義的孩子啊！」

江氏在車裡抱著兒子，聞言笑道：「咱們阿玄喜歡子衿喜歡得不得了，昨兒個就是跟子衿玩的，今天又是子衿帶他，他半點兒不鬧，比跟著我都聽話。」

沈素摸摸下巴，「早知這樣，該把丫頭誆到家裡來給咱們帶孩子。」

江氏笑嗔：「你又這樣！」

夫妻兩個有說有笑地回了家，將沈氏的情形同沈母學了一遍。沈母聽說閨女樣樣都好，也是滿面歡笑，只盼閨女順遂，平安生下兒子，她就別無所求了。

何子衿是盼著過年時去外祖母家玩的，誰曉得她娘出爾反爾，因為她舅要準備年後的秀才試，正是用功讀書的時候，她娘怕她去了分她舅的心，就沒讓她去。

何子衿嘟囔幾句，因為她娘罕見地沒有沒收她的壓歲錢，她也就不說什麼啦。何子衿如今的興趣改成天天數錢玩。外圓內方閃閃亮的新銅錢，擱荷包裡一晃就嘩啦嘩啦響，數起來特有成就感。沈氏每次見她一副八輩子沒見過錢的財迷樣兒就發愁，為了陶冶閨女的性情，沈氏喚了閨女在跟前念書給肚子裡的孩子聽。這孩子產期就在三月中，沈氏身子越發笨重，何老娘過年都沒讓她出門，一應應酬都是何老娘親自來。

待過了何子衿的生辰，何老娘就開始預備沈氏生產的東西，及至秀才試都考完了，沈素榜上題名不說，名次還很不錯，得了廩生，每月還能得些銀米。沈氏也為弟弟高興，何老娘亦是歡喜。初時她不樂意兒子與沈氏的親事，一則她相中的媳婦是陳芳，二則是沈氏娘家貧寒，要不是沈父有個秀才功名，何老娘就算死也不能應允的。如今沈素也中了秀才，沈氏娘家就很能拿出手去了。

何老娘有一兒一女，閨女嫁得遠，兒子一個人，除了族人便是陳家表兄弟相互扶持，不料陳姑丈如此畜生，幸而如今陳姑媽還在，不然何老娘都不大敢跟陳家走動了。如今沈素勉強算是有出息了，郎舅二人正好一起上進。

何老娘賀了沈素一回，與沈素道：「子衿她娘快生了，你姊姊身子笨重，我沒讓她過來，你去陪她說說話吧。你也累了這一年，有了功名，好生歇一歇。」

沈素笑謙幾句就去看望姊姊了。

沈氏滿心歡喜，與弟弟道：「沒白辛苦這一年。」

沈素倒不覺如何，笑問：「姊姊不是說三月的日子嗎？」

「是啊，該就在這幾天了，我也不敢出門。」沈素是親弟弟，不必講究太多。沈氏身子沉重，坐著不舒坦，便斜靠在軟榻上，問：「家裡打算什麼時候擺酒？」

「我原說不用擺酒，看爹和岳父的意思是想擺的。」他岳父當天就送了一頭豬過去給他擺酒用，聽沈素說不擺酒，鬍子險些翹起來。

沈氏笑，「長輩們看你有出息，心裡高興，定是想好生慶賀的。我知你志不止於秀才，就當哄長輩們開心吧。」

姊弟兩個說了好半日的話，當晚又與何恭說了許多話。沈素在何家住了一宿，第二日去醬菜鋪子裡瞧了瞧，方回家去。

沈氏原是三月中的日子，結果拖到三月底都沒動靜，何老娘著急竄火，飯都吃不下，盼孫子盼得嘴上起了一圈燎泡，連沈母在家久等信不至，忍不住讓兒子駕了車來探望閨女到底怎麼回事。沈氏素來好耐性，倒是穩得住，還勸了母親一回：「這是時辰沒到，生孩子有早幾天的，自然也有晚幾天的。」

話雖這般說，沈母仍是急。

以往何老娘瞧不上沈家，沈母肚子裡也對何老娘意見頗多，這回因沈氏到了日子卻不生產，親家兩個罕見地達成共識：去芙蓉寺燒香！

何子衿覺得燒香沒啥用，沈氏跟丈夫商量：「兩個老人出門，你跟著一道去吧，阿素路上不如你熟悉。」

何子衿道：「要是娘您要生了怎麼辦？」

何恭也很不放心，「要不，我陪母親和岳母去燒香，讓阿素留在家裡？總得有個男人在家中支應著才行。」

何子衿道：「我舅哪兒都熟！」她舅是在縣學裡念過書的人，芙蓉寺是碧水縣唯二景點之一，沈素哪裡會不認得路。

何恭左右思量一番，道：「阿素不是外人，我實在不放心妳。讓阿素陪著去燒香，我在家裡。這生產不是小事，萬一真就趕了趟，一家子大人都不在家，要如何是好？」

沈氏撫摸著隆起的肚皮，抱怨道：「小傢伙肯定是慢性子，都這會兒了還不出來。」

何恭怕妻子沉心，打趣道：「等生出來先打一頓屁股再說。」

何子衿也問：「娘，我是早生還是晚生啊？」

沈氏笑，「妳啊，剛九個月就生了，要不，怎麼這麼個急慌慌的性子呢？」

也不知是不是芙蓉寺的菩薩顯靈，當天兩位老親家燒香回來，沈氏肚子便有了動靜。及至清晨，產下一子，何恭取名為何冽。

此時，沈母與何老娘也找到了共通語言，沈母道：「我以往都說朝雲觀的香火極靈的，不想芙蓉寺也這般靈驗。」頭一天燒了香，第二日她閨女就生了。

「那是，我但凡有事都是在芙蓉寺燒香。到底是縣裡的大廟，住持也有道行。」兩個老太太精神百倍地說起宗教信仰來。

自從有了何洌，何老娘彷彿被打了興奮劑一般，成天精神高亢得像隻要下蛋的老母雞。當然，這是何子衿對何老娘所作所為頗為不屑的形容詞。主要是何老娘眼裡忒沒人，見了她就一口一個「丫頭片子」，見了何洌就一口一個「我的乖孫兒」。

何子衿就算活兩輩子，哪怕知道何老娘就是這麼個二百五的刁鑽脾氣，也險些被這重男輕女的勢利眼氣死。

何子衿跟她爹說：「要不是我心胸寬廣，我得打阿洌一頓出氣！」

何恭嚇一跳，忙問：「阿洌惹妳了？」

他閨女這是怎麼了，早上還好好的啊，是不是吃壞東西啦？

「是祖母啦，簡直不把我當人，天天說我是『丫頭片子』，把阿洌當寶貝！」何子衿氣呼呼地告狀：「氣死我了！明天我不去跟祖母一起吃飯了，爹您去吧，我在屋裡跟娘一起吃！」隨著漸漸長大，何子衿不再掩飾自己與眾不同的智商，越發顯得口齒伶俐。

何恭只當閨女鬧彆扭，笑著哄她道：「妳剛下生時，妳祖母也是一樣疼妳的。」

「誰說的？我知道我滿月酒都沒辦，就因為祖母嫌我是女孩子。」何子衿深覺心靈受到創傷，而且，她頗有些小蠻脾氣，說不去何老娘屋裡吃飯，她就真不去了，任誰說也沒用。便是見著何老娘，也僅限於「祖母」、「嗯」、「啊」、「是」四句的交流。

何恭私下同老娘抱怨兩句：「我知道娘喜歡孫子，也別忒明顯，子衿都五歲了，漸漸懂事了。您說她還小，其實大人的話都能聽得懂，先前她跟您多親近啊！」現在都不理您了。何老娘簡直冤死了，對何子衿的脾氣亦深表不滿，「我哪裡不疼她，她要吃什麼果子，我哪次不買給她吃了？小沒良心的，阿洌年紀小，多疼一些可怎麼了，那是她親弟弟呢！」

「娘，您別總喊子衿『丫頭片子』成不？孩子知道好賴的。」

何老娘眼一翻，直接將兒子噎死，「那喊啥？喊祖宗算了！」

不待兒子說話，何老娘跟著就是一通抱怨，「都是你們慣的！一個臭丫頭，拿著當寶貝，你姊像她這麼大的時候，都會幫我幹活了！愛怎麼著怎麼著，反正我有乖孫就夠了！」提到何洌，何老娘眉開眼笑地道：「前兒你姑媽過來瞧阿洌，還跟我說呢，三鄉五里的，沒有這般俊俏的小子，長得真俊！」

何恭自己把閨女當心肝寶貝，並不因得了兒子便不疼閨女了，甚至深深覺得，她閨女這樣生氣，不是沒有道理，回去與妻子道：「我跟姊姊小時候，娘也不這樣重男輕女的。」

沈氏對何老娘也沒好法子，「咱們多疼子衿些就是了，女兒家原就該多疼些的。」

於是，在何老娘勢利眼的襯托下，何子衿感受到來自父母濃濃的關愛。在此強烈的對比下，何子衿就更不愛搭理何老娘了。

何子衿不理何老娘，何老娘剛開始沒當一回事，反正她老人家是有孫萬事足。待沈氏出了月子，何老娘的熱乎勁兒下去了些，同余嬤嬤念叨：「我怎麼覺得屋裡怪冷清的？」合著您老人家現在才覺出冷清來啊？余嬤嬤早覺出來了，還跟何子衿交流過幾次，想著勸勸何子衿不要跟何老娘賭氣，結果被何子衿說得頗是難受。

何子衿是這樣說的：「在祖母心中，阿洌是天上的雲，我就是地下的泥。她有事沒事就罵我，覺得給我吃塊點心就是恩賜了。嬤嬤，是不是女孩兒就比男孩兒低一等啊？」

佘嬤嬤被何子衿兩隻純真無瑕黑白分明的大眼睛看得心酸，安慰過何子衿後，也想著尋個機會勸勸何老娘來著。難得何老娘後知後覺地提起何子衿來，佘嬤嬤當即就說話了。佘嬤嬤笑道：「大姊兒好些日子不過來了，少個孩子，可不就顯得冷清了？」

何老娘想到何子衿賭氣不來她屋裡吃飯的事，嘀咕道：「這個死丫頭，還挺記仇的。」

佘嬤嬤嘆道：「孩子家可懂什麼？先前就大姊兒一個，您說什麼，她也當您疼她。如今有了哥兒，您一口一個『乖孫寶貝』的，看都不看大姊兒一眼，也怨不得孩子生氣。就是我瞧著，也替大姊兒不平。」

佘嬤嬤是何老娘的陪嫁丫鬟，終身未嫁，伴在何老娘身邊大半輩子，何老娘不拿她當下人，只當老姊妹一般。佘嬤嬤這般說話，何老娘也不惱，還道：「妳也被那丫頭收買了不成？阿冽生下來才幾天，我多疼他些怎麼了？誰家的孩子跟她似的，跟弟弟爭高下。」

「都是一樣的兒孫，哪裡分什麼高下，太太一樣對待就是了。」佘嬤嬤溫聲道：「當初咱們大姑奶奶和大爺小時候，太太可不是這樣的。一個甜餅，一人一半，如今呢？您這裡有什麼，都是給哥兒省著。」

何老娘道：「早買了點心，她不來吃，難不成叫我送去給她？」

佘嬤嬤笑，「太太不好送，奴婢替太太走一趟如何？」

何老娘忍不住笑，「我知道妳疼那丫頭。去吧去吧，就我是招人嫌的。」

何老娘想著，一個丫頭片子，屁大點兒的年紀，給塊點心就能哄過來。誰知何子衿把點心收下了，仍是不理何老娘。何老娘也來火，心道，愛理不理，當誰稀罕丫頭片子呢！

何子衿根本不去何老娘屋子半步，天天除了去何洛的學前班，串串門外，就是在沈氏屋裡逗何冽。有何子衿在，氣氛是不消說的好。

故此，除非何老娘去瞧何冽，不然她那屋裡就她跟余嬤嬤兩個。以往也沒覺得冷清，這會兒偏冷清得叫人受不了。

何老娘坐在屋裡實在無聊，四下瞧瞧，後知後覺地問余嬤嬤：「咱們屋裡的花呢？」何子衿愛養個花草，以往都是挑了好的給何老娘這裡擺放。

余嬤嬤道：「大姊兒搬回去了。」

何老娘氣得腦袋發暈，恨恨地罵一句：「這個死丫頭片子，脾氣還不小！」

余嬤嬤來一句：「姐兒這脾氣，就是像太太。」

「屁！她跟得上我一半，我就謝天謝地了！」早知這討債鬼難纏，何老娘其實已有些後悔太過明顯偏疼何冽，惹得討債鬼不滿，不然也不能叫余嬤嬤送點心去給何子衿吃。誰曉得何子衿人不大，脾氣卻不小。老娘自恃身分，也不能跟個丫頭片子賠禮道歉。

余嬤嬤勸道：「姐兒先前多喜歡太太啊，有個什麼都巴巴地先捧來給太太吃第一口。」

「妳不是送點心去給她了嗎？那個死丫頭，還要怎麼著啊？」

「太太只要別一口一個『死丫頭』的，大姊兒就不跟您賭氣了。」余嬤嬤笑，「您疼大姊兒，大姊兒也孝順您。先時多好，大姊兒養盆花都第一個送來給您，還天天過來澆水，花養得精神得不得了。小孩子家，說賭氣，不過為個稱呼，您還真跟個孩子計較不成？」

何老娘天生一副潑辣脾氣，「那叫什麼？以後我叫她祖宗算了！」

「您看，您又這樣了。」余嬤嬤不愧是何老娘的智囊，給何老娘出主意：「您叫聲『心肝寶貝』就成了。」

何老娘一臉嘔吐的表情，撫著胸口道：「晚飯都不用吃了，這哪裡說得出口？」

余嬤嬤道：「您叫『乖孫』不也叫得挺歡喜嗎？實在叫不出，背地裡多練兩遍就是。」

何老娘一擺手，極是硬氣，「我才不去哄她，隨她怎麼著，我又不缺祖宗。」

余嬤嬤一笑，也不再勸。

何子衿時久不與何老娘說話了，何恭覺得不太像話，老娘雖是重男輕女，可老派人多是如此的。閨女總不去祖母屋裡，這關係怎能好呢？尤其余嬤嬤特意送了點心來給閨女，何恭就哄閨女：「妳看，妳祖母還是疼妳的。」

何子衿歡歡喜喜地打開油紙包，一聞味兒就知道是飄香園的好點心，當下拿出一塊來給爹爹。何恭轉手遞給妻子，勸閨女：「明兒就去妳祖母屋裡玩吧？」

何子衿再給爹爹一塊點心，「不行，祖母是剛有悔意，我得一次把祖母的病給治好。」

「胡說，妳祖母哪裡有病，不就是偏心嗎？老人家，難免的。」

何子衿小鼻子一哼，「偏心還不是病啊？」

何恭道：「我以後可不敢得罪妳。」與妻子說：「這滿肚子心眼，也不知跟誰學的。」

何子衿高高興興吃著點心，「我這是無師自通。」

何恭笑，「妳以後啊，比妳祖母還有能耐。」他與妻子都不是這樣得理不饒人的性子，閨女這般刁鑽，倒真與老娘有些相像了。怪道是親祖孫呢，何恭心下暗笑。

何子衿不知道他爹在內心深處將她與何老娘劃為一個等級，不然真能鬱悶死。

何子衿卻是叫何恭開了眼界，有一日，何老娘照例過來看何冽，見何子衿也在，何老娘咳一聲，強忍著嘔吐，面目扭曲地對何子衿道：「心肝寶貝也在啊？」

何恭當即一口茶噴滿地，何子衿「噗哧」就樂了，何老娘老臉掛不住，念叨道：「這回高興了吧？妳個死丫頭，我能不疼妳？沒良心的死丫頭，我那些點心全都餵進狗肚子了！」

抱了何子衿在懷裡，摸她的小羊角辮，何老娘自己撐不住也笑了。

祖孫兩個合好後，何老娘當然還是最疼孫子何冽，不過，其偏心的表現程度總算在何子衿的容忍範圍以內了。

何老娘私下同余嬤嬤絮叨：「那死丫頭，這麼小就這般難纏，以後可怎生是好？」

余嬤嬤知道何老娘只是抱怨一句，並不是真就生何子衿的氣，不由笑道：「看著大爺從這麼丁點大，一眨眼就娶妻生子，過得可真快。」

「是啊，咱們都老了。」

「太太老了，奴婢可沒老，奴婢還想瞧著冽哥兒娶妻生子呢！」

「妳比我還大兩歲哩。」何老娘言下之意，妳都沒老，老娘當然更不老啦！至於剛剛說過啥，何老娘已自發地選擇性失憶了。

沒過幾日，又有一件天大喜訊傳來。馮家人親自來報喜，馮姊夫春闈得中，入了翰林，正經做了翰林老爺。馮家大喜，親戚朋友的都通知到了。因知沈氏產子，馮家太太還預備了一份頗厚的禮物以賀。

何老娘不必看馮家備的禮，只聽到女婿中了進士就高興得不得了。何恭亦是歡喜，問馮家來人馮姊夫中的多少名，姊姊姊夫在帝都可好，馮家上下可好，總之是問了個遍。

何老娘喜道：「當初說親的時候，親家太太去合他們的八字，就說是極好的。你姊姊命裡旺夫，這不，說得多準啊！」女婿有出息，女兒的功勞也是很大的。熱情地招待了馮家來人，何老娘又預備給馮家的回禮，還有給閨女和外孫子的東西，託馮家管事一併帶回去。若馮家打發人去帝都時，也好順便捎去。

何老娘高興地又去了一趟廟裡還願，待馮家管事告辭，何老娘自馮家送的禮品要找出適於產婦滋補的來，給沈氏補身子用。

何老娘看重孫子，沈氏如今要母乳，故而每日好東西不斷。為了孫子，何老娘沒啥捨不得的。要知道，生何子衿的時候，沈氏可是沒有這樣的待遇。

何子衿瞧著她娘雙下巴都補出來的，忍不住說道：「娘，您也多吃些青菜，不然以後可不容易瘦回來。」

沈氏本身偏愛菜蔬瓜果，上回生何子衿，因她生了閨女，何老娘根本不理，這次雞鴨魚肉的折騰，沈氏早吃膩了，就是為了奶水充足，方強忍著吃。如今天氣一日熱似一日，想到何老娘的脾氣，若直接回絕恐是不妥，便跟閨女道：「晚上妳就說妳要吃個燙小青菜。」

何子衿笑嘻嘻地應了，輕輕捏何洌的胖臉，「阿洌可真胖，說不定以後是個小胖墩。」

沈氏笑，「妳還笑話妳弟弟，妳先照照鏡子，自己臉圓得跟什麼似的，你們一看就是親姊弟。」說到這個，沈氏很是自豪，不論閨女還是兒子，她都養得很好。

何子衿摸摸自己水嫩的小臉蛋，道：「胖怎麼了，我可從來沒生過病。李伯娘家的妹妹總是病，我都很擔心。」李氏生了女兒，原是大喜事，可不知是不是何忻年歲大了，精子品質不足，孩子自下生起身子便不大康健，三不五時要病一病，李氏愁得不行，私下還跟沈氏打聽過有沒有養閨女的祕方，看沈氏是不是有什麼特別的法子才把何子衿養得這般結實圓潤。

沈氏笑，「知道知道，妳最好了。」

何子衿正色道：「主要是有個好娘，我才這樣好的。」拍沈氏馬屁時也不忘讚一下自己，沈氏聽得眼睛笑彎。

母女兩個輕聲說話，何洌在床上睡得香甜，於是，何子衿給弟弟取個外號，就叫睡神。

何老娘知道後直罵何子衿促狹。

一家子正說話，余嬤嬤進來稟道：「太太，舅老爺家的三姑娘來了。」

舅老爺家的三姑娘？

何老娘本就腦袋不大靈光，又一把年紀，連「舅老爺」都沒反應過來是誰呢，更何況是什麼「舅老爺家的三姑娘」。

在自己家，她是老大，何老娘就直接問了：「誰啊？哪個舅老爺？」媳婦家也沒個舅老爺啊，沈素在何家的稱呼是小舅爺，沈父的稱呼是親家老爺，沒哪個是舅老爺？

余嬤嬤道：「豐寧縣舅老爺家的順大爺家的三姑娘。」

何子衿以為是什麼八竿子打不著的親戚，可見何老娘的臉瞬間變了，就知道絕不是八竿子打不著的人家，不然何老娘不會是這等表情。可她出生好幾年了，從沒聽說過什麼豐寧縣有親戚啊。既然余嬤嬤說的是舅老爺，那肯定是何老娘的娘家親戚或者是別的女眷的娘家親戚，不然不能叫舅老爺。

不待何子衿猜出個子丑寅卯，何老娘已沉了臉，問余嬤嬤：「來做什麼？」

余嬤嬤十分為難，似有話難說出口，何老娘抬屁股起身，「去我屋裡說。」就走了。

何恭對沈氏使個眼色，也跟著去了。

何子衿留在屋裡跟她娘打聽，「豐寧縣是哪個舅老爺啊？」

沈氏低聲道：「妳別出去亂說，是妳祖母的娘家。」

何子衿小眉毛挑起一邊，「那怎麼沒聽說過？」這年頭，女人跟娘家的來往頗為頻繁，譬如她舅，每個月都要來一趟的。

何子衿一想，這些年都沒聽說過何老娘的娘家有什麼人來往，她一直以為何老娘娘家沒人了，怎麼突然又冒出個「舅老爺家的順大爺家的三姑娘」來呢？

不待何子衿問，沈氏已道：「妳祖母已經許久不與娘家來往了。」

「為啥？」瞥見沈氏猶豫的眼神，何子衿立刻保證：「娘還不知道我，我嘴最緊了。」

這倒是，甭看何子衿喜歡嘰嘰喳喳地說話，她信譽很不錯，沈氏叮囑她不往外講的事，她一件都沒講過。想到閨女還算嘴嚴，沈氏也就說了，關鍵是，她也很想八卦一下婆婆娘家的事。沈氏低聲道：「這原也不怪妳祖母，聽妳爹爹說，舅老爺跟妳祖母不是一個娘生的，妳祖母是嫡出，舅老爺是庶出。原就不大透脾氣，後來舅老爺做生意賠了，往咱家借過錢，一直沒還。再後來，到妳祖父過世，妳爹爹那會兒還小，妳祖父沒了，舅老爺一家倒打起咱們家家業的主意來，妳祖母就不與他們來往了。」

「那怎麼又來了？」

沈氏摸一摸兒子頭上細軟的胎毛，「這就不知道了。」抿一抿唇，聲音壓得更低，「聽說以前舅老爺做生意想翻本，借了高利貸，後來被人押著往咱們家來要錢還債，妳祖母一個大錢都沒給，舅老爺當時就被剁掉兩隻手。舅老爺沒多少時日就死了，打那時就再不來往了，這回肯定是有事。」

何子衿驚道：「祖母看著舅老爺被剁手的？」

沈氏並不覺得何老娘有錯，嘆道：「那會兒妳爹爹跟妳姑媽年紀都小，以後成親嫁人的，沒銀子怎麼成？舅老爺也不是頭一遭了，以往借給他的銀錢打了水漂，看在同父的情分上，不令他還錢就是。難不成為了他，一家子都不過了？」

攤上這樣的娘家兄弟，除了自認倒楣，簡直沒有第二條路走。何老娘是做母親的人，沒了丈夫，兒女就是第一位的。也虧得何老娘剛強，才保住家業。

何子衿讚嘆，「沒想到祖母還有這樣厲害的時候。」

沈氏笑，「所以說妳少自吹自擂才好。」

何子衿道：「我去瞧瞧是怎麼回事，這許多年都不來往了，突然上門定是有事。」

「不許去。」沈氏說著，也沒死攔閨女，何子衿就知道她娘是默許，跑過去聽消息了。

何子衿沒進去，她躲在門口偷聽……嗯，這種行為當然不大好，不過，何家小戶人家，也沒啥大規矩講究，更無人譴責何子衿這種不大端莊不大光明的行為。於是，何子衿就大大方方地偷聽了，結果，她硬是……啥都沒聽到。

並不是屋裡人說話聲太小什麼的，實在是她去的時候，人家已經把重點說完了，只聽得何老娘拍著桌子罵道：「丟人現眼辱沒祖宗的王八羔子，死得好，留在世上也是禍害！」

何子衿：可見關係不好是真的啊！

何老娘道：「阿余，妳找身子衿她姑小時候的衣裳給她換，哎……先給她洗洗乾淨再換，別髒了衣裳……唉……」又是一聲嘆息。

何恭是個細心人，道：「這大老遠地找來，定是餓了的。嬤嬤去拿衣裳，子衿，妳去廚下看看可有吃的拿些來。」何子衿在門外偷聽，技術不到家，何恭早瞧見她了。

何老娘還在思量娘家的事，沒空理會何子衿，何子衿跑去找周婆子要吃的了。廚下倒是不缺吃食，只是周婆子道：「爐子上燉著大奶奶的黑魚湯，灶上還沒生火，東西有些涼。」

何子衿踮腳瞧了半日，見還有些剩下的白米飯，道：「煮粥怕要許久，煮一點泡飯吧！」做為一生二世之人，她還是很有常識的。那位三姑娘的模樣，叫人見了就覺可憐，瘦巴巴的看不出模樣來。若不說是個姑娘，何子衿都不能信。趕了遠路的人，或者是餓得狠的，都不能一下子吃太多，也不能吃得太油膩，不然是要撐壞腸胃的。

周婆子也是何家的老人了，年紀比何老娘年輕幾歲，三十上下，不是苦命人也不會賣身為奴。不過，周婆子覺得自己運道不錯，何家不是富戶，也吃穿不愁。在何家待久了，知道的事兒就多，偏生周婆子還有個碎嘴的毛病。何老娘是很煩周婆子這碎嘴的，倒是何子衿喜歡聽周婆子叨煩，一來二去的，周婆子算是找到了知音，只見她一邊生火一邊八卦：「唉，真是躲都躲不開，到頭來還是要連累咱們家。」

何子衿立刻道：「嬤嬤怎麼這般說，舅老爺為人不好嗎？」她引著周婆子往下說，其實依周婆子的碎嘴，不用人引她都會說的。

在水缸裡舀一瓢水添鍋裡，又下了米飯去，周婆子道：「豈止是不好？虧得太太剛強，不然一家子得被他坑了！做生意是賠是賺的，運道不好，賠了銀子，明白人也不會說啥，倒是這位舅老爺，自己賠了家業不思進取，趁老爺過世時發喪出殯，他過來幫忙，話說得十分漂亮，可待他幫忙完了，連大姑奶奶的小銀釵都不見了。老爺活著時有幾件袍子，都是極好的皮料子做的，全都給翻出去賣了。這樣的人，如何能來往得起？不是親戚，倒是個賊。」

何子衿聽得嘆為觀止，更奇葩的在後面。

「舅老爺這樣的，說來還算好的，聽說那位順老爺更沒個臉皮，好吃懶做不說，先時仗著有個標致模樣，聽說還跟有錢的寡婦不清不楚，靠女人養活。」

「作孽啊！」灶裡的火焰映得周婆子臉頰微紅，周婆子感嘆，「舅老太爺可是再講究不過的人，怎麼就修來這等不孝兒孫？真是作孽！要不都說妾生的孩子就是不成，品行差。聽說在古時候妾室生的孩子都不能算主子，只能當奴才使喚，可見古時定的規矩是有道理的。」

何子衿問：「這麼說，舅老爺還是庶出啊？」

「可不是嗎？」周婆子揚一揚下巴，「咱們太太是大房生的，正出。」

那就難怪關係不好了，何子衿聽了滿耳朵舅老爺家的八卦，及至泡飯煮好，就跟周婆子一塊送了飯過去。

三姑娘這會兒也洗漱乾淨了，何子衿頗是嚇了一跳，不同於先時看不出模樣的小叫花子模樣，三姑娘雖仍是瘦瘦巴巴營養不良的模樣，可這大大的眼睛，尖尖的下巴，高高的鼻樑，只要長眼的都得讚一聲好相貌。

何子衿自認為長大後也是個美人，可她得承認，恐怕她是比不過這位三姑娘的。

何老娘仍是陰沉著臉，見飯來了，對著三姑娘一抬下巴，「用飯吧！」

三姑娘悶不吭聲地坐下，抓起筷子對著熱騰騰的泡飯吞了兩口口水，低頭認真吃起來。

三姑娘也不怕燙，很快吃光了一碗，額角沁出汗來，鼻尖亮亮的。

何老娘皺眉，「暫時先吃這些，慢慢來，一下子吃多會撐壞的。」

三姑娘「嗯」了一聲。

何恭道：「子衿，帶妳表姊去妳屋裡玩吧，教表姊認認路，以後就住一起了。」

何老娘打斷兒子：「暫時叫三丫頭住我這兒，認路的事以後再說，子衿回去吧。」又對何恭道：「明兒個你去豐寧縣一趟，看看到底如何了。」

何老娘根本不想留娘家侄孫女長住。

何恭想說什麼，礙於老娘的臉色也沒敢說，就帶著閨女回房了。

何恭與沈氏道：「孩子怪可憐的，比子衿大四歲，才比子衿高一點點。整個人瘦巴巴的，見著泡飯像見著什麼山珍海味似的。」

沈氏是做母親的人，也嘆口氣，問：「母親怎麼說？」

何恭道：「母親叫我明天去豐寧縣打聽舅家出什麼事了。」

「豐寧縣離咱們這兒雖不遠，可若沒事，不至於叫侄女這樣小小年紀一個人大老遠搭車找來，你一人去我再不放心的。不如問問隔壁念族兄可有空，你們一道去，再帶上小福子，這樣也有個伴，如何？」沈氏想到何老娘娘家這一團亂麻，真不樂意丈夫出門。

何恭道：「成，我這就去念大哥家問問。」

何恭起身去了，何子衿跟她娘說：「祖母待表姊很冷淡，比對我可差遠了。」可見何老娘是真的厭了娘家。

沈氏嗔道：「這怎麼能一樣？」一個孫女，一個侄孫女，遠近一望便知。

何老娘又不是會偏心娘家的人，而且，何老娘是真的冷淡，傍晚一家子用飯時都沒叫三姑娘出來見人，沈氏面上想關心兩句，見何老娘沒吭氣，便識趣地不說什麼了，只是私下請託余嬤嬤好生勸老娘寬心，莫為這事煩惱。

何老娘自己也不想為娘家的事煩心，那些事對於何老娘就是舊事，她兒子已中了秀才，孫子孫女活潑討喜，幹嘛要為娘家同父異母的庶出兄弟的後代操心？何老娘恨不得立刻把三姑娘送回豐寧縣去。

結果，何恭在豐寧縣待了三天才回來，連三姑娘的戶籍一塊弄回了碧水縣。

何恭同母親道：「舅家實在沒人了。順表兄去後，表嫂也不見了蹤影，聽說那婦人素來不大妥當，許是跟人跑了，家裡也沒留下什麼東西，可恨婦人走前連房子都賣了。侄女都是跟著親近些的族人，東家吃一頓西家吃一頓，不是常法，最親近的就是咱們家了。咱們家要是不收留，她沒地方好去。」

何老娘一臉晦氣，「你傻啊！她姓何嗎？你就這麼把她的戶籍弄來？」

「娘，那邊實在是沒親近的人了，我聽說她本家一位堂叔險些把侄女給賣了。若不是有族人好意帶了侄女到咱們家來，真是會出事的。」何恭低聲道：「也就是多張嘴的事，娘要是不肯留下她，她回去有個好歹，豈不是咱們家的罪孽？」

何老娘不是心軟的人，冷哼道：「那是她爹她娘她爺造的孽，跟咱們家有何相干？」

何恭勸道：「娘不是常去廟裡燒香拜佛，這也一樣是做善事，比燒香拜佛還顯功德。」

傻兒子接了燙手山芋，何老娘撂下話：「給她一口飯吃可以，到十五上給她尋個婆家就是咱們家仁至義盡，其他的嫁妝什麼的，想都不要想，我也算對得起你外祖父了！」

「好，聽娘的。」何恭是個心軟的人，不禁嘆口氣。

「嘆什麼嘆，這都是納小的下場，你外祖父不納小，也生不出那種敗家孽障來，如何會有今天的事？」何老娘冷笑，「納小又如何，到頭來還不是斷子絕孫！」

何恭連氣都不敢嘆了，生怕又招了他娘的話。

不管怎麼說，三姑娘是在何家住下了。因她是何老娘的娘家人，家裡下人都稱她一聲「表姑娘」。一聽表姑娘三個字，何子衿先抖一抖，表姑娘通常都是小妾與白蓮花的主要來源，尤其她家這位表姑娘，還真是生得眉目如畫。

不過，何子衿很快就覺得這位表姑娘沒有白蓮花的氣質。相反的，表姑娘倒有一種泰山的氣質，甭管何老娘如何橫眉冷對、百般嫌棄，表姑娘都堅硬得如同一塊沉默的石頭，該幹啥還幹啥，更不要提眼淚了，何子衿根本沒在表姑娘身上見過這種東西的存在。

三姑娘很勤快，許多活兒都會幹，早起就能把院子掃了，再幫著周婆子灶上忙活。沈氏瞧著實在心有不安，這又不是家裡的下人，怎能叫親戚做下人的活計呢？

沈氏與丈夫說了，何恭一擺手，「提都別提，提了也是被娘啐一頓。」

「表侄女才多大，再說，咱們家也不缺人幹活，何必使喚個孩子呢？」沈氏並不反對丈夫收留表侄女，主要是這年頭這種事情很常見，大家習以為常。沈氏道：「既留下侄女，就該好好待她。咱們家並不是缺衣少食的人家，多個人吃飯罷了。母親只是因往事生氣，你好生勸勸，一次不行就兩次，慢慢會好的。大人間的事，說到底不與孩子相干，你說是不是？」

沈氏都看不下去了，何恭是讀聖賢書的人，自然更不是拿表侄女當僕人使喚的性子。想了想，何恭打聽著哪天老娘心情不錯，方去勸老娘，不想當頭挨一頓臭罵。

何老娘怒斥：「你個傻蛋！你以為她跟子衿一樣嗎？她有爹嗎？她有娘嗎？她以後有人

給出嫁妝嗎？兩手空空，一無所有，再不學著做些活，以後怎麼嫁人？養孩子是給口飯吃的事嗎？她以後沒個屁的條件，再不學些本事，難不成要走她那死鬼爹死鬼娘的老路？那你帶她回來做什麼？故意噁心我是不是？你倒來指點老娘，你還不是老娘一手養大的！」

何恭抱頭鼠竄，狼狽地逃出老娘的屋子，與妻子訴苦：「不成，說下天來也不成！」

直接規勸不成，沈氏另有法子，她道：「子衿這也大了，我正想著，她字認了些，也該學些別的。琴棋書畫這個就遠了，我怕她小孩子骨頭軟，筆都沒叫她拿過，倒是針線可以先學著。這會兒不是叫她做什麼，學著認認針，當玩兒一樣。看侄女別的活都幹得好，不知會不會針線，要是會的話，讓她教教子衿如何？就是不會，讓兩個孩子一起學，女孩子家，都要會些針線的。」

這主意倒是不錯，只是何恭再不想跟老娘打交道，沈氏笑，「我來跟母親說。」

何恭叮囑妻子一句：「要是看娘臉色不好，妳就別說了，千萬別招她罵妳。」

與何老娘相處這幾年，沈氏也摸著了些何老娘的脾氣。公道地說，何老娘是刁鑽，可這並不能說何老娘人品有瑕。

自沈氏嫁到何家，雖然受了許多為難，唯有一件，她生下閨女後三年多肚子沒動靜，何老娘盼孫子盼得眼都綠了，也沒說過一句讓何恭納妾的話。憑這個，沈氏就感激何老娘。

沈氏是抱著兒子去的，何老娘只要一見孫子，必是眉開眼笑。沈氏便從何子衿的學業上說起：「這幾年她天天去阿洛家跟著學字，一本書能順順當當念下來，可見沒白費功夫。」

何老娘笑，「這丫頭就是這點像我，記性好。」但凡何子衿的種種優點，何老娘通常是往兒子頭上扣的，因何恭前幾天招她來火，何老娘便不客氣地把此優點扣自己腦袋上了。

「我也這樣說。」沈氏又道：「我是想著，子衿越來越大，過年就六歲了，她性子活潑，可女孩子家，還是安靜些好。」

何老娘道：「這發什麼愁，樹大自直，丫頭大了自然就好了。」

沈氏與何老娘商量：「母親說，讓子衿學些針線如何？」

何老娘想了想，「這時候也不算小了，學認認針什麼的還成。慢慢來，一天學一點，不覺得累，等過兩年也就有些樣子了。嗯，女孩兒家，認不認字的不打緊，針線是必要會的。」說著便把這事定下來了，何老娘道：「妳如今帶著阿冽，又有家裡的事，也沒空教她。算了，我眼還不花，教個丫頭還是教得來的。」

沈氏笑，「這是母親疼我。」

何老娘道：「等阿冽大些，再給他添個弟弟，我更疼妳。」

沈氏附和：「我也盼著呢。」

何老娘更歡喜起來，沈氏覷準時機，接著道：「這些天，母親因著表侄女的事不樂，我看相公愧疚得很。」何老娘平生至愛，一是孫子何冽，二是孝順兒子何恭。

何老娘再高興，聽到三姑娘也要冷三分的，何老娘道：「阿恭總是心軟。」

「相公是心善，表侄女的事，他不知道還罷，若知道，相公再不能心安的。」沈氏道：「只是相公畢竟是男人，不比女人細緻，怕是不能明白母親的苦心。」

「不要說在縣裡，就是在我們鄉下，說起親事來，哪家不是先問多少聘禮多少嫁妝？還有原就要結親的人家因聘禮嫁妝多寡而一拍兩散的，更是屢見不鮮。」沈氏溫聲道：「侄女的事，我也細想過，養大個人有什麼難的呢？無非是一口飯，咱們家不缺這個，可還是母親說的對，咱們既接了侄女來住著，就得為她將來考慮。不說別的，侄女以後的難處多了去。母親讓她做事，才是真正疼她，真的什麼都不叫她幹，以後手裡拿不出東西，終身大事就艱難。也只有母親這樣有閱歷的人，才能考慮得這般長遠。我跟著母親，能學到母親十之一二，以後也不必愁了。」

沈氏非但拍何老娘的馬屁，她還拍得有理有據，一派誠懇，饒是何老娘因三姑娘心煩，這會兒臉上也露出些微笑意，「妳也還成。」當然，跟她老人家比，還是有一定差距的。

沈氏笑，「這是自家人瞧著自家人好，母親偏心我，自然這樣說。」自從生下兒子，沈氏在何老娘這裡算是有一席之地了，不然，以往這樣的話，她再不能說的。

沈氏繼續道：「這幾天我留神打量著，侄女的確能幹，打掃庭院不說，灶上的事也熟，可見是做慣了的。這女孩子要學的事，也不只在灶上，咱們家的女孩兒，琴棋書畫不講究，針黹女紅可得會。像母親說的，哪怕不學認字，針線是必學的。母親想把侄女調理出來，如今子衿要學針線，我就多問一句，侄女可會這個？要是不會，也是得學的。不說多好的手藝，起碼以後衣裳被子的得會做，這也是最淺顯的東西了。」

沈氏慢條斯理地說出來，何老娘倒沒像跟兒子似的直接翻臉，一則沈氏先把何老娘哄樂了，二則沈氏抱著兒子，何老娘拿何洌當命根子，不要說吵架，根本從不當著寶貝孫子的面大聲說話，三則沈氏的話未必沒有道理。

何老娘不是個壞人，她也絕不是何恭那樣的爛好人，她能收留三姑娘，可如她所說，收留就是底限，其他的就不要想了。三姑娘以後必是艱難的，何老娘讓她做些事，並不是要害她。何老娘道：「看看再說。」

沈氏便不再說三姑娘的事了，轉而逗何冽說話，讓他學叫祖母。何冽剛學會翻身，哪裡會說話呢？不過，他咿咿呀呀地說些外星語，何老娘也樂得跟朵花似的。

何老娘並非不通情理，反之，她其實相當會權衡利弊。

三姑娘會打掃庭院會擇菜做飯，針線上卻是不大成，何老娘便叫三姑娘跟著一塊學著做針線。不為別個，待三姑娘學會了，非但能幫著家裡做針線，以後說婆家時也是一項本領。如三姑娘這樣爹娘全無嫁妝為零的女孩子，想說門差不多的親事，只得加強自身素質了。

儘管態度不大好，何老娘仍叫余嬤嬤多準備了一份學針線的家什。在學針線前，何老娘先板著臉說了：「針線籃一人一個，裡頭的東西妳們各自存著，誰丟了誰就不用吃飯了。」

何子衿翻來看看，見就是針線啊剪刀啊零布頭啥的，都不是新東西，應該是家裡湊的，連放針線的圓底小竹籃都有股梅菜味，何子衿問：「祖母，這籃子不會是裝過鹹菜的吧？」

何老娘道：「裝鹹菜怎麼了？有得用就知足吧！天天挑東挑西，妳掙過一個錢嗎？」

何子衿嘿嘿笑，「我的是祖母的，祖母的還不就是我的嗎？」

何老娘一挑眉，「我怕美死妳個財迷丫頭！」

何子衿強烈要求換個味道好聞的籃子，「針線放這裡頭也跟著有一股梅菜味，以後我給祖母做個衣裳鞋襪，拿出來都是梅菜味，不知道的得說妳家做鹹菜的啊？到時祖母穿了我做的衣裳出門，別人家祖母老太太都是香噴噴的，就您的跟梅乾菜似的，渾身都是梅菜味。」

何子衿一通說，險把何老娘繞暈，何老娘將手一擺，「這不是急嗎？現成就找了這兩個籃子使，先湊合著用吧，明兒再說。」怕何子衿再歪纏，又道：「來，教妳們認針。」

何老娘絕對不是好老師，稍稍學得慢些，她「笨蛋」二字就不離口，好在三姑娘是個沉默寡言的性子，何子衿根本不當回事，時不時還回何老娘兩句：「我笨都是像您老人家啊，您說我就是在說您自己呢！」

何子衿對做手工很有興趣，奈何人還小，趁著天光好時學一個時辰便罷。倒是三姑娘，手真是巧，她年紀也大些，往日沒人教過她，她只會無章法地胡亂縫，此際，當真是一點就透，上手極快。

學了不過兩月，三姑娘就給何老娘縫了個新帳子。何老娘要換帳子，三姑娘聽說了，便主動攬了這活兒。何老娘哪會跟她客氣，待三姑娘縫好，余嬤嬤讚道：「表姑娘這手真巧！」雖說大上幾歲，可上手這樣快的也罕見。

何老娘撇嘴，「就那樣唄，反正自家用，什麼好賴的，也不能扔出去，就用這個吧。」

何子衿接話道：「怎麼不能扔？祖母不想用只管扔，您老扔了，我撿回來就是我的了。白得個帳子，多好啊！」

「美不死妳。」何老娘笑問：「妳做了點兒啥？」孫女也學兩個來月了呢！

何子衿道：「我給祖母做了一雙襪子，怕萬一您嫌不好扔出去，我就自家再撿回來也沒面子，就不打算給您了。」

「死丫頭，不給我妳打算給誰？」

「給我外祖母，外祖母肯定高興，還得讚我心靈手巧。」

何老娘立刻醋了，罵一句：「沒良心的死丫頭，以後別來我這裡要吃要喝！」極力忍著，才沒說沈母的壞話。私下還是教導了何子衿一番，同何子衿道：「什麼是外祖母，外孫女？一個外字就註定了妳是外人！妳姓沈嗎？傻子！妳娘姓沈，現在也得說是何門沈氏！妳姓何，傻蛋！分不清個裡外親疏，天天就知道吃飯，不長心眼兒！」最後還惡狠狠地戳了何子衿腦門兩下，恨其腦袋不靈光，想著老娘這般辛辛苦苦地教妳個丫頭片子針線，有了東西，不先孝敬老娘，倒去給妳外祖母，妳平日裡吃妳外祖母家的飯啊？

何老娘總結，「吃裡扒外的丫頭片子！」

何子衿笑，「哎喲，我就那麼一說，您還當真啦？比著您的尺寸做的，怎麼會給外祖母？就是還沒做好，等做好再給您看。」

何老娘聞此言，頓時如吃了人參果一般，從頭到腳的舒泰，說一句：「這還算沒白吃那些好東西。慢慢做吧，妳還小，不要跟妳表姊比，她比妳大。」給何子衿一塊好點心，「拿去吃吧。」餘下的擱櫃子裡鎖起來。

何子衿實在無語，自從三姑娘來後，何老娘屋裡的東西便重新上了鎖。

何子衿把三姑娘叫來自己屋裡，點心分她一半，給三姑娘看她養的花。何子衿不是不懂人心，一味對人好，不見得能收穫相應的回報。施恩是最傻的事，人與人之間，談得上什麼恩呢？不過是緣分到了，偶有一段相遇，你幫人家，不過順手，如此而已。

待傍晚吃飯時，何子衿送了三姑娘一盆茉莉花，她說：「好養活得很，澆澆水曬曬太陽就能活，水也不要太多，隔三天燒一次水就行。」

三姑娘輕聲道謝，抱著花，與何子衿一起去何老娘那裡吃晚飯。

八月的風有些冷了，何子衿還是圓潤潤的孩童樣兒，三姑娘生得細瘦，裙裳在她身上極是寬鬆，風吹過來，衣角翻飛，瀏海微微吹起，露出烏眉下的一雙眼睛，沉默而堅定。

何家沒啥食不言的規矩，眼瞅中秋將近，何老娘與沈氏說些中秋禮的事，同兒子道：

「你姊夫家裡，你帶著小福子跑一趟吧。中秋不比別的節下，連帶重陽的禮，你一塊帶去。」

何恭應了，「不知姊姊、姊夫在帝都如何了？」

何老娘一副得意的笑臉，「能如何？做了翰林老爺，威風唄。」如今閨女做了翰林太太，何老娘但有機會就要拿出來說一說的，「你姊小時候你爹拿了她的八字去算，人家算命先生就說，你姊命裡帶著富貴。如今看，可不是應驗了嗎？」

沈氏跟著吹捧：「是，我也覺得姊姊面相生得極好。」

何老娘大言不慚，「妳姊姊眉眼生得像我。」

何子衿險些噴飯：您老已是寡婦好不好……

何家正預備中秋節禮，結果禮還沒送出去，馮家派人來報：馮家太太過世了。

何老娘吃了一驚，忙問馮太太得的什麼病，什麼時候歸的天，又道：「給我那女兒女婿送信了沒？」

馮家下人道：「老爺已著人去帝都請大爺和大奶奶回家了。」

何老娘心急，那女婿的官兒豈不是做不成了？好在何老娘還是有常識的，知道父母過世官員都要辭官守孝三年，看來女婿這官兒的確是做不成了。

何老娘哭得傷感，拍大腿泣道：「我苦命的親家啊，妳怎麼就這麼早去了啊……」妳怎麼就不能多等兩年，等妳兒子我女婿把官做實了再去啊？

哭一回，安排馮家下人下去歇著，何家得準備奔喪的事。何老娘上了年歲，沈氏得照看何冽，於是，就得何恭去馮家奔喪了。沈氏要給丈夫準備衣裳行頭，何老娘看著何冽，有何子衿陪著。何老娘悄悄嘀咕：「這死得可真不是時候，妳姑丈的官兒也沒得做了。」

何子衿無語，道：「想來馮家太太也不樂意這會兒死的。」兒子剛出息，福還沒享到，老太太歸了天，這命真是……

何老娘嘆口氣，抱著何洌不知在想什麼，忽然道：「是不是三丫頭命硬啊？怎麼她一來咱們家，咱們家就老出事兒？」

何子衿忍不住唇角抽了又抽，請教她祖母：「您老有啥仇人不？」

「幹嘛？」

「要是有，您跟我說，我叫表姊去咒一咒他們，您不是說表姊命硬嗎？」要三姑娘真命硬到能剋死馮太太，她肯定第一個把何老娘給剋死。

遇到何老娘這種長輩，除了嘆一聲，還有什麼法子能表達內心深處的情感嗎？

何恭去馮家十來日方回，一則道遠，二則是親家，多留幾日也是應當，三則何恭惦記姊姊，故此一直等到姊姊、姊夫自帝都歸來，馮家發完喪，方告辭回家。

何老娘早盼著呢，見兒子風塵僕僕歸來，自有一肚子的話想問兒子，卻也按捺住焦切，先令兒子回房梳洗，歇一歇再過來說話。何子衿瞧見父親回來，顛顛地跟過去。何恭淨面，她便在一旁遞巾帕，有眼力到不行。何恭換過衣裳，抱了閨女在懷裡，笑道：「才幾日不見，怎麼覺得丫頭像是瘦了？」知道他閨女愛吃醋，何恭向來都是先抱閨女的。

沈氏遞了盞溫茶給丈夫，「換牙呢，牙不頂用，吃肉不方便，可不就瘦了。」

何子衿立刻咧開嘴，展示她漏風的門牙給她爹看。

何恭瞧得一樂，「那就吃點軟和的，換牙千萬不能舔，一舔換的牙就歪了。」

何子衿點頭，「阿冽也開始出牙了。」

何恭又瞧兒子，何子衿掰開弟弟的嘴給她爹看，果然門牙冒出來了，小小的一點白。何冽以為他姊在逗他玩，一咧嘴就流了他爹一手口水，笑咪咪的模樣極是討喜。

何恭歡喜得很，與沈氏道：「孩子真是一天一個樣，瞧著阿冽似又長大許多。」

「孩子都是這樣，一個月前穿的衣裳現在穿就小了。」沈氏問：「相公一路可順遂？」

「都好。」何恭有些餓了，見邊上碟子裡有點心就要吃一些。沈氏道：「相公少吃兩塊，廚下有湯麵，立煮就能得的。」吩咐翠兒去令周婆子給丈夫下碗餛飩來。

何恭一聽有餛飩，便將果子放下，隨口問：「這不早不晚的，怎地有湯麵？」

「我算著你也該回來了，前兩天叫周婆子做了些麵條出來，掛在竿子上晾乾，多放幾日也不會壞。廚下爐火上溫著大骨頭湯，熱熱的下碗麵來，吃在肚子裡才實惠。」沈氏邊說，邊拿帕子幫兒子擦了擦口水，又問：「姊姊、姊夫可還好？」

「都好。」何恭問：「我走這些天，家裡沒事吧？」

沈氏笑，「沒什麼事，就是惦記你。」

夫妻兩個說著話，周婆子把麵端來了，骨頭湯下的麵，上面擱了幾片醬牛肉和幾根碧綠的小青菜。怕何恭口重，周婆子還配了一小碟紅油豬耳、一小碟醬青瓜。

見麵來了，沈氏便不再與丈夫說話，一意服侍他用飯。這一碗麵下肚，整個人都暖洋洋的，何恭笑著摸摸肚子，「總算穩住心了。」

「廚下還有，要是沒飽就再來一碗。」

「不吃了，過會兒就是晚飯的時辰了。」喝了半盅茶，何恭這才起身道：「挺好，咱們去娘屋裡說話吧，娘也惦記著呢。」

沈氏一笑，抱著兒子帶著閨女，一家子去了何老娘屋裡。

何恭先說馮家的喪事，道：「說來真是不巧，馮太太身子原極硬朗，今年石榴熟得好，這眼瞅著中秋，說是外頭買了些好石榴來，馮太太吃石榴時，不小心被石榴籽噎到，一口氣沒上來，就過去了。」

何老娘大驚，「這麼說，是被石榴籽給噎死了？」

何恭點頭，何老娘道：「這是八輩子沒吃過石榴啊？」

「……娘，您也別這麼說，興許是命數到了。」何恭對於馮太太的死法也很無語，但對她娘的評價更無語，不過是趕個巧罷了，誰還願意這麼死不成？

「我也就在自家說說。」何老娘早就抱怨馮太太死得不是時候，這會兒聽著馮太太是被石榴子給噎死的，更覺得她這親家非但死得不是時候，死法更是窩囊，還連累了她女婿。

何老娘問：「你姊姊、姊夫可好？」

「都好，翼哥兒長高許多，可不是以前見的童子模樣了。」何恭笑，「姊姊又有了身子，一路回來怪累人的，好在叫大夫把了脈，開了安胎藥，並無大礙。」

何老娘一驚一喜復一愁，最終道：「離得遠了，處處不便，這樣的大事我竟然不知道。」又感嘆道：「要是能給翼哥兒再添個弟弟就好了。」

何恭道：「弟弟妹妹都好。娘別擔心了，待過些時日，我再去瞧瞧姊姊。總歸現在回了老家，來往肯定比在帝都時方便。」

「這也是。」雖然親家死得不是時候，死法也丟臉，好在女婿起碼是進士老爺了，而且閨女又有了身孕，這也是一喜。何老娘將馮太太窩囊的死法拋諸腦後，一意為閨女高興，「趕明兒咱們去廟裡燒香。」

何子衿道：「保佑姑姑生個小表弟。」

何老娘聽這話無比順耳，「就是這樣。」

何子衿鬼頭鬼腦地一笑，「要是姑姑生個表妹，以後我就跟表妹說，妳外祖母啊，可重男輕女不喜歡閨女啦！」

何老娘笑罵：「再胡說八道，看我不撕妳的嘴。」

何子衿裝模作樣地同何老娘商量：「這就要吃晚飯了，等吃完再給祖母撕啊！」

何恭笑，「娘這裡只要有子衿，保管每天熱熱鬧鬧的。」

何老娘眼皮一掀，「天天吵得我頭疼，還是我家阿冽好，不言不語的，一看就乖巧。」

何子衿忍不住吐槽：「他倒想言語，可他會說嗎？」

「別看阿冽不會說，人家是心裡明白。」何老娘要了孫子來抱，笑咪咪地與兒子道：「我每次抱了阿冽出門，人見人誇，都讚阿冽生得俊俏。」

「這都是像我的緣故啊！」何子衿感嘆。

「去去去，哪兒都有妳！」何老娘摸著孫子的小肉臉，「阿冽生得像妳祖父。」

天地良心，何冽長得跟沈素很像，虧得何老娘能拐到早逝的丈夫身上。

何子衿湊趣道：「哎喲，那我祖父肯定特俊俏了！」

何老娘立刻來了精神，「那還用說，當年三鄉五里的，提起妳祖父沒有不讚揚的。」

「都誇我祖父啥？」

何老娘便滔滔不絕地說起來，無非是「仁義」、「有能耐」、「會辦事兒」等等，反正只要是優點，何老娘都不吝於放在丈夫身上的。

何恭在一旁直樂，何子衿還裝模作樣地同何老娘道：「要我說，以後阿冽能及得上祖父一半，就是大有出息了。」

何老娘笑，「我看，阿冽肯定比妳祖父更有出息。」說到這個，何老娘與沈氏道：「該把阿冽抓周的東西備起來了。」

「明年才抓周呢，您老這也忒早了。」何子衿道，「早點兒備怎麼了？阿冽可是咱們家的長孫。」何老娘笑呵呵地親寶貝孫子兩口，特別交代沈氏道：「書本多備兩冊。」沈玄抓周時抓了一枝筆一本書，讓何老娘羨慕得要命，覺得人家沈玄以後定是念書的好苗子，就盼寶貝孫子也抓個一模一樣的。

沈氏自然應了。

因馮太太的死法有些不雅，何老娘叮囑家人不要出去亂說，雖然她在心裡沒少鄙視馮太太被石榴籽噎死很丟臉，但馮家畢竟是何家的親家，親家的臉面，何家還是要顧及的。

因馮太太之死，何老娘看屋裡擺的石榴不順眼，轉頭對三姑娘道：「妳拿去吃吧。」

何子衿真是服了何老娘，這是在轉嫁風險嗎？

甭看三姑娘平日話極少，人家心裡門兒清，暗道：姑祖母是想要我被石榴籽噎死嗎？

伍之章

屁孩爭鋒強出頭

何老娘當然不是想三姑娘步馮太太的後塵，她就是覺得，馮太太被石榴籽噎死，瞧著這東西就有些個不吉利，看著礙眼，就給了三姑娘。

不過，何老娘這種反應也夠奇葩就是。

沈氏相當無語，何恭也覺得他娘有些過了，您老瞧著石榴晦氣，不吃就是，也不能給三姑娘啊。何恭剛要說話，何子衿已笑嘻嘻地同三姑娘說：「表姊，咱們去吃吧。今年收的石榴，又大又甜。祖母屋裡的石榴都是我娘挑了最好的拿過來的，先前我想吃我娘都不讓，這回可是便宜了咱們。」

三姑娘眼神微暖，想著姑祖母雖不大和氣，好在其他人對她都很好。

何老娘覺得何子衿成天蹦蹦跳跳的不大穩當，這又是親孫女，便叮囑何子衿一句：「小心石榴籽。」這傻丫頭，怎麼啥都要吃？沒聽說石榴籽把馮太太給噎死了嗎？

「祖母放心吧，過中秋呢，哪家不吃石榴啊，哪會個個都似馮太太那般不小心？」何子衿道：「我們剝了石榴粒，擠出汁來喝，肯定好喝。」叫著三姑娘去廚下榨石榴汁去了。

何恭望著老娘直嘆氣，「娘……娘，您……唉……」

何老娘瞥兒子一眼，「男子漢大丈夫，有話就說，唉聲嘆氣做什麼？」

何恭鬱悶，「沒什麼？」做兒子的想跟娘講理，哪裡講得清，更何況他娘又是出名的不講理。何恭識趣地閉嘴，想著私下叫妻子多照顧表侄女些。

古代也有榨汁機，何家就有一個，木頭做的。莫以為這東西很高端，想也知道，古人能從花生裡榨油，黃豆裡磨豆漿，弄點果汁也不算啥稀奇。

周婆子正忙著燒晚飯，因何恭回了家，要添兩個好菜的。

何子衿道：「嬤嬤只管燒飯，我跟表姊自己擠汁就好。」

周嬤嬤把擠果汁的家什搬出來，囑咐道：「表姑娘瞧著大姑娘些，她還小。」

三姑娘點頭，兩人先把這東西洗了一遍，又剝出許多石榴籽。待榨出汁來，何子衿先用木勺舀了兩小碗，說：「表姊，咱們先嘗嘗。」

三姑娘猶豫道：「榨了這許多石榴汁，姑祖母或者不喜，咱們要不要先拿一些給表叔和表嬸喝？」有東西總要長輩先吃才好。譬如何老娘給她的石榴，就是表嬸沈氏挑了最好的放到何老娘屋裡的。三姑娘先時的教育有些缺失，但舉一反三的本事是極厲害的，何況何老娘覺得石榴晦氣自己不吃才給她，可瞧著表叔表嬸並不如此，不然也不能允准表妹跟她榨石榴汁。

何子衿眨眨眼，「沒事兒，廚下燒菜，也是廚子先嘗一嘗寡淡的啊！」她眼睛一瞟，正瞧見周婆子夾了塊羊肉擱嘴裡，嘟囔一句：「有點兒淡。」招呼何子衿，「大姑娘也來嘗嘗。」

「嬤嬤嘗就行了，不然等我嘗上癮來，把一鍋肉都吃光可咋辦？」

周婆子笑，「那就撐破姑娘的肚皮啦！」

三姑娘忍笑，何子衿分明是笑周婆子偷吃，偏生周婆子聽不出來。何子衿道：「嬤嬤，這石榴汁也給妳留一碗，妳記得喝。餘下的我倒這銅壺裡，用開水燙了，到時吃飯時記得拿上去。」周婆子不僅碎嘴，也饞嘴，與其走後偷喝，還不如直接留一份給周婆子。

周婆子果然高興，覺得大姑娘不愧是她的小知音，聲音響亮地應了。

何子衿與三姑娘喝過石榴汁就去玩了。

待用晚飯時，何子衿請父母一道品嘗她與三姑娘榨出來的石榴汁。

何恭道：「這法子不錯，天冷了，喝冷的果子汁對腸胃不好，溫一溫再喝最好不過。」

對沈氏道：「妳也喝一點，無妨，是溫過的。」

沈氏嘗了嘗，笑道：「今年的石榴就是甜。」

何恭問老娘：「娘要不要喝一點，味兒還不賴。」

何老娘撇嘴，不屑道：「這有什麼喝頭？」

何子衿偏生要逗何老娘，「當然有喝頭了，好喝得不得了，甜得很。先看這顏色，我榨了汁出來後又用細紗過了兩遍，裡頭沒有半點籽渣的，顏色才能這樣澄透，襯了咱們家這白瓷碗，倒像一塊黃色的琥珀。再聞這香味，石榴的香味跟別的不一樣，格外濃郁。我覺得喝一碗石榴汁，整個人都是香的了。」最後，詠嘆調般的感嘆一句：「實在太好喝了！」

這年頭物質有限，何老娘並不是耽於享受之人，說來石榴她是常吃的，西瓜汁也喝過，卻是沒喝過石榴汁。何老娘上了年歲，本就偏愛甜的東西，聽何子衿這般一說，喉嚨咕咚一下，嚥了口口水。何子衿偷笑，何老娘又不傻，立刻明白這死丫頭是故意拿石榴汁饞她。何老娘在家裡素來如女大王一般，她吧嗒下嘴，板了臉道：「這麼好喝，給我來一碗。」

「咦，祖母，您不是不要吃石榴嗎？」

何老娘瞪何子衿，深覺丫頭片子討嫌，直接道：「我就要喝石榴汁，怎地？」

何子衿親自倒了一碗端到何老娘跟前，「不怎地，祖母要喝，我親自給您倒。看我多孝順吧，世上還有比我更孝順的孫女嗎？」

何老娘擺手，「行啦，坐下好好吃飯，怎麼話就沒完了？」端起來喝一口，的確好喝。

何老娘喝著石榴汁，不忘感慨：「親家太太也真是的，這把年紀還吃什麼石榴，想嘗個味兒，榨了汁也一樣的。」

何子衿：老太太這怨念，可不是一般的深重啊！

就聽何老娘對沈氏道：「以後咱們家石榴就榨了汁來吃吧。」

沈氏：幸好她閨女想出了榨汁，不然憑何老娘的脾氣，這果子八月十五都不好上了。

三姑娘：石榴汁這樣好喝，恐怕以後姑祖母不會再把石榴白白給自己了。

何恭既回了家，便繼續各家送節禮。好在何家族人親戚都住得近，就這樣，也免不了幾場酒。節下都忙，不止何恭一個，就是沈氏，還要去參加李氏閨女的抓周禮。

上次洗三禮，因沈氏不在家，何老娘是去了的。她老人家厭惡何忻一把年紀納小的事，既然沈氏在家，她便不去了。何子衿道：「祖母，您就去唄，聽說中午酒席可豐盛了。」「家裡又不是沒吃的，我才不去。」何老娘道：「妳們去去就回，別在他家吃飯。」「去了幹嘛不吃飯？我好幾天沒見小康了，正好瞧瞧她。」李氏的閨女不大康健，取名叫何康，也是圖個吉利的意思。

何子衿叫著三姑娘一道去，三姑娘瞧何老娘的意思，何老娘倒沒攔著，還道：「妳表妹還不大熟，妳多照顧她。」又對三姑娘道：「子衿年紀小，沒個穩當，那家人多，妳嬸子要是顧不過來，妳看著子衿些。」

兩人皆應了。

何老娘瞧著三姑娘穿著一身何氏少時的大紅衣裙，微黃的頭髮梳成雙鬟，倒也算乾淨，只是太素，一件首飾皆無。這既出門，說起來就是她娘家人，這般素淨，簡直給她老人家丟臉。何老娘吩咐余嬤嬤：「阿敬小時候有兩副銀鐲子放哪兒了？」

余嬤嬤道：「在太太床頭的小櫃子裡鎖著呢，大姑奶奶小時候的首飾都在裡頭。」

「去拿來。」

一時，余嬤嬤捧來首飾盒，何子衿跑過去瞧，紅漆老榆木的匣子裡，小鐲子小簪子小銀釵小銀環俱全，都是孩子用的。

何老娘挑了一對素面韭葉鐲遞給三姑娘，「出門戴這個。」

何子衿笑，「祖母，也給我一對唄。」

何老娘又挑了一支微微褪色的淺粉絹花給三姑娘插，並對何子衿的貪財無情打擊，「這世上就沒妳不想要的。」冷酷地將首飾匣子蓋上又上了鎖，交代余嬤嬤：「放櫃子裡鎖好。」

何子衿嘟嘴，「不給就不給唄，祖母，您不給，咱們交情還是在的，板啥臉啊？」

何老娘，「我跟妳沒交情。」

不再理吝嗇鬼出身的何老娘，何子衿拉著三姑娘的手，對何老娘道：「我們去啦！」她們是要跟著何恭和沈氏一道去的。

何老娘在後頭喊一句：「叫妳娘把阿冽抱來。」那樣人多的地方，她不放心孫子去。

何子衿道：「沒聽到！」不是跟她沒交情嗎？哼！

何老娘氣極，「妳聾了？」

「聾啦！」

何老娘：……

余嬤嬤笑得險些摔了首飾匣子。

表姊妹兩個去了沈氏屋裡，沈氏與何恭都在，沈氏見三姑娘頭上多了絹花，腕上添了銀鐲，便自妝匣裡取了一對細細的銀耳環給三姑娘戴上，叮嚀道：「妳是頭一遭去忻族兄家，大都是咱家的族人，不用怕，到時我會給妳提醒的。這次認得了，以後見了也好打招呼。」

三姑娘摸摸耳朵，臉上微紅，點頭道：「我記得了，謝謝嬸子。」

何子衿道：「祖母讓娘您把阿冽抱過去，祖母看著他。」

沈氏與丈夫道：「也好，忻族兄認識的人多，上次洗三聽說就熱鬧得不得了，這周歲宴肯定更熱鬧，還是別帶阿冽了，讓翠兒留家幫著母親帶阿冽。」

何恭自無意見。

一家人去了何老娘那裡，何老娘瞪何子衿兩眼，交代兒子：「少吃酒，這幾日你總是有應酬，吃多酒了對身子不好，沒什麼事早些回來。」

「娘放心，我們去去就回，不多吃酒。」何恭叮囑母親：「晌午娘一人在家，萬萬不能將就，讓廚下燒幾個好菜，嬤嬤陪娘一塊用飯。」後一句是跟余嬤嬤說的。

何老娘將嘴一撇，「這絮叨得，去吧去吧，還能餓著我不成？」

何恭一笑，攜妻帶女的去了。

何子衿是常跟母親來何忻家的，對李氏這裡熟得不能再熟，今日抓周，李氏的娘家人也來了，一臉巴結的樣子頻頻對李氏說著奉承話，李氏的臉色倒是淡淡的。

何恭一家來得早，李氏先與沈氏打招呼，見了何子衿便笑，「妳好幾天不來，康姐兒想妳想得很，常拿著妳給她的撥浪鼓玩。」

何子衿行一禮，問李氏好，道：「伯娘，我也想康妹妹了。我如今同表姊一起跟祖母學做針線，這是我表姊。」跟李氏介紹三姑娘。

三姑娘學著何子衿的樣子也對李氏行一禮，李氏拉住三姑娘的手，上下打量一番，笑著說道：「這丫頭生得真俊，叫什麼名字？」

三姑娘道：「我姓蔣，我娘叫我三妞。」

何子衿頓時被蔣三妞這名字雷了一下，李氏點頭道：「是個好姑娘。第一次見，沒什麼好的，這對小銀釵，妳跟子衿一人一支，拿著玩吧。」何家有錢，李氏與沈氏交好，常有來往是真的，不過李氏這般大手筆給見面禮，還是嚇了何子衿一跳：這也忒貴重了。

鄉下地方，哪怕是縣城，也鮮有人家給首飾這種貴重見面禮的。

蔣三妞不知要不要收，去瞧沈氏，因有李氏娘家人在，不好回絕，沈氏便笑道：「妳伯娘給，就拿著吧。」

蔣三妞與何子衿都道了謝，李氏道：「康姐兒在裡頭，跟康姐兒玩去吧。」

何子衿帶著蔣三妞去裡間找何康。何康較同齡的孩子瘦小，精神卻是不錯，話也會說一些簡單的，見了何子衿就搖搖擺擺站起來奶聲奶氣喊姊姊，伸手要她抱，顯然是極熟的。

何子衿常自誇是萬人迷，不是沒有道理的，她在嬰幼兒界有著極好的人緣。不知是怎麼回事，何子衿自己也是個團子樣，孩子們卻都樂得找她。何子衿伸手抱住何康，問她一些幼稚話，什麼「想姊姊沒」、「早上吃什麼」，又把蔣三妞介紹給何康認識，讓她叫姊姊。

一時，大約是來的人多了，李氏命丫鬟抱何康出去。何子衿與蔣三妞便跟著出去了，何子衿帶著蔣三妞認識些相熟的族人，除了李氏給了頗為貴重的見面禮，這些族人多是面子上讚蔣三妞一句，並無東西相贈，倒叫蔣三妞格外心安。還有一些族中的女孩子，或有的穿戴好些，或有的穿戴不如，湊在一處說話，嘰嘰喳喳的分外熱鬧。

直到中午，碧水縣的第一夫人，縣太爺的老婆孫太太帶著兩個女兒來了，孫太太極為與眾不同，這不僅僅指她的身分、她的穿衣打扮，更是她的一言一行，尤其孫太太坐在椅子上的那種微帶著一點高傲一點疏離的架勢，在在表明，她與這一屋子鄉巴佬是不一樣的，連帶著孫太太家的兩個姑娘，也與何子衿這一干小鄉巴佬涇渭分明。

孫太太自有氣質，更不缺身分，說話倒是和氣。李氏更是客氣，對著兩位孫姑娘讚了又讚，著人給了豐厚的見面禮。

何子衿便明白李氏為什麼給她們一對小銀釵了，多半是因孫太太母女要來，李氏特意備了些給小孩子的東西，見著何子衿與蔣三妞，就給了她們一人一支，她們算是沾光。

孫太太到了，人也齊了，抓周禮便開始了。何康抓了一盒胭脂和一支金釵，大家都讚抓得好，將來必是個漂亮姑娘。孫太太是個矜持人，待抓周禮結束，略坐一坐便客氣告辭。

李氏苦留，孫太太笑，「我在這裡，怕是大家不自在。待何時妳得了空，我再過來。」勸李氏不要送，帶閨女翩然離去。

碧水縣第一夫人與兩位碧水縣第一閨秀輕輕地來了，不消片刻，又輕輕地走了。她們的來與走都這樣短暫，以致於碧水縣的土鱉大軍還沒反應過來，人家已經不見。房間裡有片刻的寧靜，及至大家消化了這個消息，嗡一聲就開始了熱鬧的討論。鄉間沒啥規矩禮數的臭講究，何家又不是什麼大家大族，就是碧水縣也是個小縣城。大家平日裡都認得，說起話來也直接，有人道：「那就是縣長太太啊？哎喲，我還是頭一遭見。」

另一個說：「上次康姐兒洗三時縣長太太也來了，這一回又見，竟不大敢認了。」

「是啊，瞧見沒，縣長太太頭上那釵可是金的，還鑲了紅色的石頭！」

「肯定很貴重吧？」

「這還用說。」

……

以上遴選於各青中老年婦女的對話，因為都是成年人，哪怕不懂裝懂，大家還是比較矜持的。孩子們就不一樣了，何子衿在孩子圈裡聽一群小丫頭嘰嘰喳喳。

主動要秀智商給大家做一下貴重首飾普及的是何恭姑家表兄陳大郎家的閨女陳大妞。由於陳姑丈得了州府的鹽引，一下子暴發得比何忻不在話下，陳家女眷頭上也都換了金飾，連陳大妞不過十歲，頭上戴的、脖上掛的，皆是金光閃閃，貴氣逼人。家境的變遷，讓陳大妞說話看人都習慣性地將下巴抬得高高的。

陳大妞這會兒就說話了，她道：「那種紅顏色的石頭可值錢了，叫鴿子血來著。」

接她話的丫頭也姓陳，跟陳大妞是同族，叫陳二梅。不過，雖是同族，陳二梅她爹卻是陳大郎手下的一個小管事，故此，陳二梅也就成了陳大妞的跟班，一般負責給陳大妞吹捧。此時，陳二梅就說了：「為啥叫鴿子血？難不成是鴿子的血染的？」

陳大妞瞥她一眼，將手一擺，腕上兩三個金鐲子叮噹作響，「不是不是，是說那石頭的顏色跟鴿子血一樣紅，所以才叫鴿子血。」

陳二梅懂不懂的，反正做出一副似有所悟的樣子，「哦」一聲後，拍陳大妞馬屁，「大妞姊，妳懂的可真多。」

陳大妞將下巴抬得更高，正欲得意一番，就聽有人問：「可是，世上的血都是紅的，怎麼單叫鴿子血，不叫鴨子血、雞血呢？」

何子衿險些被糕點噎死，抱著肚子笑到腸子都要打結。

蔣三妞拿水給何子衿喝，這群土鱉小妞兒們已大聲討論到：「非但鴨子血、雞血是紅的，豬血和牛血、羊血也是紅的！」

還有人舉手補充：「狗血也是紅的！」

大家一同看向陳大妞，「血都是紅的，為啥偏叫鴿子血呢？」

陳大妞原是想秀智商，不料智商沒秀成反被問得張口結舌，最後惱羞成怒，開始不秀智商秀霸氣了。陳大妞霸氣側漏地道：「妳們問我，我問誰去？」

小夥伴們不買她霸氣的帳，紛紛表達對她智商的懷疑／

「原來妳也不知道啊！」

「就是就是，不懂還裝懂哩！」

「還以為她真懂呢！」

「原來是假的。」

「險些被騙。」

陳大妞連羞帶惱，臉頰通紅。正當此時，終極大殺器終於露出其真面目。何湯的閨女何珍珍柔聲細語道：「鴿子血其實還叫鴿血紅，指的不是一般的紅寶石，得是上上等的紅寶石才能叫鴿子血。它會有這個名字，是因為這種寶石是極南邊的地方產的，因為寶石顏色濃烈得像當地一種叫鳩的鴿子的血液，所以又被叫做『鴿血紅』。」

何珍珍此番話清清楚楚，明明白白，甫一說完，陳大妞臉上紅得更厲害，彷彿孫太太頭上鑲的鴿子血。她還是一個十歲的少女，心靈尚不夠強悍，臉皮也不夠厚，於是，在小夥伴們懷疑、冷落、嘲笑、不屑的目光中，陳大妞羞憤地扭開高貴的頭顱，捂著臉就跑了出去，指縫間流下悲憤的淚水，伴隨著陳大妞遠去的還有嚶嚶的哭泣聲……

這可憐的孩子，炫智未成反被打臉，世道實在太過殘酷。

何子衿默默地於心底深處同情了陳大妞一把。

至於何珍珍，這位後來居上的小姑娘，一巴掌抽走陳大妞後，成了新的小土鱉的中心，享受著一群小土鱉的馬屁，什麼「珍珍妳懂的可真多」、「珍珍妳不說我還不知道呢」、「珍珍妳真了不起」……總而言之一句話，那叫一個馬屁如潮。

何子衿感嘆：有人的地方就有江湖啊！

你以為何珍珍是無意打陳大妞的臉嗎？

錯！太天真了！

因陳家得了鹽引，何忻家碧水縣首富的位置有些不穩，何陳兩家面上和氣，但私底下如何，從陳大妞與何珍珍之爭就可以看出來啦！

何康抓周禮的宴席很是不錯，天上飛的地上跑的水裡游的都有了，因為來的孩子多，就單給這些生活可以自理的孩子們開了兩桌。

何子衿與蔣三妞坐一起，同坐的還有何珍珍與一些同族的女孩兒們。沈氏看閨女一眼，見她坐得穩穩的，蔣三妞跟何子衿挨著坐，也沒什麼事，便沒說什麼。餘者生活不能自理的小孩兒們，還是跟著各自的母親坐。

有人問沈氏：「妳家丫頭自己坐成嗎？」

沈氏笑，「無妨，她在家早自己吃飯呢。」

何子衿筷子勺子啥都會用，就是礙於年齡，手比較短，除了眼前的菜，略遠一些的她就夾不到。不過，有蔣三妞照顧她，倒也不怕。

何珍珍把陳大妞擠兌走了，她又是何忻家的人，自然肩負照顧一桌子小朋友的重任。何子衿不想理會小屁孩之間的事，就埋頭吃飯。蔣三妞本就話少，又跟這些人不熟，桌上這許多好吃的，除了給何子衿夾菜，蔣三妞自己也吃得認真。於是，在一桌子或拍何珍珍馬屁，或向何珍珍示好的聲音中，何子衿與蔣三妞沉默得像兩個啞巴。

何珍珍問：「子衿姑姑，席面好吃不？」

何子衿點頭，「好吃。」

何珍珍笑，「那就好，妳多吃點兒。」

何子衿就繼續吃了。

有人笑話何子衿：「妳是不是在家沒吃飯，看妳光顧著吃，怎麼話都不說一句？」

何子衿板著圓圓的包子臉，認真嚴肅地說：「不是我不想說話，是我爹告訴我，吃飯時不能說話，這叫『食不言』。翠丹，妳說話時要注意一點，妳知道是為什麼嗎？」

說話的人叫何翠丹，也是土得掉渣的名字，不過，與其名字很相襯的是，何翠丹小小年紀就有了一張土得掉渣的臉。這孩子也不知怎麼長的，天生一雙八字眉，好死不死，腮幫子上還長了一顆媒婆痣，何子衿幾乎要懷疑她是不是媒婆投的胎，偏生話還多。

何翠丹作死地問：「注意什麼？」

「妳不要隨便說話，會連累我珍珍侄女的。」

何翠丹小小的臉板著，不高興，「妳胡說啥？」

「妳跟陳二梅一樣，陳二梅她爹是我陳表叔手下的管事，妳爹是湯族兄手下的管事，二梅是大妞的跟班，妳是珍珍的跟班唄。」何子衿一副大家都知道的口氣，再開口就把何翠丹的臉皮扒了，「妳這樣橫衝直撞的，別人得以為是珍珍侄女的意思呢。」

「我……我才沒有，我說啥的？是妳一副八輩子沒吃過飯的樣子，實在丟臉。」

何子衿繼續道：「珍珍侄女還小，珍珍侄女，妳小心別被翠丹利用。要不是姑姑我明白，險些誤會了妳。妳是嫌我吃飯吃的多嗎？妳要是嫌的話，我就回家吃了。」

何珍珍的智商，抽飛陳大妞是沒問題的，但是與何子衿相比，淺顯得如同溪水一般，一望到底，但何珍珍能幹倒陳大妞，說明還是很有實力的。她非但臉皮比陳大妞厚，心裡素質更好，她只是結巴了兩句，自己就會給自己圓場，「姑姑，都是同族，沒什麼跟班不跟班的。姑姑喜歡這菜就好，您儘管吃。」

何子衿圓圓的臉笑開了，「還是我珍珍侄女大方，等妳到我家，我請妳吃蒸雞蛋。」

何珍珍勉強笑一笑，連同她的狗腿子何翠丹一起，兩人都沒說話的欲望了。

何子衿眉開眼笑地繼續吃飯。

何子衿根本沒拿何珍珍當一回事，她爹何湯忌憚李氏得寵於何忻，買女人送給何忻。沈氏同李氏交好，何子衿常跟著母親來李氏這裡，何珍珍無非是想她丟個醜罷了。

所以說，小孩子始終是小孩子。你們自家的宴席，哪怕跟陳家不睦，擠兌走陳大妞，難不成就有臉面了？再欺負她，不過李氏臉上不好看，對何珍珍自己又有什麼好處呢？

真是小孩子，只是圖一時快意，顧前不顧後的。

何子衿搖搖頭，蔣三妞盛了碗湯給她，兩人繼續品嘗美食。

因為何子衿稍稍露出了利齒，眾小丫頭見她一人幹翻了何珍珍及何翠丹兩個，沒人再敢不自量力地招惹她。

待得酒席散去，何子衿就同蔣三妞一起去找沈氏。

沈氏瞧著時辰差不多，已有許多族人告辭，便也同李氏告辭。

李氏挽著李氏的手，低語道：「還有件事，今兒個沒空，明兒妳來，我跟妳說。」

沈氏一笑，「好，那我明兒再來。」

外頭何恭酒也吃得差不離了，一家人告辭而去。

回了家才知道，李氏知何老娘沒去吃酒，特意著人送了一席酒食給何老娘享用。何老娘吃人嘴短，終於道：「妳忻族兄家的小媳婦，倒也知理知面的。」見何恭有了酒，遂打發他去屋裡歇著，又吩咐翠兒去廚下端醒酒湯。

沈氏服侍丈夫回房，叮囑何子衿一句：「好生在妳祖母這裡玩。」

何老娘沒來得及問兒子，便問何子衿同蔣三妞酒席吃得可好，都去了些什麼人。知道縣長太太都去了，何老娘習慣性地一撇嘴，道：「排場可真大。」

何子衿笑，「上次洗三時縣長太太也去了啊！」

「這也是。」何老娘問：「抓周抓到什麼了？」

「康妹妹抓了一盒胭脂和一支金釵。」

何老娘一笑，「跟她娘倒是像。」她一直不喜歡李氏就是。

何子衿無語，想李氏真是白送酒菜給何老娘吃了。好在何老娘在家裡啥都敢說，在外頭並不這樣，何子衿只當沒聽到。誰知何老娘又喜孜孜地來了一句：「沒妳當年抓的好。」

余嬤嬤跟著湊趣：「是啊，大姑娘抓周時抓的是大印，以後肯定是富貴命。」

何子衿昂頭挺胸地道：「我要是富貴了，天天給祖母吃酒席！」

何老娘一樂，「我可等著呢！」

何子衿跟何老娘貧了一會兒嘴，就說要去瞧何冽，何老娘道：「阿冽剛剛才睡著，妳別去擾他。」然後一瞅蔣三妞，「既然回來了，鐲子還我吧。」

何子衿大驚，聲音不由高起來，「啥？祖母您還要要回去？」

這送人的東西還能要回去？何子衿實在開了眼界。

何老娘道：「本就是我的，我要回來怎麼了？」

「您給表姊的，怎麼還能要啊？這也忒出爾反爾了吧！」

「怎麼不能要？我可沒說給她，就是借她出門戴戴。」何老娘板著一張臉，蔣三妞連忙將鐲子絹花連帶耳環都取了下來，雙手捧還過去。不待何子衿再說啥反對意見，何老娘劈手便拿到手裡，遞給余嬤嬤收好。

何子衿不服，道：「那耳環是我娘給表姊的，祖母您收著不妥吧？」

「有啥不妥的？我替妳娘保管！」到手的東西，任何子衿說下天來，何老娘是死都不會再交還出去的。

蔣三妞猶豫地看向何子衿，那位李伯娘給的小銀釵，到底是給姑祖母還是給表嬸啊？

何老娘瞧出蔣三妞神色不對，問：「怎麼了，看子衿幹嘛？」

蔣三妞從懷裡取出小銀釵，實話實說：「李伯娘給的見面禮。」

何老娘一伸手，「拿來！」不想還有回禮，真是意外之喜。只是不等蔣三妞給何老娘，何子衿跳過去搶了小銀釵跑到門口，對何老娘道：「是李伯娘給表姊的，表姊不要就給我戴，我才不給祖母呢！」說完她撒腿就跑。

事關銀子，何老娘跳腳就要追，余嬤嬤連忙攔了，勸道：「太太怎麼跟孩子似的，大姑娘就是這樣活潑的性子，一會兒就好了。」

何老娘罵：「這死丫頭，養不熟的白眼狼，肯定是拿去給她娘了。」現在她跟沈氏關係不錯，尤其沈氏給她生了孫子，一些臉面還是要給沈氏的。她收了沈氏的耳環，便不好再為小銀釵向沈氏追討。一想小銀釵被何子衿搶走，何老娘憤憤地罵：「死丫頭，財迷精！」

余嬤嬤勸了又勸，何老娘還遷怒蔣三妞，「妳也是，怎麼叫那丫頭片子給搶了？」

蔣三妞嘴上啥都沒說，倒是心裡回了一句：搶得好！

蔣三妞沉默是金，何老娘叨絮半日得不到回應，倍感寂寥無趣，揮手打發了蔣三妞，「去妳屋裡做針線吧。」

蔣三妞抬腿要走，何老娘又將人叫住，將那支有些褪色的絹花遞給她，「這個給妳戴，不用還了。只是仔細著些，別弄壞了。」

蔣三妞道謝接了絹花回房。

下午何恭午睡醒來，也徹底地醒了酒，何子衿便將何老娘收繳首飾的事跟她爹告了狀。何恭嘆，他對他娘也沒法子啊！

何子衿道：「我把小銀釵搶到手了，等哪天我悄悄給表妹。哪年女孩子不喜歡首飾啊，讓表姊留著戴吧。」

何恭本就是好性子，聽閨女這話，認為閨女心地良善，很是讚了閨女一回。待何子衿將釵給蔣三妞，蔣三妞道：「表妹，妳要喜歡就自己收著，妳給我，我還是要給姑祖母的。」

「為啥？」何老娘說是刁鑽，其實像個老小孩兒，也有些小孩子脾氣，妳硬不給她，她也不會怎麼著。

蔣三妞沉默片刻，道：「姑祖母雖然不喜歡我，可是她沒叫我挨餓受凍，還肯教我針線。姑祖母不大和氣，可她對我比我娘好多了。她人上了年歲，喜歡收著，出門時她也會給我戴的，就當哄姑祖母高興吧。」

何子衿的心肝，那是比豆腐都要軟上三分的，著實叫蔣三妞給感動了一回。何子衿淚眼汪汪地抹眼睛，蔣三妞反是笑，「我這也是為了討姑祖母的喜歡，有什麼好哭的？」

何子衿總不能說，以前怕妳逆襲當小三，便抽噎地道：「表姊，妳真是個好人。」

「一根釵就覺得我是好人了？」蔣三妞捏捏何子衿的包子臉，「妳要覺得我是好人，一會兒咱們去姑祖母院子摘些棗子吃。我看棗子都紅了，怎麼還沒打？」她自己是不敢說想吃何老娘院裡的棗子的，可成天從果實纍纍的棗樹底下過，那一串串壓彎了樹梢的瑪瑙一樣的棗子，蔣三妞不愛說話，心裡卻是饞許久了。

何子衿道：「祖母要等良辰吉日，不到八月十五不打棗。就是摘，也得偷偷的。」

不過，礙於蔣三妞主動將何子衿還給她的釵上交給何老娘，何老娘對於兩個丫頭偷她棗子的事，便睜隻眼閉隻眼了。

何子衿覺得，這個年代，妻的地位沒有她想像的那樣低，再者，尋常市井人家，真的很少有人納妾。至於表小姐白蓮花一類，更完全套不到蔣三妞身上。

這位姑娘堅強得像石頭一樣，她手腳俐落，針線活做得既快又好，跟何子衿吃棗子時就打聽碧水縣有沒有收針線的地方，聽蔣三妞的意思，是想攬些針線活來掙錢。

何子衿道：「倒是有繡紡，一般人家都是要繡件的。」

蔣三妞有些失望，「我只會做些簡單的，還不會繡東西。」

「這急什麼，飯要一口一口地吃，事也要一點一點地做，哪能一口就吃成個胖子。」何子衿咬著棗子道。

蔣三妞笑，「妳怎麼說話總跟個小大人兒似的？」

何子衿道：「心裡年齡比較大唄。」

蔣三妞又是一笑，拿起棗子慢慢吃起來，果然既脆且甜。

第二日，沈氏應李氏之約過去，因李氏說有事相商，便沒帶何子衿一道。昨兒抓周禮熱鬧了一整日，李氏神色還有些倦意，沈氏勸她：「嫂子如今要照看康姐兒，又要打點應酬，也偷空歇一歇。」

李氏笑，「沒事，秋天本就容易疲倦睏乏。」

沈氏問：「嫂子昨兒說有事，不知是什麼事？」

丫鬟上了茶，李氏並不急，先請沈氏品茶，道：「妳嚐嚐，上好的鐵觀音，這是福閩那邊過來的新茶。」

沈氏呷一口，「我以前喝過一次鐵觀音，覺得味兒挺怪的，還不如我家裡喝的野茶。倒是嫂子這裡的，怎麼還帶著股淡淡的花香？」

李氏笑說：「這不同於外頭賣的，是我們老爺弄來拿去打點用的，我這裡留二斤自家喝，另外留了半斤給妳。」

「我這便卻之不恭了。」昨兒給了蔣三妞那般貴重的見面禮，今天又給她好茶，沈氏知李氏必是有事，就不客氣了。

「是這樣，這一二年，我們老爺常拿妹妹鋪子裡的醬菜當土物送禮。不瞞妹妹，有一位官老爺家，還就吃慣了妳的手藝。就是我們老爺，也覺得妹妹這醬菜醃得好。」李氏問：「老爺是想讓我問問，妹妹有沒有想在州府開鋪子意思？」

這倒在沈氏的意料之外，沈氏想了想方道：「嫂子知道我的，原也不太懂這個。就是在咱們縣裡弄這麼個小鋪子，縣衙裡的打點都不可少。在縣裡是小本生意，倒是周轉得來，州府裡開鋪子就又不一樣。要是打點不好，哪裡容易去州府做買賣？」

醬鋪子開了這一二年，沈氏也明白一些裡頭的門道。首要就是得把衙門打點好了，不然他們三不五時上門，你買賣再別想做痛快的。

碧水縣是何家的祖籍，沈氏在這裡弄個醬菜鋪自然無虞，州府如何一樣？

李氏坦誠相告：「我們老爺的意思是這樣的，妹妹既有這樣的手藝，若只在咱們縣有些可惜了。老爺說，要是妹妹願意，妹妹出手藝，其他鋪子之類的事，我們老爺負責，妹妹不必擔心，等著分紅就好。若妹妹無意在州府置鋪子，老爺問能不能買下妹妹的祕方來。妹妹且放心，咱們同族的人，老爹與恭五弟也是極好的，就是買了這方子，一則絕不會外洩，二則老爺也絕不會在碧水縣開醬菜鋪的。」

這不是小事，沈氏尋思道：「這我可做不了主，總要回去跟相公商量一二，想來忻族兄也是不急的。」

李氏原也沒想沈氏能一口應下來，「我只管著傳個話，妹妹有準信兒跟我說一聲就是。」不論哪種，對沈氏都無壞處。

沈氏應下，「行。」

兩人又說些瑣事，臨近晌午，沈氏帶著李氏給的半斤茶葉回家。這茶金貴，還是用錫罐子裝的，半斤分了四小罐，拿回家給何老娘瞧了，沈氏的意思是給何老娘留下一半，餘下的給何恭待客使。不想何老娘一罐未留，道：「這些樹葉子有啥好喝的，給恭兒喝吧，他們念書的秀才講究這個。」

沈氏道：「母親嘗一嘗，味兒很不錯。」

「我嘗這個做什麼？」何老娘興致缺缺，「要真是好東西，讓恭兒送兩罐去給許先生，後年又是秋舉之年，過了中秋，恭兒也要開始用功念書了。」這會兒把夫子打點好沒錯。

沈氏一笑應了。

何子衿有心嘗嘗好茶，聽何老娘將茶扯到她爹秋闈的事，她就沒開這個口。但凡涉及她爹考功名的事，何老娘素來是鐵面無私到不近人情的。根本不必開口，開口也是碰釘子。

晚間何恭回家嘗了嘗那茶香，讚是好茶。正趕巧何子衿在，眼巴巴地瞅著她爹，「爹，給我也嘗嘗，行不？」

何恭倒不是捨不得給她閨女喝，不過，他仍道：「不成，茶喝了提神，眼瞅著天都黑了，妳喝了容易犯夜，想嘗明天給妳喝。」

於是，到第二日，何子衿才嘗到這極品鐵觀音。本身就是好茶，而且在這個年代，山青水秀，藍天白雲下長出的茶，味道可想而知。何子衿喝了又喝，一口氣喝了三杯，猶不滿足。何恭因她年紀小，只准喝三杯，何子衿只得作罷。

沈氏同丈夫商量醬鋪子的事，何恭道：「各有各的好處，要是跟忻族兄合開醬鋪子，無非是回錢慢些，卻是個長久進項。賣方子的話，直接就有一筆錢。」

說了跟沒說一樣，沈氏問：「你說哪個好？」

何恭道：「都成。咱們家日子還過得去，現在也不缺銀錢使，妳想怎麼著就怎麼著。」

沈氏點點頭，她倒是想跟何忻合股開鋪子的，只是，她除了醃醬菜的手藝，啥都拿不出來。州府鋪子的話，肯定都要何忻來打理了。沈氏倒不是懷疑什麼，而是覺得這樣做的話，何忻似乎有意讓利給她一般。

沈氏暫將事擱在心裡，想著待中秋後再去同李氏商量。

沈氏正拿不定主意，頭八月十五，沈素來了一趟縣裡，送了些節下瓜果，連帶著沈氏要做醬菜的兩車菜蔬，還有四隻毛羽絢麗的野雞、兩隻野兔，以及山貨若干。

沈素笑，「去歲我去山上打獵，尋到幾個野雞蛋，趕上家裡母雞孵蛋，竟一道孵了出來。雞生蛋蛋生雞，家裡如今好些隻野雞，我往縣裡飯館子送了些，比家裡尋常的雞還有價，這幾隻給伯母節下用。」

何老娘客氣，「你先拿去賣錢吧，家裡都有。」

沈素道：「伯母跟我娘一樣，家裡養了那些雞，自己捨不得吃，總是想著賣了貼補家用。我都跟我娘說，過日子不在這一兩隻雞上。妳們有了年歲，吃用上精心些，既對身子好，也是我們做晚輩的孝心了。」

何老娘笑，「我們有什麼要緊的，你們順順當當的，我們這心裡就順當。」自沈素中了秀才，何老娘就瞧沈素無比順眼了，還說沈素：「我聽說山上野獸多，你年輕，喜歡去山上，也得注意安危，別一個人去，家裡老人不放心。」

沈素道：「伯母放心，我有伴兒呢。」

「那就好。」何老娘道：「知你節下忙，只是既然來了，怎麼著也得住兩日再說。你姊姊也惦記你呢，阿冽也長大許多。」

沈素道：「阿冽這眉眼，真是跟子衿像極了。」

何老娘素來沒啥立場，「外甥不出姥姥家的門，他們姊弟這小模樣，都有些像你。」

何子衿：她弟如今又不像她祖父了……

何老娘道：「去跟你姊夫說會兒話吧，中午你們一道吃酒，好生樂樂。」

沈家雖在鄉下，甭看沒什麼特光鮮的節禮，卻都是極實惠的。瓜蔬就不必說了，沈素都是挑好的送來，餘者還有山上的乾蘑菇、乾木耳、乾果之類，這些東西在何子衿的前世自然是再尋常不過的了，但是在這個年代，皆是難得之物。

當天沈氏就命廚下殺了隻野雞，放了蘑菇進去燉湯，鮮得不得了，何子衿連喝三碗野雞湯，飯都沒吃多少。她這個樣子，何老娘瞧不上，道：「倒像平日裡沒吃過東西似的。」

「很好喝啊！」何子衿道：「湯鮮，蘑菇也好吃，不過野雞肉不如家雞的香。」可見何子衿小小年紀已有吃貨的潛質。她這種行為，若在平日定會受到何老娘的抨擊，怎奈沈素在，沈素是極與外甥女有共通語言的，沈素笑道：「野雞肉本就柴，最好就是燉湯，再鮮美不過。這蘑菇是晾乾了燒的湯，若是鮮著燒湯，鮮味兒更濃。」

何子衿道：「這就很好吃了，比集市上賣的乾蘑菇味道更好。」

「集市上賣的蘑菇也要看從哪裡採的，這些蘑菇是長在松樹林的蘑菇，妳細細地吃，會有一種松樹的清香在裡頭。」

何子衿摸摸小肚子，萬分惋惜，「飽了，吃不下了。」

沈素哈哈大笑，「無妨，明日還有。」

何老娘深覺丟臉。

用過午飯，何子衿去廚下忙活了。野雞湯喝過了，褪下的毛羽她叫周婆子留著，幫她洗洗乾淨，自個兒拿回屋放到太陽底下曬乾，將尾羽插到瓶中，給他舅放在房中當擺設。她還叫翠兒搬了兩盆花過去給她舅熏屋子，將窗子打開透透風。

何子衿來來去去地忙活，沈素站在他姊屋裡，隔窗看在眼裡，道：「這世上再沒有比子衿更招人疼的孩子了。」

沈氏笑，「自家孩子，自己看著自然是好的。」

沈素一笑，回身坐下，同姊姊說了些家中的事。

知道家中都好，沈氏便放了心，「我算著你也該來了。」

沈素拍他姊馬屁，「姊，妳慣是能掐會算的。」

「我準備了一些東西給爹娘，你走的時候帶回去。」接著沈氏就說起李氏與她說的事情來，沈氏道：「我還沒想好，你姊夫是兩可的，你常在外頭走動，說說看到底該如何？」

沈素直接道：「忻大哥是做買賣的人，姊姊妳與其這樣猜度不定，待明日我去找忻大哥問個究竟就是了。」

沈氏道：「也好，你姊夫不懂這些買賣上的事。你們男人說話比我們女人可方便多了，我不是愛占人便宜的性子，但起碼咱們弄明白了，哪怕少賺些銀子，心裡也踏實。」

「姊姊放心，有我呢。」接著沈素問一句：「那位表姑娘是什麼親戚啊？」中午用飯時見了，在何老娘面前不好細問，於沈氏面前無此顧慮。聽說是何老娘娘家侄孫女，沈素道：「這位表姑娘生得倒不似伯母。」何老娘那相貌，瞧著跟表姑娘簡直沒有半分血緣關係。

沈氏嗔道：「這叫什麼話，看人豈能只看外表？」

「看人先看外表。」沈素也只是隨口問一句罷了，「跟咱們子衿不相上下了。」當然，在沈舅舅的心中，還是外甥女最好。

說到閨女，沈氏道：「天天憨吃憨玩，我都愁得慌。」

「子衿才幾歲，這時候的孩子，就要憨吃憨玩才有趣。」說到外甥女，沈素笑道：「咱娘在家裡總是絮叨子衿和阿洌。阿洌年紀小，離不開姊姊，子衿已經五歲了，早自己睡一屋，離了姊姊也沒什麼事。過了中秋，田裡都清閒了，讓子衿去住些日子吧。去歲因我要備考秀才，姊姊怕打擾我，過年沒叫孩子去，今歲我秀才都考出來了，家裡有的是人看著她，就叫她去玩些日子吧。」

沈氏點頭，「去就去，待過了重陽再叫她去吧。」

「行。」沈素笑，「到時候我來接子衿。」

姊弟兩個說著便把何子衿的行程定下來了，至於蔣三妞，除了何子衿這個前世看小說看壞了腦袋的腦補帝，根本沒人當一回事。世間哪那麼多恩怨情仇大逆襲啊，蔣三妞雖是個美人，然世間美人多了去，遠的不說，沈氏和沈素皆是美人。在他們瞧著，蔣三妞相貌確實是不差，可也就那樣了，有什麼好擔心的啊！

沈素自來拿他姊的事精心，第二日打發人去問了，知道何忻晚上方回家，沈素便晚間去拜訪。沈素第一次去州府，就是何忻帶他的，如今兩人見面，倒像多年好友一般。何忻挽了沈素的手一塊坐下，親切又熱絡，「我一直在外頭瞎忙，知道素弟你中秀才，也沒空賀你一賀，今天必要嘗一嘗我的好酒才行。」

沈素看出何忻是已喝過酒的，笑道：「我是個閒人，這大節下，大哥卻少不了應酬。酒大傷身，大哥什麼時候有空，你說一聲，我過來陪大哥，今天就算了。再拉著大哥喝酒，嫂子非罵我不可。咱們不是外人，大哥別跟我客氣。」

何忻的確是酒場不斷，再加上沈素也不算什麼重要人物，且沈素說得懇切，何忻便依言笑道：「行，聽你的。」問：「素弟過來，可是為令姊之事？」

「瞞不過大哥。說來家姊的醬菜鋪子能開起來，還跟大哥有關。」沈素說起上次何忻帶他去州府之事，「那會兒我們村裡的菜蔬賣不上價，我也是一急，就想了這麼個主意。」

何忻的年紀，做沈素的爹都綽綽有餘了。他時常在外行走，見多識廣，感嘆道：「素弟是念書人，若哪日素弟對商賈事有意，只管來尋我，我給你掌櫃的位置。」沈素尚未顯身，但性子是極合何忻意的。要何忻說，沈素還真是行商的好胚子。

沈素本身性子活絡，絕不是尋常的酸秀才可比，他從不看低商賈事，「大哥抬舉我了。以往我是真動過行商之心，只是家中父親敲打著，才不敢提及。如今我也成家生子，父親年紀大了，更是提都不敢提的。」

何忻正色道：「若素弟於科舉上無甚天分，我必要勸你行商的。咱們出身尋常，一粥一飯皆要自己雙手去掙，男子漢大丈夫，權錢總要握住一樣。你這樣年輕就中了秀才，多念幾年書碰碰運道，真能考個舉人進士的，比行商實惠多了，令父做的對。」

沈素笑，「關鍵是怕我爹抽我，落榜一次就挨一回揍，為免皮肉苦，也得玩命念書。」

何忻笑出聲來。他這個年紀，瞧見沈素這般機靈的少年，總有幾分喜愛的，何況沈素極對他脾胃，又是何恭正經的小舅子。

笑一回，何忻直接同沈素說了：「是這樣，我先前常從令姊那裡拿些醬菜，做為土物出去打點，有幾位大人吃著對口，可見令姊的手藝，拿到州府也是不遜色的。人脈無須擔憂，我州府本就有生意，這家鋪子是想著撥給內子的。我想著，若令姊只拿手藝入股，其他鋪面租金之類一律不管，每年純利的一成半是給她的。若令姊賣祕方的話，我出二百兩。」

二百兩在碧水縣絕對是一筆鉅款，譬如何家現在住的宅子，也能再買一個了。

沈家現在的家底算算都不一定有二百兩，沈素卻是不動聲色，並沒有半點激動。何忻更高看他一眼，沈素道：「要按大哥的說法，自然是買斷祕方對大哥更有利。」二百兩對何恭和沈素兩家皆是鉅款，對何忻則非如此，何忻是碧水縣首富，拿出二百兩應該不是什麼難事，又何必要跟他姊合夥。

何忻道：「素弟，自來生意，沒有人一個人就可以做成的。有時生意也講究緣分，跟對的人做生意，生意是越做越好，若是選錯了合夥人，賠錢都是小事。我看令姊便將縣裡的醬菜鋪打理得很不錯，再者，都是族人。我與你實說了吧，恭五弟中了秀才，你也出息，我自問這輩子見的人不少，眼力還有一些。如此，我願意與令姊合夥在州府開鋪子。」

沈素很誠懇地對何忻道：「那大哥得做好賠本的準備了，我跟姊夫不過是個秀才，碧水縣一抓也有幾十個的。這秀才一輩子熬白了頭都中不了舉的更是數不勝數，說不定我們郎舅二人就格外倒楣呢。」

「別的讀書人最忌諱落榜的話，你倒是口無遮攔。」何忻笑道：「那我也賠不了，你若不得中舉，就來找我，我說了給你掌櫃的位置，說話是算話的。」

沈素這樣的機靈人，做什麼都不會太差。

沈素也笑，「大哥誇得我都不好意思了。既然大哥把話說得明白，我如實轉告我姊，看她的意思吧。」

因何素討喜，臨告辭時，何忻還送了他一塊墨。沈素客氣婉拒，何忻擺手道：「這是打點剩下的，墨還不錯，也不是頂好的墨。我家裡沒人愛寫字，放著無用，你拿去使吧。」

沈素便收了，「這麼晚過來讓大哥熬神，大哥早些歇了吧。」

何忻仍是送沈素到門外，看沈素走遠，方折身回返。

何忻去了李氏的屋子，李氏正要安歇，見何忻進來忙起身相迎，「老爺怎麼來了？」

「來瞧瞧康姐兒。」何忻中年得女，自然愛若珍寶。

「剛睡下，老爺輕些。」李氏輕手輕腳引丈夫去隔間看入睡的女兒。瞧了一回閨女，同妻子出去說話，何忻道：「睡得可真香。」

李氏笑，「天冷了，我都哄她早些睡。」

「是該如此。」何忻坐在榻間，李氏叫丫鬟端水進來，親自服侍著丈夫梳洗。待何忻洗漱後換了衣裳，李氏方道：「子衿她舅舅走了？」

「走了。」何忻累了一整日，將頭枕在妻子腿間，李氏不輕不重地給他揉捏著額角，「談得如何了？」

「快了。」何忻道：「他們姊弟都是難得的精明人。」

「是啊！」李氏並不急這個，反正都有丈夫張羅。李氏有些為難，想了許久，咬咬下唇開口道：「老爺，明天就打發我娘家人回去吧？」

「怎麼了？」

李氏不欲多說，「眼瞅著要中秋，沒聽說中秋在女婿家過的理，讓他們回去吧。」

何忻也不喜李家人，笑著點頭道：「好。」

……

沈氏想了想，最終還是二百兩銀子賣了醬菜祕方，並沒有入股做生意。

沈氏做了決定，沈素與何恭都沒說啥，一則沈素就是去幫他姊談的，二則何恭向來少管這些事。待沈素走了，沈氏親自過去與李氏說：「我知道嫂子有意照顧我，只是我怎能占嫂子這樣大的便宜？我知道嫂子是怕我走心。這可有什麼，原我也沒想將醬菜鋪開到州府去，嫂子想開只管去開，這是方子，我都寫好了，嫂子且收好，要是手下夥計哪裡不明白的，嫂子只管著人找我。」

李氏道：「這說得上誰照顧誰？妳這樣能幹，以後未必不能在州府置起產業來。」

李氏提出合夥的話，並不是想借助沈氏什麼，只是想著沈氏在縣裡的生意不錯，萬一沈氏想自己在州府開醬菜鋪子呢？出於這種考慮，李氏才說了合夥的話。眼下沈氏直接賣了方子，於李氏自然皆大歡喜。

沈氏笑，「我們家嫂子還不知道嗎？相公沒行商的心。阿素前幾年倒是心活，無奈家裡父親古板，有我爹在，他不敢。忻族兄在外頭做多少年買賣，白手起家置下如今的基業，何嘗是容易的？我在咱們縣裡弄這麼個鋪子，無非就是想著手頭略寬裕些，餘者也沒想太多。就是嫂子跟我說了在州府開鋪子的事，我前後想想，我實不是這塊料。我呀，就在咱們縣裡安安穩穩地過吧。」倒說得李氏一笑。

李氏道：「我又何嘗知道這些鋪子的事兒呢，無非還是老爺著人打理。」

沈氏低聲道：「忻族兄是有良心的人，如今嫂子有了康姐兒，是要早做打算。不說別的，以後康姐兒出嫁，嫁妝總不能薄了的。這鋪子既然是給嫂子的，哪怕忻族兄著人料理，裡頭的細帳出入，嫂子也得心裡有數才好。」

李氏點頭，「老爺教我看帳來著，只是我顧著康姐兒，平日裡也不大有空。」

「這本就不是急的事，我也是白多一句嘴。憑忻族兄，也會給嫂子樣樣安排妥當的。」

李氏年紀輕輕嫁給何忻做填房，繼子明顯與她關係一般，如今何忻年輕，會慢慢替李氏安排著，以後何忻百年，李氏還過得日子，否則李氏的艱難在後頭呢。她與李氏交情不錯，見李氏好，沈氏也替她高興。

兩人說了會兒話，節下事忙，一時翠兒來找沈氏，沈氏便告辭了。

沈氏回家，原來是陳姑媽過來說話。

陳姑媽不是一人來的，還帶著陳大妞一道。

沈氏與陳姑媽見禮，陳姑媽道：「我聽說侄媳婦出門了，都是我這老弟妹，非得要叫妳回來。我說，她出去定是有事的。如何，事可辦完了？」

「都說好了。不知道姑媽要來，不然我再不出去的。」沈氏笑道：「大妞也來了。」

陳大妞同沈氏問好，沈氏親切地想摸摸陳大妞的頭，發現這閨女金銀首飾插了一腦袋，實在無可落手之處，只得摸了摸陳大妞束在腰後的辮子，「大妞長得越發俊了。」

沈氏又道：「前兒阿素帶了些山上的野雞野兔來，早上我就命周婆子收拾出來了，還有節下別人家送的果子酒，姑媽跟母親正好喝幾杯。」

不得不說，自從看沈氏順眼後，何老娘覺得有沈氏這樣活絡的兒媳婦也是一件不算丟臉的事。何老娘笑，「那好，妳去安排一下，燒幾個妳姑媽愛吃的菜。」

何子衿和蔣三妞都坐在何老娘屋裡聽老姑嫂說話，陳姑媽這會兒過來，是有歡喜事要同何老娘分享，陳姑媽道：「我想著，大節下的，得備些東西去瞧瞧芳姐兒，就讓大郎和三郎陪我一塊去了。侄媳婦給出的主意好，雖是個笨功夫，可我看芳姐兒比先時氣色好多了。咱們給寧家送了節禮，寧家也回了禮，有些不錯的東西，我挑了些拿來給妹妹，妹妹放著吃用。還有幾塊料子是給侄媳婦的，活潑鮮亮的，給孩子們裁衣裳。」

何老娘笑，「阿芳好，我也放心了。姊姊別總給我那些金貴的東西，我興許不是富貴命，總覺得吃不慣。」

「那是吃的少，多吃些就慣了。」陳姑媽道：「後年又是秋闈，明年恭兒必要用心攻讀，妳不吃給恭兒吃也好。」

事關兒子，何老娘便沒再推辭。

陳芳在寧家的境況有所好轉，陳姑媽與何老娘都高興，又是大節下的，說起話來笑聲不斷。這裡陳大妞也在同何子衿和蔣三妞說話，陳大妞消息很靈通，問：「子衿，那天我走了是不是何翠丹找妳麻煩啦？」

甭看何陳兩家是親戚，何老娘和陳姑媽現在關係也好，但因當初何恭死活要娶沈氏，兩家也彆扭過幾年，所以，陳大妞與何子衿並不經常在一起玩。如今這是真正合好了，陳姑媽方帶了陳大妞過來。

聽陳大妞問，何子衿道：「沒啊！」她根本不想摻和小屁孩這些事。

「怎麼沒有？我都聽說了，何翠丹笑話妳吃飯吃的多來著。」陳大妞顯然對那天丟臉的事記憶頗深，她伸出巴掌在空中一比劃，「以後何翠丹再找妳麻煩，妳就一巴掌抽死她！」

何子衿：大姊，這挑事挑得也太明顯了吧？還有，被人一巴掌抽掉臉面的人好像是陳大妞表姊妳自己吧……

陳大妞見何子衿不說話，想著這個表妹真夠呆的，不知怎地，陳大妞自發開啟了收小弟模式，「以後妳就跟著我，我會照看妳，不讓妳被人欺負，但妳也得聽我的話，知道不？」

何子衿：難道我長得很像炮灰小弟嗎？

很顯然，陳大妞生長的環境讓她還具備一些收小弟的技能，她從手上擼下兩個金戒指，一個給何子衿，一個給蔣三妞，很土豪地說：「給妳們拿去玩吧。」

何子衿這沒見過世面的險被嚇尿，怎麼感覺一夕之間這世道就變了呢？怎麼碧水縣這窮鄉僻壤的小縣城忽然土豪遍地了哩？

何子衿連忙擺手，不大敢收。她家裡唯一的金器是何老娘耳朵上的一對金耳環，如她娘沈氏，只有銀首飾，金的再沒有的，她哪裡敢收陳大妞的金戒指呢？

陳大妞見她既呆且笨又膽小，覺得收這麼個小弟也沒啥面子，不過東西她都摘下來了，憑她們陳家人的氣派，是再不能收回去的。陳大妞直接往何子衿手裡塞，「給妳妳就收著！」又塞給蔣三妞一個。

何子衿喊：「祖母，您看表姊，她非給我戒指！我不要，這個太貴了！」

陳大妞揚著下巴說：「給妹妹們玩的，我有好些個呢！舅祖母，叫妹妹們拿著吧！」

陳家如今是真土豪了，陳姑媽笑，「既然是妳表姊給的，妳們就拿著戴吧。」

何老娘忙攔了，「這如何使得，這是金戒指！」對何子衿兩個道：「還給妳們表姊！」

陳姑媽拉住何老娘，「哎喲，我的妹妹，可別這樣，叫孩子們收著吧。大妞多的是，今年她跟她娘在州府住了些日子，那邊的人規矩大，初次見面都要贈些東西的。給她打了一匣子這些小玩意兒，就是讓她拿著使的。這丫頭手鬆，心裡沒個計較，給那個八竿子打不著的二梅不知多少好東西。子衿是她親表妹，給子衿個戒指可怎麼了？」對何子衿與蔣三妞道：「妳們表姊給的，妳們就拿著，沒事的。」

兩人見何老娘沒再反對，便收了。

何老娘咋舌，與陳姑媽打聽：「難不成州府上見面都要給金首飾？」我的乖乖，以前她也去過州府，可沒聽說過有這規矩啊！當然，她去州府也是幾十年前的事了。

「也得看什麼人家。」陳姑媽面上浮起幾分自得，「要與那些有錢人家來往的話，人家出手不是金就是銀，咱們家要是沒有，便要被人小瞧的。」

何老娘嘆為觀止，「如今大郎既與這樣的好人家來往，大妞過年就十一了，這會兒留神看著，過幾年給孩子說個好人家。一輩子吃香喝辣，享不完的富貴。」這也是在碧水縣這樣的小地方，何家這樣的小戶，說話啥的也不避諱，直接當著孩子們的面就說起婚嫁之事來。

何子衿和蔣三妞倒沒啥，這兩人，一個嫩殼老心，一個自知艱難，唯陳大妞，如今陳家今非昔比，她也跟著母親在州府開了眼界，又到了稍稍懂事的年紀，聽得何老娘這般說，臉上不禁有幾分熱熱的。

陳姑媽道：「這就看她爹娘了，我這把年紀，也管不到孫女的親事上。」

何老娘笑，「一轉眼孩子們都大了。大妞不必妳操心，倒是五郎年紀可到了，怎麼也不見姊姊操持著？」

「我去了州府好幾趟，就是為五郎的事。」說到小兒子的親事，陳姑媽翹起唇角，「州府有戶姓方的人家，做絲綢生意的，家裡的長女，我瞧著相貌性子都不錯。」

何老娘道：「姊姊眼力不差，我單想著五郎是小兒子，平日裡姊姊難免多疼他些，正該尋個穩重溫柔的。一般長女都格外穩妥，也知道照顧人。」

「我也是這樣想的。」姑嫂二人的腦回路十分相仿，這也是陳姑媽總願意來找何老娘說話的原因，陳姑媽笑，「若是人家也願意，年前先把親事定下來，明年正好過門。」

老姑嫂兩個越說越來勁，及至中午用飯，何恭陪著兩人吃酒說話，陳姑媽盡興而歸。

待陳姑媽走後，何恭道：「母親也略去歇一歇吧。」

何老娘確實有些倦了，她揉著額角，由兒子媳婦扶著去裡間休息，剛走兩步，突然想到一事，扭頭對蔣三妞道：「妳表姊給妳的戒指，我替妳收著。」

何恭、沈氏、何子衿皆無語。

蔣三妞連忙上交，何恭勸道：「娘，叫三丫頭自己拿著吧。」

「不行，這樣貴重的東西，怎麼能叫丫頭自己收著？」何老娘轉眼去瞧何子衿，也想替何子衿收著來。何子衿抬頭望天裝傻，何老娘冷笑，「妳就裝傻吧。」

何子衿收回下巴，「就是不裝傻，也不給您，我自己拿著！」哼哼兩聲，她轉頭跑了。

何老娘埋怨兒子：「都是你慣的。」

何恭笑，「我慣的我慣的。」

何子衿把她得的小銀釵小戒指都給她娘收著，她娘信譽比她祖母好多了。

何子衿說：「姑祖母家著實是發了大財，看大妞姊那一腦袋啊……」

沈氏笑，「世上的有錢人多了，妳只是沒見過而已。不過，就是再有錢，也不用插戴一腦袋。上次我去寧家，那樣的大戶人家，寧太太頭上也就兩三樣精緻首飾，不讓人覺得奢靡，反是恰到好處。可見真正的大戶，不在滿頭金銀上。」

沈氏說得自己也笑了，主要是她也覺得陳大妞那一頭金銀格外可樂。替閨女把小銀釵和戒子收好，沈氏道：「等妳大些再戴。」

何子衿提意見：「我能不能不梳羊角辮了，我現在頭髮多好多了。」以前頭髮少，就是左右揪兩揪紮朝天羊角辮，也虧得是何子衿這樣的顏值，才不顯得太蠢。如今她漸漸長大，頭髮也多起來，何子衿就要求換髮型了。

小孩子養頭髮，是定時要剃一剃的，這樣養出來頭髮好，所以何子衿這幾年一直是羊角辮模樣。眼下大些了，今年就沒剃，長長了許多。沈氏打量著閨女，給她解開辮子，從妝匣裡拿了兩根藍色髮帶，幾下子就綁了個包包頭，讓閨女自去照鏡子，「以後就這樣打扮吧。明兒我縫幾根紅髮帶，小孩子用來紮頭髮好看。」

何子衿由於營養比較到位，小圓臉來著，這樣左右兩個包包，襯著她的小圓臉頗出眾，討喜得讓沈氏都忍不住捏了一把。

當晚，何子衿向家裡人展示了她的新髮型。何老娘大約也瞧何子衿的新髮型順眼，破天荒一臉自得地道：「這丫頭生得像我。」

何子衿瞅一眼老太太的菊花臉，即使這臉還沒菊花時，她們也沒半點相像之處吧？何子衿不知道的是，何老娘會有如此感慨，不只是瞧何子衿長得順眼，還有何老娘是真心覺得何子衿這種有錢攥自己手心的個性，跟她老人家的確是很相像。

何老娘瞧著何子衿順眼，便極大方地對沈氏道：「妳姑媽給了我幾塊料子，給妳一塊裁衣裳。」注意，是一塊喔！

沈氏忙道謝：「母親總是這樣疼我。」

何老娘笑，「家裡可有誰，就你們幾個，不疼妳疼誰。」

何恭有意哄老娘開心，「娘也疼一疼兒子唄。」

何老娘大方地表示：「有媳婦了，讓你媳婦去疼你吧。」

何恭笑道：「媳婦是媳婦，娘是娘，哪能一樣？」

何老娘大樂，「這個年紀了，倒吃起醋來。有你的，到時叫你媳婦給你做去。」

何恭一笑，何老娘道：「等過了中秋，就教三丫頭裁衣裳。什麼時候學會了，什麼時候給妳料子，妳自己做件新衣裳。學不會，就拾舊的穿吧。」後一句是對蔣三妞說的。

蔣三妞沒說話，聽到能有新衣裳，眼裡也透出歡喜來。她自問不是笨人，定能學會的。

何子衿問：「沒我的？」

何老娘撇嘴，「沒誰的也不敢沒妳的吧，鬧事包，一併給妳娘就是。」

各人都得了東西，一家子都沒笨的，紛紛奉承起何老娘來。何老娘在兒孫的奉承聲中頗是飄飄然，想著大姑子給她那些好東西，她略拿出幾塊來給孩子們，餘下的先存著。等什麼時候高興了，誰討她喜歡了，她就再給誰一塊。這樣有競爭，肯定爭相來孝敬她老人家。

何老娘自以為智慧超群，又有兒孫來拍馬屁，心靈頗是滿足。

何子衿瞧著何老娘歡喜得快咧到腮幫子的嘴巴，暗想：難不成祖母以為她是聾的，她明明聽到陳姑媽點明那料子裡就有專門給她娘、她與三姑娘的。祖母倒好，直接說陳姑媽帶來的東西都是給她的，全都搬自己屋裡存著了。這會兒拿出來分配，就是為了聽人拍馬屁。

沈氏：不過幾塊料子，老太太高興就好。

蔣三妞：姑祖母肯給她一塊做衣裳，可見對她有些改觀了。

何恭：母親今天這樣歡喜，家庭實在太和睦了。

睡神何冽……

昨日剛分完衣裳料子，今日便迎來中秋。

中秋是最豐盛的節日，瓜果梨桃都熟了，哪怕是窮人家，也能整治出一桌像樣的吃食。如何家這等小康之家，就更不用說了。

一大早起來，何老娘就帶著何子衿和蔣三妞把院裡的兩棵棗樹上的棗子打了下來。這兩棵棗樹有些年頭了，樹幹比何子衿的腰還粗，每年都長許多棗子，既脆且甜，出了名的好棗子。只是何老娘有規矩，不到中秋不讓動，何子衿想吃，都只能偷偷地像作賊一般摘幾個。按何老娘的規矩，必要中秋這一日，早上起來打了棗，細細挑揀了，給相近的族人送一些，餘下的何老娘晾成棗乾，或是用來蒸棗饃饃，或是用來做棗糕都很好。

何老娘親自拿竹竿敲了棗子下來，叫何子衿與蔣三妞在地上撿。何子衿年紀小，蹲在地上撿一會兒就累了。老太太見她們速度變慢，趁兩人在地上撿棗子時舉著竹竿對著棗樹枝子啪啪兩下，然後何子衿與蔣三妞被掉下的棗子砸得滿頭包。

何子衿揉著腦袋，氣道：「您再這樣，我可不撿啦！」

何老娘一手戳著竹竿，一手插腰，訓道：「略幹一點活就怨天怨地，天生的懶胚子！妳倒是快些，磨蹭個什麼？就一張嘴快，有什麼用？」

何子衿腦袋被棗子砸了好幾個包，噘嘴道：「以後我不跟您一起幹活了，合不來！」

「快點撿，撿好了一會兒做個棗饃饃給妳吃。」除了暴力鎮壓，何老娘還會利誘。何子衿一邊撿棗子一邊嘟囔：「說得像我八輩子沒吃過棗饃饃似的，我累得腰都瘦了。」

「小孩子家家，有個屁的腰，別刁鑽了妳。」何老娘盯著枝頭纍纍的紅棗，讚嘆：「整個碧水縣也找不出咱們家這樣好的棗樹了。」

待把棗子撿好，何老娘帶著兩人分棗子，分好後打發她們跑腿送去給幾家親近的族人。陳家不同一般，讓余嬤嬤親自走了一趟。

跑腿也不是沒有好處的，這年頭族人之間來往都很親近，何子衿與蔣三妞送棗子去，儘管不是什麼值錢的東西，也得到了譬如一些點心啊水果啊月餅啊之類的回禮。

兩人回來時，余嬤嬤已洗好一碟棗子，「大姑娘和表姑娘都累了，來吃些棗兒吧。」

何子衿敲敲自己的小胖腿，「腿險些跑斷了。」

余嬤嬤聽她小大人似的說話就想笑，給兩人添了些白開水，就去做事了。中秋忙得很，連何子衿、蔣三妞都要被派出去跑腿。何老娘打完棗子專職看何洌，餘人皆在忙。

午飯隨便用了一些，大頭在晚上。

中秋節這一席，是可以跟過年時的年夜飯相媲美的。何家只是小康水準，但是雞鴨魚肉也都有的，另外此時瓜果豐盈，故而席上葷素得宜。何子衿跟沈氏習慣相似，晚上都吃素，可中秋宴又不一樣，何子衿吃了一條兔子腿，魚湯也喝了兩碗。

用過晚飯，一家人在院中賞月，桌上換成了葡萄、花生、蘋果、桃、梨及月餅之類。

何洌穿得暖暖的，戴著虎頭帽被沈氏抱了出來。桌上有石榴汁，何子衿拿石榴汁餵何洌一些，何洌喝了好幾勺，伸手要抓勺子，每當何洌手要抓到勺子的時候，何子衿立刻移開，何洌於是抓得更歡。

何老娘偏疼孫子，說何子衿：「就知道逗我們阿洌！」

何子衿就改逗何老娘了，她說：「祖母，月色這麼好，光看月亮有什麼意思。」其實看月亮也能把何子衿迷得夠嗆，前世的時候，月亮有時也是一種奢侈。如今的夜空，是一片深深的藍，皎潔的月亮掛在上面，才能明白什麼叫「月色」。哪怕她看了五年，也還沒看夠。

何老娘道：「怎麼沒意思，這月亮多好看。」雖然說不出怎麼個好看法，也覺得好看，尤其節下時兒孫繞膝，何老娘心情大好。

「大節下的，光看月亮有點孤單了，總要玩點什麼才好。」紅樓夢裡人家是擊鼓傳家，她家倒是有花，只是沒鼓，何子衿提議：「要不咱們玩擲色子算點數，數到誰頭上，誰就要幹點兒啥。或是說個笑話，或是唱段戲詞，或是吹個笛子，猜謎語，什麼都行，怎麼樣？」

這年頭的娛樂方式有限，何老娘倒也不反對，「成！」

余嬤嬤為難，「家裡倒是有副牌，只是沒色子。」何家沒人玩這個。

何子衿自告奮勇，「我有！」

沈氏問：「妳哪來的這個？」難不成閨女偷偷學會玩色子了？

何子衿道：「涵哥哥給我的。」隔壁何涵是她的好朋友，教過她玩色子。其實這色子倒不是何涵送何子衿的，主要是何涵在家裡因色子挨過好幾回揍，何涵他媽是見一副扔一副，何涵算是寄存在何子衿這裡。

沈氏原想訓閨女幾句，又想著大節下的，便道：「叫翠兒去拿吧。」

「翠姊姊不知道在哪兒。」何子衿自己去拿了。

沈氏暗暗嘆口氣，閨女早就自己住一屋了，沈氏不放心，讓翠兒去跟閨女一塊住，也是照看閨女的意思。閨女自己藏了一套色子，翠兒這傻丫頭竟全然不知。

想到閨女這難纏，沈氏就頭疼。

何子衿把色子拿來，毛遂自薦，「除了阿冽，我最小，我來搖吧，大家都要聽我的。」知道何子衿是個鬧事包，何老娘道：「快搖吧，看第一個搖中誰。」

簡直不用猜，何子衿一搖就搖中了何老娘，何老娘犯愁，「這可怎麼著？」

何子衿道：「我早聽姑祖母說過，祖母會唱戲來著。」

這年頭，聽戲是時尚，會唱戲和戲子則是兩碼事。

聽何子衿這樣說，何老娘假假謙道：「哪兒啊，就會唱不多兩句。」

何子衿身手靈活，立刻撲過去拉著何老娘的袖子左搖右擺，不要臉地裝嫩撒嬌，「唱吧唱吧，我還沒聽祖母唱過戲呢！」

何子衿這樣期待，很是滿足了何老娘的虛榮心，然後何老娘摸著何子衿的包包頭，再假假地抱怨一句：「真是拿這丫頭片子沒法子，那就唱一個吧。」

何老娘唱的戲，好不好聽兩說，大家是極捧場的，尤其何子衿，小手拍得清脆。何老娘唱得身心愉悅，呵呵笑著，對何子衿道：「再搖一個，看下個是誰？」

何子衿嘩啦一搖，把她爹搖出來了。

她爹是不會唱戲的，於是，吹了段走音走調的笛子。

何子衿搓搓耳朵，直道：「媽呀，我耳朵險叫爹您吹聾了。」

何老娘哈哈笑，「妳爹在這上頭不像我，那些調子，我聽一遍就記得住，妳爹記不住，笛子也吹不好。」

何恭好性子，笑著呷口茶，「湊合著聽吧。」

「妳祖父當年笛子吹得才好。」何老娘笑問兒子：「恭兒，你還記得你爹吹笛子不？」

何恭笑，「吹笛子不記得了，記得爹他老人家會拉胡琴，娘您伴著胡琴唱戲來著。」

「都是以前的事了。」何老娘道：「以前我也不會唱，誰會唱這個來著，都是你爹教我的。唉，煩得要人命。他胡琴拉得好，還有州府的戲班子找他想他入行的，真是笑話，咱們這樣的人家，怎能去幹那個？你爹偏又喜歡這個，有時候礙不過他們央求，就去給他們串個一兩場。我都帶著你跟你姊姊一道去，還有免費的戲聽。」

何恭道：「這個我都不記得了，姊姊是知道的，她以前還跟我講過。」

「你那會兒還小，不記事兒。」何老娘拿過兒子的笛子橫在唇際吹了一段曲子，何子衿叫不出名字，不過只這一聽也知道比何恭吹得高明多了。

何子衿連忙給何老娘鼓掌，大聲道：「祖母，您吹得好聽！」她本是想逗何老娘玩的，大家開心，可不是要何老娘思念亡夫傷心的。

人啊，都有短板，譬如何老娘，她就愛聽個奉承話，聽何子衿大聲讚她，何老娘道：

「比妳爹是吹得好。」

何子衿道：「祖母，您再唱段戲給我聽吧，剛剛我沒聽夠！」

何老娘十分有表現欲，咳了兩聲，裝作勉強的樣子，「好吧！」接著又唱了一段。

何子衿問：「祖母，這是唱的啥？我沒聽過哩。」

何老娘笑話，「妳小小人兒，哪裡聽過戲？」為何子衿解釋了一遍她唱的什麼戲裡的哪一段戲詞裡說的是什麼故事。然後，何子衿大力鼓掌再拍馬屁，要求何老娘唱一段。於是，何老娘又「勉強」唱了一段……

於是，一晚上成了何老娘的專場。

於是，第二日何老娘嗓子啞了。

沈氏張羅著去廚下用飴糖燉梨給婆婆潤嗓子，何恭去平安堂請張大夫來給她娘看嗓子。何老娘無非是用嗓過度，張大夫開了些清涼下火的藥。等張大夫出門，何子衿說：「爹，您看我手心，有點腫來著，疼。」昨天鼓掌過度，想問張大夫要點藥膏抹抹。

怎奈她爹半點不同情她，道：「拍馬屁把手拍腫了啊，活該！」

何恭想到閨女就發愁，跟妻子道：「妳說，這丫頭像誰，不像妳也不像我。要不是她一直叫她祖母唱戲，老太太也不能把嗓子唱啞了。」

沈氏忍笑，「你不覺得母親跟子衿在一起時，精神格外好嗎？」

何恭想到這事也覺好笑，「娘也真是的……」以前也不知老太太這樣喜歡唱戲來著。

「老小孩老小孩的，這老人啊，就是能跟孩子說到一塊兒。」沈氏笑，「由子衿陪著母親吧。母親這不又張羅著教子衿和三丫頭吹笛子的嗎？比以前精神要好很多。」嗓子啞也不是什麼大毛病，兩副藥下去就見好。

何恭道：「也是。」

此時，何老娘正在幫何子衿的小胖手敷藥，嘴裡還絮叨：「就是喜歡聽我唱戲，也不至於把手拍腫了吧？唉，丫頭片子沒聽過戲吧。」有人這般捧場，心裡還是很得意的。

何子衿道：「以前縣裡唱戲，我娘都不帶我去。祖母，您這麼愛聽戲，怎麼也不去？」關鍵是何子衿其實不大喜歡聽戲，碧水縣過年時唱大戲啥的，她很少去。再加上她年紀小，沈氏怕帶她出去或是擠了碰了，就不帶她去。何老娘不同啊，何老娘一看就是戲迷。

何老娘道：「以前我一聽戲就想到妳那死鬼祖父。他死了，我也沒聽戲唱戲的心了。這麼多年沒唱，昨兒一唱，倒也不大想他了。等過年時我帶妳聽兩齣好戲，那才過癮。」

說到短命的祖父，何子衿還有些擔心何老娘傷感啥的，不想何老娘絕對是傷感絕緣體，幫何子衿上好藥，何老娘就說：「妳比妳爹還是有點水準的，知道我唱戲好聽。等到我嗓子好了，教妳兩段。」專場過後，何老娘還起了收徒的心。

何子衿又不喜歡唱戲，她說：「我想學吹笛子。」

有徒弟學就成，何老娘也不挑，不過不忘打擊何子衿一下，拉著何子衿的小胖手道：「妳看妳這手，一看就知道是隻拙手，長得就笨，不知道能不能學會。」

她手只是肉一點而已好不好，何子衿沒啥節操地表示：「祖母不是說我像您嗎？像祖母的話，怎麼學不會？」

何老娘受用，且對自家基因充滿信心，「倒也是。」

何老娘想起一事，又問：「妳不是說要給我做襪子，這都好幾個月了，襪子做好沒？」

何子衿道：「哪那麼快啊，我做的是棉襪子，您等著就是，哪有收禮人這麼急的？」

何老娘撇嘴，「我就怕等得腳生凍瘡也穿不上妳的襪子。」

「我儘量快點吧。」何子衿拿捏上臭架子啦！

「抓緊點。」何老娘無師自通地學會催貨。

何子衿「哦」了一聲，舉手示意：「手腫了。」

何老娘想到襪子無期，道：「丫頭片子有什麼用，拍手都能拍腫，妳也就吃飯在行。」

由於何子衿進度太慢，何老娘撇下她，單獨教蔣三妞裁衣裳了。這年頭，鄉下地方不甚講究，何老娘針線是會的，但也不可能有啥太高深的裁剪技術，無非是量了尺寸剪幾個衣片縫縫好罷了。何子衿就不大滿意了，她對於何老娘的課程指指點點，發表評論：「腰這裡起碼要收一收，表姊腰細，收了腰穿起來好看，不然這樣直筒子似的，腰這裡鬆好多，就是紮上腰帶也顯得腰粗了，難看！」

何子衿就是傳說中的最招老師討厭的那類學生。

何老娘一指她，「妳襪子做好了？自己屁個不會，還來瞎指點，走開走開！」

何子衿才不走開呢，她站得牢牢的，跟何老娘辯理：「祖母，虧您還說會過日子，這做衣裳要按您說的，不知道要浪費多少料子。腰這裡一收，就省下好些料子，哪怕是碎布頭，打了漿子做鞋底也行啊！」

這年代的人對物資利用就是這樣充分，哪怕是星點布頭，也鮮少有棄之不用的。何老娘自問是過日子的高手，原本對何子衿的瞎指揮很不滿，就是對那種掐腰露細腰的衫子，她老人家也很不屑。不過，聽到能節省料子，何老娘迅速點頭，「嗯，這也有些個道理。」

何子衿得意地揚起大頭，學著何老娘以往那不實在的假假謙虛模樣道：「還好，還好啦。妳們忙吧，我走啦。」她去瞧瞧廚下中午吃啥。

何老娘看何子衿背著兩隻小短手，昂著胸脯，挺著包包腦袋，神氣十足地走出屋子，好半天才回過神來，問蔣三妞：「那死丫頭剛才是得瑟吧？」

蔣三妞忍不住，「噗哧」笑出來，「妹妹還小呢！」何子衿那模樣，實在好笑。

何老娘自己慣常得瑟的人，偏生看不上別人得瑟，嘀咕罵道：「那個死丫頭片子，笨手笨腳的，一雙襪子做好幾個月，瞎得瑟個啥？」

蔣三妞彎著唇角，眸中滿是笑意。

何老娘擺擺手，「不理她！」繼續教蔣三妞做衣裳。

何老娘倒不想理會何子衿，不想何子衿這沒臉沒皮的傢伙，傍晚一家子在何老娘屋裡說話，何恭問候完老娘，問閨女做了點啥時，何子衿大言不慚：「我教祖母做衣裳啦！」

何老娘險些被茶水嗆著，指著何子衿道：「哎喲，我今兒個算長了見識，妳教我做衣裳？妳也不怕把牛吹到天上去！」

何子衿道：「家裡哪有牛啊，就阿冽是屬牛的，要不明天我吹吹看？」

何老娘被何子衿鬧得哭笑不得，「妳就貧吧。」

何子衿笑，「咱們這叫每日一樂。」每天不逗逗老太太，她簡直就過不了。

何老娘無奈道：「懶得理妳這貧嘴丫頭了，明兒個妳姑祖母叫我過去說話，妳跟三丫頭同我一道去。」

能出門當然好，雖然不大喜歡陳家，何子衿也挺高興地應了。蔣三妞自然也高興，就是何恭心裡亦是開懷，想著母親雖嘴上有些厲害，心底還是慈悲，對三丫頭越發和善了。

因為要跟何老娘出門，沈氏提前找了身乾淨衣裳給閨女換。何子衿明年就六歲了，因為營養到位，個子長得快，比尋常六歲的孩子都要高些，但依舊是個娃娃樣。換一身桃紅襦衣配同色長裙，還給何子衿的包包頭各加了兩個小銀掛珠，垂在圓圓的臉頰旁，可愛得緊。

何子衿自己照鏡子，她顏正是無須多言的，衣裳其實也漂亮，只是這年頭衣裳顏色不大牢靠，爹娘疼她，她一季能有一身新衣裳。這身衣裙也是今年新做的，洗過幾次，顏色就不鮮豔了。不過，顏正就是本錢，何子衿抱著鏡子說：「真是越看越好看。」

沈氏白閨女一眼，叮囑她：「在外頭可不許說這些瘋瘋癲癲的話，知道不？」

「知道知道，就是不能說實話唄。」何子衿正兒八經地跟她娘提意見：「娘，您總叫我撒謊，這可不好。」

沈氏氣得擰她耳朵，「不知天高地厚的臭丫頭，圓得跟個包子似的，有個屁的美貌！」

閨女沒自信不好，可這自信過頭的病也得治。

「哎喲哎喲！」何子衿沒喊兩聲就把她爹喊來了，何恭忙救下閨女，輕輕地幫閨女揉耳朵，問：「妳又招妳娘生氣了？」

「爹，有件事我不明白。」何子衿道：「您說，我娘怎麼只對您溫柔，不對我溫柔？」

沈氏伸手臂挽袖子，就要對何子衿溫柔一回，何子衿眼疾腳快地跑了。

沈氏直嘆氣，「這還沒六歲就這樣，到七八歲時，不知怎麼討人嫌呢！」

何恭：呵呵呵！

蔣三妞也換了乾淨衣裳，說起來，蔣三妞身上的衣裳雖是以前何氏少時穿的，論料子，比何子衿身上的還好些。無他，何祖父在時，何家家境比現在要好，何氏總有一二身不錯的衣裳。因要去陳家，何老娘特意命余嬤嬤找了件好些的給蔣三妞穿。連帶那些收起來的首飾，也拿出來給蔣三妞戴上了。

蔣三妞比何子衿大四歲，來何家這三四個月，胖沒見胖，個頭卻竄高了一截，這會兒梳個雙鬟髻，簪一支絹花並一枝銀釵，就很有些小少女的意思了。

何子衿看那絹花有些褪色，自何老娘屋裡的半開菊花剪了一枝給蔣三妞別頭上。余嬤嬤笑，「既好看，也對季節。」過了中秋便是重陽了。

蔣三妞對鏡子抿嘴一笑，跟何子衿道謝。

何老娘出來正瞧見，哼一聲，「又糟蹋花呢！」

何子衿戳戳蔣三妞，「表姊，祖母這是等著妳跟她道謝，這剪的是祖母屋裡的花。」

蔣三妞再對何老娘謝過，何老娘揚下巴哼一聲，瞥那花一眼，「花還不錯。」這兩個手快的死丫頭片子，明明這枝是老娘看中的。一時沒來得及簪，就被丫頭片子搶了先。何老娘深怒丫頭片子手快，又自恃輩分，不能從蔣三妞頭上搶回來。

何子衿看出些許貓膩，一指開得正好的一朵，「這枝最好，就是留著給祖母的呢。祖母坐下，叫孫女我也表表孝心，如何？」

何老娘再哼一聲，依言坐下，「也還罷了。」

蔣三妞素有眼力，忙用花剪剪了遞給何子衿。何子衿手小，卻是俐落，直接給何老娘簪在圓髻畔，然後猛誇何老娘簪菊好看，總之將何老娘從頭讚到腳。何老娘對鏡子照照，倒還滿意，「行啦，走吧，妳姑祖母該等急了。」何家離陳家不遠，走著就能到。

何恭及沈氏出來相送，叮囑蔣三妞和何子衿好生聽何老娘的話。

余嬤嬤提著給陳姑媽的東西，一行人遛達地去了陳家。

對陳家人，何子衿最熟的就是陳姑媽和陳芳了，後者嫁去州府無須再提，陳姑媽常去何家走動，見得多也熟悉。餘者陳家女眷，竟沒咋見過，不得不說也算一樁奇事了。

甭管先時種種原因，反正這是她頭一次去陳家。

還沒到陳家呢，就見巷子裡頗熱鬧，外頭停著車馬，待走近了看，是陳大郎要出門。何老娘是正經舅媽，陳大郎自然要打招呼。何老娘笑問：「大郎這是去哪兒？」

陳大郎道：「我去州府，母親早上就盼著舅媽呢。」

何老娘點點頭，叮囑兩句：「去吧，路上小心些，鋪子裡生意忙，也要注意身體。」

陳大郎吩咐妻子道：「妳陪舅媽進去吧，好生服侍舅媽，讓大妞、二妞和三妞她們別上課了，跟姊妹們玩一會兒。」

陳大奶奶應了聲「是」。

何老娘笑，「我這就進去了，你們小夫妻再說會兒話，無妨的，我又不是不認得路。」

陳大郎還是讓妻子去給何老娘帶路了，親舅家情分不同別個，若不是因幼妹親事，陳大郎與何家還是極親近的。何恭對沈氏一見鍾情再見傾心三見便非卿不娶，自從何恭與沈氏的親事成了，陳大郎便沒去過何家，後來還是陳姑丈鬼迷心竅，何恭二話不說為何姑媽出頭，陳大郎對舅家方回轉了些。如今陳家生意越做越大，家興業旺，妹妹在寧家也站住了腳，陳大郎對何家已芥蒂全消，見著何老娘也頗為恭敬。

何老娘一進陳家的門便道：「哎喲，院子裡大變樣啊！」院中正軸線一溜兒大水缸，裡頭養著的荷花有些枯萎，透出九月肅殺之氣來，但若是趕在夏日，可想而知這院中景致了。

陳大奶奶笑，「這是五弟自芙蓉潭弄來的荷花，養在缸裡，夏天格外好看。」

何老娘四下瞧著，「花草也不一樣了。」

陳大奶奶道：「父親找了朝雲觀的大師來給看的風水。」

何老娘不懂裝懂地點頭，「好，更好了。」心中卻對陳姑丈不以為然，這賣閨女的混帳東西，老天有眼，哪天一個雷劈了這老賊才算痛快！

何家不是有啥大見識的人家，何老娘見陳家大變樣，便四下打量，何子衿和蔣三妞也跟著四處看看開眼界。

陳大奶奶覺得這位舅媽還是老樣子，連帶家中女孩兒也養得這般土頭土腦的沒見識。

土頭土腦的何子衿卻覺得，陳大妞那一腦袋光華璀璨的金銀可算是找到了出處，看陳大奶奶的腦袋就知道了。我的天啊，一看就是親母女。及至在陳姑媽屋裡見到陳大妞、陳二妞和陳三妞三顆光華璀璨的腦袋時，何子衿更是無言了。

陳姑媽與何老娘多少年的交情，兩人一見面都是笑呵呵的，晚輩們各自見了禮，陳大奶奶很有陳大妞風範地給了何子衿與蔣三妞見面禮，兩人推辭一番，還是收了。

老姑嫂兩個說得開心，中午又在陳姑媽這裡吃了一頓大餐。用過飯，何老娘就帶著何子衿與蔣三妞告辭了。

陳姑媽勸何老娘歇一歇再走，何老娘笑，「正好遛遛飯食，姊姊是知道我的，出來了這半日，我惦記著阿冽。咱們離得這般近，過來不過片刻的事，還怕見不著怎地？」

陳姑媽一笑便不再留何老娘了，讓人裝些好果子給何老娘帶著。何老娘也沒推辭，與陳姑媽約好下次見面的時間，就笑呵呵地走了。

及至歸家，何老娘茶都顧不得喝一口，屁股剛挨榻板，就對兩人道：「來，妳們陳家大伯娘給的東西呢？拿出來，我幫妳們存著。」

何子衿：難道就因這個，何老娘才帶她們出門的嗎？

蔣三妞的東西慣例上交，何子衿是要自己收著的，何老娘拗不過她，也不再理這財迷丫頭。收繳了東西，何老娘就打發蔣三妞和何子衿去玩了，她老人家由余嬤嬤服侍著換衣裳。一邊換衣裳，何老娘一邊盤算：這大郎媳婦可真不會過日子啊，出手就是金的，這傻東西，有錢也不能這般散漫啊！

若得知何老娘有此想的話，何子衿肯定會說：得了便宜還賣乖！

何老娘可是半點不覺得自己「得便宜賣乖」的，她是覺得，大郎媳婦反正是傻大方，她不得，也是叫不相干的人得了。與其如此，還不如她得了呢！

因為這些日子比較有財運，何老娘心情大好，過幾日對何子衿宣布：「給妳找了個念書的好地方，以後不用總去跟阿洛學認字啦！」

何老娘一宣布這消息，闔家都嚇了一跳。這年頭，念書是個稀罕事，也是個極燒錢的差使，如何恭多年念書花銷，何子衿偷偷聽何老娘嘀咕過，都可以再置一二百畝田地了。

在這個年代，念書就是這樣燒錢的事。

何家連富戶都算不上，頂多是吃喝不愁罷了。

就從何恭這裡算，何恭是念書的，何氏卻從未念過書，認識的字還是弟弟何恭教的。而沈家，沈父是老秀才出身，他自己給兒女啟蒙，這也是沈素念書、沈氏識字的由來了。

像何家現在，以後念書的人定是何冽。不是不想何子衿念，是真的供不起。當然，何子衿天賦異稟嫩殼老心是一碼事，不過，沈氏同意她每天去何洛的學前班，也是打著讓閨女藉此機會多認些字的主意。沈氏自己也識字，只是她與丈夫都忙，哪怕給閨女啟蒙，恐怕也是有一天沒一天。見閨女跟何洛學得不錯，沈氏嘴上不說，心裡是高興的。都是族兄族妹，何況年紀都小，也不必忌諱什麼？

如今何老娘一說要何子衿去念書，沈氏就有些懵，難不成是哪裡的學堂？可這恐怕要花上許多銀錢的。

沈氏正思量婆婆話中之意，何恭這做兒子的可沒這許多顧慮，直接問道：「娘，您是說讓子衿出去上學嗎？」

「是啊！」何老娘喜孜孜的，也沒賣關子，「你姑媽給大妞她們姊妹請了個女先生，我瞧著大妞她們知禮多了，跟以前的鄉下丫頭的模樣都不一樣了。我就問你姑媽了，能不能讓咱們家的丫頭片子去一道聽聽，學些道理。你姑媽跟我的交情，哪有不應的？」

何老娘喜氣洋洋，念書的花銷，沒人比她更清楚，如今能叫何子衿念上不花錢的書，在何老娘心裡，這就是賺大發了。

不想，還有個不知足的，何子衿對去陳家念書沒半點興趣，完全不理解何老娘的苦心，一翹嘴巴，道：「我不去！我跟洛哥哥念得好好的，幹什麼去姑祖母家啊？我跟洛哥哥學了好多字，一本書都能念下來。」

「妳知道個屁！」何老娘一見何子衿生在福中不知福，也不樂呵了，板個臉道：「我都跟妳姑祖母打聽清楚了，不只是學認字，還要學琴棋書畫，總之是大學問。還有穿衣打扮，別總穿得跟土包子似的。嗯，以後還能學繡花。」

何老娘已經把事定下來了，「妳給我老實點兒，明天我就帶妳過去，妳好好學著些。不求妳像大妞她們那樣出息，也得學出些樣子來，不然白叫我在妳姑祖母面前替妳說項了。」

何子衿道：「咱們家沒琴沒棋也沒畫，買這些要花很多錢，我也是為祖母省錢來著。」

「妳個笨東西。」何老娘教導道：「妳就不會揀著能學的學，那些學不來的，不學也沒事兒。再說了，咱們家沒有，大妞她們姊妹都有的，妳借著她們的使使不就成了？笨死了！」鄙視孫女的智商。

何子衿實在找不出理由不去，沈氏剛從巨大的欣喜中恢復過來，忙對閨女道：「還不謝妳祖母，妳祖母可是疼妳。妳去跟大妞她們學一學，哪怕學個皮毛也是好的。」

何子衿又不是真正的小孩子，她也明白何老娘是疼她，才會跟陳姑媽開口，叫她去陳家學習。可是，她真的不覺得她有去學那個的必要。陳大妞她們明顯是家裡有錢了，以後想嫁個好人家，現在跟著女先生加強自身文化素養，可她家就是小康人家，跟陳家沒得比，以後變成暴發戶的可能性也小，她大約就是嫁個跟自家門當戶對的人家，學琴棋書畫有什麼用？

何子衿弱弱地說一句：「就我去，表姊不去嗎？」

何老娘道：「妳一個，我就得豁出臉去了。人家不要錢，我還得要臉。」別說她跟蔣三妞的父祖沒啥交情，就是有，她也得先顧親孫女。

沈氏柔聲道：「妳去了好好學，等妳學會了，回來再教妳表姊也是一樣的。」

蔣三妞是個通透人，她道：「我年紀大了，要跟著姑祖母學針線。念書什麼的，女孩子會不會的不打緊，針線是必得會的。妹妹去了好生學一學繡花，等回來教我，以後咱們自己做衣裳就能繡花了。」

對琴棋書畫啥的，蔣三妞早看透了。別人不知她的成長，她自己是知道的。那些東西，不當吃不當穿。子衿表妹是家裡人疼她，也有這個機緣讓她去學。如今就是姑祖母真的給她個名額讓她一塊去學，她也是不打算去的。那些東西，於她將來無甚益處，倒是學些針線女紅，反是實惠。

聽蔣三妞這樣說，倒不是出自勉強，何子衿就點了點頭，「那就去吧。」

何老娘一千個看不上地瞥何子衿一眼，「看跟求妳似的，整個碧水縣的丫頭片子們，誰有這個福氣？身在福中不知福的死丫頭！」

何子衿道：「我跟洛哥哥念了好幾年的書，洛哥哥和涵哥哥對我可好了。我就是不再去跟洛哥哥念書，也得去謝一謝他們才成。」

沈氏笑，「妳說怎麼著，我替妳置辦。」

何老娘翻白眼，「屁大一點，事兒還挺多。」

何子衿權當沒聽到何老娘的話，她說：「一會兒我去寫帖子，過幾天洛哥哥學裡休息，我想請他們來家裡吃飯。」

何老娘一驚一乍，「妳還要請客吃飯？」

何子衿理所當然地道：「我跟著洛哥哥學了好幾年的書，吃個飯怎麼了？別人跟著先生學認字都要花錢，洛哥哥可沒收過我的束脩，還常給我點心吃。祖母，您怎麼這麼摳？」

「妳個不知好歹的臭丫頭，我摳？要不是我，妳能去跟著女先生正兒八經地上學！」何老娘自覺辦成一件天大好事，不想卻沒人讚揚拍馬屁，心下失落得很。一失落就容易暴躁，這不知好歹的死丫頭！

何子衿笑嘻嘻的，「您是我祖母，當然要對我好啦！我有一盆綠菊，快開花了，爹爹眼饞得不行，我都不給他。我孝順祖母，放祖母這裡擺兩天如何？」

何老娘嘴一撇，「給就給，不給就不給，什麼叫擺兩天？是不是擺過兩天妳還要搬回去？小眉毛小眼睛的，叫我哪個看得上？」哼！別說，以前何子衿真辦過這事，翻臉就把送何老娘的花草搬走啥的……

何子衿道：「您老別不懂眼了，您見過綠色的菊花嗎？我爹說，這花拿到集市上能賣二兩銀子一盆呢，您說金貴不金貴？」

何老娘立刻來了精神，「一盆花能值二兩？」她不是問何子衿，而是問兒子。

何恭笑道：「子衿這花養兩年多了，原是阿素不知哪兒弄來給她的，很小一株，如今養得很不錯了。」

何老娘馬上一臉笑咪咪地對何子衿道：「哎喲，往日裡只看妳嘰嘰喳喳沒個消停，不想是真正有孝心。那啥，一會兒就把花兒給我抱來吧，我也瞧瞧。這也怪，葉子是綠的我信，花兒也有綠的，真怪！」看何子衿一眼，「怪人養怪花！」

何子衿臉一臭，「不給了！」

何老娘頓時急了，「如何說話不算？」

「我是怪人唄。」

何老娘一笑，「逗妳呢，一會兒記得抱過來給我啊！」又一想，「算了，妳毛手毛腳的，讓阿余去抱吧。」

何子衿當天就送了何老娘一盆綠菊，還跟余嬤嬤介紹這花多麼名貴，多麼不得了。余嬤嬤回去同何老娘一說，何老娘越發覺得這是一盆好花，賞了又賞，賞了又賞，也沒賞出個一二三來。不過，她老人家仍覺得這花漂亮，值錢。

第二日，沈氏送穿戴一新的何子衿過來，何老娘就帶著何子衿去陳家念書了。

其實在陳家念書也沒啥，陳家三妞年紀不大，最大的陳大妞才十歲，陳二妞八歲，陳三妞只大何子衿一歲，今年七歲。

陳大妞見著何子衿還點了點頭，一副老大看小弟的模樣，「祖母說了，叫我照顧著妳些。一道學吧，妳不會的就問我。」

何子衿點頭，「謝大妞姊，我知道了。」

教課的女先生姓薛，據說在前任知府家做過女先生，因知府離任，薛先生才辭了去，後被陳家花大價錢請了來教導陳氏三姊妹。薛先生四十歲上下的年紀，生得眉目舒展，但絕說不上是美人。

何子衿初來乍到，薛先生問她以前學過什麼，知道她識字，且詩經都能背一些，滿意地點點頭，問：「貴府上可是讀書人家？」這麼小的孩子，千字文會一些不足為奇，時下人多用此啟蒙，但能背詩經就很不簡單了。如陳家這幾位姑娘，她教導了這些時日，也不過千字文剛學完而已。

何子衿道：「家父去歲剛中了秀才。」

這就是門第了。

如陳家，再有錢，別人提起也是商賈之家。

如何家，家境較陳家相差不知多少，而秀才，已是仕的起點了。

薛先生再從何子衿的穿戴上看，也就心裡有數了，便命何子衿坐下，上起課來。

啟蒙的課程都很基礎，何子衿學著也不難，陳家女孩兒上課是上午一個時辰，下午一個時辰，到中午翠兒來接她，何子衿就跟陳姑媽告辭回家。陳姑媽本想留她吃飯，何子衿還學著紅樓夢裡林妹妹初進榮國府時婉拒邢夫人的話，道：「姑祖母愛惜賜飯，原不當辭。只是我頭一天來上學，祖母定是記掛的，我早些回家與祖母說些課堂上的事，祖母便放心了。」

陳姑媽笑，「好，那就回去吧。」待何子衿走了，陳姑媽同身邊的丫鬟阿財道：「這上學就是不一樣啊，以前子衿丫頭哪裡會說這種文謅謅的話，還什麼『賜飯』啥的。這才來了一天，就學會了。」

阿財也不過鄉下丫頭一個，更沒見過世面，不過，身為奴婢，奉承主人是慣性，於是，阿財笑道：「可見薛先生的確是請得值的，一年五十兩的束脩，等閒人哪裡敢想呢，比個舉人老爺都掙得多。」

陳姑媽道：「這都是小錢，只要大妞她們能學個出息，再多出些我也樂意。」

陳姑媽在想自家請的女先生得力，何子衿這裡同翠兒回了家，何老娘問了一番好歹，上課的情形啥的。沈氏也笑咪咪聽著，極是喜悅，先前同婆婆再多的芥蒂也因何子衿去陳家學習的事消了。婆婆對她如何有什麼要緊，待孩子好就行，何況婆婆現在對她真的很不錯。

沈氏兒女雙全，夫妻恩愛，婆婆也轉了脾性，此刻說得上是順心順意。

何子衿說了一番在陳家上課的話，扭頭瞧著四周問：「祖母，我送您的綠菊花呢？」

何老娘道：「我在裡屋擺著。」

何子衿問：「澆水沒？」

「妳別管，我讓阿余伺候它就成了。」

「我去瞧瞧吧，余嬤嬤沒養過綠菊，可能不大知道。」何子衿就要去看，何老娘一把拽她過來摟懷裡，道：「看個甚？這就吃午飯了，吃飯要緊！」

何子衿懷疑地瞅著何老娘，「祖母不會把我的花賣了換錢吧？」

何老娘道：「妳不是送我了，送我就是我的，妳管我怎麼著！」

何子衿嘆了又嘆，竟沒跟何老娘計較，反是道：「我能怎麼著啊，不怎麼著唄，就是等祖母賣了銀子分我一半就好。」

「財迷，財迷！」何老娘訓何子衿兩聲，只當沒聽到何子衿要分銀子的話，反正只要何子衿不跟她鬧騰就好。至於銀子，叫這財迷精做夢去吧！

其實何子衿根本沒介意何老娘拿花賣錢的事，她喜歡養花，多是跟賢姑太太學的，但也沒養到多清高的境界。花能賣個好價錢，她也高興。

再者，何老娘應該是賣了個好價錢的，因為接下來幾天，何老娘瞧著何子衿都是笑咪咪的。及至重陽節，何子衿又抱出一盆綠菊給大家欣賞，何老娘眼珠子險些綠了，問：「怎麼還有一盆？」莫不是落網之魚？

何子衿笑，「舅舅當時送我兩株小苗，要是都給祖母，今天可就見不到我這綠菊啦！」

何老娘先是一怒，暗道丫頭狡猾，竟私藏一盆，接著又是一喜，笑道：「這盆留著吧，待打了籽，明年多養幾盆這種綠色菊花，這東西還怪有價的。」雖然想一下子賣了錢，但若留下一盆做種，以後豈不是年年有綠菊賣了？

何老娘暢想著綠菊銀光閃閃的明天，禁不住笑出聲來。

何恭、沈氏、蔣三妞：……

何子衿：打籽啥的，菊花都是扡插的好不好？

陸之章

走訪外家抖靈秀

何老娘罕見地對何子衿的養花事業表達支持，何子衿沒忘藉此機會敲何老娘一筆，何子衿的理由很充足：「祖母不知道這養花多費神啊，澆水施肥說起來容易，做起來可難了。什麼樣的花用什麼樣的肥、什麼樣的土，這都是有講究的。哪些花該多澆水喜陰，哪些花該少澆水喜陽，還有既不能多澆水也不能少澆水的名貴品種，那就更不用提了。祖母說得容易，做起來難得很。要是祖母想以後多賣出些花去，少不得要投入一點哩。」

一聽何子衿要錢，何老娘立刻板了臉，「投入？投入啥？」

「錢唄。」何子衿無視何老娘的黑臉，攤開小肉手分析道：「尋常的花草一抓一大把，誰會花錢買呢？會花錢買的，都是名貴花草。名花貴草的價錢我就不跟祖母您說了，說了會嚇著您。聽我舅說，以前州府有人一株春蘭賣了五百兩銀子，您說，名不名貴？」

何老娘咋舌，「怎麼可能？就一株破花能賣五百兩？」這買花的是傻子吧？

何子衿斜著眼，哼一聲道：「還破花？我那綠菊祖母賣了多少？叫祖母說，那也是破花？破花您倒是給我養一盆來著。」

何老娘被何子衿堵了嘴，她老人家有個好處，事關銀錢上的事，絕不會不懂裝懂，不懂的也會問清楚，何老娘就問：「妳說的也是，怎麼這花草倒比魚肉還貴呢？」

何子衿道：「祖母也不想想，您叫小福子拿去賣的時節，正好重陽前了。尋常人家哪會買這麼貴的花呢？有人買也鮮少自己用的，多是用來送禮，所以節前才有行市，您才能賣出大價錢來。要是換了現在試試，肯定不好賣。」

「哎喲！」何老娘嘖嘖兩聲，「妳真是成精啦，這都知道？」小孩子家腦袋的確靈光。

「我要是不知道，祖母您能發了財？」何子衿道：「要是祖母您想再繼續發財，就得投入一點啦。您老賣了銀子一分不出，我這花養著也沒勁兒。再說了，這盆綠菊是舅舅給我的小苗，以後可沒這樣好的事了。要是祖母分我點兒銀子，我再去買些別的花苗來，明年祖母就能多賣幾盆，得的銀子也比今年多，是不？」

一聽要給何子衿銀子，何老娘就肉疼，含糊道：「妳那盆破花也沒賣多少錢。」

「積少成多。只要祖母別剋扣，我不嫌少。」有錢拿就行，何子衿知足常樂。

「不是還有盆綠色花嗎？等這花打了籽，就能多種幾盆了，哪裡還用再給妳銀子？」總而言之一句話，何老娘是不想出錢的。

何子衿不得不給投資人普及一點育花知識，「菊花不打籽，是要扦插的。我這盆花還小，扦插得等明年了，祖母要想賣花，可得等後年了。就是後年，怕花還養不好，得等大後年。要是祖母願意等，我是沒啥意見的。」

何老娘想了想，問：「要是給妳錢，明年能有幾盆好花賣啊？說得跟真的一樣。」

「看祖母給我多少銀錢吧，起碼能翻倍，這我是可以跟祖母做保證的。」

何老娘猶不大信，「真的假的？」

「不信就算了。」何子衿拍拍手，無所謂的樣子，「我原是想祖母這樣疼我，還叫我去姑祖母家裡念書，我才把綠菊送您的。您賣了錢，我也沒說啥吧？您要是不信，我不養這些貴花就是。養些大路貨不賣錢，自己家裡瞧著唄。祖母您也不用給我錢，我用不著買花啦。」

何老娘的臉，一時紅一時綠，沒理會何子衿的激將法。她老人家活了這把年紀，別的事不慎重，唯獨銀錢上的事，慎之又慎，絕不可能被何子衿三言兩語就說定的。

何子衿也不急，她照常去陳家上課學習，並且很聰明地把自己的成績控制在末尾卻又離陳三妞很近的地方。

沈氏極關心閨女的學業，問閨女是不是很難學，何子衿道：「不難學，薛先生講的詩經我早跟洛哥哥學過了。琴棋書畫還早得很，先生只讓大妞姊和二妞姊學字，我們小，先生說等過了八歲再摸筆。棋教了一點，樂譜教了一些，針線五天學一回。」

沈氏問得很委婉：「是不是表姊們學得太好了？」閨女腦袋不笨，自小就比同齡孩子強，說話走路早不說，平日裡小嘴巴啦巴啦的也會說，就是跟何洛念這一二年的書，也學會了不少字，背了不少詩經。丈夫有時問閨女一些淺顯的書本，都答得上來。丈夫私下時時感嘆以後兒子有閨女這種靈性，老何家的舉人可期啦！

閨女如今在陳家念書，薛先生為了展示自己教學上的進度，每十天都要考校一次，閨女回回最末。沈氏是個好強的性子，平日裡雖不大顯，心中卻很擔心閨女跟不上功課。她直接問，又擔心傷閨女自尊，故此問得很委婉。

何子衿可不是個委婉人，聽出她娘的意思，便道：「我是剛去嘛。有時先生課上提問，大妞姊答不出來，我答出來，大妞姊臉就很臭。先生考的我都會，就是低調一些，省得她們嫉妒我，不然像我這樣的美貌，又有過人的聰明，得多招人恨啊！」

聽著前半句，沈氏還想著，陳大妞她們可真沒涵養。不如自家閨女，就該好好學習多用心，難道臭著臉就能把功課學好了？當然，沈氏也挺高興閨女心眼兒多，本就是旁聽生，讓一讓人家正式生，這也沒啥，但聽到後半句，沈氏啥想法都沒了，揪著閨女的耳朵訓她：「妳出去千萬別說這些丟臉的話，知道不？」有好處是叫別人誇的，哪有自己這般大言不慚誇自己的？有這麼個自信過頭的閨女，沈氏真是愁死了。

沈氏糾正閨女三觀後，又細細問了閨女的功課。看她小小人兒的確心裡有數，沈氏又教導閨女：「妳知道讓著表姊們也是對的，可也不能一直這麼讓著她們，不然妳回回考最差，她們不知妳是讓著她們的，該笑話妳笨了。」

何子衿問：「那怎麼著？難道一會兒讓一會兒不讓？多累啊！」她原是打算裝鵪鶉的。

「等先生考妳們的時候，妳偶爾考個第二第三的，非但先生覺得妳學習努力，就是大妞她們瞧見妳有進步，也不會小瞧妳的。」沈氏道：「外頭受欺負的，都是無能的人。表現出一定的能為，才沒人敢欺負妳。當然，也不要總次次出頭，薛先生是妳姑祖母請來教大妞她們姊妹的，妳次次搶她們的風頭也不好。妳得心裡有數，讓人覺得妳聰明，卻不是最聰明的，卻也不是最笨的，這樣才最安穩，自己也學到了東西。」

何子衿感嘆：哪怕她不是穿越的，有這樣的親娘，她也傻不了啊！

何子衿在沈氏這裡學了一肚子的「如何在課堂上保持中上游水準」的人生經驗之談後，繼續自己的學習旅程。

何子衿想著，自己好歹有兩世記憶，可是，於人情世故上，她顯然是不及沈氏的。因為自從她考了兩次倒數第一後，連陳大奶奶見著她都是：「子衿念書不要急，妳年紀小，慢慢來就跟得上了。」話裡是安慰何子衿，但眼神裡未嘗沒有「這丫頭真笨，還是她陳家的孩子更聰明」的意思。

何子衿點頭，「伯娘，我會努力的。」

「也不用急。」陳大奶奶摸摸她的包子頭，交代閨女：「大妞，多教教妳妹妹。」

陳大妞道：「我日常哪有少教她，是她自己笨，都一樣跟著先生學，三妞只大她兩個月，功課就比她強。」這裡要說一下陳三妞，她比何子衿大一歲，但陳三妞生在臘月三十，真的沒有比這個更小的生辰了。何子衿生在次年龍抬頭二月二。這年頭人們論虛歲，生下來就算一歲的，所以，陳三妞雖然名義上大何子衿一歲，實際只大何子衿兩個月。

陳大奶奶說閨女：「妳是做姊姊的，多照顧妹妹是應當的。」

相對於陳大妞，八歲的陳二妞顯然心眼兒多些，陳二妞道：「上課時看妳學得也挺好，怎麼一考試就不行了？有時妳課上答得比大姊姊都好，先生還讚過妳哩。」

何子衿慢吞吞道：「我以前也念過書啊，我念了好久的書，非常久非常久。」

陳大奶奶笑，「你們何家表叔是秀才，家裡肯定教過子衿的。」

何子衿點頭，奶聲奶氣地裝嫩：「爹爹說我下次就能考好了！」

陳二妞便不說啥了。

陳三妞年紀還小，向來話少。

何子衿覺得，她娘的話還是有理的，她不過考了兩個倒數第一，就被人當成白癡似的。何子衿就稍稍留心一下陳大妞等人的功課進度，然後時不是在薛先生的課堂上表現自己，倒是贏得了陳大妞和陳二妞的一些詫異。陳三妞尚小，只覺得何子衿聰明。

何子衿沒想到，跟這麼一群小屁孩上課還要費這許多心思，真是人生無處不江湖啊！還好，聽娘的話有糖吃。

穩固自己在學堂的地位之後，何子衿宴請何洛和何涵等小夥伴的時間到了。

何子衿宴請自己的朋友，對沈氏提出了諸多要求，自擬了菜單不說，還有燒烤可以吃。

在何子衿的央求下，沈氏還拿了私房交代周婆子在集市上買了二斤羊肉，中秋時沈素送來的兔子還剩一隻在家裡養著，也殺了剝皮。

此時瓜蔬尚豐，何子衿命人將藕、玉米、洋芋、茄子、小瓜、豆腐都切好，羊肉兔肉亦切了片，還有五花肉，一併用醬菜提前醃了，燒烤了吃。

何老娘用尚還結實的牙一邊擼著羊肉串吃得香甜，一邊跟余嬤嬤抱怨：「這個丫頭片子，成天就會敗家。天天花老娘的錢，小小年紀就大吃大喝，以後也不是個會過日子的。」

余嬤嬤道：「也就咱們大姑娘會搗鼓這些吃的，別人家想這麼著，也不會啊！」余嬤嬤是極喜歡何子衿的，一來家裡孩子少，何子衿是第一個；二來何子衿這丫頭嘴甜，連何老娘都哄得樂，余嬤嬤更不在話下。

何恭看老娘吃得香，笑說：「娘喜歡，以後咱們常吃就是。」

何老娘撇嘴，捏著帕子擦擦嘴角的油脂，不忘教導兒子：「不許說這敗家的話！給丫頭片子偶爾這樣折騰一回，我都得心疼好幾日。要是常吃，日子還過不過了？」

何恭素來好脾氣，「行，都聽娘的。」

何老娘吃著烤羊肉，絮叨兒子：「都是你慣的，給丫頭片子弄那些個燒烤家什來！」

何恭笑著聽老娘埋怨。

蔣三妞低頭吃自己的那一份，何子衿原叫她一起的，蔣三妞想著自己年紀大些，還在是屋裡陪長輩們。

這些是特意先烤好了拿進來孝敬長輩們的，何子衿的一干小夥伴在何子衿的花房裡自己烤著玩。有不愛燒烤的，也有湯菜可用。

不過，這個年紀的孩子，大多是愛燒烤的，連何洛這樣的斯文人，瞧著也喜歡。

何洛與蔣三妞同齡，他可不是命途坎坷的蔣三妞，這傢伙會念書，能在家裡開補習班，人緣兒定也不差的。尤其這幾年，何洛拔高不少，瞧著斯文又俊秀，他自覺已經是大人，看何子衿都是俯視。關鍵是，兩人身高差距比較大。

何洛跟何子衿認識不是一年兩年了，何子衿啟蒙都是他教的，他自認為是何子衿的老師兼兄長，還因這個族妹不能再來自己的補習班有些遺憾來著。他與何子衿交情好，何子衿下帖子請吃飯，何洛便帶了一個小小的硯臺做禮物。

何洛為人非但彬彬有禮，還十分會照顧人。何子衿年紀小，何洛烤了肉，自己不吃，先給何子衿吃。

相對於何洛這樣極有兄長樣子的，何涵就是半大少年的樣子，以前何涵是很喜歡跟何子衿一塊玩的，如今年歲漸長，何涵就漸漸喜歡跟同齡的少年玩了。何涵的興趣非常廣泛，下河撈鱉、上山打獵、色子牌九，沒他不喜歡的。前些天，他還偷偷跑去朝雲觀想拜師學藝，被其父揪回來打腫了屁股。

此刻何涵正在跟族兄弟們說自己在朝雲觀拜師學藝的事，「道長師父一見到我，立刻便道『此子根骨不凡，若習我門中武藝，將來必定是一代宗師』，就要收我做入門弟子。只是當天時間晚了，就說第二日讓我拜師。誰曉得我爹找了去，把我揍一頓，拜師的事兒黃了。」

何涵一邊吃燒烤一邊說自己的歷險記，何洛問何子衿：「女先生都教妳什麼啊？」

何子衿道：「女誡、女德之類的，還有學樂譜、圍棋、針線及見長輩的規矩什麼的。」

何洛點頭，「那還是應該去學一學的。」女孩子家，這些東西是要懂。

何洛又問：「與妳一塊上課的都有誰？」

何子衿說了陳家三個妞，何洛又問年紀多大，有沒有人欺負何子衿。何子衿道：「沒人欺負我，就是不如聽你講課有意思。」她在何洛家學習多自在啊，因她年紀小，生得也討喜，何洛等人大些，都知道照顧她，有什麼好東西也會先給她，何子衿很是享受這種「小公主」的待遇。哪似在陳家，這個要留意，那個要留心，連她超群的智商也要隱藏一二。

何洛笑，「我可不懂女誡女德。」又哄她：「妳好生學著，等有空我帶妳去芙蓉潭玩。」

「現在芙蓉潭也沒荷花了，有什麼好玩的？」芙蓉潭是碧水縣除芙蓉寺以外的唯二景點之一，聽名字也知道芙蓉寺就建在芙蓉潭的旁邊，離得很近。

何洛笑，「真是個笨的，難道芙蓉潭只有荷花可看？等妳下回休息，我帶妳去走走，秋天也有好景致。再冷一些，芙蓉寺的梅花就開了，就是芙蓉潭旁邊也有很多梅樹。」

「那好吧。」何子衿勉強應了。她不是真的小孩子，雖然宅得住，也喜歡偶爾出去玩。

何子衿問：「何滄怎麼沒來？我也請他了。」何滄也是何洛的同窗來著，曾在何洛那裡一塊做功課，後來就漸漸見得少了。

「別理他。這小子不知怎地，道理學得不行，嫌妳是丫頭請客，還說什麼『男女七歲不同席』。妳才幾歲，又不是七歲。再說，我們是族兄妹，不是外人。」何洛很是看不上何滄的死腦筋，「還念書呢，腦子都念壞了。」

何子衿笑道：「原也是看在洛哥哥的面子上請他的。」像何子衿說的，這年頭念書的人本就少，何氏族中不過七八人，與何洛同齡一起念書上補習班的也就四五個而已。

相處日久了，小孩子也有自己的情分，又是同族，大家住得也近，抬頭不見低頭見的。故此，何子衿請吃飯，家長們都沒攔著，都還小呢。倒是何滄這樣的，只此一家，別無分號。何滄不來，何子衿也不去理他。

大家在何子衿這裡吃得盡興，只是一樣，何涵提議：「子衿妹妹，就是肉少些，下回多弄些肉！」何涵與何洛同齡，何洛就不矮，但何涵的個子稱得上威猛了，也胖許多。其母深為兒子的身材發愁，偏生何涵最喜吃肉，無肉不歡。

何子衿道：「下回把你身上的肥肉割了拿來烤。」肉是很貴的，何家也不見得天天能吃得上肉。像何子衿請客，不可能肉管夠的，能弄到這許多肉，已是家裡寵她了。

大家說笑一回，臨走前，何子衿還一人送了一盆花。

何涵回家跟他娘說：「子衿妹妹操持得似模似樣的。」拿了花擺他娘屋裡。

王氏問：「去這半日，都吃了什麼？」

何涵摸摸肚皮，一臉滿足，「我們烤肉吃了，有兔子肉、羊肉、豬肉，還有許多菜，湯是魚圓湯，撐得我啊……子衿妹妹向來大方，她請客都吃得好。」

王氏道：「我說叫你帶你妹一塊去，你就不帶，害你妹哭了一場。」她家家境比起何恭家要略差些，但能供得起兒子念書，也是還不錯的人家。只是，聽到何子衿的席面這般豐盛，王氏深悔沒叫閨女跟著去吃。反正都是小孩子，又是鄰居，不請自到啥的也無妨。

何涵坐在椅中，懶洋洋道：「阿培跟子衿的關係一點都不好，帶她去做什麼，吵架啊？」

何培培是何涵的妹妹，與何子衿一個年歲，由於何培培沒有開掛，有何子衿這開掛的對比著，人生不是一般的慘澹。何子衿會說話時，何培培還在說外星語。何子衿會走路時，何培培還在她娘懷裡。待何培培學會說話，何子衿已升級為嘰嘰喳喳的小麻雀。等何培培跌跌撞撞地學會走路，何子衿已經滿地瘋跑了。而何培培說話清楚走路穩當時，何子衿去了何洛那裡上學前班了。

總而言之，何子衿對於何培培，就是隔壁小明的存在啊！

可想而之，何培培有多討厭何子衿了。

尤其何涵是她親哥，可她親哥待何子衿比她還要好，寧願帶何子衿一起玩也不帶她，何培培為此氣哭過好多次，自此瞧著何子衿就沒啥好臉色，更別提在一塊玩了。

何子衿也很無辜，開掛又不是她的錯，她也哄過何培培兩次，可何培培臭著臉不理她，她有什麼法子？

總之，兩人雖然是鄰居，兩人的父親何恭和何念關係也很不錯，但兩人的關係真的很一般，不過何培培是有知音的。

何培培的知音就是何洛的妹妹何環環，何環環比何子衿小兩歲，她還沒有何培培這樣深切的對何子衿的討厭，但是她也不喜歡何子衿就是了，因為她哥常這樣在她跟前絮叨：「子衿妹妹在妳這麼大的時候，千字文都學會了，妳怎麼連話都還說不清？」

何環環年紀小，可她已經有一種身為雌性的第六感直覺，於是，她很討厭那個總是來她家聽她哥講課的族姊，所以，在何子衿送走補習班的同窗們，覺得自己人緣還不錯，並且笑呵呵地聽了何老娘一通關於「大手大腳花錢不知節制敗家」的批評後，何子衿不知道，她的小夥伴們就是這樣在背後給她拉仇恨的……

何子衿自覺人生順遂，在她請完小夥伴的第二天，她舅就來了。

她舅來的時候，何子衿還在陳家上課。沈素是來接何子衿走親戚的，沈氏以前是想著，左右閨女在家無事，去外祖家住些日子也好，可如今何子衿去陳家念書，因女先生難得，沈氏不大想閨女耽誤功課，便跟弟弟商量道：「要不過年再叫她去？」

沈素……

沈素不覺得何子衿的功課有啥要緊的，「咱娘在家念叨好些日子，小被子都做了好幾床，我要是接不回去，娘又該念叨我了。小孩子的功課，耽擱幾天有什麼要緊的，又不是叫子衿三年五載地住著。」這女人啊，就是善變，他姊也不能免俗。

沈氏很是看重閨女的學業，而且難得有女先生教導，沈氏道：「人家先生考校了兩回，子衿都是倒數第一。」

「啥？」沈素頭髮險些豎起來，「倒數第一？」

他們沈家的基因有這麼笨嗎？姊夫何恭也不是笨人呀！

「是啊！」沈氏說得跟真的一樣，當然，這本也是真的，「剛有點起色，前兒考了個倒數第二回來。這一去玩瘋了，又得倒數第一了。」

沈素簡直不能接受這種事，他揉著額角，「這怎麼可能，咱們家子衿可不是笨人，她現在連詩經都會背了。」

沈氏唉聲嘆氣，「以前我也覺得不笨，可能是剛換了地方，她還不大熟。」

看他姊是不想外甥女去了，沈素問：「妳是不是沒跟子衿說要去咱們家的事啊？」

「我哪裡敢說，說了她得天天睡不著覺地數日子。」何子衿很小就想去沈家住著了，「後來她祖母給子衿找了這個地方念書，我就更沒提，怕她分心，誰曉得念書這般差。」

沈素看他姊的意思是很難改口了，暫時只得道：「那就再說吧。」

沈氏也知弟弟特意來這一趟，便道：「過年時學裡肯定放假，我叫她去住些日子。」

沈素嘆口氣，沈氏笑，「嘆哪門子氣啊？離得這般近，有空叫你姊夫帶她去個一兩天也行啊，她學裡十日一休。」

沈素道：「阿玄他娘又有身子啦，我想子衿去給阿玄他娘多瞧瞧，好來年生個閨女。」

沈氏大喜，「弟妹又有了？」

沈素笑，「上個月剛診出來的，三個多月了。我就盼著生閨女呢，阿玄不像我，聽說一般閨女多像父親。」

沈氏道：「阿玄剛生下來是多像弟妹些，如今越長越像你了。」

「那我也盼著來個閨女，兒女雙全，方是樂事。」沈素頭一個就是兒子，故此對兒子的渴望不太大了。倒是何老娘聽說江氏又有了身孕，那叫一個羨慕，直對沈氏道：「妳這做姊姊的，倒落弟弟後頭了。」很想去打聽打聽人家江氏是不是有啥懷孕祕方啥的。

沈氏只笑不語，何恭無語，「這也好比的嗎？娘要是急，我們多努力就是。」

何老娘笑，「咱們家好幾代單傳，你是該努力了。」

何恭無奈：娘，您這話是不是有啥歧義？我小舅子還在的呀！

如今非但何老娘看沈素順眼，沈素看何老娘也順眼。何老娘初時是可恨些，如今對他姊姊和他外甥女都不錯，沈素也早不記舊怨了。

及至中午何子衿回家，瞧見她舅那叫一個歡喜。她與沈素天生投緣，兩人巴啦巴啦說了許多話，吃過午飯，何子衿都不想去上學了，還是沈氏訓了幾句讓翠兒送她去，沈素道：「反正沒事，我送子衿去上學吧，子衿認得路嗎？」

「認得認得。」何子衿還是樂意她舅送她的。

沈氏笑，「行。」

何子衿邁著小步子跟她舅說話，「舅，您多住幾天唄。」

她舅心眼兒多多，於是道：「原是想多住的，聽妳娘說妳功課不大好，總考倒數第一，怕住久了耽誤妳功課啊！」

何子衿不樂意了，道：「我娘總這樣，我有多好她也不往外說，總說我的不好。要叫不知情的聽了，還得以為我是笨蛋呢！」何子衿可不是啥謙虛人。

她舅想，小孩子果然好套話。她舅是絕不相信外甥女是笨蛋，五歲的孩子，詩經都能背下來了，這樣靈光的小腦袋，怎麼可能總墊底考倒數第一？

心眼兒多多的沈舅舅遇到話嘮何外甥女，上學的路上，何外甥女就把她如何韜光隱晦如何低調求生存的事跟她舅舅講了，何外甥女表示：「我是讓著她們啦，一個個自己笨不反省，總嫌我學得快。不過，我娘說了，我也不能一味裝笨，偶爾也要考得好一些才行，不然別人都得以為我是笨蛋來著。」

沈舅舅牽著何外甥女的小手，笑咪咪地道：「好生上課，晚上告訴妳一件好事。」

「什麼好事？」

「等妳晚上回來再跟妳說。」

何外甥女哼哼兩聲，「舅，您買串糖葫蘆給我吃吧。」她上輩子就愛吃這酸甜的東西。

沈舅舅聽說外甥女還有三位女同窗，原打算多買幾串給外甥女拿去做人情的，不想外甥女道：「買兩串就好了，咱倆一人一串。」沈舅舅就聽何外甥女道：「上次我在街上買了麥芽糖去，大妞她們都不吃，嫌髒來著，非要她們廚下的大廚自己做，好似她們以前沒買過街上吃食似的，神經得不行，還跟我說州府大戶人家的孩子都只吃自家的東西，不吃外頭的吃食，您說這是不是有病啊？」就是皇帝還有微服私訪在外頭吃飯的時候呢，妳一個小暴發戶，至於如此嗎？臭講究過了頭！

沈舅舅聽得直樂，自己跟外甥女一人一串糖葫蘆吃得逍遙，叮囑外甥女：「別學那些神神叨叨的臭講究，妳只管跟女先生學些有用的東西。等把女先生的本事學到家，就不用去了。理她們呢，咱們跟她家不是一路人。」

沈舅舅一直很厭惡陳家賣閨女的行徑，卻不介意外甥女去占用一下陳家的教學資源，但要把控好外甥女的觀念是真的。沈舅舅跟外甥女慢悠悠地走，終於在糖葫蘆吃完的時候到了陳家。何外甥女把剩下的籤子給她舅，道：「舅，您下午還來接我吧。」

沈舅舅笑，「行，準時過來。」順道進去向陳姑媽問安。陳姑媽現在看沈素也沒啥不順眼的，她閨女能在寧家立足，多虧沈氏的主意。陳姑媽看沈氏順眼，自然看沈素順眼，大家和和氣氣地說了會兒話，替外甥女請了半個月的假，沈素方告辭。

沈素回到何家就拆穿了他姊的謊話，笑咪咪地道：「妳趕緊幫子衿收拾衣裳吧，我已經把要接子衿去咱們家玩的事跟子衿說了，還說妳早點了頭的。孩子高興得不行，說了明兒就跟我去，我已經跟陳家太太替她請好假了。」

沈氏挑眉，「啥？你替她請假了？」

沈素說他姊：「姊妳真是的，說假話跟真話一個樣。子衿跟我說了，她功課好得很。」

沈氏氣笑，「你這死小子，倒去套那傻丫頭的話！」

沈素笑道：「我不套話，也不知道姊姊在誆我哩！」他還找何恭評理，「姊夫說說，我姊這樣到底對不對？」接著把沈氏如何出爾反爾不讓何子衿走親戚的事同何恭說了。

何恭知道他閨女一直想去外家玩的，小舅子都來拉了，何恭便勸妻子：「讓子衿去玩幾天吧，她盼好幾年了。以前她年紀小，我不大放心，如今她大了，身子也好，岳父岳母都很想她，讓她去住些日子吧。」

沈氏哼道：「你們一個個都是好人，單我是壞人。」

「哪敢！」沈恭沒啥說服力地恭維妻子，「妳是咱家的內當家，妳不點頭怎麼行呢？」

沈氏笑，「去就去吧，給那丫頭知道了再不叫她去，還不知怎麼鬧騰。」

沈素笑嘆，「難得姊姊應允，姊夫，你不是說有好茶嗎？咱們去喝一杯。」

何恭一笑，同小舅子去書房說話了。

兩人無非是說後年秋闈的事，沈素得了一套歷年秋闈試題，兼歷年秋闈前十名的文章集錦給何恭，何恭愛不釋手，問：「素弟由何得來的？」

沈素道：「阿駿那小子跟他爹去州府尋門路買的，他就一份，借我抄了一份。這份姊夫拿著抄，等抄好了再還我就是。」

何恭不解，「找門路？找啥門路？」

沈素道：「我也不太清楚，約莫是託人去拜見知府大人或學政大人吧。」

何恭道：「阿駿他爹望子成龍心切，這會兒拜會知府大人和學政大人有什麼用呢，總要先把文章磨練好才行。」

沈素一指案上試題集錦，「不過，阿駿弄回來的這個倒是極有用的，我想著把這一百篇吃透，總能有些進益。」沈家寒微，可何家也不是大戶，郎舅二人是沒啥門路可走的，若說捷徑，就是自己研究試題了。

何恭道：「等我抄好，我就細細琢磨這些文章，待年底，素弟來住幾日，咱們一道去拜訪許先生，有不解之處，一塊請許先生給咱們解惑。」在這碧水縣，除了縣太爺，舉人出身的許先生算是最有學問的了。可誰有那樣天大的面子請縣太爺指點文章呢？郎舅二人是在許先生學堂裡念過書的，與許先生是師徒情分。

沈素道：「好，姊夫說到我心坎上了，我也是這樣想的。」

郎舅二人說了半日秋闈的事，正說到興頭上，何子衿鬱悶著小臉回來了，問她舅：「舅，您不是說要去接我嗎？」結果是翠兒去了。

何外甥女幽怨的眼神叫沈舅舅哆嗦了一下，沈舅舅一拍腦門，忙拉外甥女到跟前抱在膝上，禍水東引，「都怪妳爹，我們說得太盡興了，一時忘了時辰，對不住子衿了。」

何子衿也只是抱怨一下，她還愛打聽事兒，「舅，您跟我爹說什麼呢？」

沈舅舅最知外甥女的心事，「說明兒接妳到舅舅家住些天，可好？」

何子衿眼睛一亮，問：「可是真的？我娘同意啦？」

「同意，早同意了。」

何子衿歡樂地跑去問她娘，要知道，對於一個話嘮，你沒事先叮囑她保守祕密，她是完全存不住話的。沈舅舅既然能從何子衿這裡套話，到沈氏這裡，根本不用套，何子衿歡喜萬分地確認了她要走親戚的事，就跟她娘道：「要不是舅舅跟我說，我都不能信！怪道送我上學的時候，舅舅說晚上有驚喜告訴我呢！」

沈氏多精明的人啊，知道自己被弟弟騙了，氣笑，「這死小子！」

何子衿早頭好幾年就想去她外祖母家住一住了，如今沈氏和何恭都點了頭，何子衿歡快地又去跟何老娘說。

出乎意料地，何老娘有些不樂意，問沈氏：「ㄚ頭要去多久啊？啥時回來？」怎麼事先也沒人問問她的意見呢？

沈氏笑，「子衿還有學裡的功課，也不好耽擱太久，去個三五日就回。」

沈素道：「知道伯母疼子衿，您放心吧，我一準兒把子衿照顧好。」

何老娘聽沈氏說只住三五日就沒說啥反對意見，她對沈素還是有些客氣的，「這我能有什麼不放心的，到時少不了麻煩阿素把ㄚ頭送回來。唉，她剛學了不多幾日，功課也不大好，我正發愁呢。要是再耽擱，怕是很難跟得上了。」

沈素笑說：「都聽伯母的。」

確定了要走親戚的事，何子衿一晚上都是樂呵呵的，晚飯都多喝了一碗湯。用過晚飯，何老娘把何子衿叫到跟前私下叮囑：「到妳外祖母家，妳可別這樣敞開肚皮吃飯，不知道的還得以為妳屬豬的。」

「那怎麼吃？」總要吃飽吧？再說，何子衿一點都不覺得自己飯量大。

「少吃一點。」何老娘道：「妳看人家隔壁的培培，一頓半碗飯都吃不光，妳不僅要吃一碗飯，還得喝兩碗湯，菜也吃許多。女孩子家，吃這麼多會給人笑話的。在自家沒事兒，到親戚家不能這樣。在親戚家，妳得懂事。」

「裝吃的少就是懂事啊？祖母，那我豈不是要挨餓了？」她真不知道何老娘哪裡來的這些奇怪想法，何老娘馬上就為何子衿解惑了，「我聽妳姑祖母說，人家州府大戶人家的姑娘們吃飯，跟小鳥兒一樣，吃這麼一點點就飽了。」何老娘比劃了個桂圓大小。

何子衿鬱悶，「咱們家又不是大戶人家。」其實就是平日裡族人家有喜事出去吃酒席，何老娘也不喜歡她們吃太多，生怕別人說她們貪吃來著。不過，何子衿從來沒理會過何老娘這莫名其妙的想法就是。

何老娘還拿何子衿當小孩子嚇唬，「不然，妳外祖母看妳吃這許多，下次可就不叫妳舅接妳過去玩了。」

何子衿無語一陣，點頭敷衍，「好吧。」她又不是沒在外祖母家吃過飯，突然之間變成小鳥胃，人家也得信啊！

何老娘摸摸她的小肚子，「就是暫時少吃些，等妳回了家，我買大肘子給妳補回來。在人家做客，得時時客氣著。妳也就去個三頭五晌的，等回家來，妳樂意怎麼吃怎麼吃。」說著何老娘又是一通念叨：「我原不想妳去走親戚的，妳娘也沒提前跟我商量……」

何老娘繼續道：「去了還有妳表弟，妳大他許多，讓著他小人家一些。」

「嗯。」

「在鄉下別到處亂跑，什麼水邊石邊的更少去。」

「嗯，我不去的，我就在外祖母家待著。」何子衿哄人的本領是一等一的。

看她聽話，何老娘很大方地摸出十個錢來給她，「拿著帶在身上，雖說是鄉下地方，也不知有沒有賣東西的，帶幾個錢方便。」

何子衿這輩子是頭一遭收到何老娘給的錢，要知道，過年時何老娘可是壓歲錢都省掉的人啊！何子衿比過年還要激動，「給就給二十錢，十個錢只夠買十串糖葫蘆！」

何老娘立刻就要收回來，「再多嘴，十個錢也不給了！」

何子衿討價還價：「再給五個吧！」

何老娘只肯再數三個給她，「就三個，愛要不愛，不要還給我！」

何子衿嘟囔：「十三不大吉利啊！」

何老娘道：「妳還我五個，八吉利。」

何子衿，「祖母再給我添五個，十八更吉利！」

兩人拉扯半日，何老娘終於大出血地又給了何子衿三個錢，一共十六錢，給何子衿帶身上走親戚。

何子衿覺得，原來在吵吵鬧鬧中，老太太已對她生出濃濃的情誼。兜裡揣著十六錢，何子衿很感動。這不只是十六錢啊，這是鐵公雞身上割的肉啊！

何子衿感動之下，抱住何老娘，啾地親了一口。

何老娘知道何子衿早就有這麼個瘋癲毛病，一邊擦臉上被自家丫頭親過的地方，一邊拽了這丫頭道：「去外祖母家可不許這樣瘋瘋癲癲的，知道不？」

何子衿道：「興許外祖母特喜歡我親她呢！」

「喜歡個屁，誰稀罕這個誰有病？」

「原來祖母您有病啊！」

何老娘簡直頭疼死了，又找來兒子商量：「要不還是讓子衿大些再去，她這麼瘋癲，我怕她會給人笑話。」

何恭安慰母親：「岳父家又不是外處，無妨的。子衿就是活潑些，多討人喜歡啊！」相對於出門做客必然滿肚子不實在的何老娘，何恭是瞧著閨女樣樣好。

何老娘道：「我還是覺得丫頭小一些，還沒學會在外頭做客的規矩。」

「去她外祖母家，還要什麼規矩啊？」何恭笑，「再說，子衿平日多懂事，又跟阿素說好了。我知道母親捨不得子衿，去個三五天就回來的。」

何老娘只得很不放心地應了。

何子衿因為要走親戚，她屋裡自有翠兒看著，就是她的許多花，也得交給翠兒打理了。何子衿正教翠兒如何給花燒水鬆土，蔣三妞就來了。

蔣三妞帶著兩塊素色新帕子，笑道：「我用上次妹妹教我的那種新的勾邊法子勾的邊，給妹妹用。」何子衿在陳家跟薛先生學了什麼新手藝，回家必然會教給蔣三妞。何子衿是個大方的，蔣三妞也是極聰明的人，兩人時常在一處，關係很不錯。

何子衿接了蔣三妞送的帕子，這年頭東西都容易脫色，所以帕子多用素色，不然哪天出了汗，一擦一臉顏色就不好了。何子衿笑，「表姊過來，是不是捨不得我？」

「捨不得是一方面，還有事想央求妳。」蔣三妞抿了抿唇說：「妹妹，妳這次去外祖母家好幾天，能把照顧花草的事教給我嗎？」

何子衿瞪大眼睛，不大明白。蔣三妞認真且坦誠地道：「我聽說妹妹妳的綠色菊花能賣好多錢，我也想學著打理花草，要是學不會，那是我太笨沒法子。要是能學會，以後也是一門手藝。」什麼念書啥的，蔣三妞沒興趣，她對各種實用且能掙到錢的手藝是極有興趣的。不論何子衿願不願意教，她都要來試一試，問一問。

何子衿不是那種心胸狹窄的人，蔣三妞想學再好不過，憑她一人養花也很累的，尤其她花越養越多。何子衿就順道教了蔣三妞些打理花草的注意事項，不同的花草有很大區別。蔣三妞的腦袋比翠兒靈光百倍，何子衿教一遍，她又挨個重複了一遍，竟沒有分毫差的。憑心而論，就憑蔣三妞這份機靈，把花交給蔣三妞也是放心的。

至於翠兒，這位老實的丫鬟姊姊，由於何家僕人有限，翠兒鮮少有輕閒的時候，當然，做人家僕婢的，主人家花錢買了來，也不是為了叫妳清閒的，但是有蔣三妞主動來減輕工作量，翠兒還是很歡喜的。

不過，人跟人的差別也就在於此了。

何子衿把她自己屋裡的事、花房的事都交代清楚了，第二日便帶著沈氏幫著收拾的小包袱，坐著她舅趕的馬車，朝外祖母家出發了。

何子衿長這麼大，頭一遭去外祖母家小住。

她的心情就甭提多愉悅了，先是跟她舅一塊坐在車前頭，看馬尾巴甩啊甩。碧水縣地方不大，何氏家族世代居於碧水縣，人都熟得很，何子衿一路叔叔大伯嬸子大娘的打招呼。有的知道她去外祖母家，還給她水果在路上吃。

及至出了碧水縣城門，沈素感嘆：「子衿的人緣真好。」

何子衿得了便宜又賣乖，「這也是沒辦法的事呀！」

沈素哈哈大笑。

何子衿是個閒不住的，嘰嘰喳喳同她舅說了會兒話，望著縣城外大片收割過的農田，青天之下，遠處青山依稀可見。秋風徐徐，吹拂著何子衿的蘋果小臉蛋，這樣的古色古香，這樣的未經玷汙的天地，且有沈素這樣的大帥哥在旁，何子衿的情懷就上來了。她突然雙手攏扣在唇邊「啊哦」地對天喊了一嗓子，險把她舅嚇瘋後，就開始揚著嗓子唱起歌來。

何子衿那一把小嫩嗓子，讓沈素肚子都笑痛了，還得抽空給外甥女鼓掌。因為有舅舅的捧場，何子衿越唱越歡實，唱得久了，還有點口乾。車上早備了水，沈素拿出個葫蘆遞給外甥女，鼓勵道：「潤潤嗓子再接著唱。」

何子衿覺得她舅很有欣賞水準，問：「舅，我唱得好聽不？」嗯，水裡還放了蜂蜜。

沈素很堅定地表示：「舅舅就指著妳的歌兒活了。」逗得何子衿咯咯直笑。

何子衿不愧是何老娘嫡親的孫女，繼何老娘專場之後，何子衿又開了自己的專場。她比何老娘強的地方就在於，她知道中途補充水分，不至於把嗓子唱啞。但是，水喝的太多，也是有後遺症的。

何子衿瞅一瞅她舅舅，有些小羞澀，她是女孩子哩，這怎麼好說出口。幸而沈素是聞弦歌知雅意的人，笑問：「是不是憋得慌了？」

何子衿點點頭，「快到家沒？」要是快到了，她就再憋一會兒。

沈素停了馬車，抱了何子衿下車，把她塞路邊的田隴裡，「尿吧，離家還遠得很。」

何子衿怪羞怯的，說：「舅，您走遠些。」

沈素讓開兩步，不放心地問：「妳會自己脫褲子不？」

何子衿羞惱，「會啦！」真是的，總叫她唱歌唱歌的，害她喝一肚子水。這會兒不想尿褲子的話，只有尿這土隴裡了。不得不說，因為要在露天尿尿，何子衿兩輩子的老臉有些掛不住，她還怒啦！

沈素根本沒拿小屁孩的自尊心當回事，待何子衿尿好再把她抱車上放著，還鼓勵她：「來吧，繼續唱，好聽著呢！」

何子衿哪裡還有唱歌的心，她先封她舅的嘴，極是認真地說：「舅，您可別跟別人說我在路上尿尿的事。」

沈素立刻明白外甥女這是害羞了，他做了保證：「舅舅可不是多嘴的人，再說，妳啥樣舅舅沒見過啊？妳小時候尿舅舅一身，我還幫妳換過尿布呢！」

何子衿小哼一聲，沈素笑著安慰外甥女：「妳還小，沒事兒的，阿玄現在也是隨地大小便啊！」居然把兒子拿出來做比較。

何子衿可不好糊弄，「阿玄還小啊，而且，我是淑女，能跟男孩子一樣嗎？」

沈素忍笑請教：「什麼叫淑女啊？」

「就是賢淑的女孩子啊！特漂亮，特優雅，特聰明，特斯文的那種！」

沈素忍不住大笑出聲，何子衿道：「我現在還小，但以後會朝著淑女的方向前進的。」

沈素笑著點頭，「好好好，舅舅等著我家子衿變成淑女！」

淑女正在跟她舅表達著自己的偉大理想，忽然一摸肚子，暗生怒氣：還有完沒完啊，怎麼又想尿了？

於是，小小淑女走一路尿一路，為田間作物的施肥做出了力所能及的貢獻。因為此行太過丟臉，何子衿從此以後再沒跟她舅提過任何她有關「淑女」的夢想。

路上做了比較丟臉的事，何子衿見著外祖母和舅母時有些懨懨的，沈母以為寶貝外孫女累了，忙說：「趕緊歇歇吧，坐這半天的車呢，大人都累，何況孩子？」

江氏道：「是啊，要不先讓子衿去我屋裡躺一躺？」

沈素笑了一路，簡直停不下來，「沒事兒，路上歡實著呢。子衿來，先洗手洗臉。」

何子衿過去跟她舅洗漱，她舅再次悄悄保證：「舅舅絕不會跟第三個人說的！」

何子衿此方精神好些，拿出她娘準備的禮物，還有她的禮物來。

江氏笑，「姊姊總是這樣周全。」

何子衿瞧見沈玄才真正恢復了精神，她甚是驚訝，「阿玄長得好快啊！」過去抄起沈玄就抱懷裡了，問他：「阿玄，還記不記得姊姊？」

沈玄其實不大記得，小孩子沒這麼好的記性，不過，江氏已經提前跟他講過，有表姊要來。沈玄叫了聲：「表姊！」

何子衿拿出帶來的點心給沈玄吃，沈玄叫起表姊就更心甘情願啦！

何子衿後知後覺地想起來，眨眨眼，對沈母道：「壞了，這是我娘特意買了叫我帶給外祖母吃的點心！」她當自己的打開給沈玄了。

沈母笑咪咪地道：「這有啥？我不愛吃這個，你們吃才好。」

江氏笑，「我算著你們就得午後到，廚下還留著飯，我這就去端來。」雖然何家必定備了東西給丈夫和外甥女路上吃，可在路上如何吃得好，還是在家裡坐下來方吃得香。

何子衿跳下椅子道：「舅媽，您不是有身孕了嗎？您歇著，我去端吧。」她倒是有眼力，奈何現在這麼個團子樣，只讓人覺得好笑。

江氏道：「哪這般嬌貴，無妨的。」就去端飯了。

沈母瞧著外孫女，那是怎麼看怎麼愛不夠，摸著何子衿的包包頭，笑著說：「一轉眼，子衿也是大姑娘了。」

沈素笑，「小孩兒一個，不過，梳這包包頭比羊角辮好看，羊角辮忒土。」

何子衿瞅一眼沈玄的髮型，這位的髮型是這樣的的，腦袋分左右各留出一片圓形的長頭髮區域，後面還有一撮是養長的小辮，說叫子孫辮或是長壽辮，其餘地方皆剃光光。

憑良心論，沈玄的髮型還不如羊角辮。

沈素感嘆：「等阿玄像妳這麼大，就不用剃成這土包子樣了。」

沈母這樣的好脾氣都不愛聽兒子這般說孫子，「這是哪裡的話，土什麼，孩子們都這樣留頭髮，你小時候也一樣。」

「我小時候也一樣土唄。」沈素摸一把兒子的大頭，笑問：「兒子，好吃不？」

沈玄點頭，「甜！」還很有孝心地舉著給老爹嚐，怎知沈素一口下去咬掉多一半，沈玄臉上那個悔啊，尤其他小小模樣做這個表情，逗得何子衿咯咯笑。

沈母亦笑個不停，「想吃自己拿，你又逗阿玄。」

沈玄被他爹欺負慣了，扁扁嘴趕緊把剩下的點心吃掉，轉頭看向何子衿，奶聲奶氣地呼喊道：「表姊！」他還想吃。

何子衿怕他吃太多點心，道：「咱們省著吃，明天早上再吃，好不好？」

沈玄有些不樂意，不過，他跟這位表姊還不大熟，悶悶地應了。何子衿是哄孩子高手，她抱了沈玄在懷裡，嘟嘟囔囔地同沈玄說話，不一時沈玄就被她哄得眉開眼笑。及至江氏端了飯菜來，沈玄還跟著吃了幾勺子蒸蛋。

江氏笑道：「子衿一來，阿玄吃飯都香了。」

沈母道：「是啊！」

何子衿想，這還用說嗎？小孩子吃飯是很講究氣氛的，你真把飯端他嘴邊，他不一定樂意吃，要是有人跟他比著，他就能吃得既快又好。

江氏是想著何子衿年紀小，給她做了蒸蛋。何子衿遞給沈玄一把勺子，把蒸蛋放兩人中間。沈玄見她吃得快，不甘落後，自己也吃了滿臉蛋渣。何子衿嘿嘿直樂，拿小帕子幫沈玄擦臉。江氏是做母親的，喜歡得不得了，道：「子衿真是有做姊姊的樣兒，阿仁都不會這樣照顧阿玄。」這說的是她娘家侄子江仁。

沈母道：「阿仁是小子，子衿是閨女，不一樣，ㄚ頭細心些。」

江氏笑說：「是，相公也盼閨女呢。上次去集市上說買幾張小閨女的畫來貼貼，逛遍整個集市都沒買到。」

沈母笑，「人家都是賣胖小子畫的，沒聽說有賣胖閨女畫的。」

「等明兒個我照著子衿畫幾張貼屋裡。」沈素是十項全能，畫畫也懂一些。何子衿一聽說要畫她，道：「哎喲，那我得換一身鮮亮衣裳才行啊！」她又問：「舅，您什麼時候畫，我把時間空給您！」

沈素忍笑問：「妳明天不出門吧？」

何子衿是很有計劃的，「我想出去逛逛，舅，您不是說了水田裡有黃膳有魚嗎？現在還有嗎？您不是還說要帶我去爬山嗎？咱們去山上摘野果，打兔子！」

先前沈素說的話，她可一樣一樣都記在心裡的。

沈素險些招架不住，「成成成，不急，一樣一樣來，好不好？」

何子衿勉強應了，還怕她舅反悔，道：「您可得說話算話。」

「嗯，算話，算話！」

吃飯的時候，何子衿又認識了一個人。

自江氏又有了身孕，沈素要備考後年秋闈，就大手筆地買了個半大小子，在家可幫襯家務，還可下田幹活，就是沈素偶有出遠門，有這麼個人跟著，權當書僮了。因為買來時名字不大文雅，沈素就給他改名叫沈瑞。沈瑞今年十五，是與沈父一道回來的，說是下人，沈家也沒外待他，吃飯都是一個桌上的。

沈瑞見著何子衿嚇一跳，「我的乖乖，世上竟有這般好看的丫頭！」

何子衿非但顏正，沈氏養她養得也到位，小小孩童還帶著嬰兒肥，雪白的臉兒，烏黑的髮，大大的杏眼，紅紅的唇，所以，何子衿討喜，絕非只是性格原因。還是那句話，這是個刷臉的年代啊！

真的，完全不是誇張，就是男子考功名，在面相上也有評分，如沈素這樣的，眉目俊秀的美男子，就是甲等。如何恭，相貌也斯文，是乙等。所以說，真要長得貌若鍾馗，功名上艱難是一定的，古人更注重外表。

何子衿得了沈瑞這一聲讚，假假謙地道：「還好啦，小瑞哥你長得也好看！」

沈瑞很有些虎頭虎腦，他在院中水缸處舀水洗了臉，一邊用布巾擦臉，一邊道：「我這也還好，比大爺略好看些是真的。」
何子衿一口水噴滿地。
她終於遇到了知音。
其實沈瑞這樣自信不是沒有道理的，他不是沈素這樣的俊秀人，不過，他也生得濃眉大眼國字臉，個子也高，只是瘦些，將來個子長成，肯定是個威武人。
何子衿看沈瑞吃飯才算開了眼界，沈瑞一人的飯量頂沈家一家子，沈素打趣道：「買小瑞算是買虧了，幸而如今收成好啊！」
沈母笑，「能吃是福。」
沈瑞憨憨一笑，「大爺就是太瘦，胖些更好看。像子衿姑娘這樣就好，臉圓圓的，看著就很有福氣。」
何子衿吃飯慢得很，還愛說話，「可不是嗎？我也這樣覺得。不過，舅舅胖不了，他跟我娘一樣，是吃啥都不會胖的人。」
沈瑞道：「那不就白吃飯了？」在沈瑞心中，吃飯就得有吃飯的用處，除了長個子，還得能長肉才行。長得結實了，就能幹活。
何子衿咯咯地笑。
沈素道：「你們倆倒能說到一塊兒。」
沈瑞雖能吃，人也能幹，吃過飯他就去清理後院的雞窩了。如今沈家養著許多野雞，長成了就拿到縣裡去賣，很能賣得上價。
何子衿跑過去跟著看，還怪擔心的，問：「小瑞哥，野雞不會生病嗎？」雞有雞的習性，把野雞圈起來養，想養好並不容易。

沈瑞幹活手腳俐落，道：「這雞喜歡吃山上長穗草的草籽，雞窩也得時時清理，要是臭氣熏天的，能把雞熏死。村裡好幾家跟咱們家學著養，都沒咱們家養得好。」小瑞哥頗自得，這都是他的手藝好啊，還叮囑何子衿：「妳可別把野雞愛吃草籽的事說出去。」

何子衿道：「我嘴最緊啦，你放心吧。」

沈瑞清完雞窩，順道把豬窩、羊圈都整理了一遍。聽何子衿說要跟沈素去捉黃膳的事，沈瑞道：「老爺現在天天盯著大爺念書，哪有空捉黃膳。再說，這樣的小事，不用大爺出馬，我帶子衿姑娘去吧。」

何子衿問：「小瑞哥，你也會？」

沈瑞道：「這話說得，大爺的本事，我早就學會了。黃膳不用捉，一會兒把黃膳籠子放下去，明兒一早去拿就行。」

何子衿驚嘆，「哇，田裡這麼多黃鱔啊？」

「也得看誰家的田。」沈瑞道：「我跟大爺說的，田裡常有野黃鱔，城裡人愛吃這個，我跟大爺出去買了些黃鱔苗放田裡，也沒買多少，瞎養著唄。時不時抓些去縣裡賣，也能夠賣錢。再者，老爺說鱔魚滋補，給大爺吃，好叫大爺考舉人。」

何子衿道：「不會有人去偷吧？」

「鄉里鄉親的，誰不認識誰？咱們老爺跟大爺都是秀才公，就是偶有去偷的，不過一兩條罷了。我夜裡都會去走一走，沒事的。」沈瑞打掃完，便道：「我這就去放黃鱔籠子，包管明天子衿姑娘有黃鱔吃。」

何子衿道：「我跟小瑞哥一起去。」

沈瑞也挺樂意帶著她，沈母聽說是跟沈瑞放黃鱔籠子，笑著叮囑一句：「小瑞看牢子衿，別叫她靠近水邊。」

沈瑞道：「太太只管放心。」

沈玄也鬧著要去，何子衿道：「你可得聽話，路上遠我可不抱你。」

沈玄攥著小拳頭表示：「我不用表姊抱，我自己會走！」

江氏幫兒子加件夾襖，順便拿了件夾衣給何子衿，說：「風漸漸涼了，你們放了黃鱔籠子就趕緊回來。」何子衿應一聲，帶沈玄去了。

一路上，沈瑞把何子衿的計畫打聽清楚了，他大包大攬地道：「我常跟大爺去山上，如今大爺沒空，我帶子衿姑娘去山裡逛逛也是一樣的。打獵啥的，子衿姑娘就別想了，妳年紀還小，打獵得往山裡走，妳走不動。到時我去看看，運道好獵些東西回來，倒是妳可以拿個籃子去山上撿野果榛子啥的。」

「有很多嗎？」

沈瑞笑，「天天有孩子去撿，要是運道好，能撿個三五個，運道差，就當爬爬山唄。」

何子衿：……

沈瑞跟長水村的人都混熟了，路上有人打招呼，見何子衿面生不由問一句，此時沈瑞便會昂首挺胸地介紹：「是我家的子衿姑娘！」

人們便道：「是你家姑奶奶家的丫頭吧？生得可真好。」

沈瑞完全不知謙虛，彷彿是別人在誇他自己一樣，大聲道：「是啊，我一見子衿姑娘都覺得像畫裡走下來的娃娃！」

何子衿頭一遭聽人讚得有些不好意思，待人家走了，她道：「小瑞哥，你真有十五啊？」這是忒實在還是忒自信啊？

不料沈瑞像是被人識破祕密一般，嚇了一跳，低聲道：「子衿姑娘，妳怎麼知道的？」完全不知何子衿不過隨口一句，沈瑞就把實話禿嚕了。

何子衿瞪大眼睛，追問：「你到底多大了？」

沈瑞小聲道：「妳可跟別人說。」

何子衿再次道：「小瑞哥放心，我嘴巴最緊了。」

沈瑞方與何子衿道：「十二。」

「啥？」何子衿瞅著沈瑞的身量，不敢相信，「才十二？」

「是啊，要說十二，怕賣上不價，因我生得高，就說十五，也沒人疑。」沈瑞道：「說來大爺還真是買虧了。」多付了銀錢。

何子衿安慰沈瑞：「誰說虧了，小瑞哥這樣能幹，養雞養羊都來得，尋常人哪裡及得上，舅舅這是賺了。」

沈瑞笑，「大爺待我好，我當然得不能真讓大爺虧了。」他個子雖高，到底還是個孩子，只消片刻就恢復了精神，嘰哩呱啦同何子衿說起如何下鱔籠捕黃鱔的事。

何子衿與沈瑞挖了蚯蚓，瞧著沈瑞下鱔籠，並約好明兒早起來提鱔籠，三人就回去了。

沈玄一回去就奶聲奶氣迫不及待地與他爹說：「爹，小瑞哥十二！」

何子衿和沈瑞同時看向沈玄，心裡想的絕對是同一件事：這個八哥！

由於沈瑞十二歲的個頭就快趕上沈素了，大家推測，到沈瑞成年的時候，肯定是個大個子。沈瑞看大家沒有因他年紀小的事覺得虧本，也就放心地去洗澡了。

倒是何子衿，被沈素拎過來聞一聞，嫌棄道：「好臭好臭！」

何子衿鬱悶，「我就看了會兒小瑞哥清雞窩啊，雞窩也不太臭。」有沈瑞這樣的勤快人，她舅家的雞窩羊圈都挺乾淨的。

沈素道：「讓妳舅母幫妳去洗洗，阿玄一道，出去跑這一圈，冷吧？」

何子衿強調：「我不跟阿玄一塊洗。」

「對對對，妳是淑女。」沈素哈哈一樂，讓江氏幫兩個孩子洗澡去了。洗好澡，何子衿還大方地給沈玄用她的潤膚膏，問：「香不？」其實她是想藉機捏人家的小包子臉。

沈玄道：「香！」

何子衿說他：「你怎麼嘴那麼快啊，有屁大點兒事都跟你爹說？」

沈玄不大明白何表姊的意思，蠢蠢地露出疑惑的神色，「啊？」

何子衿除了郊遊外，她還很有做教育家的野望，看沈玄這麼笨，決心把沈玄教聰明些。然後，何子衿就教沈玄如何管理好自己的嘴巴。

沈玄的興趣不在於學習如何管理自己的嘴巴，他跟何子衿熟了之後，就要求何子衿跟他在炕上打仗。說打仗，其實沈玄太小，只要何子衿一把將他推個屁墩，沈玄就高興得咯咯直笑，接著精神十足地爬起來繼續求推倒。

最後何子衿把沈玄推倒了一個晚上，沈玄直接一躺，三十秒內入睡。

江氏抱著睡著的兒子去屋裡安歇，同沈母道：「子衿頭一天來，坐了大半日的車，又與阿玄玩耍了這半天，母親還是早些歇了吧。」

沈母笑，「我也是這個意思，妳先去吧，讓子衿在我屋裡歇就成。」

江氏囑咐何子衿：「茶壺就在床頭櫃上，夜裡渴了跟外祖母說，我放的是蜜水。」

何子衿點頭，「舅母，您跟舅舅也早點睡吧。」

江氏一笑，「好，這丫頭真是懂事。」就回去歇了。

何子衿來了，江氏和沈素難免說些孩子的事。江氏幫兒子脫了衣裳，輕手輕腳把肉乎乎的寶貝兒子擱被窩裡蓋好，道：「不知姊姊是怎麼教孩子的，子衿會說話又懂事，還會說讓咱們早點睡。你說，她小小人兒，跟誰學的？」

沈素笑，「小孩子嘴巧多是天生，子衿說話就說得早，她現在正是有樣學樣的時候。」

「人家說『養女隨姑』，要是生了閨女像姊姊，像子衿這樣，也是一大樂事。」因為已生下長子，江氏完全沒有生子壓力了，就是來個閨女，她也高興。江氏道：「咱們阿玄興許是兒子的原因，嘴不似子衿伶俐。我記得子衿像阿玄這麼大的時候，可比阿玄會說多了。」

「兒子多是嘴笨些的，妳想阿仁小時候，成天念三字經，四個字就不會連一起說，如今這不是也好了嗎？」沈素道：「咱們阿玄啊，錯不了，別看話不會說，心裡明白。」

「他能明白個啥？」江氏摸摸兒子的髮頂，「天天就知道玩，我教他念個千字文，他一句都不知跟著我念。」

「才多大的孩子，這著什麼急？」沈素不以為然，他自己被逼迫著念過書，雖然現在完全由被動轉主動，卻是不想這般逼迫兒子的。

沈玄是長子，江氏心中自有一套育嬰守則，「你不是說子衿三歲的時候就跟著族兄念書了嗎？現在她詩經都會背了，多聽明啊。小孩子就得從小教，教的多了，就聽明了。」

沈素不與妻子爭這個，「嗯，教吧。」

江氏年輕，心裡存不住事，何況夫妻感情極好，便小聲道：「你看阿玄同子衿可好？」

沈素不知妻子的意思，便道：「挺好的啊，我看他們還玩得來，子衿倒是很有耐心，阿玄也願意跟她一起玩。」

「我不是說這個。」燈燭掩映下，江氏眸中閃爍著淡淡的笑意，「子衿年歲也只大阿玄兩歲，姑舅姑舅親的，以後做親可好？我實在沒見過比子衿再可人疼的孩子了。」

沈素簡直服了女人的想像力，「孩子們都還小呢，提這個也忒早了些，以後大些再說，不然妳可知孩子們脾性合不合呢？現在瞧著好，是因為年紀都小的緣故。以後大了，各有各的心事，要是有這個緣分，不必說咱們也是樂見其成。要是沒這個緣分，做表姊弟也無妨啊，反正都是親的。」

「這也是。」江氏笑，「我就是一見子衿太喜歡了，真恨不得是咱們家的閨女。我與姊姊投緣不說，子衿長得多俊啊。現在就這樣招人疼，以後更錯不了，定是咱們碧水縣數得上的漂亮閨女。阿玄除非是瞎子，不然怎麼可能不喜歡呢？」

沈素道：「被妳說得我壓力好大。」

「這有啥壓力啊？」

沈素不得不提醒媳婦：「妳這兒子是親的，一心一意為兒子尋一門好媳婦，我倒也想，但妳也得想想姊姊、姊夫的意思。子衿這孩子生得漂亮，人也伶俐，現在姊姊叫她去陳家跟著女先生學些女孩子的功課，姊姊拿她當眼珠子一般，妳想給兒子尋個好媳婦，姊姊未必不想給閨女尋門好婆家。」

沈家的家境的確是不比何家的，江氏被丈夫一說，底氣去了大半，卻依舊道：「咱們家難道不好，我一準當親閨女一樣待子衿。」

「所以我說妳別急，我未必不能再進一步，到時也就配得上了。」沈素感慨，「先時為媳婦念書，這會兒是為兒子念書。」

若自身不能有所進益，饒是沈素，也沒啥自信能對姊姊提及親事。

江氏是個開朗人，「你少這樣說。你有功名當然好，就是沒功名，我跟了你，一樣是一輩子。我沒過過那些富貴日子，也不想那個，咱們現在這樣也挺好。我聽姊姊說，大戶人家可不一樣，不但有妻，還有妾來著，據說還有通房，通房是啥呀？」

沈素搖頭，「這誰知道。」

江氏把夫妻兩個的被褥鋪好，道：「你說，妻跟妾怎麼能在一處過日子呢？女人嫁給了男人，男人又弄了個小的，這如何忍得下？要我，得把那小的掐死。」

「妳可嚇死我了。」沈素笑呵呵的，「反正我不是那樣的人，妳就安心吧。」

「我就隨口一說，可沒說你。」夫妻二人寬衣躺下，江氏道：「所以我說，富貴日子不一定過得了，咱們就這樣挺好。」

熟睡中的何子衿，不知道已經有人在為她打算親事了。

第二天早上，何子衿跟著沈素去爬山。

沈素是很重諾言的，捉黃鱔的事由沈瑞代勞了，雖然沈瑞也很願意代勞帶著何子衿爬山的事，沈素還是親自帶著外甥女去爬山。沈素還背了個竹簍，把兒子裝竹簍裡帶著一塊去。

何子衿見還有個小小背簍，也臭美地背了一個。

村裡人都起得早，沈素他們這也是頭一撥，路上還遇著沈素的老丈人江財主。江財主家裡有百多畝田，平常多是雇傭佃戶，加上江財主有些年歲，早不下田了。因為家境不錯，江財主有些養生意識，其表現就在，老頭兒只要天氣好，都會早起去山上遛達。

翁婿二人見面都挺歡喜，尤其沈素前年中了秀才，江財主自認眼光一流，給閨女尋了個秀才女婿。何況沈素為人活泛，種田的本事雖不如尋常村裡的漢子，但他認識的人多，做經紀是一把好手，田中出產都能賣得好價，這一二年，沈家的家業也是越發興旺了。

身為老丈人，自然看上進女婿順眼。

江財主見著何子衿便問：「這是你姊姊家的丫頭吧？昨兒我聽說了，生得可真好。」

何子衿打招呼：「江爺爺好。」

江財主拈著花白鬍鬚笑道：「好好好。」指著身邊的小少年，「這是我孫子江仁。」

江仁比何子衿長兩歲，還是孩童，原本被早早從床上叫起來陪祖父爬山的他有些懨懨的沒啥精神，但這一切都是沒見到漂亮娃娃時，如今江仁已迫不及待了，他竄到何子衿跟前，很是打量了何子衿一回，直率萬分地道：「昨兒我聽阿福說，姑丈家來了客人，還說妳長得像畫上畫的一樣，我都不信。妳可比畫上畫的好看多了，妹妹，妳叫什麼名字？」

「我姓何，叫何子衿。」

「我叫江仁。」江仁自我介紹。

何子衿笑，「江爺爺剛才說了呀！」

「是嗎？」江仁摸摸後腦杓，「妹妹，我比妳高，我替妳背竹簍吧，妳背著多累啊！」

「不行，我自己背，我跟舅舅一人一個。」

這是意境啊！到山上來，背個小竹簍，多有意境啊！

江仁除了剛開始跟沈素和沈玄父子打聲招呼外，眼裡就再沒別人了，直接就圍在何子衿身邊呱啦呱啦地說起話來。

沈素在前頭與老丈人說著話，一邊留意後方，想著江仁這小子，幼時是個三字經，長大了怎地口齒這般伶俐，以往也沒見他有這許多話，這一見了漂亮女孩子，話就沒個完了。

沈素：臭小子，莫不成這麼早就知道慕少艾了？

江仁無師自通地客串導遊，喋喋不休介紹道：「這會兒山上有許多樹葉都掉光了，也有許多樹還是綠的，只是天兒有些冷，許多人就懶怠上山了，其實走一會兒路就不覺得冷了。我家有山地，只是一小塊，這麼走不順路，等一會兒妹妹去我家吃飯，吃完飯，我帶妹妹去我家的山地逛逛。」

沈素聽得好笑，道：「阿仁，你今天不上學了？」

江仁的確是不想去上學了，他道：「子衿妹妹好不容易來一回，我得盡一盡那啥……」想半天想不起來。何子衿笑，「地主之誼。」

「對對對，地主之誼！」江仁不理他姑丈了，繼續跟何子衿說話：「妹妹，妳念過書嗎？好有學問啊！」

何子衿笑，「念過一點。」

「怪不得，妹妹就是傳說中的才女！」江仁拍何子衿馬屁，問：「妹妹念過什麼書？」

「千字文、詩經、論語。江哥哥，你念書念到哪兒了？」

「我還在念《詩經》呢，妹妹就是聰明，念得比我快。」江仁道：「妹妹，妳跟我一道去學堂吧。我們學堂是沈家爺爺，就是妳外祖父給我們上課，妳也去聽聽。妹妹這樣有學問，是我輩，我輩那啥來著。」

「楷模。」

「對對對！」江仁小大人似的，「妹妹，妳怎麼總能猜到我想說的話？妳就是那個，我的知音啊，伯牙子期那個。」

何子衿抿嘴一笑，見地上有個掉落的松塔，撿起來放背簍裡。

小少年一見小少女是啥感覺，看江仁就知道了。他見何子衿指尖沾了土，就要拿帕子給何子衿擦。想起自己素來不帶帕子，遂拈起袖子來給這位漂亮妹妹擦，誰知他行動實在慢了些，何子衿自己拿小帕子擦了擦手，江仁只好放開袖子，問：「妹妹，妳撿這個做什麼，這裡頭又沒有松子可以吃。」

「等曬乾了可以串起來玩啊！」

江仁道：「我家山地裡有許多，一會兒讓阿福去摘一筐來送妹妹吧。」

「那就沒意思了，還是自己撿的有意思。」

江仁不知道有現成的不要，非要自己撿有啥意思，但何子衿這樣說了，他又很喜歡漂亮妹妹，立刻沒啥節操地附和：「是啊，自己撿更有意思，我幫妹妹一起撿。」他就賣力地替何子衿撿起山路上的松塔來。

山間有晚開的桂花，微風帶來一陣陣含著露水味的花香，好聞極了。

何子衿道：「真好聞！」

江仁抽抽鼻子才注意到花香，「這是桂花香，妹妹來得有些晚了，妳要是中秋那會兒來，整座山都是桂花香。現在這個是晚桂花，若再晚些就沒了。不過，山上還有茶花，這個是冬天都會開的。原本路邊也有，結果不是被人挖了去，就是被人折了去，咱們沿著的這條路是沒有的，只有山裡才有，妹妹是進不去的。我家裡也種了茶花，妳來我家裡看花吧？」

沈素真是服了江仁，這小子哪來的這自來熟的本事啊？

何子衿問：「你家是什麼樣的茶花？」

「也是從山上挖來的，我爹養的，有紅的粉的白的，開得一團一團的，可好看了。妹妹來瞧瞧，妳有喜歡的，我送妳兩盆。」他還懂得送禮給漂亮妹妹了。

總之，江仁一見何子衿便如同被打通任督二脈，那個機靈就甭提了。

江財主聽著孩子們嘰嘰喳喳地說話，身心舒泰。

沈素瞧著江仁孔雀開屏般的去討他外甥女的歡心，萬分不爽，看江仁小子甚是嫌棄。爬了多久的山，江仁就說了多久的話。如他這個年紀的小少年，其實不喜歡跟著祖父爬山的，多枯燥啊，但今天認識了子衿妹妹，爬山的枯燥疲倦不翼而飛。因為撿了很多松塔，江仁早拿出小男子漢的氣概來，自告奮勇地幫何子衿背松塔，下山的時候還扶著子衿妹妹，生怕子衿妹妹摔跤。哪怕不是故意地握到了子衿妹妹的手，江仁也覺得好軟好軟。還有，子衿妹妹好香好香，比家裡燉的大肉還要香。

路上江仁力邀子衿妹妹去他家吃飯，何子衿道：「舅媽已要在家裡做了飯，我就不去了。江哥哥跟我一道回去吃飯吧，舅媽還常說起你呢！」

江仁笑，「好啊！」他後知後覺地問祖父：「祖父，可以吧？」

江財主也覺得孫子好笑，不過，女兒家不是外處，哪裡有不允的，「去吧，吃完飯回家裡拿書本上學，這個可不能忘了。」防止孫子蹺課。

江仁再補充一句：「我也想姑媽和阿玄了。」

沈素黑著臉提醒這個外侄一句：「阿玄就在我背簍裡。」

江仁拍腦門兒，大叫道：「哎呀，我只顧著跟妹妹說話，倒把阿玄忘了！」

沈素：我們阿玄怎麼會有這樣的舅家表兄？

江財主已忍不住笑出聲來，沈素也笑了。何子衿眉眼彎彎，江仁臉皮還不算太厚，他臉微紅，拉著何子衿的手道：「子衿妹妹，我是跟妳說話太入神，就忘了阿玄跟我們一道。」

沈素：臭小子，你這話該是跟我說才對吧？

何子衿笑，「我知道。」她不忍小少年太尷尬，問他：「江哥哥喜歡吃什麼？」

「啥都喜歡。」江仁道：「我不挑食，尤其喜歡姑媽家的臘肉，真是香得不得了。」

何子衿道：「那有些來不及了，我們到家，舅媽的飯差不多就做好了。」

江仁道：「沒事沒事，我中午來吃是一樣的。妹妹來了，舅媽肯定拿出臘肉來給妹妹吃。我沾妹妹的光，跟著飽飽口福。」

何子衿笑，「你這是把午飯都定下了。」

「我喜歡跟妹妹說話，我要念書，上午下午都不能陪妹妹了，就中午傍晚過來，咱們一起玩兒。」這個年紀的少年，坦率得叫人喜歡。

何子衿笑道：「好啊，我也喜歡跟江哥哥一起玩。」

江仁歡喜地笑出聲，握著拳頭，激動得像打擺子一樣，「那可就說定了？」

沈素請岳父去家中用飯，江財主笑，「你岳母在家等著我呢，讓阿仁去吧，他與子衿丫頭倒是投緣，年紀也差不多，是能說到一處去。」

沈素先送了岳父一段路，方帶著孩子們回家。

江氏見了江仁，笑問：「你們這是路上遇著了？」

沈素道：「是呀，岳父每天都爬山的，難得阿仁早起，跟岳父一起。」

江仁放下小竹簍，擦擦額角的汗，說：「姑媽，以後我天天陪祖父爬山，不然祖父一個人多寂寞啊！」

江氏自丈夫手裡抱過兒子，「阿仁越發懂事了。」打發他們去洗手，準備吃飯。

因為有何子衿在，江仁飯都吃得格外香，吃過飯磨蹭好半天，見沈父都要出門了，才跑回家拿書包去學堂，結果遲到被沈父打了三戒尺。中午放學來沈家，江仁與何子衿道：「沈家爺爺對我可嚴厲了，看把我手打得腫了。」

江氏聽到這話，說他：「你不老實學習，這是輕的。等我什麼時候跟你爹說，好再打你一頓。」拿了清涼去腫的藥膏來。

江仁扁扁嘴，何子衿笑，「我幫你上藥吧。」

江仁立刻眉開眼笑，暗自表示：沈家爺爺，您可真是大好人，謝謝您把我打腫，您再多打我兩下吧！

到晚上的私房話時間，江氏笑與丈夫道：「阿仁跟子衿真是投緣，玩得也好，阿仁很有哥哥的樣子，知道照顧子衿。」

沈素感嘆：「勁敵呀！」

「啥？」

沈素道：「妳不知道，阿仁一見子衿，就像得了蒙古症似的，那個話是沒個完。要不是舅兄來接他，我看他晚上都想住咱們家了。」

江氏直笑，「別胡說，阿仁不過比子衿大兩歲罷了，哪裡懂這個？他無非是見了漂亮的小姑娘，喜歡跟人家玩罷了。」

「咱們兒子話還沒說溜，這可怎麼敵得過花言巧語的阿仁？」沈素感慨兩聲，又道：「臭小子，這些年見了妳我，也沒這樣殷勤過！」

江氏又笑，「小時候倒看不出阿仁有這份機靈來。」

「有啥機靈的？臭小子一個，哼！」沈舅舅表示不屑。

江仁每天除了上學，就是找何子衿玩，天天駐紮在沈家，早上陪何子衿爬山，晚上不到天黑絕對不回去。

江仁在家與母親張氏說：「娘，您不知道子衿妹妹多好看，我從沒見過這樣好看的妹妹。她人也好，知道我被沈家爺爺打了手板，還幫我上藥來著。您看，我手好得多快呀！」說著伸出手掌給她娘看。

張氏道：「那丫頭我倒是見過兩回，是生得不錯。」

「咱們整個村裡也沒比子衿妹妹更好看的了。」江仁道：「她還念過書，很有學問，比我知道的都多。」

江仁念叨了一通他的子衿妹妹，計畫好明天再陪子衿妹妹爬山，就歡歡喜喜睡覺去了。

兒子總是念叨「子衿妹妹」，張氏忍不住想去瞧瞧，與婆婆說話時都笑，「阿仁跟子衿投了緣，這些天總是在他姑媽家吃飯，就差要住下了。聽阿仁說，何家那丫頭生得比畫兒好看，家裡正好有收拾好的榛子山栗子，孩子們愛吃這個，我拿一些去給何家丫頭。」

江太太被兒媳婦說得也有些心動，鄉下人沒有城裡那一套客氣腔，何況一個村子住著，早熟得不能再熟，這又是去女婿家，抬抬腳也就去了。

江太太放下剝了半袋子的花生，道：「咱們一塊去，我也去瞅瞅。」

張氏笑，「是，我服侍母親。」

兩家離得不遠，張氏背著一小簍榛子，抱著一小簍栗子，與婆婆去沈家。何子衿無事，正在教沈玄念書，甭看江氏教兒子教不會，何子衿就教得很不錯，尤其千字文這押韻的，念起來琅琅上口。

何子衿早倒背如流了，書都不用看，沈玄就當學唱歌了。

張氏一進門就讚：「怪道阿仁說這丫頭有學問，看這千字文背得多熟啊！」她丈夫是屢試不第的讀書人，念書多年，秀才也沒中一個，好在家裡有田地，家計是不愁的。到了兒子這裡又是念書，成績也不咋地，但這啟蒙的《千字文》，張氏不知聽過多少遍了，故此，一聽就聽得出來。

何子衿見是江太太和張氏婆媳，笑著打招呼，一個叫「伯娘」，一個叫「江祖母」。

張氏笑問：「丫頭還認得我？」

「去年來外祖母家的時候見過伯娘和江祖母的，我還記得。」何子衿又不真是小孩子，她記性素來好，自然是認得，尤其是江太太，據說在她舅與她舅媽成親那天，見著女婿俊俏歡喜太過，笑歪了嘴。雖然後來被針灸好了，但大約是後遺症，笑的時候嘴還是有些歪。

江太太與張氏都很高興，遇到這樣長得可愛，又很懂禮貌的孩子，誰不喜歡啊？

今日太陽好，外頭暖和，江氏正在院中做針線，沈母從窯裡拿了幾個蘋果洗好了放桌上給孩子們吃。因沈玄年紀小，要切成小塊壓成蘋果泥再給吃。見著江太太和張氏婆媳來了，沈母放下蘋果，起身相迎，「親家怎麼有空來坐坐？」

江太太道：「我聽阿仁說子衿來了，過來瞧瞧，帶了些孩子愛吃的零嘴給子衿吃。」

沈母笑，「上回親家給的還剩許多呢！」

江氏搬了椅子給母親和大嫂坐，張氏道：「這是給子衿的，阿仁回家總是念叨子衿妹妹。這孩子生得越發好了，真是比畫上的龍女都好看。」

江氏笑道：「我也這樣說。」

沈母倒出兩盞茶來，笑得謙虛，「就是尋常的孩子，略乾淨齊整些是有的，哪裡有阿順媳婦說的這般誇大。」江氏的兄長叫江順，張氏也常被人稱作阿順媳婦。

張氏接了茶，先遞給婆婆，再接一盞道謝，「子衿生得像她娘，比她娘更好看。當初子衿她娘就是咱們村裡出名的美人。我見過子衿她爹，也是個斯文人，子衿當然就生得好。」張氏自來是個爽快人，說起「子衿她爹」的相貌來，只當尋常事。

何子衿見有人來了，就不教沈玄念書了，她把沈母壓的小半碗蘋果泥端起來，讓沈玄拿著勺子吃。沈玄是個很懂禮貌的小孩，先舀一勺給沈母，說：「祖母吃！」

沈母心都要化了，笑著摸摸寶貝孫子的頭，「祖母不吃，阿玄吃吧。」

然後，沈玄讓遍了在場所有人，也不知他小小人兒是誰教的，頗是惹人笑。何子衿捧著蘋果讓張氏和江太太，江太太和江氏怕涼，張氏沒啥客氣的，拿了一個吃。沈母不吃，何子衿自己挑了一個小的。沈母給她一個大的，說：「這個好。」

何子衿倒不是存啥孔融讓梨的心思，只是這年頭真不比她曾經生活的年代。這個年代物資太有限，浪費就是作孽。何子衿道：「大的我吃不了。」

沈母切一半給她，「剩下這半個我吃。」

都是親戚，說起話來也親熱，張氏還問何子衿念過什麼書，聽何子衿說詩經都會背了，很是驚訝，直道：「果然是秀才公家的姑娘，念書就是厲害。」

一時沈玄吃好蘋果泥，拉著何子衿跟他一塊騎竹馬，何子衿道：「歇一歇再玩兒。」

沈玄又道：「我要拉屎。」

何子衿道：「你可真是，剛吃就拉。」

江氏笑著一指院裡葉子掉光的柿子樹，「去樹下拉吧。」

沈玄拉何子衿的手，「表姊跟我一起。」

何子衿道：「我還在吃蘋果呢。」

「我跟你一起。」江氏放下針線，「你表姊在這兒又跑不了。」

沈玄很有些執拗小脾氣，一徑道：「表姊陪我！」

何子衿只好放下蘋果，「舅媽，您坐著吧，我跟他去。」

沈玄褲子也不會脫，還是何子衿幫他脫了，又拍了沈玄的肥屁股一下。沈玄蹲在柿子樹下吭吭哧哧的，待得拉好，又撅起肥屁股給何子衿找了個好差使，「表姊幫我擦。」

何子衿：……

幫沈玄擦過屁屁，又帶著沈玄洗了手，何子衿回去繼續吃蘋果聽大人們說話。小孩子其實最敏感，覺得何表姊的注意力不在自己身上，沈玄立刻扯著嗓子背起何表姊教自己的千字文來，雖然他只會背六句，也足夠他娘驚喜了。

江氏幾乎感天謝地，雙手合十，「阿彌陀佛，竟學會背書了。」

沈玄就跟打了雞血一樣，將這六句背了一遍又一遍，無限次重複。江氏就盼著兒子是顆讀書種子才好，連忙道：「子衿，再多教妳表弟幾句。妳看，妳一教他就學得會。」

何子衿就這樣成了沈玄的啟蒙小先生。

江氏本就喜歡何子衿，見她竟教會了兒子念書，更是變著花樣做好吃的給何子衿。說實話，何老娘一直覺得沈家家境寒微，雖沈家確實不如何家田地多，但離寒微也有段距離。譬如何子衿初進沈家廚房時就被那掛了一房頂的臘肉嚇了一跳，還是江氏說：「妳外祖父在村子裡教蒙學，有錢的給幾個，沒錢的就送些東西。臘肉有一些是人家送的，還有咱們自家宰豬醃的。這幾年，妳外祖父外祖母年紀大了，家裡養的豬，妳舅舅就不讓賣了，自家殺了吃肉。這半邊是家養的豬，這裡的是野豬肉，山上打來的。這裡的是羊肉，子衿挑一塊，咱們中午吃。」何子衿覺得最美好的工作就是每頓飯往房樑上去挑肉來吃。

當天中午就留了張氏與江太太在家吃飯，到中午放學，江仁直接與沈父回了沈家，見著母親和祖母極是高興。江氏一看，娘家人就差大哥與父親了，便讓江仁回家跑一趟，把大哥與父親叫來，兩家人熱熱鬧鬧地吃了一頓。

待江仁再去纏著跟何子衿玩時，沈素已想到了克制江仁的法子，他用一副長輩關愛晚輩的表情道：「阿仁功課念到哪兒了？跟姑丈說說，我聽說你昨天考得不大好啊！」

沈素直接開啟補課模式，只要江仁一來，沈素就幫他補課。

江仁吐血：姑丈好毒！

以前江仁是很喜歡他沈素姑丈的，但自從沈姑丈只要他在沈家吃飯就要檢查他功課起，沈姑丈就成了江仁最討厭的對象。

怎麼這樣討厭，不知道人家留下為是想跟子衿妹妹說話的嗎？

江仁還是少年，心性純直，他不樂意這會兒聽姑丈補課，就直接說了：「姑丈，您能不能以後再查我功課，我要跟子衿妹妹說說話兒。」這孩子現在還不知道他姑丈是故意的。

沈素面無表情，「子衿不喜歡念書比她差的小子。」

江仁急忙問：「子衿妹妹說我念書差了嗎？」

沈素道：「你還等著被子衿說嗎？要是我，若被女孩子說沒學問，寧可不活了。」

江仁道：「那也不至於吧？文無第一，武無第二，沒學問就不活了，那咱們村裡的人全都不用活了。」村裡文盲占多數好不好？

「你怎麼這般沒出息，你就不能跟好得比？你看子衿，論語都倒背如流了，你詩經還沒學完。天天去跟人家說話，人家說的你聽得懂嗎？」沈素毫不留情地打擊江仁。

江仁道：「聽得懂。」

「行了，子衿在教阿玄功課，你就跟我學吧。」

江仁眼睛一亮，「姑丈，您教阿玄吧，我去跟子衿妹妹學。」

再毒辣的姑丈也阻擋不了小小少年的慕少艾之心啊！

沈素臉一沉，雙眸直視江仁的眼睛，一言不發。長輩的直視還是很有壓力的，江仁不得不委屈求全，「那好吧。」他真的好羨慕沈玄表弟！

江仁被沈素一招制住，生活甭提多慘澹了，可為了漂亮妹妹，江仁還是堅持一天三餐來蹭沈家，尤其在最美好的早上登山時光，江仁簡直希望這山路永無盡頭才好。

讓江仁意想不到的是，在沈家吃過飯被補課就罷了，姑丈大人竟然登山時都要考校他功課。江仁眼珠一轉，主意來得也快，他道：「姑丈，爬山要專心啦，我要是一邊回答姑丈的問題，一邊爬山，很容易跌倒的。」

沈素點點頭，對在竹簍裡的兒子道：「阿玄，給你表姊背背昨兒教你的千字文。」

於是，整個山間除了鳥叫，就是沈玄扯著小奶音背千字文的聲音，江仁想跟何子衿說句話都不成了，他簡直要被沈玄煩死了。

至此，沈玄升級為江仁最討厭名單中的第二位，第一位是沈玄之爹沈素。

待沈玄背累了，何子衿笑讚：「阿玄背得真好聽。」拿起掛在竹簍邊的葫蘆餵沈玄喝水。沈玄咕咚咕咚喝兩口，又要繼續背，何子衿便道：「歇一歇，我教你新的。」

何子衿念幾句新的，沈玄跟著念。每當沈玄背一陣子，何子衿就餵他水喝。

江仁趁沈玄歇著的時候道：「子衿妹妹，我也會背，我背給妳聽。」江仁就不背千字文這種小兒科了，他昂首挺胸大聲背誦：「關關雎鳩，在河之洲。窈窕淑女，君子好逑……」先要說一句，江仁背《關雎》，完全沒有別的意思，只是因這是詩經第一篇而已。他不過七歲，進學第二年，再天賦異稟也不可能懂男女之情。他背這個，是因為這首背得最熟。

何子衿笑著鼓勵道：「背得真好。」

江仁被他姑丈打擊得不如以前有自信了，他道：「我不如子衿妹妹有學問。」

何子衿笑，「這有什麼，我念書的時間早，像阿玄這樣大的時候就念書了，學的時間長，才比你快，等過幾年我就比不上江哥哥了。」

江仁深受鼓勵，「只要子衿妹妹不嫌棄我沒學問，我就放心了。」

「不會的。」何子衿一笑，頰上兩個小酒窩微現，江仁險些被甜了個跟頭。

江仁認真地說：「子衿妹妹，妳長得可真好看。」

何子衿覺得好笑，「你這麼小，就知道好看難看了？」

江仁不服氣，「我可比妳大兩歲，再說，我又不瞎，怎不知好看難看啊？子衿妹妹就是我見過的第一好看之人。」

何子衿笑說：「江哥哥也好看。」

江仁是個實誠小少年，他認真道：「還不如子衿妹妹，我得努力變得更好看才行。」

何子衿的教育病發作，「人光長得好看有什麼用，得心眼兒好才行。如果是個壞人，多好看也沒用。要是心眼兒好，哪怕長得不好看，做朋友也一樣。」

江仁點頭，「我就是好人。」

何子衿被江仁逗樂，笑出聲來。

沈素想一腳把江仁踢到山下去。

哪怕姑丈再毒辣，也敵不過牛皮糖。

江仁嘰嘰喳喳地同何子衿說話，沈玄沒人搭理，不樂意了，他捏著粉嫩嫩的小拳頭，鼓一鼓包子臉，大聲道：「表姊，聽我背書啦！」

何子衿對沈玄這種小隻的最有興趣，她撇開談興正濃的江仁，笑咪咪地道：「好啊，阿玄背著，我聽著呢！」

沈玄再一次搶回自己的焦點地位，扯著嗓子背表姊教他的句子。
江仁很想直接把沈玄的嘴給縫上。
哪怕江牛皮糖再難纏，也敵不過沈小包子。
沈素：兒子，幹得好！
小小少年們的友誼飛速發展，江仁平日裡要上課，何子衿也認識了幾個女孩子，尤其她外祖母家隔壁鄰居沈大家的兩個閨女沈大丫、沈二丫，何子衿跟著她們去河邊釣魚。姊妹兩個比何子衿大些，個子卻與何子衿彷彿，沈大丫還得背著她弟弟沈大寶，沈二丫拿著簡製的魚竿，竹竿繫上棉繩掛個針彎成的魚鉤。何子衿手裡的魚竿也差不多是這樣，沈家倒是有正經魚竿，但何子衿太小拿不動，沈素就現給她弄了個簡單的拿著玩。
河裡的魚都很小，挖了蚯蚓掛魚鉤，在秋風中吹得鼻涕都要下來了，才釣了三兩條巴掌大的小魚，沈二丫卻說：「子衿運道旺，咱們釣這麼多！」
何子衿問：「這麼難釣啊？」
「當然了。」沈二丫道：「誰閒了不來弄些魚吃，比總吃乾巴巴的白菜蘿蔔有滋味。」
何子衿道：「那都給妳們吧，妳們拿回去吃。」何子衿天生有顆聖母心，看到特別窮的人總有些不好受，特別是沈大丫和沈二丫都瘦骨伶仃的，趴在沈大丫背上的沈大寶卻是白嫩圓潤。看到這姊弟幾個，就會覺得何老娘為人還是不錯的。
何子衿相讓，沈二丫神祕一笑，對何子衿道：「拿回家我們可吃不上。妳別說漏了嘴，我帶妳去吃魚。」何子衿常給她們吃的，眼下又要把魚給她們，沈二丫不想太虧待何子衿。
沈大丫有些猶豫，「祖母知道，肯定會不高興的。」

沈二丫道：「怕啥？不過是挨頓罵，不然魚怎麼能落到咱倆肚子裡？」

沈大丫默默地用河邊的草葦子串起這三條小魚，沈二丫拿著釣竿，姊妹兩個就帶著何子衿去了自己的祕密基地。其實也不祕密，何子衿在這裡遇到了江仁以及江仁的小夥伴們，一群小子拎著一兜子麻雀，正在拿著火鐮生火。

江仁一見何子衿就兩眼發亮，高高興興地迎過去，「子衿妹妹，妳怎麼來了？我去姑媽家找妳，姑丈說妳出來玩了。」還把子衿妹妹介紹給自己的小夥伴們，江仁與有榮焉，「怎麼樣？子衿妹妹好看吧？像不像畫上的娃娃？」

「好看！」

「我覺得比畫上的娃娃更好看！」

「阿仁，這就是你姑丈姊姊家的丫頭嗎？」

小夥伴們七嘴八舌的，對子衿妹妹的美貌有了公認的認知，那就是：真好看呀！美貌的力量已經初顯現，那就是，當江仁說：「子衿妹妹，妳跟我們一起吃烤麻雀吧，可好吃了。」竟無人反對。而沈二丫表示也想吃麻雀時，江仁直接送沈二丫白眼。

何子衿心想：毛也沒拔，膛也沒開，亦無油鹽，這能好吃嗎？

見何子衿沒說話，小夥伴們以為她不好意思，紛紛勸她：「子衿妹妹一塊吃吧。」

何子衿問：「這個怎麼吃啊？」

「等我們生起火來，在火裡烤，特好吃。」

何子衿不得不教他們一種「叫花雞」的吃法，這樣起碼是沒毛的。沈二丫沒討到便宜，滿臉晦氣，卻是豎著耳朵聽何子衿說的法子，對姊姊道：「咱們的魚也這樣做吧，跟他們一起烤，借個光，省得咱們再自己去撿柴了。」

江仁不樂意叫沈二丫借光，還是何子衿勸了，江仁才答應。

總之，吃了一頓說不上好吃也說不上難吃的野炊，何子衿的朋友圈擴大一倍不止。待諸小把弄來的東西吃光光，天也有些晚了，大家就各回各家，各找各媽了。江仁替何子衿拿著魚竿，負責送何子衿回家。沈二丫吐槽他：「江仁，我家跟沈大叔家就是隔壁，我們跟子衿一起出來的，當然一起回去，你跟著湊什麼趣？」

江仁這個以貌取人的傢伙，對沈二丫翻個白眼，「妳管我，我去我姑媽家不行啊？」

「行行行，就是求你別說得那麼好聽，還送子衿妹妹？子衿妹妹用你送嗎？我們是死人嗎？」沈二丫小小年紀已能看出日後的潑辣來。

江仁「嘖」一聲，「妳是不是嫌我沒讓妳吃麻雀啊？」

即使被說中心事，沈二丫也是不會認的，她不屑地道：「我可不稀罕那破鳥！」

兩人吵一路，及至到家了，江仁還叮囑何子衿：「子衿妹妹，妳以後少跟沈二丫玩，那臭丫頭可厲害了，她會欺負妳的！」

何子衿笑咪咪的，「二丫姊挺好的呀！」

江仁先把魚竿給姑丈，急呼呼地跟何子衿說：「妳不知道她多厲害，聽我的準沒錯！」

沈素輕抽江仁後腦杓一記，「怎麼又走到一處去了？」

江仁道：「我們烤麻雀時碰到子衿妹妹和大丫、二丫烤魚，我沒讓子衿妹妹吃魚，怕她卡著，給她吃了烤麻雀。」

「嗯，懂事了。」沈素稱讚江仁一句，這小子放學來找何子衿，何子衿已經出去玩了，江仁走的時候頗是垂頭喪氣，誰知倒走到一起玩了這半日。

隔壁傳來訓斥聲，何子衿側耳去聽。

江仁道：「是二丫祖母在罵她們呢，嫌她們自己把釣的魚吃掉了。」

何子衿再次覺得：何老娘還是很不錯的！

柒之章

祖孫膩歪敘天倫

何子衿在外祖家樂不思蜀，何老娘在家數著日子，三五天後又三五天，也不見沈素把她孫女給送回來。雖然何子衿在家時，何老娘對這丫頭片子意見挺多的，但這乍然不在了，何老娘還是有些惦記的。

等不到沈素送還何子衿，何老娘已經跟兒子念叨：「這阿素也真是的，當初可是說就住三五天的，這都半個月了，怎地還不見回來？」

何恭笑道：「頭一次在外家長住，岳父岳母定捨不得子衿。」

何老娘嘟囔一句：「咱們家又不是沒人，這麼總在外家住著像怎麼回事？趕緊的，明兒你去你恆大哥家借車，把丫頭接回來。天兒越來越冷，她帶的衣裳夠穿嗎？鄉下地方，不如咱們屋子暖和，小孩兒家家的不耐凍，別再凍壞了。」

何恭道：「看娘說的，每年臘月我去，岳父家屋子暖和得很。」

「反正你去把丫頭給我接回來！」何老娘也不再講原因，直接給兒子下通牒。

何恭笑應道：「好。」知道他娘是想他閨女了。其實何恭也挺想的，自何子衿出生，從沒離家這麼久過。

何恭回房與妻子說了接閨女的事，沈氏道：「我這兩日也正在琢磨這事，想著阿素也該送子衿回來了。」

何恭道：「還是我去接丫頭吧，等阿素，還不知要等到什麼時候。」

沈氏點頭，「這也好，學裡還有功課呢，我也不想子衿耽擱太久。我備了些東西，你一併帶去給父親母親。」

何恭素來體貼妻子，道：「妳乾脆同我一道去，咱們起個早，一天打個來回沒問題的。

岳父和岳母見著妳，定會很高興。」

「那是再好不過的。」沈氏極是歡喜，「只是要先跟母親說一聲，明天家裡的事，我得先交代好了，還有阿冽，得託母親照顧了。」

夫妻兩個一起去何老娘那裡，何老娘倒是沒啥意見，道：「早上把阿冽抱過來，你們早去早回，讓小福子跟著，跟恭兒輪換著趕車，也輕鬆些。晚上令周婆子煮塊醬缸裡的牛肉，明早去早點攤子買些熱騰騰的大餅，帶在路上吃。」

沈氏道：「我早上擠些奶出來放小碗裡，要是阿冽醒了，溫一下就能喝。」

何冽雖能吃些輔食，也還是要吃奶的。

何老娘道：「成，就這麼定了。你們兩個一道去，務必把丫頭給我接回來。」又後知後覺地對沈氏說一句：「替我跟妳爹妳娘問好。」

沈氏笑應「是」。

夫妻兩個天濛濛亮就起了，到長水村時不過辰正時分，何子衿正在院子裡同沈玄玩翻花繩。沒錯，沈玄小朋友在何表姊的教導下，都會玩翻花繩這樣的高端遊戲了。

見何恭和沈氏夫妻兩個來了，何子衿跑過去一竄。何恭這回沒彎腰，他等著閨女竄上來時手托著閨女的屁股往上一送，就抱了閨女在懷。聽到何子衿叫爹爹，何恭歡喜得不行，又跟岳母打招呼見禮。

忽然見著女兒和女婿，沈母高興得不得了，「女婿來了！」

沈素迎出來，沈氏埋怨他：「你可真是的，接了子衿來就不送回去了。」

沈素一副無賴嘴臉，「我要是送回去，哪裡得姊姊大駕親臨？」

沈氏笑，「你這張嘴啊！」

江氏道：「姊姊、姊夫進屋說話吧。」她自去沏茶。

一家子見面沒有不高興的，且何恭和沈氏夫妻既來了，何子衿必要回家的。

何子衿怪不捨的，跟她娘商量：「我再住兩天再走吧。」

沈氏鐵面無私地道：「過年時再來。妳耽擱這些時候的功課，回去真要考倒數第一了。」她閨女雖聰明，也不是天才啊！

何子衿沒法子，只得跟她外祖母說：「外祖母，等過年時我再來看您。」

沈母摸著外孫女的包包頭，說閨女：「對孩子得和軟些。」

沈氏道：「娘，您不知道這丫頭有多難纏。」

沈母難得這般誇孩子，「子衿多招人疼啊，咱們村裡的孩子與子衿玩得都好。」

一家子說說笑笑，唯江仁中午過來吃飯，聽說子衿妹妹要走，那叫一個捨不得。江仁抱著子衿妹妹說：「子衿妹妹，能不走嗎？」又跟沈氏商量道：「沈姑姑，再讓子衿妹妹住幾日吧，我捨不得妹妹。」

沈氏笑，「等過年時我再帶她來，你們再一起玩。」

江仁道：「要不，沈姑姑帶我一道走吧？」

沈氏又笑，「好呀！」

江氏斥了江仁：「你又說胡話！」

何子衿走時，江仁將自己養在家裡視若寶貝的蟈蟈送給了何子衿，何子衿把自己在山上撿的石頭裡最好看的一塊給了江仁。

沈父叮囑一句：「子衿這孩子有靈性，讓她好生念書，別耽擱了。」

沈父是秀才出身，生性寡言，最喜歡的就是會念書的人，不論男女。他老人家早就考校過外孫女的功課，深覺外孫女聰明，遠勝尋常孩子。在惋惜過外孫女不是男兒身後，沈父仍是希望外孫女別浪費了自己的天資，故而有此一句。

沈氏笑道：「爹，您放心吧，我會盯著她好生念書的。」

江仁跟著沈家人送出老遠，那叫一個依依不捨。

沈素覺得江仁是個有情有義的孩子，安慰他：「等你姑媽生個小妹妹，你跟妹妹一起玩也是一樣的。」

江仁望著子衿妹妹的車走遠，大聲道：「阿玄生得就不如子衿妹妹好看，姑媽就是生了小妹妹，有子衿妹妹漂亮嗎？要是比不上子衿妹妹，我才不喜歡屎娃子呢！」

江氏和沈母聽到這孩子話，均哭笑不得。

沈素道：「我閨女可不稀罕你！」

江仁哼兩聲，拿大白眼翻他姑丈，並憤怒道：「都怪姑丈，總是問我功課，您就不能等子衿妹妹走了再問我功課嗎？我有好些話沒跟子衿妹妹說呢！哼哼，以後再不來您家！」跳起來揪一下姑媽懷裡沈玄的胖臉，不待沈玄大哭出聲，就氣哄哄地跑了。

沈素：混帳小子！

何子衿在車裡就跟她娘親親熱熱地膩在了一塊，沈氏抱了女兒在懷裡，問她：「頭一回離家這麼久，想家不？」

「想是有點兒想，可是外祖父外祖母和舅舅舅媽對我很好，我還認識了許多朋友，多住幾天是無妨的。」何子衿樂不思蜀了。

沈氏戳她額角，「小沒良心的，我看妳都要玩瘋了。」

何子衿把臉往她娘懷裡拱著撒嬌，沈氏便笑了，又問起閨女在外祖母家都玩什麼。

何子衿說得天花亂墜，雖然也就那些，譬如釣魚、捉鳥、捕黃鱔、爬山的事兒，但從何子衿嘴裡說出來就格外生動有趣。小福子在外頭聽著，笑嘻嘻地跟何恭道：「大爺，咱們大姑娘這嘴真是絕了，快趕上茶樓的說書先生了。」

何恭也在樂呵呵地聽車裡閨女說話，「子衿打小就嘴巧。」

因為有何子衿這麼個巧嘴八哥，一路上大家竟不覺得枯燥，而且，何子衿吸取去她外祖母家時的教訓，路上少喝水，就沒再出糗啦。

待到了家，何子衿先跑去何老娘屋裡，因為在長水村很是長了見識，她現在覺得何老娘實在是個不錯的人。

何老娘正算著兒子到家的時辰，聽到外頭的腳步聲，心裡一喜，「丫頭片子回來了！」起身就想去迎自家丫頭片子。轉念又一想，可不能叫丫頭片子看出來老娘想她，連忙又坐了回去，咳一聲，端起手邊的茶盅，裝模作樣地問：「誰在外頭這麼吵啊？」

余嬤嬤險些忍不住笑出聲來，何子衿正好進屋，聽到何老娘這話，接口道：「是我呀！祖母，我回來啦，您想我吧？」

何子衿是個熱情的人，幾步就跑到何老娘跟前，坐到何老娘身邊了。何老娘瞥何子衿一眼，暗暗點頭，嗯，自家丫頭片子還是沒瘦的，嘴上卻道：「想什麼想什麼，一個丫頭片子有什麼好想的？」

何子衿看何老娘極力壓抑著上揚的唇角，便用兩隻小短手抱住何老娘的脖子，笑嘻嘻地說道：「我可想祖母了！」

何老娘此方笑了，拍一拍自家丫頭的脊背，道：「既是想，妳還不回來？說好就去三五日的，這都多久了，小半個月了！哼，妳再這樣，以後不叫妳出門了！親戚家略住個一兩天是這麼個意思，像妳這樣十天半個月住著，多討人嫌啊！」

何子衿笑，「外祖母一點也不嫌我，還想留我過年哩！」

「那是客氣，妳別當真，傻丫頭！」在何老娘心裡，自家孩子就該養在自家，自家又不是養不起，哪能叫孩子總住外家呢？那不是個事兒。

沈氏與何恭略慢何子衿一步，正聽到何老娘這話。

沈氏知道何老娘這個脾氣，只能當沒聽到罷了。

何恭笑，「娘，您又說這些玩笑話，小心叫丫頭當了真。」又問：「阿冽呢？」

何老娘道：「下午睡得晚了，還睡著呢，我叫翠兒在裡間看著。」

沈氏道：「我去瞧瞧，也該醒了。」

何老娘大手一揮，讓媳婦去看孫子了。

沈氏擔心兒子睡多了晚上不睏，把兒子叫醒餵奶，何老娘便讓他們夫妻倆回房換衣裳。

何子衿道：「我也去換衣裳，換好衣裳，我來陪阿冽說話。」

何老娘笑，「快點過來，我叫人做好了魚圓湯，一會兒咱們就吃飯了。明天買個肘子給妳吃，瞧瞧，可憐見的，這小臉兒都瘦了。」睜眼說瞎話的技能開啟。

沈氏道：「母親千萬別叫她吃肉了，看她這臉圓得。」女兒可不能長成小胖妞！

「哪裡圓了？」何老娘堅定地道：「丫頭瘦了！」

何恭笑，「那娘多買些好吃的，我也跟著沾光。」

何老娘笑斥：「趕緊換衣裳去吧！」

蔣三妞回來得晚些，見著何子衿很是高興，「我算著妹妹晚上就能回來，妹妹胖了。」

何子衿堅決要何老娘把明天要買的肘子換成魚，何老娘沒啥意見，「魚還省錢哩。」

說到錢，何老娘瞧蔣三妞一眼，蔣三妞自懷裡摸出個布包給何老娘，笑道：「李大娘說我針線還成，又有些活計叫我拿回來做。」

何老娘很滿意，「這就好。」

何子衿問：「什麼活計？」

蔣三妞眉眼間很是歡喜，道：「還沒跟妹妹說呢，姑祖母跟繡莊的李大娘很熟，叫李大娘看過我的活計。繡花什麼的做不了，可簡單的是能做的。我就從李大娘那裡攬些活兒做，既掙了錢，還能練手藝，一舉雙得。」

何子衿看蔣三妞高興，只得替這位表姊高興，但沒忘對何老娘說一句：「祖母，您好歹跟表姊對半分，怎麼能全拿了這錢？」

何老娘「嘿」一聲，一句話噎死何子衿：「這又不是妳掙的，妳管得倒寬！少囉嗦，再囉嗦明兒的魚可沒得吃了！」

這才片刻功夫就過了對自家丫頭的稀罕勁兒，何老娘將蔣三妞給的布包揣懷裡，念叨何子衿：「妳表姊就大妳四歲，到妳跟妳表姊這麼大的時候，也得給家裡掙錢，知道不？」

何子衿朝何老娘哼哼兩聲，「摳門兒！我掙了錢也不給您！」

何老娘罵：「滾吧滾吧，見妳就心煩，回來做什麼，就知道惹我生氣！」

何子衿道：「我回來看嬤嬤的。」她過去啾地親了余嬤嬤一口。余嬤嬤歡喜得笑個不停，摸摸何子衿圓潤潤的小圓臉，「我也想姐兒了。」

何老娘瞧著余嬤嬤被親到的地方，頗是嫉妒地道：「誰會想丫頭片子，我才不想！」

何子衿朝何老娘做個鬼臉，蔣三妞又與何子衿說起何子衿的花兒來，「天冷了，有一些掉了葉子，我問過叔父，沒什麼事，一會兒妹妹去瞧瞧。」

「我早去看過了，表姊照顧得真好。」何子衿說：「還有，表姊的針線竟然能掙錢了，一會兒可得給我開開眼。」

蔣三妞笑道：「妳就是會打趣人。」

何子衿還是第一次見蔣三妞笑得這般燦爛，何子衿早便覺得，雖是投奔來的，蔣三妞卻是個極好強的人。如今能見蔣三妞展眉，何子衿既心疼，也為她高興。

表姊妹兩個說說笑笑，一時，何恭和沈氏抱著何冽過來，人到齊，便開飯了。

沈家的飯菜也好吃，但何子衿還是覺得家裡的吃食最合胃口。

何恭見閨女吃得香，笑道：「還是家裡的飯菜好吃吧？」

何子衿舀著魚圓湯道：「尤其魚圓湯，最好喝。」做這湯可不似前世直接超市裡買現成的魚圓就可以了，這是要買了魚，剔骨後將魚肉剁成魚肉糜，再與豬肉糜混合，打上雞蛋，調入五味，那股鮮味兒就甭提了。何子衿喝了一碗又要一碗，沈氏瞧著閨女香甜的吃相就倍覺喜歡，「這可是妳祖母特意讓周婆子給妳做的。」

何子衿嘿嘿笑，「我知道。」

何老娘酸溜溜地道：「知道有什麼用，我是白操心，又沒人想我。」

何子衿忙道：「誰說不想的，我最想祖母來著！」

何老娘哼一聲，不理何子衿。

何子衿不知何老娘這是怎麼了，怎麼哄也哄不好了。待用過飯，她就睏了，跟著父母回房睡覺。蔣三妞也自回房做活，余嬤嬤則服侍著何老娘洗漱。

何老娘忽然道：「阿余，妳可真招人喜歡啊！」

余嬤嬤「啊」一聲，不大明白何老娘的意思。服侍著何老娘去了外頭大衣裳，就聽何老娘道：「妳看，丫頭片子多喜歡妳啊！」

余嬤嬤試試木盆裡水的冷熱，何老娘繼續道：「還親妳來著。」

何老娘洗一把臉，繼續道：「以前丫頭只親我的。」

余嬤嬤：……

何老娘嘆氣，「丫頭片子沒良心！」

余嬤嬤：……

何老娘嘆了一晚的氣，到深夜才睡著，第二日一大早，余嬤嬤在何子衿鍛煉身體時就找了何子衿，悄聲道：「以後大姑娘要親嬤嬤偷偷親就行了，可別當著太太的面親嬤嬤了。」

何子衿挑起小眉毛，「這是為啥？」

余嬤嬤哭笑不得地道：「昨兒大姑娘親我一口，太太念叨了半宿才睡下。」

何子衿險些笑噴，怪道昨兒老太太不高興呢。余嬤嬤亦笑，「一會兒大姑娘再哄哄太太，太太就高興了。太太刀子嘴豆腐心，最疼大姑娘不過。」

有余嬤嬤的指點，早飯後何子衿狠狠親了何老娘一大口。何老娘努力板著臉，心下受用地抱怨：「昨兒捉弄阿余，今兒又來捉弄老娘！再這樣，可要打妳屁股了！」照例擦一把臉上被何子衿親過的地方，何老娘見余嬤嬤不在身邊，小聲道：「妳在我跟前胡鬧就罷了，我總不會與妳計較。以後可不准跟阿余這樣了，阿余不喜歡這樣，知道不？」

何子衿肚裡都笑抽了，「我不信，昨天我見嬤嬤高興得緊。」

何老娘不愧是生出秀才兒子的人，她十分有文化地說了句：「那是強顏歡笑！」

「哦，那好吧。」何子衿勉勉強強地應了。

何老娘故作大方，揚起臉，「大不了再給妳親一回。親吧，親了我，就放過阿余吧。」

何子衿眼淚都要笑出來了，飛快地往何老娘臉上啾啾兩下。何老娘瞪大眼，一本正經地說她：「說了只親一下的，怎麼親了兩下？真是臭丫頭，沒一回聽話的！」

何子衿猛地撲過去抱住何老娘，爆笑出聲。

何老娘見何子衿高興，自己也高興，還兀自念叨：「這回高興了吧？妳可是占大便宜了，我不與妳個丫頭片子計較。中午魚想怎麼吃，清蒸還是紅燒？」

何子衿既回了家，先整理了一下帶回家的東西，她還給何老娘瞧了，有半筐松塔，還有半筐紅紅綠綠的石頭。

何老娘撇嘴，「這是啥啊？松塔還能當柴燒，石頭有啥用？這麼一丁點兒，不能壘屋子不能蓋房的，就從妳舅舅家弄來這些破爛玩意兒啊？」

何子衿道：「祖母，您哪裡知道，我要把松塔穿起來掛我屋裡。石頭我也有用，您看多好看，有紅有綠，還有紫色的。」

「有啥用啊？看不出哪兒好看。」何老娘瞧了一回就沒興趣了，「這些破爛慢慢整理，趕緊去念書，吃了飯妳倒清閒起來。」被自家丫頭哄樂，何老娘又恢復了以往的精神。

「我這就去。」何家都起得早，上課沒有這麼早的，翠兒聞言跑進去幫何子衿拿書包，何老娘道：「把妳舅家拿來的臘排骨拿些給妳姑祖母嘗嘗。」

何子衿「哦」了一聲，何老娘又道：「榛子松子也收拾一些，給大妞她們當零嘴兒。」

何子衿道：「都給姑祖母吧，大妞姊她們不吃外頭的東西。」

「嘖，剛吃兩天飽飯，就不知姓誰名誰了。」孫女好意拿麥芽糖去被拒的事，何老娘也想了起來，不禁哼一聲，「那就都給妳姑祖母，甭理那幾個刁鑽丫頭，腦袋有病。」

早先知道麥芽糖事件後，何老娘還氣了一回。不過，她老人家雖性子刁些，人還有幾分狡猾。要擱往日，何老娘早得就這事兒跟陳姑媽念叨一回，可一想孫女跟著陳大妞姊妹一塊念書，這事兒說了，怕那幾個丫頭心裡記恨她孫女就不好了，故此，何老娘一直忍著沒說，但也對陳大妞幾個沒好感就是了。

想了想，何老娘忽然心中一動，想到一絕好主意，當下換了一身鮮亮衣裳，不必翠兒去送，何老娘帶著余嬤嬤跟何子衿一起去了陳家。打發何子衿去上課，何老娘把帶的東西給陳姑媽，笑道：「昨兒這丫頭就回來了，這是她舅家的臘排骨，是野豬肉做的，我嘗著味兒不錯，給姊姊帶些來嘗嘗。還有榛子松子山栗子啥的，我瞧著，比外頭買的好。」

陳姑媽沒孫女們那些窮講究，抓了把松子嗑了兩個，吧嗒吧嗒嘴，點頭道：「是好，還是今年的新松子，有油性。」

何老娘自己也抓了一把嗑，「我也嘗著味兒不賴。」

姑嫂兩個便一邊嗑松子一邊說話，到中午何子衿放學，何老娘還帶她在陳姑媽這裡吃了頓飯，睡了一覺，直到下午放學，祖孫兩個方手牽手回了家。

何老娘私下教育何子衿：「知道為啥在妳姑祖母家吃飯不？」

何子衿道：「咱們送了東西給姑祖母，祖母肯定也很久沒見姑祖母了吧？」

「笨蛋！」何老娘敲何子衿大頭一記，「這是告訴那三個目中無人的臭丫頭，妳雖在她家一道念書，咱們家可不是什麼打秋風的窮親戚。我在妳姑祖母面前還說得上話兒，她們就不敢欺負妳了，知道不？」

何子衿細琢磨一二，頗覺有些意思，「祖母，您心眼兒可真多。」

何老娘得意洋洋地道：「這叫啥心眼兒，一般一般吧。那麥芽糖的事兒，我想想就來火。竟敢嫌棄妳，就是嫌棄咱們家，嫌棄我。妳還在她家上學，我要是直接罵她們，萬一她們在學堂上欺負妳就不好了，所以咱們得拐著彎來，叫那幾個臭丫頭知道咱們不是好惹的，她們就不敢小瞧妳了。」

「祖母，您就是有智謀啊！」何子衿佩服，她就想不出這些彎彎繞繞，又問：「祖母，您怎麼早沒去找姑祖母吃飯，這會兒才去啊？」

那啥，前兒不是沒想起這法子嗎？

何老娘是不會如實說的，「要是她們剛嫌了妳我就去，得以為我就是為那事去的呢！」

何子衿懷疑，「不會祖母您是才想到這個法子吧？」說實在的，何老娘向來是有話直說，直來直去的性子，要不是何老娘主動解釋，何子衿都不能相信何老娘如此有智慧。

何老娘訓道：「妳也就一張嘴有用！行了，玩兒去吧，別總在我跟前瞎晃悠！去把阿冽抱來，我得瞧瞧我的乖孫，一天沒見，可是想死我了！」

何老娘這裡疼寶貝乖孫，陳姑媽晚上特意叫兒子媳婦們嘗一嘗何老娘帶來的臘肉，還命人送了一份給薛先生。陳姑媽笑呵呵地道：「你們舅媽就是這樣，有什麼好的都先想著我。咱們家如今略好些，別人待我都換成了巴結的嘴臉，多少八竿子打不著的也上趕著認親，只有你們舅媽，待我像從前一樣。」

陳大郎和陳二郎，陳三郎和陳四郎、陳五郎在母親身邊，聞言都道：「是啊！」陳三郎還笑說：「舅媽現在見了我還總是說，三郎啊，好好吃飯，拿我當小孩子呢！」

陳姑媽笑，「這是你舅媽疼你。」

陳姑媽又對大孫女道：「子衿去她舅家這許久，耽擱了功課，大妞是做姊姊的，多照顧妹妹。她有不懂的，妳多教教她。」

陳大妞輕聲細語：「是，孫女記住了。」

陳姑媽皺眉，「怎麼跟蚊子嗡嗡似的？嗓子不舒服嗎？不是病了吧？」

陳大奶奶笑，「我聽薛先生說，大戶人家的姑娘說話都這樣，要輕要柔才好聽。」

「我咧個娘，這都哪兒跟哪兒啊？」陳姑媽對陳大奶奶道：「妳也是跟我去過寧家的，妳看寧太太說話可這樣小聲？虧得我還不聾，略聾一點兒就聽不到大妞說話了。」

陳大奶奶覺得閨女挺好，大家閨秀就得這樣，「姑娘家就得小聲些，顯得靦腆。」

陳姑媽將手一揮，「在家別這樣。以前大妞多好啊，爽利又能幹，怎麼上幾日學上成這樣縮手縮腳的小家子氣？一會兒把薛先生叫來，我得問問薛先生怎麼教孩子的。」

陳姑媽這樣說，兒子媳婦都不好說什麼了。

待用過飯，薛先生聽說太太有請，連忙過來。

陳姑媽是出錢的主家，說話也直接，就道：「我聽說先生是有大學問的，唉，學問上的事我不懂，怎麼大妞說話這般小音兒啦？跟不敢說話似的，我聽著費勁又彆扭。」

薛先生一笑，「太太莫急，我是剛教她們說話，幾位姑娘一時還沒學好，待過些日子，太太就知道這其中的好處了。」

「說話跟蚊子嗡嗡似的，能有什麼好處？」

「大姑娘以往聲音總是拔得很高，其實略壓著些才是清潤，尤其大姑娘年紀小，聲音也好聽，屆時學好了，那真是噴珠吐玉，婉轉動聽呢。」薛先生不疾不徐，含笑道：「這也是為了讓大姑娘學得沉住氣，她脾氣有些急。說話慢些穩些，人便顯得從容些。」

別看陳姑媽沒學問，她自有其眼光，「能不能學成先生這樣？我看先生這樣就不錯。」起碼說話上，薛先生還不錯，雖不及寧太太有氣派，卻也有那麼一股城裡人的味兒。

薛先生笑，「自然。我的責任就是傾囊相授，只要幾位姑娘想學，我絕不藏私。」

陳姑媽微微點頭，問：「先生來了這些日子，我那幾個丫頭學得如何？」雖然在陳姑媽心裡，丫頭家學不學字都沒啥，但既然花了許多銀子，自然要關心一下，總不能白花銀錢。

薛先生道：「幾位姑娘都很聰明，大姑娘年紀大些，學得快。二姑娘和三姑娘小些，學得雖好，還是比大姑娘差些。」

陳姑媽點點頭，「這也是，有歲數管著呢，差兩歲是兩歲。」

陳姑媽還為自家弟妹關心了一下何子衿，問：「子衿丫頭呢？她也還小。」

「何姑娘以往就識字，人也聰明，只是針線上略差些。」

陳姑媽笑，「她小小人一個，會拿針就不錯了。」

「太太說的是。」

陳姑媽給了薛先生些榛子吃，道：「先生拿去吃吧，這是子衿從她舅家帶來的。」

薛先生道：「謝太太，我也得了一份。晚上太太著人送去的臘排骨我也嘗了，很香。」

陳姑媽笑，「子衿她祖母最是尊敬先生了。」姑嫂感情好，有什麼挨邊的好事，陳姑媽就不謙虛地扣在自家弟妹頭上了。

與薛先生說了幾句話，看薛先生還用心，陳姑媽便也放心了。

薛先生其實挺想跟陳姑媽說一說「麥芽糖事件」的，薛先生是後來方從陳大妞姊妹的玩笑中知曉此事的，當時她就教導了這三姊妹。

大戶人家的確有大戶人家的規矩，包括講究的人家，孩子小的時候鮮少吃外頭的吃食，這也是有的，但這跟人家送東西給你你不收還要嫌棄是兩碼事。

何子衿是好心帶糖給表姊們吃，哪怕三姊妹不喜歡，也該先收下，哪怕事後不吃賞人，起碼不該叫何子衿難堪。不能拿別人的心意當狗屎踩，這就是人情世故了。

薛先生教導過三姊妹後同陳大奶奶也說了，陳大奶奶卻是未當回事，「小孩子年紀小，直來直去的，還不懂這個。先生放心，我會說她們的。」

薛先生吃這碗飯，察言觀色是必備技能，怎看不出陳大奶奶不過是敷衍。無奈她只是一個教書先生，主家這樣，她能說什麼呢？

如今看著，這位太太倒像是個明白的，可此事過去已久，如今再說，有些不合時宜了。心下嘆口氣，薛先生告退回房。

薛先生這把年紀，又出入各府宅做女先生，見識過的事多了去。陳家不過暴發戶，若不是出的銀錢多，她斷不會來的。陳家三姊妹論資質不過平平，倒是何子衿，什麼東西一學即會，一點即通，資質遠勝三姊妹。就是何子衿考試一時好一時歹的，薛先生也心中有數，只是不點破罷了。想她小小年紀已有這樣的機敏，不知是家裡教的，還是自己想出來的。

人生永遠是莫測的，何子衿小小年紀已有這般資質，而且，如今就能瞧出是個小美人胚子。一個女孩子聰明且漂亮，那麼，她的未來就需要一點想像空間了。

何子衿真心覺得，何老娘的主意雖然是個馬後炮，但也挺好用。很明顯的表現就在於，自從何老娘帶著她在陳家三姊妹面前展示了一下何老娘在陳姑媽面前的地位後，陳二妞明顯對何子衿熱情多了。

陳家三個妞，並不是同一房的姊妹，陳大妞是陳家長房陳大郎的長女，她上面還有個哥哥，據說叫陳志的。下面有個弟弟，叫陳行。陳志和陳行都在上學，平日裡少見。陳二妞與陳三妞則是二房陳二郎的子女，陳二郎現下只有兩個閨女，還沒兒子。因著這個，陳姑媽一直不咋待見陳二奶奶。陳三郎膝下有一子陳方，去歲剛剛開蒙。陳四郎家有女陳四妞，年紀比何子衿還小，不過三歲，另有一子陳遠，仍在襁褓中，暫可忽略不計。

陳家孩子不少，不過，上學的上學，太小的太小，尋常都不大能打著交道，最常見面的還是一起上課的三姊妹。

何子衿剛來的時候，就陳大妞把她當小弟照顧些，陳二妞和陳三妞是不大理她的，後來何子衿拿麥芽糖收買人心還碰了一鼻子灰，可見雖然是只有四人的小小課堂，何子衿這人緣委實不咋地。好在她嫩殼老心，不會與這些小孩子一般見識，但如今不同了。

陳二妞忽然同何子衿親近起來，有一天放學的時候，還拿了一包點心給何子衿，道：「昨天廚下做了茯苓糕，我聽說茯苓是滋補的東西，舅祖母年紀大了，我今天跟祖母說了，讓廚下又做了一些，妳拿去給舅祖母吃吧。」

何子衿道了謝，又去陳姑媽那裡道謝，方拿著點心回家給何老娘瞧。何老娘拆開來，拿起一塊茯苓糕聞了聞，有股奶香，咬一口問：「茯苓是啥啊？」

何子衿其實也不大清楚，但紅樓夢她是看過的，大觀園還因茯苓霜鬧出過案子哩。她道：「是一種滋補的東西，可以做藥，也可以養身體，很補的。」

「這書沒白念，有點兒學問了。」何老娘拿了塊茯苓糕給何子衿，「妳也嘗嘗，別出去說沒吃過。聞著倒好，就是不大甜。」

何子衿覺得挺好吃的，說：「祖母別總吃甜的，我聽薛先生說，她以前教書的一戶人家，那家老太太就很喜歡吃甜的，您猜怎麼著了？」

何老娘問：「怎麼著？」

「突然有一天說著話就倒下去，人就不能動了，話也不會說了，躺床上只能發出哦哦的聲音。大夫給診了，就說是吃糖太多的緣故，可見糖還是要少吃的。您看這糕就不是很甜吧，就是這個緣故。」何子衿胡扯一番。何老娘有了年紀，格外怕死，連忙問：「可是真的？」

「當然是真的。」何子衿順道給何老娘灌輸些養生的知識，「糖雖然很好吃，但過猶不及的。就是說，什麼東西過了量就不好了。就像人參，也是不能常吃的。糖也是，不論大人小孩或年輕的老的，都不要多吃。」

何老娘忙把吃了一半的茯苓糕放下，道：「那咱以後少吃這些點心了。」

何子衿道：「這個糕不甜，裡頭又放了茯苓，祖母每天吃一塊沒事的。等以後我學會了做點心，我做給祖母吃。少糖少油，一準兒吃了沒事兒。」

其實點心裡的油倒無妨，何家又不是大富之家，家裡人吃的還好，但也絕對沒有營養過剩的情況。就是糖，何老娘特喜歡吃糖，還叫余嬤嬤買二斤飴糖，煮茶的時候放茶裡面這樣喝。何子衿真擔心老太太喝出個糖尿病，話說，這年頭人家不叫糖尿病，叫消渴症。

何子衿嚇唬何老娘一回，何老娘心有餘悸，與余嬤嬤道：「以後泡茶時還是別放糖了。」一吧嗒吧嗒嘴，又道：「不放糖，覺得嘴裡沒味兒。」

何子衿道：「以前幾十年祖母也沒放過糖吧？您是喝慣了糖水才這樣，忍一忍就過去了。是糖重要，還是命重要啊？」

何老娘悶悶地吃了塊茯苓糕，不說話了。

何子衿說了半日好話哄她，何老娘才恢復笑臉，命余嬤嬤把茯苓糕收起來。

一時，蔣三妞出來。因蔣三妞能掙些錢了，好歹不算廢物了，何老娘大方地將糕分了蔣三妞一塊，對蔣三妞道：「嘗個味兒就罷了，說是叫茯苓糕。茯苓是個好東西，很是難得。妳妹妹從妳姑祖母家拿回來的，妳姑祖母送我吃的。」

蔣三妞道謝接了，吃過茯苓糕後，對何子衿道：「我有東西送妹妹。」

蔣三妞送何子衿一個紅色的小穗子，何子衿細瞧了問：「姊姊自己編的嗎？真好看。」

蔣三妞放到何子衿手裡，「十五燈節上要用很多，李大娘手裡的人做不過來，就叫我一道跟著做。我不會，是李大娘著人教我的。給妹妹一個拿著玩，我手裡的紅線盡夠用的。」

何老娘道：「給妳妹妹一個便罷了。妳們做這個，是要多給些餘頭以免穗子線不夠使的，等那線若有剩下，妳再給妳李大娘還回去，別貪這小便宜，知道不？」

蔣三妞笑，「我知道。李大娘看我實誠，以後能多給我活做。」

何老娘很滿意，覺得蔣三妞還不算笨，「就是這樣。妳李大娘是碧水縣第一精明之人，別在她面前弄鬼。」倒不是何老娘不想占些便宜，關鍵是何老娘早跟李大娘打過交道，那婆娘難搞得很。為了讓蔣三妞長期在針線活上掙錢，只得捨得這些小便宜了。

何子衿讚嘆，「祖母，我發現您越來越有智慧了啊！」

「嘖！」何老娘將嘴一撇，十分不屑於何子衿的馬屁，「老娘早就有智慧得很，妳才發現啊？妳跟瞎子有什麼兩樣嗎？」

何子衿：我真是嘴賤！

蔣三妞忍笑。

自此，陳二妞非但常給何子衿點心吃食，其母陳二奶奶私下與陳姑媽道：「聽二妞說，子衿丫頭念書可用功了，那孩子也有靈氣。只是如今薛先生在教琴，子衿丫頭沒琴使，二妞說子衿常用薛先生的琴練習，可薛先生的是大人用的琴，子衿那個小手，用起來也不方便。二妞就讓子衿丫頭與她共用一張琴。小姊妹兩個，親熱得緊。」

陳姑媽笑，「這就好。」

陳二奶奶看婆婆心情不壞，便繼續道：「我知道子衿她爹要準備後年的秋闈，姑媽家不比咱們家有買賣，家裡的銀錢自是先供子衿她爹的秋闈。我想著咱們家與舅家不是尋常親戚，就做主給子衿買了一張小琴使。這孩子既有這樣的靈性，又在咱們家念書，我當她與二妞是一樣的。只要孩子們好生念書，一張琴也算不得什麼。」

「這也好。」陳姑媽讚這個兒媳一句：「妳有心了。」

見婆婆高興，陳二奶奶又道：「子衿丫頭也要叫我一聲伯娘，這是應當的。」哼，大奶奶一樣是伯娘，可就沒想到這個的。就是何子衿得了她的琴，何家也得知她的情。

陳姑媽點點頭，道：「妳是個周全人，凡事不必我多說的。三妞也有六歲了，該是給三妞添個弟弟的時候了。」

陳二奶奶那竊喜之心一下子給澆個涼透，她何嘗不想要兒子，可以說，她是最想要兒子的，但這種事豈是說有就有的？陳二奶奶低聲應了句：「是，又讓母親為我們操心了。」

陳姑媽想了想，道：「要不妳去跟子衿她娘打聽打聽，子衿也是五歲上有弟弟的。先前我都以為恭兒媳婦不會生呢，誰知就有了，還一準得男，不知有沒有什麼祕方啊！」

生孩子這種事，在生了五男二女的陳姑媽眼裡，那簡直就不算個事兒。跟男人幾十年被窩滾下來，怎麼能沒有孩子呢？誰知到了二兒媳這兒，前幾年卯著勁兒生丫頭就不說了，到如今這都五六年了，是丫頭片子也生不出來了，更遑論孫子，影兒都沒一個，沒用得很。就衝陳二奶奶生不出兒子來，饒她如何周全，陳姑媽也瞧不上她。

陳二奶奶也是病急亂投醫了，「母親說的是，哪天方便，我跟表弟妹打聽一二。」

陳二奶奶幾年求子心路，簡直可以寫一本求子不成功大全了，其間心酸坎坷自不必提。雖然婆婆一提孫子的事，陳二奶奶都覺得心口堵得慌，但婆婆的話未必不在理。陳二奶奶細思量，沈氏的確是生了閨女後幾年無孕。不要說婆婆，以往陳二奶奶都會拿沈氏安慰，想著沈氏只生了一個閨女再無動靜，好歹她是生了兩個才沒動靜的。誰料得人家沈氏一朝得男，立刻甩了她三條街。

陳二奶奶思量著，沒準兒沈氏真有什麼求子祕方。

做了這樣的打算，陳二奶奶便沒即刻將做好的小琴給何子衿，而是挑了個風和日麗的學裡休息的好日子，帶著二妞和三妞一塊去何家拜訪。陳二奶奶是打著一舉雙得的主意，既讓何家知她的好，也要讓何家知她閨女的好。

天漸冷了，陳二奶奶還帶了幾塊皮子。不是啥講究的皮子，是兩張羊皮、幾張兔子皮。不過，只要有人送禮，何老娘就高興，尤其這種晚輩的孝敬是不用回禮的。

何老娘故作客氣，「來就來了，二郎媳婦還這般客氣做什麼，外道了。」

陳二奶奶笑，「這可不是外道，我想著今年天冷得早，正好得了幾塊不錯的皮子。咱們家可有誰，除了母親就是舅媽了，我挑了幾塊好的，想著孝敬舅媽，不論做褥子做衣裳或是做手捂子都好使的。」

何老娘笑呵呵的，「勞妳想著了。」

「我做小輩的，還不是應當的嗎？」面對何老娘的誇讚，陳二奶奶十分謙遜，「這琴是給子衿的，專門給孩子用的小琴。前兒聽二妞說，我才知道子衿沒合適的小琴。正好我娘家叔叔就是開樂器鋪子的，連二妞她們的琴也是在我叔叔鋪子裡置辦的，我就給子衿訂了一張，剛送來我就帶過來了，子衿看看可合手。要是哪裡不好，咱們不是外處，去改也方便。」

不必何老娘說，何子衿立刻擺著兩隻小肉手道：「這怎麼成呢？我聽說琴很貴的。二伯娘肯定花了很多錢吧？我不能收二伯娘的東西。」她其實心裡歡樂得緊，恨不得現在就把琴扛到自己屋裡，如今拿個臭架子出來，無非是假假地客氣一二罷了。

陳二奶奶一把摟過何子衿，「看這丫頭，還跟伯娘客氣起來了。這原就是給妳的，什麼貴不貴的，妳拿著使就是。」

何老娘眉開眼笑，「妳伯娘不是外人，拿著吧。好生跟著薛先生做學問，也就不辜負妳伯娘給妳這麼好的琴了。」

祖孫兩個一唱一和，何子衿此方與陳二奶奶道謝，收了陳二奶奶送她的琴。她覺得自己運道真好，琴是很貴的東西，何子衿也沒那種野心要學成個才女，故而薛先生教琴的時候，薛先生看她沒有琴使都是讓何子衿用自己的琴練習，只是薛先生的琴是大人用的，何子衿用來的確不大方便，後來陳二妞主動讓她共用一張小琴，何子衿就跟陳二妞一塊用了。

彈琴這種高雅的活動，何子衿沒啥興趣，但有人免費送她一張琴，就是看在銀子的面子上，她也不介意變得有興趣一點。

陳二奶奶笑，「以後小姊妹們一道好好學習。」

沈氏沏了茶請陳二奶奶嘗，何家的茶，自不能與陳家的比，陳二奶奶卻還是讚了聲「好茶」，讓何老娘十分有面子。

陳二奶奶這樣客氣地攜厚禮而來，又百般奉承何老娘，必是要留飯的。沈氏去廚下令周婆子添幾樣菜，何子衿和蔣三妞很有主人樣地陪著陳二妞、陳三妞說話。

陳二妞和陳三妞與何子衿是同窗，每天相見，是極熟的。唯有蔣三妞，陳二妞及陳三妞是頭一遭見。見蔣三妞只梳了個雙鬟髻，頭上光溜溜的連一支絹花都沒有，周身全無半點首飾，比兩姊妹帶來的丫鬟還要寒酸幾分。陳三妞還好，她年紀小，陳二妞就不同了，這個年紀就知道在課堂上拉攏何子衿，且手腕比横衝直撞的陳大妞要委婉多了。陳二妞的心眼兒也是極多的，片刻間已琢磨出蔣三妞肯定在何家不受待見，不然也不能這樣素淨。想到這裡，陳二妞又聽母親與她說過蔣三妞的來歷，不禁對這位遠房表姊有些輕視。

憑陳二妞的心眼兒，當然不可能在言語上輕慢蔣三妞，可也強不到哪兒去。她那種舉手投足間根本沒把蔣三妞放在眼裡的樣子，何子衿都要忍不住翻白眼了。倒是蔣三妞依舊談笑自若，說到自己做針線掙錢的事也坦蕩光明。

蔣三妞問：「我聽子衿說，先生也會教針線，二妞針線學得好嗎？」

陳二妞便道：「針線這個，先生說就是這麼個意思，略懂些也就是了，以後有丫頭婆子，誰還要親自做不成？」

這話何其不入流，何子衿都道：「看二妞姊說的，等我學會了，就得自己做針線了。」

蔣三妞則面色不變，笑道：「二妞是有福的，自然不必自己做。我與妹妹都沒有二妞的福氣，可不得自己做嗎？我聽說大戶人家都專門有針線上的人，不知可是真的？」

陳二妞矜持地點點頭，展開自己繡了梅花的衣袖，「這就是我家新招來的繡娘做的。」

「哎喲，這梅花可真漂亮，活像真的一般。」蔣三妞奉承陳二妞，「這衣裳也就二妞妳穿了，我再沒見有誰穿的更好看。」

饒是陳二妞有些心眼兒，到底年紀小，也被蔣三妞誠意十足的奉承話捧得有些飄飄然，越發道：「凡大戶人家，衣裳鞋襪多是自家下人做的，誰還去外頭買？外頭那些東西，不入眼不說，就是買來也未必合身。我的衣裳，我挑好了料子，再選好花樣子，自有繡娘去做。」

蔣三妞問：「繡花可費神了，就是上好的繡娘，一天也繡不了半隻袖子的。二妞，妳這衣裳還不得起碼要繡一個月啊，那你們家這麼多人，得多少繡娘才供得過來？」

陳二妞道：「活計都是分好的，有兩個繡娘專門做我屋裡的活，自然忙得過來。」

蔣三妞點點頭，「那妳身上這些小的針線，打個絡子啥的，也是繡娘做嗎？」

「不是，她們只做外頭的大衣裳，裡頭衣裳或是簡單的活計是黃鸝在做。」黃鸝是陳二妞帶在身邊的丫鬟，她指了指黃鸝，「黃鸝的手藝也好得緊，我這帕子就是她繡的。」

蔣三妞瞧了一回，見帕子上頭亦是繡一枝梅花，精細鮮亮，的確不錯。

蔣三妞笑讚：「黃鸝姊姊這一手活計實在絕了。」

陳二妞微微一笑，將帕子收起來，明明是自謙的話卻帶了一絲絲高傲，「不值什麼，黃鸝在前主人家裡就侍奉過針線，我也是看中她這個，方叫她在身邊服侍的。」

蔣三妞道：「二妞好眼光！」

中午大家一起在何老娘這裡用飯，因有陳二奶奶在，何恭就在自己院裡用，沒去何老娘那裡，不過也命翠兒傳話，叫妻子好生招待陳二奶奶。陳二奶奶直說何恭客氣，待午飯過後，何老娘按慣例要歇一歇。陳二奶奶道：「我不是外人，舅媽只管去歇著。若舅媽因我累著了，就是我的不是，我於心難安。我同弟妹時久未見，我去弟妹那裡說說話兒。」

何老娘笑，「這也好。」陳二奶奶來這半日，送她跟她家丫頭片子好些東西，卻又沒說有什麼事。雖然何老娘沒啥大智慧，可也明白，興許陳二奶奶是有什麼事。偏生陳二奶奶又啥都沒說，如今何老娘琢磨著，也許是找沈氏有事。她老人家正好也睏了，便令沈氏好生招待陳二奶奶，何子衿與蔣三妞招待陳二妞、陳三妞，將一干人打發到沈氏的院子去，何老娘便由余嬤嬤服侍著午睡去了。

何子衿是個機靈的，早命翠兒回去知會何恭一聲，何恭便避去了書房。沈氏請陳二奶奶母女去自己屋，陳二奶奶先瞧了一回熟睡的何冽，心裡喜歡得緊，嘴上更是不吝讚美。瞧過何冽，陳二奶奶便道：「讓大妞、二妞跟子衿和三丫頭玩去吧，她們小孩兒家有自己的話要說，不然鬧哄哄的倒吵著阿冽，我與弟妹也好說些體己話。」

沈氏便與何子衿道：「妳那裡有從妳外祖母家拿回來的乾果，拿出來給姊妹們嘗嘗。」又對蔣三妞道：「三丫頭是做姊姊的，多看著妹妹些。」並讓翠兒跟過去服侍。

何子衿和蔣三妞便帶著陳二妞、陳三妞去了何子衿屋裡，何子衿拿出乾果來給大家吃。其實剛用了飯，並無人要吃，就讓翠兒倒些蜜水來，姊妹幾個說說話。蔣三妞對何子衿使個眼色，瞅向陳二妞和陳三妞的丫鬟黃鸝、畫眉道：「黃鸝姊姊她們跟著服侍了這半日，想來也累了。姊姊們別站著了，坐下來說說話兒吧。」

何子衿笑，「翠兒將乾果給兩位姊姊嘗嘗，都是山裡的東西，兩位姊姊別嫌棄。」

陳二妞眉心微皺，黃鸝忙道：「主子們說話，哪有奴婢坐的道理，奴婢再不敢的。」

陳二妞笑，「這有什麼，子衿妹妹這裡，她說了算。」

「我知道二妞妳們家規矩大，黃鸝姊姊和畫眉姊姊都是知規矩的，縱是勉強她們坐了，兩位姊姊也不能心安。」蔣三妞笑，「不如這樣，我請兩位姊姊去我那裡坐坐，妹妹妳跟二妞三妞是念書人，妳們說話，我倒有許多是聽不懂的。我招待兩位姊姊，也是給自己找差使，省了我在妳們跟前受這之乎者也的苦。」

何子衿不知蔣三妞怎麼對黃鸝和畫眉這麼感興趣，她素知陳二妞的脾氣，並不做陳二妞的主，笑問：「二妞姊、三妞姊說呢？」

陳二妞早便瞧不上蔣三妞，「那黃鸝、畫眉，妳們就去三姊姊那裡歇一歇吧。」

兩人便跟著蔣三妞去了。

何子衿與陳二妞、陳三妞姊妹也沒啥共通語言，彼此不過說些功課上的事，倒是陳二奶奶見沈氏屋裡再無他人，便念叨起自己的難處來，「咱們做女人的，實在太難。」

沈氏知陳二奶奶必是有事，先倒了盞茶遞予陳二奶奶，方道：「看二嫂說的，要二嫂還說難，叫別人怎麼活呢？」

「唉，妳怎麼知道我的心事。」陳二奶奶是來打聽生子祕訣的，也不藏著掖著，握著溫熱的茶盞道：「弟妹就比我有福。我也不求別的，要能為二妞她爹養下個兒子，也不枉我們這些年的夫妻情分了。」

沈氏此方明白陳二奶奶的來意，勸她：「嫂子這話與別人講，別人或是不能明白嫂子心裡的苦。獨跟我講，我是明白的。嫂子也知道我，有了子衿後足有四年肚子也沒動靜。我家雖不比嫂子家富貴，可子衿她爹三代單傳，我那些年的心焦，也只有跟嫂子說說罷了。」

陳二奶奶頓生知音之感，擱下茶盞，抓住沈氏的手道：「可不就是這話嗎？我不是嫌棄閨女，都是我身上掉下的肉，當初生了二妞，不足一年我又有了三妞，就是再生幾個丫頭，一樣是我的骨肉。唉……」嘆口氣，陳二奶奶低聲道：「二妞比子衿還大兩個月呢，如今阿冽都六個月大了吧？」

沈氏悄聲問：「嫂子可請人診過脈？」

「怎麼沒診過？平安堂的張大夫開的藥，我一日不差地吃著。」陳二奶奶問：「以前弟妹也瞧過大夫不成？弟妹瞧的哪位大夫，與我說一說。若真靈驗，弟妹就是我的恩人。」

看陳二奶奶這般迫不及待的模樣，可見是真的著急。沈氏暗暗一嘆，那些年她無孕，何老娘可是沒少催的。陳姑媽與何老娘這對老姑嫂，性子差別不大，想來陳二奶奶這些年定很是不好過，方這般焦切。

沈氏道：「嫂子如何說這樣見外的話？說來我與嫂子是同病相連的人。不瞞嫂子，我也看過許多大夫，藥吃過，偏方也用過。有阿冽前，我用的是我娘家兄弟給我找的烏水鎮上的一位女大夫開的方子。方子現在就有，只是我想著各人體質不同，用一樣的方子是否妥當？何況這是大事，藥吃錯了傷了身體如何是好？嫂子若不急，待我問問子衿她爹那女大夫家的住址。我去過兩次，就是上車下車，進宅子診脈開方罷了。要問我女大夫家裡住哪兒，我還真說不清。子衿她爹是知道的，而且阿素與那位女大夫的丈夫有些交情。到時嫂子過去，就說是阿素的嫂子，再提一提我，想來女大夫應該還記得些。這年頭，有點兒關係總比沒關係的好，且做大夫的人總有慈悲之心，肯定會為嫂子盡心的。」

陳二奶奶喜不自禁，「既這樣，我就等弟妹的信兒了。」

沈氏笑，「嫂子只管放心，一會兒我問了子衿她爹，就叫翠兒把地址送過去給妳。」

陳二奶奶忙道：「不必，弟妹明天叫子衿帶給二妞就好。」嘆口氣，又道：「因著我這幾年沒動靜，二妞她祖母急得不得了，我稍有不適，老人家便以為是有喜。這事還是不要驚動老人家，就是我去瞧大夫，也得悄悄去。成了自然好，便是不成，我也只當是天意。」

沈氏自己也受過無子的苦處，勸慰道：「二嫂還是要先放寬心，先前我也如二嫂一樣，因沒有兒子心裡不寧。說句老實話，我那會兒哪裡比得上二嫂？二嫂養了二妞後又養下三妞，我是生了子衿再無動靜。後來這一年年過去，吃了許多藥也不見效驗，我原是死了心的，就想過一天算一天了。嫂子妳說這事兒也怪，原本心裡焦切跟在火上烤似的，就是沒有。突然間不理會這些了，反是有了。我後來琢磨著，或者也受心情影響，放寬心方容易懷上。」

對著一個內心苦澀的人，絕不能炫耀自己的幸福。沈氏那幾年無孕，的確也著急過，卻沒有說的這般慘。如今不過是為了讓陳二奶奶略釋然些，才誇大幾分罷了。

陳二奶奶更加視沈氏為親人，「妹妹能與我說這些，可見是沒把我當外人。」

沈氏笑，「嫂子何嘗不是如此？咱們女人啊，沒個兒子像缺了點兒什麼似的，可說到底，閨女兒子都是咱們十月懷胎辛辛苦苦生下來的。像子衿，我生怕哪裡委屈了她。她時常跟我說，二妞很肯照顧她，所以說，這親的就是親的。嫂子只管放心，我這裡就是太太都不會說的。子衿那裡我也會叮囑她，不叫她亂講。」

陳二奶奶更是歡喜，想著沈氏果然伶俐遠勝常人，又生得這樣的容貌，怪道當初何恭非她不娶呢。陳二奶奶對沈氏謝了又謝，兩人又說了許多貼心話，包括陳二奶奶因無子之事在陳家略不得意，陳二奶奶雖未明說，沈氏也聽了出來。只是，這是陳家之事，沈氏也只是一聽，再不會多嘴的。

及至下晌，陳二奶奶帶著閨女們心滿意足地離去。

何子衿和蔣三妞跟著沈氏送陳二奶奶到門口，這才半晌的功夫，陳二奶奶已與沈氏熟絡得彷彿多少年的交情似的，說話也隨意，「弟妹回去吧，天兒怪冷的，妳生得單薄，也別凍著孩子們。舅媽那裡，勞弟妹代我說一聲。舅媽還在午睡，我不敢打擾她老人家，待哪日舅媽閒了，我再過來請安。」

沈氏自無有不應，瞧著陳二奶奶帶著兩個閨女上車走遠，方帶孩子們回屋。

蔣三妞與沈氏說一聲就回屋做針線了，何子衿跟著沈氏打聽陳二奶奶過來所為何事。沈氏便與閨女說了，還叮囑她：「妳知道就罷了，不准多嘴，尤其在陳家，誰都不要說。」

「知道了。」何子衿問：「娘，您還吃過求子藥啊，我怎麼不知道？」

「妳那會兒除了吃就是睡，知道什麼？」沈氏再次道：「妳二伯娘的事，不要跟別人說，免得她臉上過不去，不然咱們幫了她，她倒不知情了。」

「娘，您還不知道我，您不叫我說的事，我什麼時候說過？」何子衿對於她娘如此不信任她還有些生氣哩。

沈氏笑，「不過多囑咐妳兩句罷了。」

何子衿往沈氏床邊走去，道：「我瞧瞧阿冽小豬，他也該醒了吧。」

「還早呢，妳別鬧阿冽，他得再睡兩刻鐘，不然睡不飽。」沈氏把閨女拽回來，「去把琴拿過來，咱們瞧瞧。」

「我聽二妞說，她的琴要二十多兩銀子呢。陳二伯娘雖是有求而來，可能白得一張琴倒也不賴。」何子衿一笑，歡歡喜喜拿琴去了。

母女兩個雖沒彈也不大懂這個，卻也不懂裝懂地好好鑒賞了一番。

沈氏道：「以後多同二妞親近些。」

何子衿道：「二妞姊心眼兒忒多，見表姊穿得素將就瞧不起她，勢利眼得很。」

「世上誰不勢利眼？人無完人，妳這樣挑剔，非得聖人才能得妳一聲讚。」沈氏教導著女兒，「又不是叫妳跟她處多深的交情，起碼妳在陳家念書，我看二妞那丫頭是個有心計的，妳二伯娘又主動來咱們家說話，還白送妳一張琴。人家都主動親近妳了，妳與二妞近些，學堂上也自在不是？」

「娘，您放心吧，我就是不喜歡她勢利眼，也不會顯出疏離來的。」

「對，就是這樣。誰親誰疏，有個數便罷了。」沈氏道：「去瞧瞧妳表姊，二妞這樣，她心裡肯定不好過的。」

「哪兒啊，我看表姊根本沒當二妞一回事。」

「有沒有的，妳都過去跟妳表姊說說話。」沈氏耐心道：「三丫頭是個聰明人，又好強，她不將二妞的輕視放在心上，這是她心寬，可心裡不一定好過。要是妳，早跳腳了。」

聽沈氏這樣說，何子衿就去了，臨去前，她還神祕兮兮地跟她娘道：「我總覺得表姊像有什麼打算似的。」

沈氏挑眉，何子衿是個存不住事兒的，道：「一會兒回來我跟娘說。」她娘叫她保守祕密的事，她嘴都很嚴，但有些不用保守祕密的，她都會跟她娘絮叨。

何子衿到蔣三妞那裡的時候，蔣三妞正臨窗做針線。

何子衿道：「光線不好，表姊就歇一歇，別傷了眼睛，這可是一輩子的大事。」

蔣三妞笑，「自妹妹與我說了，我都是上午做活，這是練一練新針法。妹妹過來瞧，我中午跟黃鸝姊姊學的。」

何子衿恍然大悟，「原來表姊把黃鸝和畫眉叫過來是為了學手藝呀！」

蔣三妞將手裡的針線遞給何子衿看，「不然我也不樂意跟那狗眼看人低的傢伙說話。」

陳二妞那德行，她眼又不瞎，如何看不出來？她不過是想學些手藝，當沒瞧見罷了。

何子衿自己針線不咋地，卻也看出蔣三妞活計細緻。

蔣三妞道：「別小瞧黃鸝這樣的人，她們雖是奴婢出身，這是沒法子，命不好奈何不得。不過，人人都有些立足的本領。出身是天生的，強求不來，真正學些本事才是自己的。我叫黃鸝坐一坐，陳二妞都不高興，可見她對下人刻薄。要是別的下人還好，這黃鸝能跟她出來，可見是貼身使喚的。不說別家，就是咱們對翠兒對周婆子，活計多些，卻也不會刻薄她們。我每去繡莊攬活，李大娘對手下人也很和氣。陳二妞對身邊人這樣，對別人也寬宏不到哪兒去，妹妹要防著她些。倒是黃鸝，針線確實好，指點了我很多。可惜我沒啥基礎，只得慢慢來。倒是妹妹在陳家上學，聽黃鸝說她也是在一旁服侍的。妹妹針線上若有不懂的，問她也是一樣。再有，陳二妞對她不好，咱們便對她好些。別以為下人低微就無用了，妳看看陳二妞，面上親熱，眼裡可有誰？人情冷暖，她現在是不知道的。妹妹不要學她，正因有這個蠢貨比對著，妹妹在她家才好立足。」

何子衿目瞪口呆，讚嘆道：「表姊，妳可真聰明！」

蔣三妞笑，「這算什麼聰明？為人當走大道，這些不過是小巧，我有意對黃鸝她們示好，為的就是學些手藝，也不算光明正大。不過，我想著，黃鸝姊教我這些，我就要多多地對她好，我們也能是不錯的朋友。」

何子衿道：「表姊想的也太多了，就是現下人們去學堂念書，對先生恭敬，也是因為可以從先生那裡學來學問。這跟表姊想從黃鸝姊那裡學些針線手藝也沒什麼不同，還是黃鸝姊看妳好才教妳的，不然她也不是笨的，如何肯平白教人？」

蔣三妞一笑，「黃鸝姊她們走的時候，我把妳給我的柿餅包給她們，算是一點心意。」

「我那裡還有許多柿餅，一會兒拿些來。我看妳愛吃這個，倒是不怎麼愛吃榛子。」

「這個甜，好吃。」

「祖母也愛吃甜的。」

蔣三妞悄然而笑，對何子衿道：「姑祖母十分嫌棄我爹跟祖父，可我想著，大約還是血緣關係作祟，不然我跟姑祖母的口味怎麼這樣像？現在姑祖母不喝糖水了，也喜歡吃妳帶回來的柿餅了。」

「她一邊吃一邊還說，這是啥破爛東西，費牙得很，扔了又可惜，唉，吃吧。」何子衿板著臉學何老娘說話，學得維妙維肖。

表姊妹兩個嘰嘰咕咕，笑作一團。

何子衿與陳二妞有意彼此親近，非但課堂上多了許多便利，也令何子衿與陳家二房迅速熟悉起來。便是陳二妞也覺得，何子衿雖不若自己聰明，也不若自己貌美，勉強還算個不錯的玩伴。只是家裡窮了些，穿戴不像樣，帶出去有點沒面子。

好在她與何子衿在外頭的交集不多，更兼陳二奶奶說閨女：「哪兒就都似咱們家這般富庶呢？妳別高低眼的。當初妳祖父鬼迷心竅要納狐狸精，一家子親戚，也就妳舅祖母家站出來說句公道話。這才是實在親戚，那些個站乾岸看笑話的，再有錢怎樣？妳跟那樣的人來往，能來往出個什麼？」

暴發戶之家，儘管給閨女請了有學問的女先生教著，可家族積累不是一時半刻的事兒。如陳二奶奶，張嘴就同閨女說公公的荒唐事，儘管是背了人，也少了幾分忌諱。

陳二妞鼓鼓嘴，「知道了，以前娘您還說子衿她娘是狐狸精來著。」

陳二奶奶忙捂住閨女的嘴，「閉嘴！以後再不准說這樣的話！」

真正讓陳二妞對何子衿另眼相待的是，何氏夫妻帶著兒子歸寧之事。

馮太太過世也幾個月了，年前馮姊夫帶著妻兒來岳家探望岳母。自何氏陪丈夫到帝都以備春闈，足有三年未回娘家了。說是喪家不好進門，可只要能見著閨女和女婿，何老娘是絕不講究這個的。

何老娘見閨女大著肚子，滿是心疼，「這般笨重了，我原是叫妳弟弟年前去瞧妳的。」

何氏笑，「母親放心，我這胎相倒是穩當，又不是頭一回生，都快六個月了，無妨。」

「小心無大過。」何老娘握住閨女的手，又摸摸閨女身上的蓮青色素面大毛披風，覺得還算厚實，問道：「這一路可還順利？」

「順當的。」何氏扶著母親的手進屋，馮姊夫帶著兒子向何老娘見禮。甭看何老娘對媳婦挑剔，對女婿那是比兒子都好，讓何恭拿了好茶來給女婿吃。說到馮太太的事，何老娘還有模有樣地掉了兩滴淚，又絮絮叨叨說起馮姊夫中進士的事。

蔣三妞也出來與馮家人相見，馮翼比蔣三妞小兩歲，瞧著蔣三妞眉眼出眾，也挺喜歡這個表姊，問：「外祖母，子衿妹妹沒在家嗎？」

何老娘道：「你妹妹去念書了，中午就回來，下午你們一起玩。」

馮翼道：「妹妹這麼小就會念書了？可真是厲害。」以前他也教過何表妹念書啊，那會兒何表妹還是個娃娃，馮翼覺得，何表妹這般聰明，肯定是自己啟蒙啟得好。

何老娘還挺謙虛，「胡亂學一學罷了，不比咱們阿翼，以後可是要當進士老爺的人。」

馮翼笑，「外祖母，我還差得遠呢！」

沈氏命翠兒抱了何洌來，何氏愛得不得了，接了抱懷裡說：「我聽弟弟說弟妹生了阿洌，心裡很是歡喜。這孩子生得真乖巧，像弟妹。」

當著閨女，何老娘說了句實在話：「外甥不出舅家門，像阿洌他舅舅是真的。」

周婆子送上杏仁茶，沈氏接了放到何氏手邊的几上，笑道：「姊姊如今不比別時，又坐這麼久的車，定是累了。家裡有現成的糯米粉，裡面放了杏仁、松子、花生、桂圓，最後調入糖桂花，這是剛做好的，姊姊嘗嘗，先墊補一二。」

何氏道：「弟妹說得我都餓了，有勞弟妹了。」

「原是應當的，哪裡說得上勞累？」沈氏順手自何氏懷裡接過兒子，「自打家裡接到了信兒，我算著姊姊這幾日就該到的，提前預備下，並不麻煩。」

何老娘也賞臉說道：「妳弟妹在這上頭倒還周全。」何老娘道：「讓三丫頭瞧著阿洌，妳去廚下看看，做幾樣好菜來。妳姊姊有孕，吃食上得注意些。」

沈氏便將兒子交給蔣三妞，往廚下去了。

何恭請馮姊夫去書房說話，何老娘同閨女說些體己話。馮翼湊到蔣三妞身邊看白白胖胖的何洌，他見何洌這般小，偏又白胖軟嫩，心下喜歡，伸手戳了何洌胖的臉蛋兒兩下。蔣三妞沒攔住，馮翼年紀說是大了些，只是沒拿捏好輕重，直接把何洌戳哭了。

何氏剛喝兩口杏仁茶，擱下碗訓兒子：「你給我老實些，弄哭你表弟，看我不打你！」

「妳趕緊吃。」何老娘說閨女一句，要了何洌來抱，悠悠哄著何洌，對馮翼道：「你表弟小，現在還不能跟你玩，等大了就能一起玩了。」

馮翼也沒想到小娃娃這樣不禁戳，道：「外祖母，我沒使勁兒。」

「小孩子嬌嫩，你沒使勁兒都戳紅了。」何氏揉揉何冽的臉，對母親道：「這孩子生得可真好，比阿翼小時候好看多了。」

馮翼瞥了一眼，他因何冽挨了罵，他娘又誇這小子比自己好看，便道：「不如子衿妹妹好看。」他還是最喜歡子衿妹妹。

「哪兒啊，比子衿生得好。」在何老娘眼裡心裡，她孫子自然是世間第一好看之人，何況何冽的確生得白嫩可愛。

馮翼說：「太胖了。」

「說得好像你自己很瘦似的。」

何氏道：「你老實坐會兒，怎麼就沒個穩當勁兒？」

馮翼噘噘嘴，「我出去玩了。」

馮翼道：「我去接子衿妹妹上學，不行啊？」

何老娘笑，「那就去吧。三丫頭，妳帶阿翼去，給妳些錢，阿翼想吃什麼買給他吃。」

何氏道：「娘，您別慣他這些臭毛病。」

何老娘說：「我好幾年見不著外孫子，能慣幾天，偏妳規矩多。行了，不用妳管。」

見她娘挨訓，馮翼樂了，「外祖母，您真厲害。我娘現在肚子裡有了小弟弟，天天罵我，總看我不順眼。」

何老娘大手筆地給了蔣三妞一錢銀子，對馮翼道：「這是傻話。你娘最疼你，我也最疼阿翼，就是有了小弟弟，也最疼你。你做兄長的，要護著弟弟才行，知道嗎？」

「外祖母說的，我就聽。」馮翼笑嘻嘻地跟著蔣三妞去了，走前還問：「外祖母，您想吃啥，我買回來給外祖母吃。」

何老娘大悅，「你買自己喜歡的就行了。去吧，路上小心，看著車，你妹妹也快放學了。那是你姑外祖母家，見著姑外祖母，好好說話。」

馮翼皆應了，待馮翼與蔣三妞走了，何老娘還念叨：「阿翼這孩子可真懂事。」

「那是娘您沒見他氣人的時候，七八歲狗都嫌，老話再沒差的。」何氏幾口將杏仁茶吃完，拿帕子擦一擦鼻尖沁出的細汗，「吃一碗熱騰騰的杏仁茶，整個人都覺得暖和了。有弟妹這樣周全的媳婦，娘有福。」

何老娘笑道：「我也不求別的，如今有了阿洌，我總算能跟妳那短命鬼的爹有個交代了。要能再給我添幾個孫子，她就是不在我跟前伺候，我也情願。」

「娘，您可真不嫌貪心。」何氏道：「弟妹這樣就很好。」

何老娘問：「肚子裡這個是兒子？」

「請我們縣的老大夫瞧了，摸著脈象看，像是兒子。」何氏無奈道：「我倒是樂得要個閨女，小子太淘了。」

「別身在福中不知福了，妳弟妹要是有妳這樣的本事，我得念佛。」何老娘摸摸閨女的肚子，極是欣慰。

「娘就愛說這樣的話，弟妹比我還小幾年，現在兒女雙全。我較她大，不過是剛懷第二胎，我約莫是像娘您的，生阿翼時挺順利，偏生就好幾年沒動靜。幸而阿翼是個兒子，那些年相公一意苦讀功名，我婆婆才沒說啥。」說到婆婆，何氏不禁嘆了口氣。

何老娘低聲道：「不是我說話難聽，妳那婆婆得八百輩子沒吃過石榴吧，怎麼能叫石榴籽給噎死呢？」

「娘，看您說的，好似誰願意死似的。」何氏道：「相公極是傷心，說好不容易念出了功名，老太太福都沒享幾日就這般去了。」

何老娘只是說一句：「女婿是孝子。倒是女婿回來守孝，以後這官兒可怎麼辦呢？」

何氏道：「這也是沒法子的事，好在相公已有功名在身，以後甭管是謀外任還是怎麼著，總算是有出身的。」

何老娘嘆口氣，再一次吐槽墳頭裡躺著的馮太太：真是死也不挑個時候！

說一回死得不是時候的馮老太，何氏問：「娘，三丫頭怎麼回事？怎麼到咱家來了？」

何老娘將嘴一撇，「能怎麼著，短命鬼的爹短命鬼的娘，沒地方去就投奔來。都是妳外祖父造的孽，娶那麼個狐狸精，生個敗家子，又養一窩短命鬼，到頭來讓我做這冤大頭！」

何氏問：「那頭兒就一個人都沒了？」

「但凡有一個，我也不能叫妳弟收留三丫頭。」何老娘嘆，「那一窩兒王八崽子，合該短命。三丫頭上頭還有兩個丫頭，被她那臭不要臉的爹娘賣了。要不是她趕得巧，又有兩分運道，這會兒還不知道在哪兒呢！」何老娘雖不喜蔣三妞，也看不上賣兒賣女的王八蛋。

「這丫頭也是命苦。」何氏有了身孕，頗有幾分慈悲心腸。

「她能到咱們家，還說不得命苦。」何老娘哼一聲。

何氏道：「也只得走一步看一步了。弟弟跟弟妹都是心善的，我看三丫頭模樣不差，將來未必不能找一門好相親。」

「妳說得容易，她有嫁妝嗎？」何老娘可是早有言在先，不會給蔣三妞出半分嫁妝的，「看她自己造化，要是能幹，就委屈不了自己。要是個廢物，我也不是菩薩，貼補不了她。」

「三丫頭與阿翼一個年紀，這話還遠得很，且論不到呢。」知道母親素與舅家不睦，有這樣的舅家，何氏無話可說，便轉而笑道：「倒是子衿，怎麼去姑媽家上學了？姑媽不是一向都說，女子無才便是德嗎？」

何老娘笑，「這幾年妳在帝不知道，妳姑媽家可是發了大財，如今也講究起來了，給大妞她們姊妹花大筆銀子請了女先生，學那些個琴棋書畫、針線女紅。我跟妳姑媽是什麼交情，既是請了先生，一頭羊也是趕，兩頭羊也是放，子衿早就跟著族長家的阿洛認了許多字，看她還不算笨，我就跟妳姑媽說了，叫她一塊去學學。不求她有多大的出息，起碼知些道理，跟著開開眼啥的。」

何氏點頭，「娘這事兒做得好。子衿那丫頭像弟妹，打小就能瞧出機靈來，弟弟又中了秀才，子衿生得好，再念些書識些字，就跟尋常的土妞們不一樣了，定能有個好前程。」

何老娘道：「子衿才幾歲，妳這做姑媽的倒是想得長遠。」

「不是我想得長遠，這孩子呀，就是一轉眼的事兒。」兒子漸漸長大，除了操心兒子的功課，何氏難免多想一些。

「多好的前程我也不叫那丫頭嫁得遠了，經著妳這個，到時就在本縣給她尋個人家，一家子住在一處，來往也方便。」

何氏嘆為觀止，「這才幾年沒見，娘您真是大變樣呀。之前嫌子衿嫌得跟什麼似的，如今怎麼又寶貝起人家來了？」

「妳少來打趣老娘。」何老娘笑，「那丫頭可是有個刁鑽脾氣，我略多疼阿冽一點，她就不高興，我都說見過多少孩子沒她這樣的。唉，有什麼法子，我是遇著命裡的魔星了。」

何氏看老娘笑呵呵地說著抱怨的話，可是沒有半點抱怨的意思，不禁笑道：「您啊，就該遇上這麼一個。」

何老娘哈哈笑，小聲道：「以前我多有嫌那丫頭片子，如今不知怎地，越瞧越順眼。」

何氏握著母親熱熱的手掌，「娘您總是這樣，一張嘴從不說好聽的話，心又不差的，要不也不能特特去姑媽那裡說叫子衿去上學的事。怎麼就不能說點兒好聽的，不然若有不知道娘的心的，怕要誤會您。」

何老娘將眼一翻，道：「我問心無愧，管別人怎麼想？愛咋咋地！要是在乎這個，在乎那個，還能不能痛快地活了？」

何氏又是一笑，道：「還有件事呢，娘知不知道一位寧三爺？」

何老娘道：「如何不知，芳姐兒可不就是嫁到寧家去？」說到陳芳，不禁又是嘆氣。

何氏道：「說來險些丟醜。我在帝都，也不知道芳表妹的事，倒是碰巧寧三爺同相公是同一科的進士，兩人還同入了翰林，後來論起來，不僅是同科，還是同鄉，都是一個州府的，豈不親近？再細論起來，竟是親戚。我那會兒還琢磨，芳表妹如何有這般造化嫁到寧家去，後來才知道寧六郎的事。幸而沒貿然打聽寧六郎，不然豈不尷尬？」

何老娘道：「這有什麼好打聽，妳當妳姑媽家為何發了這大財，都是妳姑丈鬼迷心竅的，耽擱了芳丫頭一輩子。」

何氏只知道陳六郎早夭，陳芳守了寡，再裡頭的事就不知道了，忙跟母親打聽。

何老娘便將鹽引的事說了，「芳丫頭是小閨女，妳姑媽最疼她，就是我，她們兄妹幾個，我也最疼芳丫頭。妳姑丈這狼心狗肺的，就為著鹽引，葬送了芳丫頭一輩子。要是我，家裡再窮，只要沒要了飯，怎能賣兒賣女？再說，又不是過不下去的人家。這些年妳姑丈生意做得不賴，妳姑媽也是穿金戴銀，我常說妳姑媽是有福的，可誰知前些年不顯，如今才知妳姑丈的嘴臉呢？賣了芳丫頭得了鹽引，又要納狐狸精做小，把妳姑媽傷心得不得了。也是從這事，我才瞧著妳弟妹心腸好。雖說她跟妳弟弟的事先頭我不大喜歡，可如今細瞧著，倒還是過日子的人。妳姑媽多虧得她給出主意，芳丫頭如今在寧家才好過了些。」

何氏聽得這些事，嘆道：「是啊，弟妹這樣，當真難得。說來以前姑媽可是沒給過弟妹好臉色，難得弟妹不記舊怨，這般為姑媽著想。」

「妳姑媽也說，不經事不知人心。」何老娘憤憤地道：「就是妳姑丈那混帳東西，不知什麼時候天打雷劈？」

何氏道：「以前姑丈可不是這樣的人，小時候姑丈每每做買賣回來，都會買兩支絹花，大娘一支，我一支。」

「誰說不是？跟妳姑媽生了五男二女，咱們縣裡知道的，誰不說他們夫妻和睦。誰曉得怎麼後來就跟著了魔一樣，簡直要發瘋。」何老娘又問：「那鹽引子真的能掙很多錢嗎？」

何氏自是比何老娘有見識，輕聲道：「不要說很多錢，姑丈得了州府的鹽引，一年起碼萬把銀子。母親想一想，咱們家一個月也就二兩銀子的花銷。」

「我的天！」何老娘直念佛，不要說一萬兩銀子，就是一千兩銀子，何老娘也沒見過。

她倒是有田地的，不過那田地是子孫的根本，萬不能賣的。

何氏並不以為奇，「為著鹽引，什麼事做不出來？我聽相公說，以前州府的紀家也是大鹽商，有名的富戶，銀子賺得海了去。那紀家老爺有一對龍鳳雙生子，生得俊俏極了，人人稱羨。因那巡鹽御史瞧上，紀老爺就把這一兒一女送了那巡鹽御史，這是嫡親的骨肉呢！」

何老娘聽得目瞪口呆，「竟有這等喪心病狂之事？」

「怎麼沒有？」

「阿彌陀佛，不是不報，時辰未到。喪了良心，老天爺也不會饒的。」

「母親說的是，那紀老爺把兒女都獻上去，原本鹽引是十拿九穩了，結果被那兒子一刀捅了個對穿，連鹽課御史都死在他手裡。這事兒可是轟動了朝廷，州府裡略消息靈通的都知道，後來人們就不敢這般放肆了。」

聽到此處，何老娘方稍覺暢快些，「活該！都是些天打雷劈的東西，但有氣性的兒郎就該白刀子進紅刀子出！」

略出一口氣，何老娘不無擔心地問：「妳說，芳姐兒不會也尋個機會捅死妳姑丈吧？」

何氏嘆，「表妹哪裡是這個氣性？好在寧家是大戶人家，總不會虧待表妹。她如今在寧太太身邊服侍就很好，娘家非但幫不上她，還得指望著她。她唯有自己立起來，若得哪一日寧家准她過繼個孩兒，也是一輩子的依靠。」

「我也日夜盼著呢。」何老娘道：「人人盼著嫁到大戶人家去，可嫁到大戶人家也有大戶人家的難處，規矩忒大。」若小家小戶，哪怕陳芳守了寡又怕什麼，二嫁便可，也不必這般守活寡。話又說回來，若當初說的小戶人家，斷不會有今日之事，陳家也發達不起來。

「好在寧家還算知禮人家。」何氏道：「寧氏族中，算是寧三爺的堂伯，在帝都是翰林院的掌院學士。寧三爺也是個出挑的人，相公與寧三爺在翰林相處這些日子，我也見過寧三奶奶，都還過得去。想著表妹在寧家也還過得日子，不然寧三爺不會主動提及兩家姻親之事。那會兒若寧家不說，我是再不知道的。」

何老娘道：「我就盼著芳姐兒平平安安的。」

「母親放心吧，興許芳表妹的福氣在後頭。」

「也只得這樣想了。」何老娘悄悄對閨女道：「芳丫頭一日過不好日子，我心裡總覺得，若當初妳弟弟沒鬧著非要娶子衿她娘，芳丫頭再不會如此的。」

何氏立刻道：「母親這是哪裡的話，我從不像母親這樣想。說句心裡話，芳表妹雖不是外人，可再親也親不過弟弟。母親難道還沒瞧出來，不說別的，就是論脾性，弟妹也強於芳表妹。哪怕弟妹家不比姑媽家富庶，可如今弟妹娘家兄弟也中了秀才，弟妹的父親也是秀才，哪怕在咱們縣，這也能拿出手了。還有一事，姑媽家雖富庶些，可再料不及姑丈會是這樣的人。就算弟弟當年娶了芳表妹，芳表妹不會被姑丈賣到寧家，可是人一旦起了邪心，早晚得出事，哪裡有弟妹妥當？哪怕家境尋常，也是小戶書香之家。且她心思正，一心一意操持這個家。我如今還得慶幸，弟弟就是運道好，娶了弟妹進門，一輩子受益，連子孫也跟著沾光。您看子衿和阿冽的模樣就知道，若非舅家好相貌，母親哪裡有這般俊俏的孫子孫女？」

想到寶貝孫子和討人嫌的丫頭片子，何老娘也笑了，「興許就是命呢！」

「這話說的對。」何氏道：「弟弟就是命好，只看弟妹能幫著姑媽出些主意，幫著芳表妹在寧家立起來，她這人心腸便好。有這樣的母親調理著，孩子以後也品行端正。」

何老娘素來嘴硬，道：「凡事還有妳弟弟呢，我只求她多為咱們家生幾個小子，那就再別無所求了。」她指望的是兒子，又不是媳婦。

「是。」何氏笑，「娘這話我聽得耳朵都起繭子了。」

母女兩個說著體己話，蔣三妞帶著馮翼去了陳家。

馮翼到底大些了，想著頭一遭去陳家，雖不是正式拜訪，可這樣兩手空空的也不好看。馮翼跟蔣三妞打聽陳家有幾個表兄弟表姊妹，蔣三妞道：「跟妹妹一起上課的是大妞、二妞和三妞，四妞年紀小，不到上學的時候。餘下都是表兄弟，陳志、陳行和陳方都在念書了，陳遠還小，跟阿冽差不多大。」

馮翼點點頭，見街邊有賣糖葫蘆的，便停下來買了十串。蔣三妞想說什麼，到底沒說，只與馮翼道：「別淨買山楂的，挑幾串山藥的，這樣若有不喜歡酸的，可吃山藥的。」

及至付帳，蔣三妞要拿銀子，馮翼連忙道：「我身上帶了銀子，怎能叫表姊付帳？」

蔣三妞笑道：「你若不叫我付帳，姑祖母該不高興了。」

馮翼堅持自己掏銀子，道：「表姊不必為難，回去我自與外祖母說。」

蔣三妞便沒與他爭這個，隨馮翼身邊的小廝拿出銅錢給了賣糖葫蘆的小販。

到了陳家，他們去得早了些，何子衿還沒放學。

陳姑媽見著馮翼極是歡喜，摟了他到跟前問：「你母親什麼時候到的？」

馮翼極有規矩，小大人似的說話，「家父和家母也是今早剛剛到，如今塵霜滿面，不好過來，待明日就來向姑外祖母請安。我聽說子衿妹妹在姑外祖母這裡上學，就來接她。聽說幾位表兄表弟都在念書了，這些糖葫蘆是路上買來給姊妹們甜甜嘴的，不知姊妹們可喜歡？」

「她們小丫頭家，最喜歡這些個零嘴兒。」陳大奶奶直笑，「哎喲，果然是敬表妹教導出來的孩子，實在懂事。」何氏閨名何敬。

陳二奶奶、陳三奶奶和陳四奶奶俱過來了，說話間又給馮翼貼上了諸如「長得俊」、「有禮貌」、「好兄長」、「有出息」的標籤。聽到何氏有了身孕，立刻又讚何氏「有福氣」。

女眷們圍著馮翼似有說不完的話，待得何子衿放學準備回家，已有陳姑媽身邊的丫鬟等在她們上課的求知堂門口，道：「馮家大爺來接子衿姑娘回家，太太叫三位姑娘和子衿姑娘過去說說話兒。」

陳二妞問：「馮家大爺是誰？」

何子衿道：「我姑媽家的表兄。算著這幾天該到了，表姊見了就知道。」

陳大妞問：「是敬姑媽家的表弟嗎？」陳大妞較馮翼大三歲。

「對。」何子衿想不到馮翼會來接她，心下挺樂，覺得過了好幾年馮翼還記得她，對於小孩子已是十分難得。此時何子衿完全忘了，自己也是小豆丁一枚。

陳二妞問：「他年紀比大姊姊小嗎？」

陳大妞道：「聽我娘說，比我小三歲，比二妹妹大一歲來著。」

陳二妞已是心中有數，她想著母親曾與她說過，敬表姑媽極有福氣，嫁的男人有出息，上科還考取了進士老爺的功名，一等一的能幹。陳二妞心裡便添了幾分慎重，笑道：「我娘前幾天也念叨好幾年沒見敬姑媽了。什麼時候敬姑媽方便，我們該過去請安。」

何子衿道：「這有什麼不方便的，姑媽定要來看姑祖母的。」

「妹妹說的是。」陳二妞拂一拂鬢間的小花釵，重將斗篷的帶子打了個繁複的雙喜結，笑悠悠地同何子衿打聽這位表姑媽家的公子的事。

何子衿見陳二妞的動作，相當無語，想著這位表姊不會這般早熟吧？

其實這完全是何子衿想多了，陳二妞不過是知道馮翼出身進士家，這年頭商人再富有，也不比進士門第貴重，何況陳二妞知道這位馮家表姑丈是在帝都做過大官的人，馮翼自然就是官宦人家的子弟，見官宦人家的子弟自然要鄭重些。

一行人去了陳姑媽的屋裡，儘管三年未見，馮翼還是一眼就認出跟在陳家三姊妹後面穿得像個棉球的何表妹來。馮翼歡喜得很，想不到三年未見，子衿妹妹還是這樣可愛，且圓且軟且白且嫩，如牛乳糖般。馮翼高興地說：「子衿妹妹，妳還認得我不？我來接妳回家。」

何子衿心說，我又不是老年癡呆，但這黑胖子不自我介紹，她還真不一定認得出這是馮翼。何子衿道：「表哥怎麼長這般高了？」興許小孩子一天一個樣，這才三年未見，馮翼比起當初的小胖子，拔高了一大截不說，原本不黑的皮膚不知怎地成了小麥色。簡單描繪就是黑且胖，哪怕眉眼再出挑，有這兩大優點，馮翼也與俊俏不搭邊了。

馮翼聽到何子衿說他個子高，挺起胸脯道：「我是做哥哥的，當然得長得快些了。」

何子衿又與蔣三妞打招呼，並見過諸位長輩。

陳大奶奶將大妞三姊妹介紹給馮翼認識，又道：「你幾位表兄弟在許先生那裡念書，得下午才回來。阿翼就與你姊妹們在家用飯，下午跟你兄弟們一塊玩兒去。」

馮翼小小年紀已有大家風範，道：「來前外祖母千萬叮嚀叫我接了表妹回去，待明日重整衣衫，再隨父母過來請安。明日便是舅母不留飯，我也是厚著臉皮不肯走的。」

陳大奶奶笑，「這也好，你外祖母念叨你們不知多少日子了。」

馮翼客氣兩句，辭過陳姑媽，就與蔣三妞帶著何子衿走了。陳大奶奶送他出了陳姑媽的院門，命管事婆子好生送到大門，若不是馮翼再三堅持，那管事婆子還要送他們回家哩。

出了陳家，馮翼明顯放鬆許多，他拉著何子衿問長問短，還去摸何子衿的包包頭，「妹妹臉圓圓的，梳這包包頭正合適。」

何子衿拍開馮翼的手，「你別總摸我頭，會給我摸散的。」

「我這不是剛見妹妹高興嗎？妹妹想吃啥不？我買給妳。」

何子衿與蔣三妞道：「表姊，妳想吃啥，今天表哥請客，咱們吃大戶。」

蔣三妞笑，「姑祖母近來喜歡吃柿餅，妹妹從舅家帶來的都吃完了，不如表弟買一些，姑祖母定會高興的。」

馮翼道：「那表姊和妹妹喜歡吃啥，我一起買給妳們。」

何子衿道：「給我買串糖葫蘆就行，我喜歡吃山楂的。」

蔣三妞道：「我要山藥的。」

「女孩子都喜歡吃這個啊？」馮翼道：「我去的時候也帶了幾串給陳家表姊妹們。多買幾串，妹妹回家慢慢吃。」

何子衿瞅馮翼一眼，心想你沒被退回來吧？

馮翼打發小廝過去買糖葫蘆，蔣三妞悄悄朝何子衿眨眨眼，何子衿笑了，與馮翼道：

「糖葫蘆的確好吃，也不用買太多，我吃不了一大串，給我換個小串吧。」

小廝已經買回來，一串給蔣三妞，馮翼拿一串山楂的，折下一半，遞給何子衿一半，「這半個我吃，省得糟蹋了。」餘下的仍叫小廝收著帶回去。

幾人一起回家，馮翼拿出買的兩包柿餅孝敬何老娘，馮翼道：「我聽表姊和妹妹說外祖母喜歡吃柿餅，這是路上買給外祖母的。」

何老娘感動得不得了，摸著馮翼的頭，極是欣慰，「阿翼就是孝順。」

何子衿見過何氏，何氏拉她到跟前讚嘆：「哎喲，我的乖乖，才三年不見，子衿出落得越發好看了。我這些年見的女孩兒裡，子衿是個尖兒。」

何子衿笑道：「有女隨姑，姑媽看我，自然是好的。」

何氏一陣笑，「嘴也這般伶俐。」

何老娘道：「就一張嘴有用。定是妳攛掇妳表哥買這些東西，怎麼還買那些糖葫蘆？沒得又吃這些零嘴。」

「表哥非要買給我，我們表兄妹情分好，有什麼法子呢？」

「以後不許這樣了。」何老娘道：「跟妳表哥學學，看妳表哥多孝順多懂事。」

馮翼一來，何老娘偏心眼的病就又犯了。偏心眼也有情可原，畢竟是親外孫，又時常不能見，這好不容易來一次，自然要多疼馮翼些。何子衿活了兩輩子，不至於為這點事吃醋，可何老娘卻有個毛病，妳偏心馮翼就偏心吧，也不知怎麼要把何子衿說得一文不值來反襯馮翼的種種優點。若馮翼真那麼渾身上下都是閃光點，何子衿也服了。明明兩人差不多，何老娘非要抬一個貶一個，何子衿忍不住道：「表哥兩包柿餅就把您收買了，見了表哥，您老眼裡還有誰呀？我是撿來的嗎？我回來這半日，您瞅也不瞅我一眼。您跟姑媽還是親母女呢，差別也太大了吧？」

馮翼正色道：「肯定是親的。我娘也看不上我，時時訓我，不然過不了日子。」

何子衿被馮翼逗樂，聳肩作無奈狀，「那就實在沒法子了。」

何老娘和何氏給馮翼和何子衿這一唱一和鬧得哭笑不得。

何氏笑嗔：「可見你們是親兄妹，倒心有靈犀了。」

馮翼說了在陳家的事，何氏道：「本來就打算明天去向姑媽請安的。只是我這是喪家，回娘家倒罷了，不知姑媽家忌不忌諱？」

何老娘道：「哪這麼多規矩？妳跟女婿難得來，去瞧瞧妳姑媽吧，她時常惦記著妳。」

何氏笑，「我也備了好些東西給姑媽。」

閨女做事，何老娘素來沒有不滿意的。

馮翼則跟表姊妹說起帝都的風光來，尤其帝都的美食，說得何子衿垂涎三尺。

馮翼壞笑，問她：「妹妹是不是饞了？」

何子衿看馮翼那一臉壞樣，怎會如馮翼所願，便翹著嘴巴道：「我就奇怪表哥怎麼突然就長這麼胖了，是不是在帝都吃多了好吃食的緣故啊？」

甭看馮翼是個黑胖，他如今漸大了，很知道些美醜。他一直很喜歡何子衿，不單是因這個妹妹論血親與他親近，也因這個妹妹生得乖巧可愛。想一想紅樓裡賈寶玉初見林黛玉，若林黛玉生得貌比無鹽，想必賈寶玉也不會說「這個妹妹我曾見過」了。馮翼很喜歡何表妹，但他同樣很不樂意別人說他胖，便道：「妹妹倒沒吃過帝都的好吃食，還不是一樣圓圓的，好似妳瘦似的，表姊這樣才叫瘦呢。」

蔣三妞只是一笑，並不插嘴他們兩人的話。

何子衿哪怕活了兩輩子，也是女人，更不樂意別人說胖，她道：「你仔細瞧瞧，我這會是胖嗎？我是怕冷穿的多。我裡面穿了小夾襖，外頭穿了大棉襖，才顯得跟胖似的。」

馮翼道：「妳臉圓得跟包子似的。」

「這叫福氣。」何子衿給自己的小圓臉做註釋。

馮翼道：「妳看妳的手，伸平了，手背上好幾個肉窩窩。」

「這叫福氣。」何子衿給自己的小胖手做註釋。

馮翼道：「妳看妳的小胖脖子……」

「這叫福氣。」何子衿給自己的小胖脖子做註釋。

馮翼哈哈大笑，「這還不叫胖？以後我乾脆叫妳小福氣妹妹算了。」

何子衿：怎麼這麼想一巴掌抽飛這黑胖子呢？

何子衿覺得馮翼真不愧是狗都嫌的年紀，自從嘲笑她胖後，馮翼還無師自通地給何子衿取了個外號，就叫小福氣。

何子衿白眼翻他半日，他則越叫越歡，不以為恥，反以為榮。

何氏這樣聰明的人，見馮翼喊何子衿作小福氣，竟半分看不出何子衿心中的鬱悶來，反是彷彿何老娘智商附體，樂呵呵地同沈氏道：「阿翼與子衿就是投緣，上次來就玩得很好，這次來前多少天，阿翼就念叨子衿呢！」

沈氏不愧是何子衿的親娘，無中生有的本事簡直張嘴就來，她笑道：「子衿也是，上次阿翼走時送子衿的木雕小馬，子衿一直在屋裡擺著，有時還悄悄同小夥伴們吹牛說表哥怎麼怎麼著，我想想都好笑。」

木雕小馬做擺設的事何子衿承認，但她可沒跟小夥伴拿馮翼吹牛，她娘可真是……

何氏與沈氏宛如知音相遇，越說越投機。唯有何子衿，她自覺是個孝順女兒，又事關她娘的面子，以致於她沒法子為自己辯白：她真的沒拿馮翼吹過牛啊！這樣沒智商的事，誰會幹啊？她娘真是太誇張了，稍有智商的人都不會信好不好？

誰知馮黑胖就信了，馮黑胖堅信何表妹雖然面上喜歡翻他白眼，但背地裡對他很崇拜，於是帶著一張自得嘴臉的馮黑胖更加討人嫌了。

更讓何子衿不服氣的事在後面，馮翼喊她小福氣，全家人都樂呵呵的，她叫馮翼一聲馮黑胖，何老娘先罵她一頓，沈氏也說她不懂事。

馮翼除了日常喊何子衿小福氣外，還喜歡揉她的包包頭，每次不揉歪不甘休。還有諸如在何子衿的必經之路的樹上跳下來嚇唬何子衿，捏何子衿的小圓臉。檢查何子衿的功課時，故意說何子衿笨。這些幼稚行為，何子衿懶得細述，直接私下寫一本「狗都嫌幼稚大全」。

好在馮翼也不只是做些狗都嫌的幼稚事，每當欺負了何子衿，何子衿嘴一扁做出要大哭的樣子時，他又會想出各種法子哄何子衿。當然，最有用的就是買各種好吃的給何子衿。

何子衿這等一生兩世之人都能被狗都嫌逼到裝哭的分上，可見馮黑胖有多麼的狗都嫌，以致於讓向來不大喜歡上學的何子衿都恨不得天天去上學了。

無奈自從馮翼來了，何老娘與沈氏很有默契地給何子衿請了假，讓她在家與馮翼玩。面對這樣鬱悶的人生，何子衿只得慶幸她並不是真正的小孩子，她知道哪怕馮翼現在比較討人嫌，也只是小男孩成長中的必經之路罷了。

何子衿自覺心胸開闊，雖然馮翼現在比較討嫌，但她不會太與馮翼計較的。

唯一讓何子衿惋惜的是，每當她陪著馮翼玩耍，蔣三妞是素不參與的，蔣三妞寧可安安靜靜地做針線，縱使與馮翼說話，也帶著表姊表弟的客氣與禮貌。蔣三妞這樣端正嚴肅，馮翼在蔣三妞面前也很有做表弟的樣子。何子衿就琢磨著，她也學著蔣三妞端正嚴肅一把，好治一治馮翼這討人嫌的病。誰曉得，她越是端正嚴肅，馮翼就越喜歡來討嫌，以致於何子衿時時照鏡子研究面相，難道她臉上寫了「好欺負」三個字嗎？

討人嫌是一種病，好欺負也是一種病啊！

何子衿想了半日想出個給馮翼治病的法子，如今她既不上學，也不一徑在家與馮翼玩，免得馮翼總做出幼稚事來戲耍她。何子衿乾脆下帖子請來何洛、何涵與族中念書的小夥伴，備好茶水點心，擺好桌椅板凳，就在她的花房弄個詩會啥的。

花房裡因要養花，每日要備一盆炭保持溫度。何子衿原是要自薦為評委，馮翼卻第一個不服，「妳剛學念書還是我教的，貪嘴小丫頭一個，妳會看詩？別笑掉我大牙了。」

何子衿道：「你倒是把大牙笑掉一個給我瞧，我也算開了眼。」

馮翼一齜牙，露出剛掉的小虎牙的位置，「這就是被妳笑掉的，開眼了吧？」

馮翼大何子衿兩歲，牙換好幾年了還沒換好，何子衿也開始換牙了，據何氏姑媽說，何子衿換牙算早的。何子衿白馮翼一眼，懶得理他，道：「我定找個叫你心服口服的！看你天天自大狂一樣，也叫你知道人外有人，天外有天！」

「妳找誰？不會叫那個何洛來做掌壇評詩吧？」明明他才是何表妹的啟蒙先生，偏偏如

今人們都說何表妹開始學字是跟何洛學來的。何洛是哪根蔥哪頭蒜啊，這麼搶他風頭。人還沒見，馮翼先有小小不爽。

「洛哥哥有學問得不得了，不過，我找他來做詩會掌壇你肯定不服。你放心吧，我肯定找個你服氣服得五體投地的人做掌壇。」何子衿繼續捏著鵝毛筆寫請帖。

馮翼湊在一旁看何子衿寫字，又道：「妳這用雞毛寫字的法子倒挺好的，我雖也念書好幾年了，爹還沒叫我拿筆，有時想寫字都寫不來。」

這年頭不是甫念書就學寫字的，一般孩子都是啟蒙早，然則起碼過了八歲再學寫字，主要是顧忌孩子太小骨骼太軟，貿然拿筆練字，傷了指骨反不美，所以馮翼方有此一說。何子衿之所以為把鵝毛筆搗鼓出來，也是因這個。偶爾需要寫字時，有鵝毛筆就能自己寫了。

為了這一枝鵝毛筆，何子衿被何涵家的大鵝咬了好幾下，還有一回被咬到屁股，疼得何子衿好幾天只能趴著睡覺，說來還有些丟臉呢。但就在這樣艱難困苦且無人理解還有人反對詆毀（主要指何老娘）的情形下，何子衿終於表現出一生兩世的智慧，把鵝毛筆搗鼓出來。

雖然沒人欣賞……她爹一直覺得這東西用起來不如毛筆得勁兒，而且寫出的字不如毛筆寫出的有風骨韻味兒。更重要的是，別人寫字都是各式狼毫、豬毫、羊毫之類，若單自己拿根鵝毛做的筆……雖然何恭不是那種特要面子的人，仍是婉拒了他閨女的熱情推薦。於是，何子衿只得寂寞地孤芳自賞了。

如今不想給馮翼欣賞了，何子衿面上不動聲色，心下還是略有小得意的，覺得馮翼雖是個黑胖，勝在眼力不錯。馮翼非但眼力不錯，還眼饞得很，問：「小福氣，給我用用吧，我幫妳寫帖子好不好？我念的書比妳多，認的字也比妳多。」

何子衿沒說好也沒說不好，只是將眼皮往上一撩，瞟瞟他爹的硯臺道：「沒墨了啊！」

馮黑胖雖愛欺負人，還是有幾分機靈的，立刻捲起小袖子露出圓滾滾的手腕幫何子衿研墨，他一邊研墨，一邊還傻樂。因有求於人，他也不叫何子衿「小福氣」啦，而是說：「妹妹妳才多大，還會拐彎抹角地使喚人啦？」

何子衿哼一聲，拉長小奶音，「不愛磨就別磨，我可沒使喚你磨墨！」

馮翼連連笑應，「是，妳沒使喚我，我心甘情願，成了吧？」

「勉強勉強啦！」何子衿寫了好幾張帖子，馮翼有些著急，「妳倒是叫我使一使妳這雞毛筆，成不成啊？」

「這叫鵝毛筆，別不懂瞎說了。」糾正馮翼一回，何子衿把帖子寫好，將筆遞給他，「你寫吧，可得輕點兒，別使大勁，不然該把筆尖弄壞了。」

「知道知道！」馮翼把何子衿自椅上拱開，自己坐了，從何子衿用剩的紙箋中抽一張，想了想，抄錄了一首詩經的詩。剛要給何子衿看他寫的字，何子衿把寫的帖子數了數，從脖子上取下掛著的黃花梨小木印，每張帖子挨個按了印泥，喚翠兒進來去送帖子。

馮翼問：「妹妹妳還有印啊？我看是刻啥？」湊過去瞧半日沒瞧明白，「這是字嗎？」

「這都看不出來，笨！」何子衿終於有機會說一次馮翼笨了，心下倍覺舒爽。馮翼細看何子衿印在請帖上的圖形，很實在地說：「真的不像字，倒像一頭小豬。」

「本來就是小豬啊，我屬豬的。這是我舅送給我的生辰禮，可不是尋常的小豬，是我舅找了好木料，特意給我刻成了印，好看不？」何子衿說起來頗是自得。

馮翼憋著笑，「嗯，比尋常豬圈的豬要好看。」

「你知道什麼，這是小福豬。」何子衿幫自家印上的小豬取了個極吉利的名字，誰曉得馮黑胖一聽，險些笑得厥過去，一邊笑還一邊抖，「真是印如其人，我看妳就個小福豬。嘖，尤其妳這胖勁兒，特像。」

何子衿將請帖交給翠兒去跑腿，狠狠瞪了馮翼，見屋裡沒旁人，便道：「馮黑胖馮黑胖馮黑胖！」身為一個傳奇一樣的女子，哪怕活了一生兩世，哪怕自覺頗具涵養，何子衿也忍受不了馮翼這樣的嘴賤。要不是如今她還沒長大，非給馮翼暴力一回不可。

兩人為「胖」字很是拌了幾句嘴，馮翼非常不服何表妹叫他馮黑胖，何子衿也煩死馮翼每天要說她一百個胖。暫時翻臉後，何子衿直接去找馮翼之爹馮姑丈說話。當然，依何子衿一生兩世的智慧，她沒一開始就告狀，而是把自己寫的帖子慎重其事地交給馮姑丈。

馮姑丈家裡只有兒子，侄女倒有幾個，瞧見何子衿這樣圓潤討喜的小丫頭也挺高興，接了小帖子並不立刻就看，笑問：「這是什麼？」

「給姑丈的請帖。」何子衿很認真地說：「我認識許多會念書的朋友，難得表哥來一回，我想介紹表哥給我的朋友們認識。因為大家都是念書的人，就打算後兒個開個詩會。我本來自薦掌壇，表哥不同意，說我念書不如他多。我就想請姑丈做掌壇，到時我們作了詩，姑丈幫忙評一評，好不好？家裡就姑丈最有學問了。」

馮姑丈忍笑，「你們才幾歲，就會作詩了？」

「千家詩大家都會背，謅也能謅出來。姑丈，您不會看我們小，就瞧不起人吧？」

馮姑丈拿請帖輕敲掌心，一笑點破何子衿的用心：「激將無用。」想她小小孩童一個，還怪有心眼兒的，越是這樣，馮姑丈就越想逗她一逗。

何子衿想了想，從小荷包裡拿出一塊牛奶糖，放在馮姑丈的掌中，眨眨眼賣萌，「請姑丈吃的，表哥常說，吃人嘴短。」

馮姑丈不過逗她一逗，將牛乳糖收了，笑道：「既然收了子衿的東西，當然得去了。」

何子衿很有禮貌地道謝，說：「我還有一事想跟姑丈商量。」

馮姑丈簡直受不了何子衿小籠包的年紀擺出大人模樣，肚子裡笑翻，面上卻並不表現出來，還很當一回事地道：「侄女有何事，只管說來。」

何子衿鼓了鼓臉頰，「姑丈，您覺得我胖嗎？」

馮姑丈險些笑場，搖頭道：「微有圓潤，算不得胖。」

「表哥一天說我一百個胖，姑丈，您覺得這樣對嗎？」何子衿眨著大眼睛，認真說：「我覺得不利於我們兄妹之間的和睦，姑丈，您說對不對？」

馮姑丈肚裡都要笑抽了，正色道：「對。」

「那您能不能幫我說一說表哥，別叫他總說我胖，說得我每天照鏡子都覺得自己彷彿胖了似的。您看，我都因表哥產生錯覺了。我覺得，這樣不大好。」

馮姑丈故意沉了臉，「侄女放心，我定幫妳說一說阿翼。」

馮姑丈這樣威嚴，何子衿心下又覺得告狀這事挺沒品，馮翼是到了淘氣得年紀，人其實還是不錯的。何子衿告了狀，偏又善心發作，擔憂馮翼受罰，便建議了一句：「姑丈別訓斥表哥，他待我好，就是總說我胖不好，姑丈您委婉說一下表哥就可以了。」

馮姑丈一臉鐵面無私，「要不是侄女為那孽障說情，我非打腫他屁股不可。」

「不成不成！」何子衿連忙道：「小孩子可不能打，您得講道理。只有在外頭的莽漢才動不動就打人，像姑丈這樣博學多才的人，自然是以理服人。您以理服人，表哥才是真正的心服口服，比那揍出來的服氣可有用多了，而且，現在姑媽要生小弟弟了，以前你們就表哥一個孩子，兩個人一起疼他，如今有了小兒子，用在表哥身上的注意力就分散了。您還得多疼疼他，叫他知道即使有了小兒子，也最疼他，表哥才能愛護弟弟。姑丈，您說對不對？」

馮姑丈深覺何子衿小大人般好笑，繼續逗她說話，道：「真是看不出來。子衿，妳年紀不大，知道的道理可不少。」

何子衿小小嘆了口氣，「因為我也是有弟弟的人，我對表兄是感同身受。」

馮姑丈笑，「我知道了，子衿說的事，我會辦好的。」

何子衿道：「晚上吃羊肉鍋子，我請姑丈吃我種的小青菜。」

「哎喲，子衿這麼小就會種菜啦？」馮姑丈覺得這個內侄女簡直逗死人，怪道兒子總喜歡逗她玩呢。

何子衿假假謙地道：「一般吧。」

馮姑丈引著何子衿說了好久的話，何子衿才告辭了。

晚上，馮姑丈與兒子討論兒子總愛逗表妹的事。

馮姑丈身為人家的父親，覺得有必要糾正一下兒子的人生觀，「你要是喜歡跟人家小姑娘玩，就該說些人家喜歡聽的，怎麼總說人家胖呢？」

「妹妹本來就胖，您看她臉多圓啊，跟我最愛吃的三鮮小籠包似的，又彈又軟。」馮翼與父母感情素來就好，向來有啥說啥的，他笑嘻嘻地道：「還有，我一捏妹妹的臉，她就翻白眼瞪我，還打我手。」

馮姑丈：求你別在說人家打你時，擺出這麼受用的樣子，老子都想打你臉了！

馮姑丈繼續請教傻兒子：「打你你不疼啊？」

「還好，有時也挺疼的。」馮翼胖些，那是他娘養他養得好，畢竟不是鐵人，被打當然知道疼了，「不過，妹妹眼睛大，尤其拿大眼睛一翻我，我就特想笑，也就不覺得疼了。」

馮姑丈逗了何子衿一下午，又開始逗兒子：「那下次我揍你一頓，再拿白眼翻你幾下，估計你也就不疼了。」

馮翼不滿，「爹，這能一樣嗎？您看妹妹長得又圓又好看，跟豆腐似的，她一瞪我，我是寧可被她打兩下的。爹，您都什麼年紀了，長得跟老黃瓜似的……」話還沒說完，就挨他爹曲指敲了腦門一記。

馮翼揉著額頭，抱怨道：「還讓不讓人說實話了！」

馮姑丈深覺何子衿告狀有理，訓兒子：「你有個什麼實話？你看看你表妹，比你小兩歲，卻乖巧又可人疼！」他像老黃瓜嗎？他還沒到而立之年，青嫩得很，哪怕像黃瓜也不是老的那撥！混帳小子，一點兒眼力都沒有！

馮翼根本沒發現自家老爹被傷了玻璃心，還嘿嘿傻笑，與老爹分享表妹的可愛之處，「要不我也喜歡跟妹妹玩呢，別看她年紀小，特愛裝小大人，尤其她裝小大人時說話，我都想笑得要命，又怕笑出聲叫她沒面子。」

「妹妹可要面子啦，我沒見過哪個丫頭像妹妹這樣愛要面子的。」跟他爹說一回妹妹的事，馮翼玩一日也累了，打個呵欠道：「可惜娘懷的是弟弟，要是生個像表妹這樣的妹妹，我天天帶她一起玩。」

何氏坐靠在榻上聽著父子兩個說話，說兒子：「你別總逗你妹妹，女孩子家，哪個樂意被人說胖？以後不准你再這樣說。」

「娘，我早上說表妹胖，表妹是這樣的，就臭著個小臉兒。下午再說她胖，她臉蛋兒就鼓起來了，氣鼓鼓的像小青蛙似的。等傍晚再說她胖，她兩個大眼睛像要噴火一樣，整個一噴火的小籠包，我好喜歡逗她！」馮翼邊說邊學，難為他竟學得維妙維肖。

何氏還沒來得及訓兒子兩句，馮姑丈已忍不住笑起來，「子衿那丫頭的確招人喜歡。」

何氏扶額，「你們倒真真是親父子！」

馮姑丈道：「那丫頭說要組織詩會，還請我做掌壇呢！」

馮翼「啊」了一聲，「表妹怎麼請父親啊？」

馮姑丈道：「請我怎麼了？我做不了掌壇？」

「那倒沒有，就是爹您做掌壇，那我豈不是得不了第一了？」馮翼道：「您老怎麼會把我放第一啊？」他爹是進士出身，這也忒大材小用了吧？

馮姑丈不算嚴父，但對待學問素來是一絲不苟的，「你寫了好詩自然你是第一，要自己不爭氣，別人也不是瞎子，昧著良心評你第一反是壞了名聲。」

馮翼不服氣，「我還是念過幾本書的，就怕爹您太過自謙，把我一併給謙了進去。」

馮姑丈道：「明天拿本事說話，我不聽這些廢話。你去歇了吧，我跟你娘也要歇了。」

馮翼噘嘴，「總有一天叫爹您大開眼界！」

「嗯，我等著。」馮姑丈倒是很擅長對兒子用激將法。

瞧著兒子去睡了，馮姑丈攬著妻子的肩同妻子商量：「什麼時候咱們也生個小閨女。」

何氏嗔道：「這個還沒落地，你又想生閨女了？」

「以前沒覺得閨女怎樣，如今倒覺得，怪道人家說兒女雙全，這話果然有道理。」妻子這身子有些笨重了，馮姑丈扶著妻子幫忙更換了衣裳，道：「兒子傳宗接代，閨女活潑靈巧，皆是樂事。」

何氏笑，「那倒是。」兒女她都不嫌多，若能多生幾個，當然最好不過。

捌之章　幼兒認親藏憂愁

被兒子說成老黃瓜的馮姑丈，顯然是被傷了自尊，竟找了把剃鬚刀，將唇上蓄著的一抹代表成熟的小鬍子給刮了去。

何子衿一見馮姑丈大變樣，嘴快道：「姑丈一下子年輕了好幾歲，到時洛哥哥他們見到了您，都不能信您是進士老爺呢！」

馮姑丈摸摸剃得精光的地方，笑道：「不至於吧？」

要不，他怎麼剃鬚呢？這下總不會被兒子說是「老黃瓜」了吧？

「怎麼不至於，一說進士老爺，大家都以為起碼是鬍鬚老長的人，哪有像姑丈這樣斯文這樣年輕的進士老爺呢？幸虧您是我姑丈，不然我也不能信的。」何子衿天生是拍馬屁的小能手。當然，馮姑丈未至而立便金榜題名，的確稱得上是少年得志。

馮姑丈謙虛兩句，被何子衿的馬屁拍得身心舒泰，於是很捧場地拿了一塊硯臺給何子衿當作明日詩會的彩頭。

何子衿確定了來參加詩會的人數，將一應東西提前備好，詩會安排在第二日下午。題目也不難，大冬天的，何子衿花房裡除了臘梅就是水仙，大家與馮翼互相認識了一番，邊吃點心邊說話，商量著擬了題目就開始裝模作樣地作起詩來。

這年頭作詩真不是什麼難事，像孩子們啟蒙就是詩經，千家詩什麼的更是必背讀物。如何子衿先前所說的，胡謅也能胡謅出幾句來。待得逐一抄錄好，礙於年紀，雖無特別出色之作，但如何洛、馮翼這樣自幼啟蒙且有家中極良好書香氛圍的，都已知道用典了。

馮姑丈與何恭一起看孩子們作的詩，最後裁定了前三名，何洛謙虛一番得了馮姑丈的硯臺。原本詩會到此就該結束了，一身小紅襖的何子衿，忽然站出來說：「今天請大家過來，不單是為了介紹馮表兄給大家認識，也不單是為了作詩，主要是我姑丈難得來一次。我姑丈在上科春闈就金榜題名，中了進士。只要是念書的人，誰不想考功名呢？今天就請姑丈就如何念書，如何考秀才考舉人考進士的事，跟大家說一說。大家聽一聽我姑丈當年是怎樣寒窗苦讀的，若能對大家的功課有所幫助，也不枉我組織一回詩會了。」

何子衿這一通主持腔，當場把馮姑丈砸了個好歹，心說，嘿，小丫頭還有先斬後奏這一招啊？瞅一眼內弟，何恭也有些驚訝的樣子，馮姑丈就知道這是何子衿自己的主意了。好在馮姑丈是在帝都見過大世面的人，翰林院都混過，故此，何子衿雖是臨時加了節目，憑馮姑丈的本事才學，糊弄一幫小屁孩還是綽綽有餘的。

於是，在馮姑丈天花亂墜的演講中，第二日如何洛等人的學習勁頭那叫一個足啊，家長們簡直攔都攔不住，當然，也沒人真攔著孩子用功念書，連陳姑媽帶著陳大奶奶到何家來說話，都笑問何子衿：「子衿這麼小都會開詩會了，怎麼沒請妳表兄他們過來？」

何子衿道：「我有寫帖子給他們呀，連大妞姊、二妞姊和三妞姊都請了，還是叫翠兒送去的，可表兄表姊他們說有事就都沒來。」

陳大奶奶笑，「光看到說妳要開詩會，哪裡知道妳還請妳姑丈講文章經驗哩。妳志表兄念了這好些年的書，準備過兩年就考秀才，可是最該請妳姑丈指點一二的。」

何子衿以前不大喜歡陳姑媽，這幾年因陳姑媽對她娘態度有所轉變，何子衿對陳姑媽的觀感才跟著改變。相比之下，她覺得陳姑媽這樣的實誠人，比陳大奶奶強多了。聽了陳大奶奶的話，何子衿不說別的，只笑道：「那天也是趕巧了，詩會結束說起話來，姑丈就順道指點了一二。志表兄不是外人，他要請教姑丈文章，什麼時候來都行。姑丈現在就在家呢，咱們又不是外人。姑媽就在這，伯娘不如親問姑媽。」

不必陳大奶奶開口，何氏便道：「表嫂只管叫阿志過來就是。」陳姑媽是嫡親的姑媽，姑舅最親，何氏與陳姑媽感情亦很不錯，到陳大奶奶這一輩就有些淡了。不過，那天她去向陳姑媽請安，幾位表兄也置了飯菜宴請丈夫。雖不便飲酒，氣氛也很是不錯。

陳大奶奶笑，「那我就不與妹妹客氣了。」

陳姑媽道：「這話外道，妳嫡親的表妹夫，阿志也要叫姑丈的，哪裡用說客氣？」她不知道孫子孫女是收到何子衿請帖的，要是知道，定要讓孫子孫女們來的。便是不作詩，表兄弟姊妹的處一處也沒啥不好。親戚間就得多走動，方顯得親，所以，甭看陳大奶奶一張嘴巴啦巴啦說個沒完，她真比不上陳姑媽這直來直去的會說話。

何子衿給馮姑丈找了不少活幹，她安排的「進士老爺教學大講座」收到了不少讚揚，大家知道馮姑丈在喪中，不好赴宴吃酒，但馮姑丈指點了他們家的孩子，能念得起書的人家都不是精窮的人家，各家都送了些土物吃食過來，不甚貴重，卻也是各家的心意。就連何洛之母孫氏，素來最煩何子衿這個把她兒子拐帶壞的罪魁禍首的，這回都私下同丈夫說：「不想那丫頭倒做了一回好事。」

何恆笑，「這可真是得了便宜又賣乖了。子衿這丫頭，心腸確實好。」要不是人家何子衿組織，自家兒子不過剛進學三四年，也不好真上門請教進士老爺功課的。

只要能幫到她兒子，孫氏雖不喜何子衿，也是知何子衿的情，道：「只盼她再多幹幾回這樣的好事，我就念佛了。可惜我爹是在外任官，不然叫阿洛守著他外祖父，時時請教豈不方便？如今能得馮老爺指點也是阿洛的機緣……」孫氏說著，尋了塊細布料子出來，「那丫頭難得做件好事，咱們太太一直挺喜歡她，這個給她裁衣裳吧。」

對於族中人的讚揚，雖然很能滿足何子衿的虛榮心，但最讓何子衿滿意的是，詩會之後，馮翼竟然不在家天天與她玩耍了，馮翼改為同何洛一起去學堂聽先生講課了。

何子衿得念聲佛：多麼上進的少年啊，請繼續保持吧！

就這麼著，治病小能手何子衿在繼治好何老娘的偏心眼後，又無師自通地用乾坤大挪移把馮翼狗都嫌的毛病給醫好了。何子衿真心覺得，最適合自己的職業果然是教育家啊！

何子衿非常成功地辦第一場詩會，引領了碧水縣少年間的詩會潮流外，就是馮姑丈以後許多年都未留過小鬍子，哪怕後來長大的馮翼屢屢拍他爹馬屁，很真誠地稱讚他爹絕對是青嫩實力派黃瓜，除了挨他爹一頓捶外，都沒能勸他爹重把小鬍子留起來。

不得不說，人與人之間的感情，除了天生的血緣關係外，還多在於彼此之間的來往，如馮姑丈與何恭，郎舅之親自然是親的，但以往離得太遠，縱彼此都有意親近，因來往不多，親近也總帶了幾分客氣。就是馮姑丈，住在岳母家亦覺不若自家自在。

不過，這次來，馮姑丈卻是住得越發自在了。

何子衿請馮姑丈給她的詩會做掌壇，又請馮姑丈做了演講專場後，非但馮翼交到了許多新朋友，何家也熱鬧起來，如何洛等人都極樂意過來同馮姑丈親近。孩子沒大人那些心計，相對的，崇敬也格外來得純粹。他們還在學裡放假時，一大早的去芙蓉泉接了新鮮的泉水，背回來給馮姑丈用來煮茶使。

馮姑丈沒做過先生，卻也覺得碧水縣的小朋友們極是可愛，尤其向學之心分外強烈。這樣的小朋友，馮姑丈樂得兒子多認識幾個，何況有人做伴比較，兒子的學習勁頭似乎也一發不可收拾啦。馮姑丈甚至打算，這幾年他雖需要在家守孝，也不好荒費歲月，待回家調理一下族中子弟的功課，也是他對小輩的關心與期望了。

何家孩子多，熱鬧是不消說的，沒幾日沈素也來了。

因為在準備後年秋闈，先時沈素與何恭得了歷年秋闈試題範文，原就打算年前一塊去請教許先生文章的。許先生不但是郎舅二人的授業先生，還有舉人功名。不過，馮姊夫一到何家，沈氏就託人給娘家捎了信兒，叫弟弟過來。在沈氏心裡，許先生固然學識淵博，但馮姊夫是進士出身，卻是更好。再者，沈氏與何氏姑嫂關係極好，馮姊夫又是正經親戚，指點起丈夫與弟弟來，當然會更盡心盡力。

馮姊夫也樂得與二人討論功課文章，不要說這個年代的宗族姻親關係之密切，只要是正常人，沒人會嫌小舅子與小舅子的小舅子奮發向上的。

事後沈素說句心裡話，他能僥倖秋闈得中，馮姊夫在這裡頭是出了大力的。不僅是文章的指點，馮姊夫畢竟是中了進士的人，這條路他已走過，他又金榜都題名了，桂榜題名的經驗更是不缺。再加上馮姊夫有一些不錯的同窗同年，儘管在翰林時間未久，可於官場上也認識一些人了，還有他苦讀時請教功課的大儒，馮姊夫在孝中多有不便，但仍將這些人脈指點了郎舅二人去走動。

秋闈是天下讀書人都在追逐的名利場中的第二站，向來是實力、運道都不可或缺的。

沈素與何恭能中其一，何老娘饒是有些失望兒子運道不大好，仍為沈素中舉而高興。姻親之家，一榮俱榮，一損俱損。

何老娘哪怕不會說這樣文謅謅的話，這些道理她老人家也是一清二楚的。沈素得中了舉人，她兒子就有了舉人出身的小舅子，孫子孫女也有了舉人出身的舅舅。

何老娘還叫余嬤嬤預備了禮物，讓兒子帶著妻女去岳家走一趟，也賀一賀沈素。當然，何老娘免不了勸慰兒子一二，生怕兒子因秋闈失利想不開。

何恭倒是心寬，雖然落第難免鬱悶，但有慈母嬌妻兒女在旁，鬱悶兩日也就丟開手了。他們郎舅二人一塊參加秋闈，能中一個已是老天庇佑了。何況，郎舅二人向來情分極好，何恭也為小舅子高興。

何子衿已經七歲，她舅中舉的消息讓她在陳家收到了諸多羨慕。經過薛先生兩年多的教導，何子衿已經成了薛先生的得意門生，她如今特會裝，故此，哪怕陳家上下聽說了她舅中舉，都在讚她舅，順道也會誇一誇何子衿聰明伶俐啥的。何子衿不是聖人，別人誇她舅，她自然高興，卻也只是在心底得意一番罷了，面上僅顯謙遜。

而且，她舅雖然中舉了，她爹卻是落榜了。何子衿替她舅高興，更不忘多關心她爹。她在她爹面前半句不提秋闈的事，就是早上要關心她爹吃飯，晚上要關心她爹睡覺，但有空還請她爹跟她一起去芙蓉潭看風景散心。何恭能在秋闈落第的鬱悶中極快地恢復過來，與寶貝閨女的關心密不可分。

用何子衿的話說：「她舅中舉她當然高興，但是爹爹的心情才是最重要的。」

由此可見，何子衿哄人技能也是在不斷飆升，連何老娘都覺得她懂事，大手筆地不知從哪個犄角旮旯的箱子底翻出一塊醬色料子，叫沈氏給何子衿做衣裳。

何子衿吐槽：「這顏色一穿上就知道咱們家是開醬菜鋪子的。別人家的女孩兒不是粉的就是紅的，就我，弄個醬色兒。祖母，您可是我親祖母耶！」

何老娘訓道：「剛說妳懂事，妳就又這樣挑吃揀穿！」

何子衿道：「那您給阿冽做吧，阿冽是小子，穿醬色的好看。」

何老娘道：「嘖，我家乖孫這般白嫩，大紅才最相襯。」說著，就給了沈氏兩塊料子，叫沈氏給何冽做衣裳。何子衿眼裡都快噴火了，何老娘怕丫頭片子眼裡竄的火把屋子燒了，趕緊道：「有有有，還有一塊寶藍的，做條裙子是夠的。那醬色的，給三丫頭使吧。」

何子衿翻個白眼，還要同何老娘較一較理，蔣三妞卻是已拉著她跟何老娘道謝。

何老娘訓何子衿：「眼睛大也不要成天翻來翻去，小心翻成鬥雞眼！」

「眼小的倒想翻，就怕翻半天大家看不到。」何子衿捂嘴偷笑，一屋子人，何老娘眼睛最小，她是正經的瞇瞇眼。何老娘氣得就要挽袖子動手，何子衿又哄她：「上次我說給祖母做的棉襪子已經做好了，一會兒我拿過來給祖母試試。」

何老娘不領情，「不就兩隻破襪子，我八百輩子沒見過襪子怎地？兩隻破襪子，做了足有兩個月了吧？」當然，比起何子衿頭一回做襪子孝敬她老人家，現在兩個月做兩隻襪子也算快的了。何子衿的第一雙襪子做了大半年，其速度之慢，自然被何老娘諷刺為「就吃飯是最快的」，還有譬如「不該屬豬，合該屬牛」之類的話。若不是何子衿心胸寬闊，遇著何老娘這樣的祖母，真得給何子衿整出心理疾病來。

如今聽何老娘說她慢，何子衿不是省油的燈，她笑，「哎喲，看您老說的。」叫翠兒去取了針線來，「一會兒給您老瞧瞧，那襪子筒上可是繡了花的。跟表姊學的新針法，鮮亮得不得了，包管您這輩子也沒穿過這般鮮亮的襪子。」

何老娘撇嘴以示不屑，一時翠兒拿了何子衿做好的襪子來，何子衿拿到何老娘跟前去。

何老娘接了細看，針線倒還細緻，素白的襪筒上繡了一圈紅梅，饒是何老娘想挑些毛病，最後只說得一句：「說妳笨，妳還不服氣！襪子穿腳上，好賴誰看得到啊？妳弄這些個精緻花樣做什麼，還費我這些繡線，難道線不用錢的？傻蛋，有好看的得露外頭。天兒冷了，我正想做個抹額，阿余年紀大了，眼神不濟，三丫頭繡坊的活兒還做不完，妳娘又得做大件衣裳。妳這針線倒也還勉強能見人了，那抹額就妳來做吧。」還一副妳占大便宜的口氣。

何子衿忍笑，「既是冬天戴，做棉的才好。」

何老娘點點頭，沈氏笑，「家裡還有兩塊兔子皮，母親做個昭君臥兔，冬天戴正好。」

何老娘道：「那就一個棉抹額，一個臥兔兒吧。」又問何子衿：「妳會做臥兔不？別不會裝會，糟蹋了好皮子。」

何子衿道：「我也沒做過抹額，要不您這抹額另選能人？」

何老娘將嘴一撇，「妳娘、妳嬤嬤，還有三丫頭，針線都好，就妳這粗手笨腳的，正該多練。著緊著些，做好了這兩樣，我另有活計給妳。」

何子衿道：「您老還真不客氣呀！」

何老娘強忍著才沒啐一口，「吃老娘的穿老娘的，還叫老娘客氣？妳好大的臉！」

何子衿摸一把自己水潤潤的小圓臉，歪樓道：「大嗎大嗎？爹爹說我現在瘦了，臉小了一圈了，還叫娘多買些好吃的給我補一補呢！」

何老娘連忙與兒子道：「這丫頭好不容易這兩年貪長個子瘦了些，你可不許總買好東西給她吃。真養成個胖丫，我得愁死。」以後怎麼說人家，何老娘道：「像三丫頭這樣才好。」又與蔣三妞說：「有空教一教妳妹妹，如何才能長成苗條人。」

蔣三妞在何家這幾年，個子長高一大截，她比何子衿年長四歲，初來時真比何子衿高不到哪兒去，可憐兮兮的像難民。如今蔣三妞仍不見胖，但足比何子衿高一頭，亭亭玉立，頗有些少女氣息了。蔣三妞這兩年也摸透了何老娘的脾氣，哭笑不得地勸何老娘：「姑祖母放心吧，妹妹就是小時候圓潤些，只看叔父嬸子都不是胖人，妹妹怎麼可能胖得起來？」

何老娘很為何子衿的將來發愁，「咱們家誰像她似的，天天有空就在廚房搗鼓吃的。前兒妳陳姑祖母突然想吃那鍋包肉了，家下廚子做得不合口，還把周婆子叫了去。」

當然，鍋包肉啥的，酸酸甜甜的，她老人家也喜歡。這道菜就是何子衿出主意，使喚著周婆子做出來的。餘者還有糖醋排骨、櫻桃肉啥的，都是何子衿「想」出來的。何子衿如今就表現出對廚房的真愛，委實引發了何老娘對何子衿身材的擔心。她老人家寧可不吃啥鍋包肉，也不願見何子衿長成個胖妞樣，以後萬一難嫁，可不就砸手裡了嗎？

何老娘有的沒有想了一堆，又說起明日兒子和媳婦去沈家賀沈素的事，「去了說話吃酒的肯定熱鬧，要是晚了，住一日也無妨。別帶阿冽去了，他還小，帶丫頭片子就好。」又對沈氏道：「替我跟妳爹妳娘問好。」

夫妻兩個皆應了，何冽今年三歲，正是很想跟著父母走親戚的年紀，聽說不帶他去，很是不高興。他是何老娘的心肝寶貝，估計何老娘一輩子的耐心都用在寶貝乖孫身上了，哄他半日，直到答應給他在外頭集市上買把木刀來耍，何冽才不鬧了。

看時辰不早，何老娘就打發兒孫們各去休息了。余嬤嬤端了熱水來給何老娘洗漱，因天冷，何老娘還燙了燙腳。待得擦乾腳，何老娘問：「丫頭片子做的襪子呢？」

余嬤嬤取了來，笑道：「咱們家大姑娘這針線可真細緻，太太看這針腳多精細，一看就是下了大功夫的。」

何老娘湊在油燈旁看了大半時候，摩挲一二，棉料入手柔軟，何老娘嘴硬道：「湊合著還能看。」說著就穿到腳上了。

余嬤嬤：……

「太太喜歡，還是明兒個再穿。」

「就晚上穿穿，還能多看這花兒幾眼。妳說這丫頭，平日裡瞧著一臉聰明相，偏要做傻事，在襪子上繡花，誰瞧得見啊？」何老娘說著就躺到被窩裡了，道：「天兒冷了，腳也容易涼，正好穿這襪子。」

余嬤嬤道：「要不，奴婢給太太灌個湯婆子？」

「不必了，這會兒穿這襪子正好。」何老娘乾脆俐落地拒絕余嬤嬤的提議，「阿余，妳也去睡吧。要是妳冷，自己灌個湯婆子。」

余嬤嬤忍笑，為何老娘放下帳幔，方自去歇息。

第二日，何恭借了馬車，留下何洌由何老娘照看，夫妻兩個帶著何子衿去岳家向沈素賀喜。何子衿也準備了一些小禮物給自己在長水村的小夥伴們，只是剛到沈家，禮物還未來得及拿出來，沈家便發生了一件大事。

何子衿完全沒鬧明白是怎麼回事。

一家人是來向她舅賀中舉之喜的，她舅新中了舉人，這些天沈家賓客滿門，熱鬧得很。何子衿正與江仁帶著沈玄在院裡玩，就見一青衫男子駕車帶了個粉雕玉琢的娃娃上門，打聽是沈素家，便要找沈素說話。

何子衿素來喜歡孩子，因那娃娃生得漂亮，她過去使勁兒瞧人家幾眼，問青衣男人：「這位大爺姓什麼？您稍等一下，我去跟我舅說一聲。」想著興許是她舅的朋友，來賀她舅中舉之喜的。沈家是尋常人家，攏共一個沈瑞，要兼廚子兼管家兼小廝兼雜役……以致於小瑞哥忙不大過來，所以，若見有生面孔來，何子衿與江仁便客串一下傳話員。

青衣男人道：「請讓我當面與沈大爺說話。」

何子衿心道，怎麼還神神祕祕的？不過，看在這男人帶了這麼個漂亮娃娃的面子上，何子衿摸人家娃娃小臉一下，就進去喊她舅了。

沈素一出來，見了那男人便問：「不知兄台……」話還沒說完，沈素的眼睛落在男人帶著的娃娃身上，臉色頓時大變。那孩子見著沈素倒是高興，張嘴就喊了聲：「爹！」撲過去抱住沈素的大腿，漂亮的小臉上一片歡喜依賴。

何子衿覺得，晴天霹靂也就如此了。

那孩子這一嗓子不僅把何子衿劈了個好歹，整個在沈家的人包括沈家自己人也給嚇個好歹，再加上沈素那神色，江氏正抱著次子沈絳與沈氏說話，聽到這一聲「爹」，江氏身子猛地一晃，要不是沈氏眼疾手快，險些就要摔了沈絳。

沈素剛中了舉，這些日子親戚朋友到賀不斷，鄉下人熱情，因沈家時常有宴請，很有幾戶平日來往不錯的女眷主動來沈家灶上幫忙，燒燒水做做飯啥的，總能搭把手。另有與沈素平日交好的朋友，聽說沈素中舉，亦前來致賀。見此情此景，大家都不知要說什麼好了。

沈氏先問那青衣男人：「你是誰？」看她弟弟也不像認識的樣子。

青衣男人只對沈素一抱拳，道：「今日將令公子送來，我也算不負所託了。沈大爺無須多送，告辭。」乾脆俐落，轉身走人。

沈氏回頭看向沈素，還沒問沈素個所以然，素來正直的沈父劈手就給了沈素一記耳光。沈素正癡癡地盯著抱他大腿的娃娃，猝不及防，半邊臉登時腫了。沈母連忙過去拉勸，不然看沈父的樣子，還得接著給兒子兩下。

沈氏顧不得別的，問道：「到底是怎麼一回事？爹，您起碼問個明白再動手不遲。」

何恭過去一塊將老丈人勸下，說是勸，實則何恭死命連攔帶抱，死命將人拖開，沈素方暫時安全。夫妻兩個，何恭將老丈人攔下，沈氏抱歉地送走來家裡幫襯的女眷和到賀的親朋好友，還有人低聲同沈氏道：「阿素中了舉人，按理有個妾啊啥的也不算什麼。」

當然，說這話的肯定不是江家人。

沈素中舉，不只是沈家一家的喜事，江家更為沈素考取舉人歡欣，尤其江財主，此時已成了闔村慧眼識珠的典範人物。人人讚江財主有眼光，把閨女嫁給沈素，要知道，當初江沈兩家訂親時，沈家家境是比不上江家的。江財主就是相中了沈素的才幹，才把閨女嫁給他。如今小夫妻兩個恩愛有加，有事實為證啊，兒子都生兩個了。沈素有本事，也有事實為證，沈素如今不過二十出頭，便已考取了舉人功名。

沈素如此出息，因沈家事忙，江家闔家過來幫襯，卻不料天上一個旱雷砸下來……竟然有孩子上門來認爹，而且，看沈素的模樣就知道，他是認得這喊他爹的娃娃的。

江太太細瞧這孩子相貌，更是眼前一黑，忍不住泣道：「阿素啊阿素，你這叫辦的什麼事兒啊？玄哥兒他娘，可沒有對不住你的地方呀！」

沈氏命沈瑞去插了院門，皺眉道：「親家太太暫且別惱，家裡沒外人了，到底怎麼回事，去屋裡說吧。」接著打發何子衿和江仁帶著沈玄去東屋吃點心。

大人這種臉色，儘管何子衿也十分想知道事情原由，卻也知此時沒她說話的份。倒是江仁很是不忿，與何子衿道：「姑丈在外頭不是有女人了吧？」要不怎麼有孩子來認爹啊？

何子衿還是力挺她舅的品行的，道：「許多人管義父也叫爹，你別聽風就是雨，舅舅定不是那樣的人。」在何子衿心裡，她舅雖說不上第一優秀的男人，也能排到第二了。

江仁一直與何子衿關係很好，聽何子衿一說，便有些遲疑。何子衿道：「你又不是頭一天認識我舅，你覺得他是那種背著老婆偷人的人？」

江仁鼓鼓嘴，「我也希望姑丈不是那樣人。」但現下看來好像就是啊……

沈玄年紀還小，看著表哥表姊說話，還不大明白是什麼意思。只是，剛剛他看到祖父打了爹爹，心裡難免有些害怕，輕聲問：「子衿姊姊，祖父幹嘛打爹爹啊？」

何子衿抱他到榻上坐著，輕聲安慰沈玄：「沒事的，大人們要商量事情而已，一會兒就好了。我在這兒呢，別怕啊！」

沈氏將那個漂亮娃娃帶過來給何子衿照看，便折身去了堂屋。

江仁立刻跳到這娃娃面前問：「你怎麼管我姑丈叫爹？你娘是誰啊？」

那娃娃瞅江仁一眼，抿著小嘴不說話。他個頭同沈玄差不多，想來年紀也相仿，身上衣裳只是尋常，但眉眼絕不尋常。何子衿自認不是個醜人，就是沈玄，雖有些肖母，在男孩子裡，也說得上是俊俏的。江仁亦生得虎頭虎腦，但哪怕再加上肖似沈素的何冽，說來都不及這娃娃樣貌出眾。若不是看他一身小子裝束，何子衿得懷疑是不是個丫頭。

江仁看娃娃不說話，伸手推他一下，「問你話呢？啞巴了？不是挺會叫爹的嗎？」

那娃娃一個趔趄，虧得何子衿手快扶他一把才沒跌倒。拽了那孩子到身邊坐著，何子衿說江仁：「你欺負他做什麼？他知道啥？」

江仁哼一聲，看這娃娃一萬個不順眼，「起碼知道叫爹！」

何子衿並非真正的小孩子，對江仁道：「你能不能等事情有了結果再說話？」

江仁再哼一聲，瞪著這娃娃瞧，「瞧瞧，跟姑丈像一個模子刻出來的，不是才有鬼！」

何子衿看著並不很像，她道：「長得好的人多是差不多的。」

江仁見何子衿總是護著這小子，不禁火大，問：「子衿妹妹，妳是幫著誰的？」

何子衿道：「舅舅肯定沒做過對不起舅媽的事，不信走著瞧！」縱使大人如何，都不關孩子的事。這孩子年紀不過與沈玄彷彿，又懂什麼？再說，何子衿雖沒什麼證據，且現在形勢似乎對她舅的名聲有些不利，可她就是覺得她舅不是會做這種事的人。

江仁還是很給何子衿面子的，他又瞪了那娃娃一眼，攥著拳頭朝娃娃晃了晃以示威脅，不過，終究是沒再動手，只是別開臉，不再說話。

何子衿自碟子裡拿了塊綠豆糕遞給這娃娃，說：「吃吧。」

娃娃瞅何子衿一眼，大大的眼睛像存了一汪秋水，吞一吞口水，只是搖頭，並不伸手接這點心。何子衿問：「不餓嗎？」

「我娘說，不叫我吃別人家的東西。」聲音輕輕軟軟，帶著孩童的稚氣與認真。

「沒事，我也吃，阿玄也吃，咱們三個一起吃，好不好？」何子衿摸摸他的童子頭，將一塊綠豆糕分成三份，先遞一塊給沈玄。

沈玄要接，卻被江仁一下子打掉，江仁臭著臉說沈玄：「不准吃！」

何子衿瞪向江仁，簡直拿這小子沒辦法。將另一小塊給了娃娃，自己拿了剩下的三分之一來吃。娃娃見何子衿咬了一口，才接過何子衿手裡香噴噴的綠豆糕吃了。待他吃完，何子衿又倒盞蜜水給他。娃娃接了喝兩口，抬眸再瞅一眼几上放置糕點的碟子，眼睫忽地一閃，垂下眼睛只看地面。

何子衿便又拿一塊綠豆糕給他，娃娃瞅著何子衿，依舊不接糕點，也不說話，但那雙眼睛彷彿會說話一般。何子衿一笑，對半分開，給這娃娃一半，娃娃才接了。

何子衿瞅一眼正兩隻小手捏著綠豆糕吃得香甜的娃娃，低頭把剛被江仁打落在地上的綠豆糕撿起來，擱在一旁的几上。

中午小瑞哥燒了飯帶著何子衿幾個吃。吃過午飯，何子衿帶著幾人繼續在屋裡待著，忽就聽得外頭門砰一聲，江順怒氣騰騰地進來。何子衿剛一回頭，就見江順幾步上前，老鷹抓小雞般一把將娃娃抓起來夾到腋下就往外走。

何子衿來不及多想，跑在後頭緊追著喊：「江大舅，您做什麼？快把娃娃放下！」這不是要殺人滅口或是遷怒啥的吧？

江順沒做什麼，幾步把娃娃帶到正堂屋去，何子衿年紀雖小，跑起來卻不慢，她兜頭也跟著追了進去。大人們神色都不大好，大半日沒吃飯，眉眼間皆是疲倦。

江順直接道：「阿素，別怪我不信你，這事擱誰誰也不信！你沒做過，怎麼人家單把孩子給你送來？怎麼沒人給我送孩子？何況你又說不出個所以然！」身為江家人，江氏嫡親的兄長，沈素突然之間多了個叫爹的孩子，而且，這孩子不是他妹妹生的。江順是絕不能坐視不理的，他就得讓沈素給出個合理的理由，不然再不能這麼算了的。

沈素薄唇緊抿，眉心微擰，半邊臉腫著，有些破相，倒還沉得住氣，道：「舅兄先把孩子放下，有話慢慢說。」

「這事說簡單也簡單，沈叔和嬸子都在，你姊姊、姊夫也在，還有我爹我娘、阿柔，沒有外人！」江順並沒把娃娃怎麼著，他把娃娃放下，那孩子突然被江順凶悍地夾到這屋來，竟也不哭。不過，腳剛一落地，立刻機靈地跑到何子衿身邊，緊緊捉住何子衿的衣角，依舊低頭不說話。江順不理這孩子，但關於這孩子的身分到底如何，已然有了主意，他對妹妹江氏道：「阿柔，妳去端碗乾淨的水來。阿素的話，一驗便真。」

江氏臉色十分憔悴，她望著兄長半晌，別開臉，眼中撲簌簌滴下淚來，聲音哽咽哀婉，仍是道：「哥，你別這樣，你不信相公的話，我信。我們成親六年了，相公是什麼樣的人，我心裡清楚。」

沈素瞧那孩子一眼，終是不忍妻子傷心，長聲一嘆，道：「我只是受故人所託，舅兄不必多疑。我有妻有子，任何故人也不會重於阿柔和孩子。如此一驗也好，只是以後還望舅兄與岳父保密，不要向外提起。」沈素拍拍江氏的手，「去端碗乾淨的水來。」

何子衿頭一遭見識滴血認親，也不知這法子是不是真的準確靈驗，反正驗過之後，兩家人都鬆了口氣，江氏更是直接掩面哭出聲來。她相信丈夫不是輕薄孟浪之人，可突然之間有孩子上門認爹，她有多麼害怕這孩子真與丈夫有血脈之親，好在真的是虛驚一場。

沈素擁妻子入懷，拍拍她的脊背，對何子衿道：「子衿，去幫阿念裹一裹手指。」

何子衿就把娃娃帶了出去，小聲問他：「疼不疼？」

娃娃點頭。

何子衿握住娃娃剛剛被刺傷的手指，白嫩的指頭尖上一點紅，已經不流血了。這麼扎一下，其實根本不用上藥，何子衿幫他舔兩下，拿小帕子給他紮上了，哄他道：「等到明天就不疼了。」又問：「你叫阿念嗎？」

娃娃道：「江念，我娘叫我阿念。」

何子衿摸摸娃娃的小臉兒，覺得這娃娃十分可憐，一聽就是這麼悲傷的名字呢。沒爹沒娘的，被人送來託付給她舅舅，結果還被當成她舅的私生子滴血驗親。

孩子其實最會察言觀色，最知道誰對他好誰對他不好，江念小聲地對何子衿道：「子衿姊姊，我想喝水。」

何子衿想他中午吃的不多，問：「是不是餓了？」

江念又說一次：「我娘不叫我吃別人的東西。」

何子衿不知怎地，眼淚刷地就落了下來。

總算，江念不是她舅的兒子。

滴血驗親之後，兩家人皆喜氣盈腮。哪怕她舅說要給江念入藉，也沒人有啥反對意見。比起剛剛的晴天霹靂、提心吊膽、驚心動魄，入籍似乎只是一件小事了。其實江大奶奶有點意見，但公婆都沒說什麼，丈夫江順在一旁拉著沈素說話，江大奶奶便識趣地沒說啥。

江太太亦一改先時對女婿幽怨失望的口氣，反而抱怨沈父，道：「親家真是的，不問青紅皂白的就動手。我就說女婿絕不是那樣的人，看，可不是打冤了女婿。」接著又高聲喚來自家兒子：「阿順，多少話你不能擱一擱再說，也叫你妹妹幫你妹夫上個藥。你這大舅兄可真是的，一點都不知心疼妹夫。」

江太太似笑似嗔地將親家與兒子各打五十大板，好像就她自己是心疼女婿的好人，嘴裡絮絮叨叨說著她女婿的好品行，還不忘朝閨女使個眼色，笑咪咪地看閨女和女婿回了屋。

只要江念不是她舅的兒子，江家立刻又成了寬厚和善的一家人。他家是盼著沈素有出息的，但前提是沈素得對江氏好。如今虛驚一場，江財主大約是有些歉意，取下腰際一個玉墜給了江念，道：「這孩子也姓江，大約是與咱們家是有些緣分的。」突然之間來個孩子，沈素入籍的話都說出口了。只要這孩子不是女婿的骨血，江財主還是十分大度的。

江太太亦道：「是啊，生得可真好。」只要這孩子不是女婿的骨血，她也是不吝讚美。

江念並不去接江財主的玉墜，反是轉頭瞧何子衿。

何子衿一手抹著淚，替江念接了，道：「你要說謝謝江祖父。」

江念依言說了。

江大奶奶素來嘴快，笑問：「子衿丫頭怎麼哭了？」

何子衿道：「我舅沉冤得雪，我是替我舅高興的。」其實她主要是被江念給心酸的。

江大奶奶咯咯一笑，她本就是個大嗓門，如今一笑，聲音更是高八度，道：「不但是妳，我都想哭一哭了。妳不知道剛剛把我嚇得，咱們兩家這樣好，我也知道妹夫不是這樣的人，可又擔心他是受了什麼人的騙，還有妳舅媽，都嚇傻了。他們夫妻情分好，更禁不得這樣的事，妳沒看妳舅媽後來也高興得哭了嗎？」

江大奶奶素來口無遮攔，江氏在裡屋幫丈夫上藥，又不是聾子，隔窗說了一句：「嫂子少說幾句吧，當著孩子們的面呢！」

江大奶奶訕訕一笑。不知沈素在裡面與江氏說了什麼，屋裡亦傳出江氏淺淺的笑聲。江大奶奶笑笑，知道小夫妻已無事，便服侍著婆婆回家去了。

江念不是沈素的兒子，有這個大前提，非但江家人恢復了寬和，就是沈家人也對江念多了幾分憐意。沈母還特意去廚下做了個蒸蛋給江念吃，連江仁都訕訕地同何子衿道：「這小子是長得與姑丈不像。」

何子衿覺得好笑，問江仁：「這會兒又不像了？」

「不像！半點兒也不像！」江仁見何子衿沒生他的氣，笑嘻嘻地正要多同何子衿說幾句話，江念拉一拉何子衿的袖子，舀了一勺子蒸蛋給何子衿，說：「子衿姊姊吃。」

何子衿張嘴吃了，笑著揉揉江念的頭，「真乖，你吃吧。」

「一起吃。」興許是先時與何子衿分食過綠豆糕的緣故，他一定要跟何子衿你一勺我一勺的才吃得下飯。江仁生了一天的氣，也餓了，自己拿個肉包子狼吞虎嚥吃了起來。

孩子們午飯沒吃好，如今都要再吃一點，何況大人們午飯根本沒吃，還是沈瑞機靈，中午有幾樣菜就放在蒸屜上，還是溫熱的。此際大家心情放鬆，肚皮空空，沈瑞將飯菜擺開，一家子團團圍坐，一起將肚子填飽。

何子衿以為此事便這樣了結了，江念與沈素無血緣關係，江氏看江念也挺和氣，既然她舅是受故人相託，想來是要收養江念的。不想，第二日江念卻是隨他們上了車。

沈氏沉著臉帶著何子衿與江念坐車上，何恭在外同沈素說了會兒話，一時，何恭同岳家人告辭，坐在木轅處，帶著老婆孩子回家去。

車廂裡沈氏的臉色實在不大好，江念話很少，他除了親近沈素些，對與沈素相貌神似的沈氏並不親近，倒是很親近何子衿。這會兒就倚在何子衿身邊，因路遠時長，路上不平坦，車廂一晃一晃的，江念忽地整個小身子一歪，倒在了何子衿身上。

何子衿見他似是睡著了，便將腿放平，抱了江念在懷裡好讓他繼續睡，又去瞅她娘。她娘盯著江念瞅了一陣，良久長長地嘆口氣，何子衿問：「娘，您怎麼了？」

沈氏道：「沒事。」

「以後阿念就在咱們家了嗎？」

沈氏又是一聲長嘆，算是默認。

何子衿小聲勸道：「阿念這麼小，就算有什麼事也不該算到他頭上，您說是不是？」

沈氏道：「妳知道什麼？」

「什麼也不知道，可只要阿念的父母沒做過對不住咱們家的事，又是舅舅託給娘和爹爹的，咱們就該好好待他，他還小呢。」

何子衿很喜歡小孩子，她雖然愛發善心，卻也分得清輕重。她並不是說要以德抱怨，只是哪怕她不知道江念有啥不好說的身世，只要江念與沈何兩家無礙，何妨好生待他呢？

另外，何子衿也腦補了一番江念是不是有啥恩怨情仇的狗血身世，譬如某國王子，譬如某家世子，譬如某宮少主……但腦補歸腦補，何子衿腦補的時候好歹沒把腦子補丟，她家與她舅家八輩兒貧窮，往縱向算，祖上不要說沒有一個做官的，甚至連富戶都算不上。往橫向數，沈何兩個小家族裡功名最高就是她舅的舉人了。能與她舅交情深到可託子嗣的的人……江念人雖生得好，來時穿戴只一般，當然，衣裳是隨時可以替換的，但在吃食口味上是騙不得人的。江念吃個蒸雞蛋就很高興，他連綠豆糕都不知道是什麼，可見江念以前過的日子的確普通，興許還不如何家，所以，何子衿推斷，江念不可能有什麼太了不得的出身。還是那句話，每個人有每個人的交際圈子，何沈兩家雖衣食不愁，到底還是底層人物。能與沈素有這種託孤交情的人，不大可能是富貴中人。

到家後，沈氏就讓何子衿帶著江念回屋了，也不知沈氏與何恭怎樣與何老娘解釋的，何老娘對江念的到來竟然沒半分異議。後來何子衿才知道，她舅中了舉人，名下就可以有百畝田不用交稅，沈家一共也沒有一百畝田地，沈氏便將一些免稅田畝算到了何家頭上。如此一年都能省個幾十兩的。若用這些錢養江念，那是綽綽有餘。

不過，何老娘並不只是看在這些免稅田地的面子上才同意收留江念，她老人家其實別有理由。何老娘私下問何子衿好幾次：「是不是那孩子當面就叫妳舅爹爹了？」何老娘懷疑江念就是沈素的私生子，尤其聽說江念已入了沈家戶籍。

何子衿無語，她都跟何老娘說好幾次了，「祖母，您別多想，真的不是，那都是滴血驗親過的。」這個時候，何子衿反倒很信任滴血驗親的事了。

何老娘顯然很自信自己的推斷更勝滴血驗親，她將嘴一撇，低聲道：「以往瞧著阿素是個老實人，不想也不大老實。男人啊，像妳爹這樣的真是百裡無一。」

哪怕沈素考出了舉人來，在斷定江念是沈素的私生子後，何老娘在品行上更欣賞自己的兒子了。何老娘對何子衿道：「好好待阿念，這孩子也不容易。咱們家不是外處，妳舅又要去帝都準備春闈，就讓阿念在咱們家吧。」

她雖看不上沈素的「私生子」事件，對沈素的人品也頗有微辭，不過，如今沈素已是舉人老爺，家裡也沾上了沈素的光，為了能與沈素更親近些，勢利眼的何老娘是不介意幫沈素養個「私生子」的。

何老娘一旦認定一件事，那是憑你說破嘴皮子也難以扭轉過她的看法。何老娘認定了江念是沈素的私生子，那麼在何老娘心裡，江念一定是沈素的私生子。雖然何老娘向來看不上男人納小，更不大看得上江念這私生子的身分，但鑒於江念有個「舉人爹」沈素，何老娘便也睜隻眼閉隻眼同意江念在何家住下了。

江念住在何家，何老娘都不說啥，只是沈氏似是實在不喜江念，何恭沒少私下勸一勸妻子，好在沈氏本身不是刻薄人，臉色雖難看，也不至於真去為難一個孩子。

江念是個很乖的小孩兒，吃飯穿衣洗臉都會自己幹，只是話不多，再加上他有好相貌，連何老娘也挺喜歡他，當然，肯定是不能跟何冽比的。

這些都沒啥，哪怕江念來了何家，似乎也沒啥不適應的。就是一樣，超級黏何子衿，而且是那種一步不肯離開的黏。前三天兩人吃飯都要吃同一碗飯，何子衿去茅廁江念還要跟。何子衿蹲坑，他就蹲何子衿面前守著，也不嫌臭。相對的，他也一步不許何子衿離開他。他是吃喝拉撒地跟何子衿在一起。噓噓嗯嗯的帶著何子衿，跟以前沈玄似的。不同的是，江念會自己脫褲子擦屁屁，不必何子衿親力親為。不過，何子衿趁機瞧了一回江念的小雞雞，確定這漂亮小子的確是男娃。

因江念黏何子衿到寸步不離的地步，沈氏想著江念約是初到何家不安，便令何子衿帶著他睡幾天，反正都是小孩兒，不然沈氏也發愁要在哪裡安置江念。

何老娘年紀大了，何冽是要跟著他們夫妻睡的，能把江念安排在哪兒呢？除非是余嬤嬤來帶，可余嬤嬤也不年輕了，平日裡還要服侍何老娘。如今江念這般不離何子衿片刻，便叫這兩個孩暫時在一屋休息，令翠兒一塊照看就是。

江念非但吃飯睡覺同何子衿在一起，連何子衿去學裡上課他也要跟，若不要他，他也不鬧，只是在家便不吃不喝不說不動，兩隻眼睛瞧著門口，一瞧就是大半日，誰勸都沒用。何老娘瞧江念這樣膽小，只得叫何子衿把江念一起帶去上學。

何老娘說得好：「阿念並不淘氣，讓他跟妳一起坐著就行。」

於是，何子衿只得帶了江念一起上學。

因江念生得出眾，陳家姊妹初時還要逗一逗他的，只是江念除了何子衿，誰人不理，這般久了，陳家姊妹亦覺無趣，也就不理江念了。

江念不喜說話，但他其實很聰明。他伴在何子衿身邊，何子衿時常教他認些字啥的，說一遍，江念就記得住。何子衿教他下五子棋，江念下得好賴兩說，但他是能明白五子棋的遊戲規則的。多說幾遍，他就能理解。何子衿覺得江念算是很聰明的小孩子了，一向認為自己很適合當教育家的何子衿，就自發成了江念的啟蒙老師。

當然，她不只一個學生，在家的時候，她也會順道教一教何冽。兩人都不笨，只是江念大一些，自然學得快，尤其江念同何冽一起學的時候，比單獨跟何子衿學的時候更認真。

何子衿除了做啟蒙小先生，還擔起了照顧江念的重任。江念這隻怪鳥，連洗澡都要何子衿幫他洗。何子衿畢竟嫩殼老心，早就多愁善感地覺得江念可憐，是沒爹沒娘的孩子……

再加上何子衿還是個顏控，江念又生得這般粉雕玉琢的，於是，幫江念洗澡也不是不能接受的事，哪怕不幫江念洗澡，何子衿晚上也喜歡捏江念軟軟的肥屁屁。

何子衿還會嘀嘀咕咕地做比較，道：「好像還是阿冽的更軟乎一些。」

江念私下同何子衿話會多些，他是個認真的孩子，問：「阿冽的屁股比我的軟嗎？」

「嗯，好像是軟些。阿洌比你小，小孩兒屁股肉多，軟乎乎的，很好捏。」

江念躺在被子裡，烏黑的大眼睛瞅著何子衿，一隻手還要握著何子衿的手，沒多時就睡著了。第二天晚上，兩人洗漱後躺床上睡覺，江念忽然對何子衿道：「子衿姊姊，我覺得還是我的屁股比較軟。」

何子衿被這話雷了一下，江念卻是很認真地說：「今天我捏了捏阿洌的屁股，他的確實是很軟，但我的也很軟，妳再捏一下，肯定是我的軟一些。」

何子衿忍著笑，伸手過去捏捏江念的小屁股，還得做出真誠的樣子哄他：「好像是哦，阿念的屁屁也很軟。」

「肯定比阿洌的軟。」江念此方心滿意足地閉上眼睛入睡。

近些日子江念換名字比較頻繁，來時叫江念，後來入了她舅家的戶籍就改名叫了沈念，然後如今改名為沈念的江念又有新名字，人家都管他叫「子衿的弟弟」、「子衿丫頭的弟弟」，或是「子衿妹妹的弟弟」，由此可想見江念與何子衿多麼的形影不離。

江念一天十二個時辰跟著何子衿，而且，他不是一天兩天這樣，頭一個月都這樣，第二個月還是這樣……以致於何子衿的朋友也全都認識江念了。

一直認為最適合自己的職業是教育家，自詡為教育小能手的何子衿，對江念學前教育是這樣計畫的。她覺得江念有一點內向，在江念熟悉何家之後，何子衿便特意帶他認識一下自己的朋友，如最可靠的何洛哥哥，還有最活潑的何涵哥哥，還有年紀與江念差不多的何康妹妹。比江念小一些很童言稚語的何洌，不用安排，天天與江念見面，兩人關係還很不錯。何子衿覺得，除了何洌，還是要讓江念多交些朋友，才有助於江念心智的成長。

當然，這是何子衿的教育理論。

但很顯然，此教育理論好像不大適用於江念。

何子衿發現，江念好像得了一種選擇性面癱的病。明明私下與她在一起的時候越來越活潑，話也比剛來時多了許多，誰知江念一見著何子衿介紹給他認識的其他小朋友，立刻就恢復悶不吭聲的面癱相。讓他說話他也不說，別人跟他講話他也不理，何子衿私下問他怎麼不說話，江念依舊不說話，但那雙黑水銀似的眼睛彷彿會說話般的看著何子衿。何子衿想，人家江念為啥不喜歡說話啊，主要是人家有一雙會說話的大眼睛啊。

何子衿頭一遭見到有人能用眼神準確地傳達出自己心意來，何子衿摸摸他的頭，「姊姊是有很多朋友，但吃飯睡覺上學都在一起的就只有阿念，姊姊最喜歡阿念了。」

江念本身就有一張彷彿會發光的可愛小臉，聽何子衿這樣說，他罕見地彎起眼睛，思考一下，說：「要是這樣，下次我就跟他們說話吧。」

何子衿：你能不能別這樣一副好像人家占大便宜的施恩口氣啊？

何子衿還不能打擊江念，她覺得現階段最重要的是讓江念學會與適齡的孩子交朋友，至於意識形態，可以慢慢糾正。

於是，何子衿笑咪咪地稱讚江念：「這就對了，真是姊姊的乖寶寶。」

江念彎起唇角，雖然沒說啥，顯然對何子衿的誇獎很受用。

何子衿暗笑，何冽跑過來喊：「姊，祖母叫妳跟阿念哥過去吃晚飯。」

何子衿先去外頭水缸舀了水，再兌上熱水直至溫熱。江念已幫何冽挽起袖子，三人在盆裡洗手。何冽不過三歲，正是愛玩的時候，洗手也不老實，一會兒摸何子衿的手，一會兒戳江念的手，何子衿只得捉過他的小肉爪子幫他搓幾下。

何洌怕癢，咯咯笑出聲來，嘴裡喊：「哎喲，姊，輕點兒！」

何洌活潑，這個年紀看啥都好奇，啥都喜歡摸摸碰碰，沈氏與何子衿都嚴格要求何洌養成勤洗手的好習慣。

幫何洌洗乾淨小肥爪子，何子衿換了水，自己洗了臉，再幫何洌洗臉，江念自己會洗。因天氣漸冷，何子衿拿出潤膚膏來給兩個小傢伙擦臉，省得天冷把臉吹皴了。

何洌不大喜歡抹這個，噘著嘴嘟囔：「抹我嘴裡去了。」

「那你就舔舔吃了，省得浪費。」何子衿知他作怪，拍拍何洌的小屁股，在他圓圓胖胖的小臉上吧唧親一下，哄他：「真是個小香包啊，好香好香！」

「姊，別親啦！」他姊總是喜歡親他，何洌倒不是不喜歡，只是有時真的很耽誤事。何洌一拉江念，「阿念哥，咱們趕緊去吃飯吧，晚上有紅燒肉。」

紅燒肉是何洌的最愛，他特別喜歡紅燒肉上那一段燉得軟爛酥香的肉皮，哪怕小奶牙還不大得勁兒，吃這個卻是無虞的。說真的，何洌跟何老娘的口味挺像的，何老娘也喜歡紅燒肉，如今來了的江念也喜歡，何子衿常開玩笑說他們是紅燒肉三人組。因為晚上有好菜，所以，何洌才這樣興沖沖地來找江念。

三人洗了手臉，何洌小小年紀，卻是個急性子，這會兒又急著去吃紅燒肉，恨不得立刻飛去祖母屋裡。何子衿說他：「急什麼，慢著些走。」

「姊，妳快點啦！」何洌心心念念紅燒肉。

何子衿道：「肉又不會跑。」她晚上是很少吃葷的。

肉汁拌飯也好吃！」

「可是早點過去就能早點吃啦！」

江念拉住何冽的手，說：「別跑。」

何冽比聽他姊的還要聽江念的，真就不跑了，他跟江念念叨：「阿念哥，一會兒我們用肉汁拌飯也好吃！」

江念道：「你要多吃點菜，昨天不是說大號乾嗎？」

「今天我吃了兩個蘋果，已經好啦！」

何子衿最喜歡小孩子，她又是看著何冽從個水瓶大的小寶寶長大的，既是親弟弟，自然更加關心，忙問：「阿冽，你大號乾嗎？怎麼不跟我說？」

何冽道：「我是男人，有事當然是要跟男人說啦！姊，妳們丫頭是不懂的啦！」他還特裝模作樣地擺了擺小肉爪子，明明剛脫離肉團的形象，偏生擺出大男人主義的嘴臉。那種種令人難以用言語表述的樣子，饒是何子衿也忍不住抽抽唇角，道：「不懂啥？不懂你吃多了肉，大號艱難？」

何冽白他姊一眼，嘟著小肥臉，努力表現出義正辭嚴地道：「我是大人了，我的事不用姊妳管啦！還有，以後姊妳別動不動就親我！」

何子衿頓覺玻璃心碎一地，惱羞成怒，「不知好歹的臭小子，你以為我想親你？」

何冽很實在地說：「姊妳當然很想親我，妳哪次幫我洗臉不親我啊？」

饒是何子衿自認不算嘴笨，竟被小小的何冽一句話噎得半死。何子衿感嘆，「你看阿念，大你兩歲都這樣可愛，你怎麼提前進入叛逆期了啊？」姊姊還想多喜歡你兩年的。

何冽很得意，「那是因為我長大了啊！」

何子衿自來就喜歡孩子，襁褓中的白嫩嫩，學走路時的小肉團兒，奶聲奶氣叫「姊姊」的聲音……何子衿覺得這一切的美好在何洌宣告「已經長大」時便隨風遠走。

（未完待續）

漾小說 205
美人記 1

國家圖書館出版品預行編目資料

美人記/ 石頭與水著. -- 初版. -- 臺北市 :
晴空, 城邦文化出版 : 家庭傳媒城邦分公司發行,
2018.12
冊； 公分. --（漾小說 ; 205）
ISBN 978-986-96855-4-2（第1冊 : 平裝）

857.7 107018411

原著書名：《美人记》，由北京晉江原創網絡科技有限公司授權出版。

城邦讀書花園
www.cite.com.tw

作者 石頭與水
封面繪圖 畫 措
責任編輯 施雅棠
國際版權 吳玲瑋 蔡傳宜
行銷 艾青荷 蘇莞婷
業務 李再星 陳紫晴 陳美燕
編輯總監 劉麗真
總經理 陳逸瑛
發行人 涂玉雲
出版 晴空
城邦文化事業股份有限公司
104台北市中山區民生東路二段141號5樓
電話：（886）2-2500-7696 傳真：（886）2-2500-1967
發行 英屬蓋曼群島商家庭傳媒股份有限公司城邦分公司
104台北市中山區民生東路二段141號2樓
客服服務專線：（886）2-25007718；25007719
24小時傳真專線：（886）2-25001990；25001991
服務時間：週一至週五上午09:00~12:00；下午13:00~17:00
劃撥帳號：19863813；戶名：書虫股份有限公司
讀者服務信箱：service@readingclub.com.tw
晴空部落格 http://blog.yam.com/readsky
香港發行所 城邦（香港）出版集團有限公司
香港灣仔駱克道193號東超商業中心1樓
電話：852-25086231 傳真：852-25789337
E-mail：hkcite@biznetvigator.com
馬新發行所 城邦（馬新）出版集團【Cite (M) Sdn Bhd】
41, Jalan Radin Anum, Bandar Baru Sri Petaling,
57000 Kuala Lumpur, Malaysia.
電話：(603) 9057-8822 傳真：(603) 9057-6622
Email：cite@cite.com.my
美術設計 洸譜創意設計股份有限公司
印刷 沐春行銷創意有限公司
初版一刷 2018年12月04日
定價 350元
ISBN 978-986-96855-4-2